U0154052

香港文學論

香港想像與方式

金惠俊 著

臺灣師大出版社

推薦序
話說香港文學

金惠俊教授《香港文學論》幾次引用了也斯的名文〈香港的故事：爲什麼這麼難說〉，一定是心有同感；「香港文學」的故事，眞的不易說清楚。作爲香港成長的一個平凡的文學讀者，我自愧沒有能力講出一個動聽的故事。我只想到兩個關鍵詞，說不定可以作爲觀測「香港文學」的切入點。

▲ 陳國球教授

我想到的第一個詞語是：「畸形」。

香港的漢文書寫活動，如果以現代的印刷方式流通作爲依據，其實頗爲先進；例如 1853 年 8 月創刊的《遐邇貫珍》，是華文期刊草創期中最早用鉛字排版的出產品之一，由香港英華書院出版。創刊號〈題詞〉說：「創論通遐邇，宏詞貫古今」，又說：「一氣聯中外，同文覘治平」，已經顯露其中西碰撞的意義。刊物內容除了宣傳基督教義，又有介紹近世政制、科技、地理、環境衛生等；近於文學範圍的，有如《伊索寓言》、彌爾頓（John Milton）詩等的摘譯；更有遊記散文如〈琉球雜記述略〉、〈瀛海筆記〉、〈日本日記〉等。這部分或可視爲香港文學萌發的雛型。及至 1919 年北京發生「五四運動」，而香港英華書院同年出版期刊《英華青年》，其〈發刊詞〉說明宗旨是：「溯自歐風美雨，飄灑東亞，新舊思潮，澎湃盪漾，思互相融合，以成一種文明偉大之學問。」其取向就與中國內地新思潮以革命方式推翻傳統文化不同。怪不得 1927 年魯迅來香港演講，會有不快的感覺，認爲封建文化與殖民統治，沆瀣一氣。他大概不知道他心中的在地守舊文人，持論並沒有想像中的偏狹，反而讚揚他來訪「無異航行之星火」，「有益於後學」；唯盼「新舊之學，必有同時發揚光厲者」（觀微〈學者演講〉，《華僑日報》，1927）。這與

稍前羅澧銘的長文〈新舊文學之研究和批評〉（1924），主張「不新不舊，不欹不偏」，屬於同一思路。

香港的「不純」，讓中國內地許多以「進步」爲尚的知識分子看不順眼。譬如30 年代南來的左翼文人石辟瀾，其對香港的觀感是：「外面披一件摩登漂亮的大衣，而內面卻是一套長衫馬褂」，香港學生沒有投入時代革命，看的是張恨水《啼笑因緣》、張資平的『三角戀愛』小說，欣賞電影《白金龍》」。在他眼中，香港就是「一個畸形發展的商業社會」。（〈從談風月說到香港文壇今後的動向〉，1933）茅盾在1938 年初到香港，也認爲「香港，是一個畸形兒——富麗的物質生活掩蓋著貧瘠的精神生活」。（〈在香港編《文藝陣地》——回憶錄二十二〉）馬耳當時也說：「提到文化，這兒卻是一個奇怪的地方。香港住的『華民』讀不通英文，但似乎也讀不通中文。」（〈香港的文藝界〉，1940）

1997 年香港由英國移交中國之際，藝術家何慶基爲香港蜑民祖先——鮫人盧亭——招魂。這種活在南海邊緣的水陸兩棲怪物，正是「畸形」香港的原型。今天看來，香港文化的生命力，源於它的「畸形」；它不守於一，總是「不純」、「不馴」；或者，「香港文學」是鮫人的珠淚。

於是我們見到：在香港唸皇仁書院時已經高唱無政府主義的袁振英，受胡適邀請在 1918 年的《新青年》寫〈易蔔生傳〉，得陳獨秀賞識，參與中國早期共產主義運動；同樣曾受港英殖民地教育薰陶的鷗外鷗，可以在 1936 年寫出〈軍港星加坡的牆〉、〈古巴的裸體〉及〈第三帝國國防的牛油〉這麼淩厲又開闊的詩歌。

還有以小說《地的門》（1961）、詩歌〈旗向〉（1963）對殖民文化統治提出抗議，以《慾季》（1984）、〈旺角記憶條〉（2015）挑戰生死愛怨的崑南——一位創作超過一甲子的孤寂少年、浪蕩壯年、暴風熟年。

又有穿越雅俗，令當代文學史由不知所措到倒屣相迎的金庸，筆下不乏文化政治隱喻的人物形象，例如迷惘於民族「大義」的喬峰（《天龍八部》，1964-1967）、在夾縫中活出古惑的韋小寶（《鹿鼎記》，1969-1972）。

　　惹人注目的更有陳冠中的「半唐番」雜種風格，既能編摩登雜誌《號外》（1976-），又可以寫《馬克思主義與文學批評》（1982）；再打造《盛世：中國二〇一三年》（2009）、《建豐二年：新中國烏有史》（2015）。

　　這些「畸人」、「畸寫」，不正正說明莊周所雲：「畸於人而侔於天」嗎？

　　第二個詞語是「地方感」。

　　2019年6月，香港噴發出一段刺鼻而催淚的的歷史，別有一番濃烈的「地方感」。這感覺將會以哪種文字去承載，現在還不知道。無論如何，「地方感」（sense of place）是理解香港文學的重要途徑。

　　現在被視為「香港」的地理空間，本無定名。日居月諸，活在這島與半島之的——不管是蜑族、客家、福佬、粵人，予土地河川以喜怒哀樂、恩怨愛恨，香港就成了大家的「地方」。把感覺書之於文字，就是「香港文學」。當年謝晨光臨摹十裡洋場，寫成《加藤洋食店》（1927），H埠灣仔的生命就同時開展了。這生命沿著張愛玲的《沉香屑·第一爐香》（1943）、黃谷柳的《蝦球傳》（1947）、董啟章的《地圖集》（1997），到馬家輝的《龍頭鳳尾》（2016），愈加煥發。好比維多利亞城的東岸，經李育中在1934年的生態書寫（〈維多利亞市北角〉），馬朗1957年的如夢寫照（〈北角之夜〉），也斯1974年的冷眼觀物（〈北角汽車渡海碼頭〉），陳滅2004年的超越虛無（〈北角之夜〉），北角就成了情之所鍾的「地方」。

　　香港的地方感，又寄寓於看似平凡實卻詭譎的名號：「我城」。「我城」之面世，正如西西的小說《我城》，先是一天一天的連載（1975），然後有先後版本流變（1979、1989、1996、1999），漸次具體成形，為人所知、為己所感。過去華民教育主力營建「家」與「國」交付給「我」的倫理。由「我」而「家」，其關聯確是可知可感。然而「國」之魂魄，尚在虛無飄渺中，在實際生活中更不可憑靠；島與半島上的居民，原來是「只有城籍的人」。這驚人的發現，據說始於上世紀70年代；其進一步的體認，卻又在「我」與「家」與「城」之外的「（英）國」與「（中）國」忙於爭拗的80年代。只具備「城籍」的居民，意識到這是一座「浮城」。關乎這座「浮

城」的畸事奇聞，縱橫開闔；於是，西西依《聊齋誌異》的體裁，借鏡於馬格列特的超現實幻影，寫出本土正史《浮城誌異》（1986）。為「我城」誌異，當然不是求巧尚趣，而是非常嚴肅正經的名山事業。這好比一向越界穿梭的也斯（《越界書簡》，1996），也曾以一系列的《聊齋》詩來書寫「我城」（1999），在尋幽於歐洲修道院時又以《詩經練習》（2006-2012）把「我城」與異域及傳統作並時連接（〈與傳統共商量〉，2002）。西西與也斯兩位香港文學巨匠，視通萬裡而思接千載；而繫心牽腸所在，還是這個「地方」。

「我城」的地方感因歷史轉折而生，亦隨著歷史波動而異化、幻化。寫過《傷城記》（1998）的潘國靈，在〈城市小說——不安的書寫〉（2006）一文，羅列了亦舒同名小說《傷城記》，以及毛孟靜《危城記》、黃碧雲《失城》、心猿《狂城亂馬》、東瑞《迷城》、王貽興《無城有愛》、馬家輝〈悲哀城〉等等。當然，「城籍」的稽覈，更有董啟章的《V城系列四部曲》（1997-2000）；其生發的意味，又見諸陳智德之由《解體我城》（2009）到《根著我城》（2019）。這些可依時間序列而逐一剖析的「諸城紀」，銘刻了種種寓言、重言、卮言，以至誓言、戲言、妄言；蘊蓄著無法計量的「地方感」。

今朝，「我城」的地方感，如浪奔浪流，都到眼前來。天雨粟、鬼夜哭，唯見滄海月明。香港文學，閃爍於維多利亞海峽兩旁。想來識者不會以為是魚目。

《香港文學論》的作者金惠俊當然是具慧眼的識者。金惠俊教授是韓國享有盛名的現代中國文學專家，在他主持的釜山大學現代中國文化研究室，出版了不少華語文學的翻譯和研究著作。他也長時期關注香港文學，除了如本書正文十二章的堅實研究之外，附錄的〈似醉非醉的「酒徒」〉、〈我的城市，香港〉、〈尋找或製造〉、〈再現一百年前的香港〉、〈香港女性作家的香港故事〉幾篇，分別是他翻譯劉以鬯《酒徒》、西西《我城》、也斯《後殖民食物與愛情》、施叔青《她名叫蝴蝶》，以及香港年輕女作家的作品選譯的後記。由此可以見到他除了以境外觀照的方式，將香港文學置放在一個寬廣的世界脈絡之上，其評斷更是來自文本精細閱讀與詮解，甚至逐字斟酌的轉譯。他深刻而獨到的眼光，當然看到香港的「畸形」；他視之為香港的「獨

特性」。他也呼籲大家，應看香港文學是否具有自身的「獨特性」？如果有，那麼「這種獨特性與中國文學具有什麼樣的關係」？他又請大家留心香港文學「與中國大陸某個地區的文學——例如北京文學或上海文學——是否屬於相同的範圍」？如果不然，能否「像臺灣文學那樣能夠與中國大陸文學整體共存的一種存在」？他留意到香港有一種「爬格子動物」——這是否鮫人盧亭所幻化變形？他形容香港的文學生產的一個現象：「可以依靠寫作維生的作家也只是少數，即使有全職作家也是屬於重體力勞動型的」。金教授這個觀察，與他對曾經在香港報紙大盛的「專欄」寫作的重視有關。「專欄」之為副刊文章，在香港早有傳統；其源頭是「諧部」，是與國家社會大事相關的「莊部」之對立面。事實上，「諧部」不單是「文學香港」的一個恰切比喻，它本來就寄寓了香港的歷史命運：遠「莊」近「諧」。因為香港根本做不了「莊」，全無發揮「莊嚴」理想的機會。畢竟這是被歷史拋棄的一座浮城而已。

　　至於這「浮城」，在無根無脈的沙土上如何自製「城籍」，也在金教授的視覺範圍之內。他論劉以鬯《酒徒》，除了說這是「中國第一部『意識流』小說」之外，更重著眼於「作為香港文學」的《酒徒》。他指出這部作品「體現了移居者的認同混亂和不安心理，以及對他們香港化可能性的預見」。作為南來的移居者，劉以鬯覺得「香港真是一個怪地方」，但金教授指出他和他的小說都能直面「作為香港人的認同問題」。事實上，50年代從大陸移居而來的人也參與了香港人認同的形成。這種認同，金教授認為是「一種不同於指涉統一的『通文化性認同』或指涉調和的『混種性認同』，而指涉互相矛盾糾葛的『異種混型性認同』。」金教授又認為公認建立香港「城籍」的西西《我城》，是通過「空間的場所化」、「空間的類似場所化」、「人生的標記化」等方式，以弱化「時間性」，迴避與中國歷史的關係；結果為了強調香港（人）的身分認同——香港性，而非香港（人）與中國（人）的歷史和文化的關聯性。當然，我們要注意西西面前是否有真正的選項供她抉擇？金教授指出這些可能性，正是我們閱讀西西作品、閱讀香港的前世今生，甚至閱讀世界任何一個「地方」，所應該思考的問題。沿著這一思路，金教授對也斯作品《後殖民食物與愛情》也得出一個非常精闢的、「也許也斯自己也沒有意識到」的結論：「香港既是世界的一部分又是世界本身」。也斯或者刻意於「後殖民」狀況，如作品的題目所顯示。在全球化時代，

跨境移居人流不絕，「這種流動性和可變性」與香港人「模糊不清的處境乃至身分」，無大分別。如此說，「地方」也不外是「無何有之鄉」。但也斯小說的魔力，可能在於「不管在什麼時候什麼地方因為什麼問題都隨時與香港相連接」，「所有關心都從香港出發又歸結於香港」，於是「香港無所不在」。或者可以這樣說，「地方」恐怕是一座終會沉淪的「浮城」，但「地方感」則在浪盪的時空中，永不磨滅。

金教授在本書還開展了一個非常值得注意課題，見於第 3、4、5 章：香港小說中的母親、女兒、妻子；香港小說中的主婦和女傭；香港小說中的「菲傭」。「性別」當然是這幾章的顯題；然而，這顯題之下更重要是由遠而近、層層遞進的權力的隱喻。尤其「菲傭」一章，更是畫龍點睛！香港如果有感於在有形無形的權力架構中，顯得無力與無奈，則香港人如何看待「菲傭」——許多香港家庭都非常依賴的菲律賓籍傭工，有必要細加審視。金教授指出即使「被評價為女性主義者的黃碧雲」、「像也斯這樣具有開放的視野和犀利的視角同時充分肯定文化多樣性和人格珍貴性的作家」，在他們的作品中菲傭還是「以反面形象出現」；「這就說明她們被歪曲的可能性很大」。金教授又認為「更嚴重的問題」是：「從菲傭在香港人的日常生活中所占的比重上考量，她們幾乎沒有被香港小說作為題材進行創作過」。換句話說，如果文學反映社會，則香港作家欠「菲傭」一個公道！金教授的評語值得深思。

「香港文學」至今，在「中國文學史」的書寫領海之內，還是可有可無的浮游物。然而它的浮游之力，或者可以讓它漂遠，讓它免於沉淪。而天地宇宙間，當有賞識明珠如金惠俊教授者。

二〇二〇年九月一日序於相思湖夕照下

陳國球

例　言

　　本書的撰寫起初並無特定目標和計畫，而是在相當長的一段時間內，根據不斷變化的學術關懷撰寫的文章的集結。因此，它並不具有明確的主題和嚴密的體系。基於同樣的原因，也有些類似或重複的敘述。

　　文章基本上和當初發表時的文章並無差異。只是進行了最小限度的修改，如縮短句子，統一標記，修改一些註解以及將一些舊的統計資訊更改爲最新的統計資訊。

　　近年來，香港社會發生了劇烈變化，香港文學也呈現出許多變化。但是，這本書不修改原始文本。大概有兩個原因：首先，因爲香港社會和香港文學的變化不僅太大太快，而且現在也在繼續。其次，由於筆者作爲外國學者，客觀上很難在短時間內精準地掌握和綜整這些變化。本書的文章曾在韓國、香港和中國大陸刊載過，因此不能視爲積極地反映了臺灣學界的研究成果。作爲補充，筆者試圖通過使用註解來介紹臺灣學者的一些成就，例如須文蔚、王鈺婷及王梅香等。

金惠俊

作者簡介

金惠俊，畢業於韓國高麗大學中文系，主修中國現當代文學，以論文《中國現代文學史上「民族形式論爭」研究》獲得博士學位。現爲韓國國立釜山大學教授，先後在香港中文大學（CUHK）、中國社會科學院（CASS）、加拿大不列顛哥倫比亞大學（UBC）、美國加利福尼亞大學聖地亞哥校區（UCSD）等以研究生或訪問學者身分進行研究活動。

具體學術研究領域主要包括中國現當代文學史，中國新時期散文，中國現代女性主義文學，香港文學，華人華文文學等方面。因此，曾單獨或共同翻譯過《中國新文學發展史》（1991）、《中國當代文學史略》（1994）、《中國現代散文史稿》（1993）、《中國當代散文審美建構》（2000）、《女性主義文學批評在中國》（2005）、《跨世紀風華：當代小說 20 家》（2014）、《華語論述，中國文學：多聲現代性》（2017）、《臺灣新文學史》（2020）等相關理論書籍，也翻譯過《天之涯，海之角》（2002）、《崑崙山的月亮昇起的時候》（2002）、《尋人啟示》（2006）、《我城》（2011）、《蛇先生》（2012）、《後殖民食物與愛情》（2012）、《她名叫蝴蝶》（2014）、《酒徒》（2014）、《他是我弟弟，他不是我弟弟》（2016）等散文集和小說集。著作有《中國現代文學史上「民族形式論爭」》（2000）、《香港文學文學論》（2019），論文有《華語語系文學，世界華文文學，華人華文文學》（2019）等數十篇。

創建和管理「金惠俊的中國現當代文學」個人主頁（http://dodami.pusan.ac.kr），致力於《韓文版中國現當代文學作品目錄》（2010）、《韓國的中國現代文學學位論文及理論書目錄》（2010）等中國現當代文學相關資料的編纂與維護。近年來，以釜山大學現代中國文化研究室（http://cccs.pusan.ac.kr/）爲中心，努力與青年研究者們進行共同研究，而該「現文室」已出版約四十多種書籍。

目　次

緒論

香港文學的獨特性和範疇

▲ 香港市區

壹、香港的移交

1997年7月1日，香港正式移交中國。

香港的移交不僅給中國和香港，也給全世界留下了許多課題：殖民地時代的清算以及隨之而來的新形態的全球協作，在一個國家中社會主義和資本主義體制共存的「一國兩制」實驗，所謂有關「中華經濟圈」成立可能性的諸多對策等等。

當然，香港的移交所引起的問題並不僅僅侷限在經濟和政治兩方面。這是因為香港所具有的特殊經歷和環境，與各方面有著千絲萬縷的聯繫。從文化和社會的角度來看，香港自1842年起成為英國的殖民地以來，歷經150多年的東西方文化的積極交流與融合；1949年中華人民共和國成立前後起，約50年的左翼和右翼思想間接性的對立鬥爭；儘管有著殖民地這個框架所賦予的政治性環境，但相對來講是相當自由的輿論氛圍；商業性的都市環境裡出現的各種社會現象等等，在今日，從不同性質的文化相互影響，及文化與社會的相互關聯來看，具有重要的參考價值。

在這一點上香港文學是特別值得注意的領域。由於香港的特殊情況，自然而然地使香港文學產生有別於其他地區的某種獨特性。並且這種獨特性使香港文學在世界文學，特別是在中國文學裡獨樹一幟。由此看來，從1980年代以來，對香港文學的研究與日俱增是可想而知的結果。譬如說，1990年代由劉登翰主編的多達760頁的《香港文學史》（北京：人民文學出版社，1999）為代表，包括古遠清的《香港當代文學批評史》（武漢：湖北教育出版社，1997）和袁良駿的《香港小說史（第一卷）》，（深圳：海天出版社，1999）等各種文學史及體裁史皆已出版。這說明對香港文學的研究已由初步階段正式進入正規階段。

但非常遺憾，韓國迄今為止對香港文學的關注還是偏少。考慮到目前韓國的研究

現狀，將就香港文學的獨特性和範疇進行研究。目的在於對中國圈內現有的成果進行進一步的驗證和評價的同時，提出更加有效的標準，期盼從這些基礎性的工作中，引起韓國學術界對香港研究的興趣。

貳、香港文學的獨特性

首先，從「香港文學」的概念是否成立的問題談起。在 1970 年代，有相當大一部分人主張所謂的「文學沙漠論」，而這種主張到了 1980 年代末依然存在。認爲香港本身沒有文學或者沒有優秀的文學，[1] 或許文學在香港沒有受到充分重視，但文學或者文學行爲本身，在香港是不可能不存在的。況且香港文學作品中很大一部分，不僅作品本身具有高的水準，且由文學史的角度而言，也都應受到很高的評價。譬如中國大陸作家王蒙在 1980 年代初所寫的〈春之聲〉、〈海的夢〉等，名噪一時，並被中國大陸學人呼之爲「中國當代第一批意識流小說」，受到了高度的評價，而香港作家劉以鬯早在 1963 年發表《酒徒》，不僅在時間上，而且在表現和技巧的運用上，其現代主義的程度明顯超過了前者[2]。

其實，所謂「香港文學」這一概念是否成立的問題，不能單純從香港有沒有文學，或者有沒有優秀的文學來判斷。而是應看香港文學是否具有自身的獨特性，如果有，那麼這種獨特性與中國文學具有什麼樣的關係，並且它到底與中國大陸某個地區的文學——例如北京文學或上海文學——是否屬相同範圍，如果不然，是否像臺灣文學那樣，能夠與中國大陸文學整體共存的一種存在性問題。

香港作爲資本主義大都市，在經濟、政治、文化各方面都與中國大陸有著顯著的

1　在 1989 年 4 月召開的第四屆全國臺灣香港暨海外華文文學學術研討會上，關於香港到底有沒有文學再次成為議論熱點。請參考復旦大學臺灣香港文化研究所（選編），《臺灣香港暨海外華文文學論文選》（福州：海峽文藝出版社，1990）以及文牛，〈在世界文學格局中探討台港及海外華文文學：全國第四屆臺港海外華文文學學術討論會述略〉，《中國現代當代文學研究》，8 期，北京：中國人民大學書報資料中心，1989 年，頁 247。

2　詳細內容參考本書第 6 章〈中國第一部「意識流」小說——劉以鬯的《酒徒》〉。

差異。所以，很容易地想到香港的文學具有與中國大陸文學不同的獨特性。不僅如此，正如前述談到，香港地處東西文化交融、左翼和右翼思想並存、政治統治和輿論自由、錯綜複雜的住商城市環境及四通八達的地理位置等。因此我們可以充分推測，它的文學可能有別於中國大陸文學及臺灣文學，具有獨樹一幟的特徵。那麼，究竟在哪些方面有所不同呢？

香港的英國殖民地政府（港英政府）在不正面否定他們的統治，或者對其統治沒有重大威脅的情況下，基本上給予最大限度的思想與言論自由。[3] 這一點在 1949 年中國與臺灣的對峙狀態形成以後，更加明顯的體現出來，英國殖民地政府對中國大陸和臺灣，或者左翼和右翼思想，盡量避免對其直接表態，大致上採取了靜觀其變的態度。在香港文壇沒有什麼特殊文藝政策的強制，也沒有受到什麼特定思想理論的支配，作家在思想方面也未受到什麼約束，可以比較自由地思考、創作和發表。在香港從來沒發生過尖銳對立的文藝爭論，因為除了作家的興趣多樣，互相承認，城市生活的壓力造成對別人的主張沒辦法進行集中地回應等以外，主要是環境影響之下所產生的結果。

受香港都市化商業環境直接影響的作家，其特殊的文學行為也是其他地方看不到的。他們的寫作幾乎沒有政府和公共團體的支援，[4] 依照商業性稿費低到不能維持基本生活。因此仰賴寫作維生的作家只是少數，即使有全職作家，也是屬於重體力勞動型的。[5] 此外，由於出版社以商業利益考量優先，因此他們的作品只能登載在一般報

---

3 在此之所以用「基本上」一詞是因為並沒有完全認可無限制的自由。譬如說，1939 年 12 月，當時剛呈現高潮的關於「文藝的民族形式」的爭論結束，就是因為作為帝國主義的英國的立場，和勢力日益強大的日本之壓力雙重作用的結果。具體情況請參閱金惠俊，〈關於香港的「文藝的民族形式論爭」〉，《東亞文化與中文文學》（《東亞現代中文文學國際學報》），2 期（2006），頁 334-352。

4 直至 1980 年末，才設立了香港藝術發展局，開始給作家予以支援，同時強化報紙雜誌的文藝版面，並展開了各種文學徵集活動。

5 例如，唐人寫道「有一個時期，我每天都要寫一萬字，連續了十年，從沒有一天間斷過。」、「但我不寫這麼多，在香港就沒法維持生活，就交不了房租，孩子也沒法上學了」。傅真，〈香港文苑奇才—唐人〉，《中國現代當代文學研究》，24 期，北京：中國人民大學書報資料中心，1981 年，頁 111-112。

紙的文藝副刊或其他版面，而不是文藝雜誌或文學書籍上。但因為讀者的喜好會直接反應在報紙的銷售量上，因此作者在寫文章時，一方面時間緊迫，一方面也需考慮讀者的喜惡。像這樣，廉價的稿酬，發表在報紙版面的作品等條件，再加上人口密集的資本主義，大都市香港的惡劣的居住條件，[6]繁重的生活壓力，緊張的生活節奏等，都給作家的文學創作帶來了諸多不便，結果使作品的內容與水準受到很大的影響。換句話說，長時間計畫及充分思考而進行的創作難以實現。被要求把心思放在迅速而又能引起大眾興趣的文章上，比起各種歷史和政治問題在內的那些高談闊論，以都市生活為題材，快餐式的短小精悍文學最為合適。也因如此，甚至有的作家稱自己為「爬格子動物」。

作家的頻繁移動也和中國大陸及臺灣有著很大的差別。不僅是在 1930 至 1940 年代的抗日戰爭時期，往後也一直存在著作家頻繁移動的現象。也就是說，除了香港本地的作家外，還有許多以外地人的身分，來到香港進行短期或長期活動，甚至定居成為香港居民的作家；也有生長在香港而後來移居到外地的作家；自然經常性移動的作家也不在少數。中國大陸作家的居住地除抗日戰爭時期以外比較固定，相較之下，臺灣作家的居住地雖比較自由，但在這點上，香港的情況不但與中國大陸完全不同，而且與臺灣也確實不一樣。

這種作家的流動性不可避免地給香港文學作品帶來很大的影響。首先，香港文學在形成自身獨特性的過程中，通過與中國大陸和臺灣的不斷交流，保持了一定的聯繫。這與中國大陸及臺灣的文學，在 1949 年之後幾十年間無交流，幾乎在孤立狀態下發展的情況不同。其次，通過與西方世界的廣泛交流，積極地接受西方文學的影響。能夠證明這一點的是在 1950 年代中期，早於臺灣對現代主義進行了系統性的

6　據王一桃所講，小說家西西在僅能供人轉身的狹窄的洗手間內寫作，還有很多作家在市立圖書館或者其他公共場所完成他們的作品，有的人甚至在快餐店裡寫他們的連載小說或框框雜文。請參閱王一桃，〈香港「嚴肅」文學的困境和出路〉，載於黃維樑（主編）《中華文學的現在和未來：兩岸暨港澳文學交流研討會論文集》（香港：鑪峯學會，1994），頁 212。關於框框雜文的內容參考本書第 2 章〈香港專欄散文的嬗變與未來〉。

研究和吸收，進而對臺灣現代主義的盛行產生了深遠的影響。[7] 這與中國大陸文學從 1950 年代到 1970 年代的很長一段時期裡幾乎與外界斷絕了聯繫的情況更是無從比較。再者，由於外地出身作家的大量湧入，以及無論是當地出身作家，還是外地出身作家，此般「匆匆過客」式的活動，使他們的作品表現出與其說是對香港本身的關心，不如說是對中國和全世界的關心，與此同時也自覺或不自覺地流露出「過客心理」。

由此看來，流通性或者交流性很精確反映香港文學的一個特點。在作品方面，這樣的特點首先在東方與西方，傳統與現代的融合之中明顯地體現出來。縱向來看，受到了中國新舊文學的影響；橫向來看，受到了英國、美國、法國、日本文學的影響，甚至也受到了中南美洲文學的影響。[8] 譬如說，西西的作品除了以現實主義為基礎，輔以幻想的現代主義手法以外，在思想方式、倫理道德觀念、人生態度等方面，還是受到了中國傳統思想的影響。[9] 在這兒，具有惡性西化現象或極端保守的文學評論家並不存在，例如黃維樑、黃繼持等的理論與評論具有洞察古今、融合東西方理論的特點。[10] 這一點至少與 1950 年代後到 1970 年代上半期的大陸與臺灣具有明顯的區別。此時的中國大陸不僅將西方思想的影響阻斷，就連東歐和蘇聯文學的影響也漸漸切斷，轉入所謂「自立更生」路線。臺灣的情況是雖然後來鄉土文學抬頭，但強烈受到西歐文學影響的現代主義文學還是很盛行。此外，在香港，使用英語進行創作和批評

7　馬博良在 1956 年創刊的《文藝新潮》上，有體系地介紹了存在主義作品和論著，在臺灣發起的現代主義運動由此汲取了豐富的營養。古遠清，〈三岸當代文學理論批評連環比較〉，載於黃維樑（主編）《中華文學的現在和未來：兩岸暨港澳文學交流研討會論文集》（香港：鑪峯學會，1994），頁 345-364。香港：鑪峯學會，1994），頁 345-364。另外也可見須文蔚，〈意識流理論在臺港跨區域文學傳播現象探討〉，載於《跨國的殖民記憶與冷戰經驗：臺灣文學的比較文學研究》（新竹：清華大學臺灣文學研究所，2011），頁 435-453。

8　黃維樑，《香港文學初探》（香港：華漢文化事業公司，1985），頁 28；王一桃，〈香港「嚴肅」文學的困境和出路〉，載於黃維樑（主編）《中華文學的現在和未來：兩岸暨港澳文學交流研討會論文集》（香港：鑪峯學會，1994），頁 210。

9　李子雲，〈在寂寞中實驗：論西西的小說創作〉，《中國現代當代文學研究》，9 期，北京：中國人民大學書報資料中心，1989 年，頁 175。

10　古遠清，〈三岸當代文學理論批評連環比較〉，載於黃維樑（主編）《中華文學的現在和未來：兩岸暨港澳文學交流研討會論文集》（香港：鑪峯學會，1994），頁 345-364。

的作家也大有人在，[11] 這也是與其他地區有所區別的。

　　體現香港文學流通性的另一方面是受到中國大陸和臺灣的雙重影響，同時對兩地起到了連接的作用。[12] 換句話說，就是受到左右翼對立的間接影響，但又處在相對自由的位置。當然，這並非說在香港全無左右翼對立的情況。相對而言，1950 年代以前曾有過很多批判國民黨政府的作家和作品；1950 年代，有過很多批評共產黨政府的作家和作品；另外從那以後左右翼也曾有過明爭暗鬥。但從整體來看這些現象並不是很嚴重。特別是以 1980 年代後期由左右翼人士共同參與的《星島日報》的文學副刊《大會堂》及文學雜誌《香港文學》的發刊為標的，開始變得模糊起來。暫且不提政治方面的內容，兩岸間的交流也因作家的出生地不同而呈現出不同的風格。譬如1970 年代以後，香港出生作家的作品題材大部分是以香港社會為主，技巧上則採用了中西結合的方法；從中國大陸移居來的作家的作品具有鄉土氣息的現實主義風格；臺灣出身作家的作品深受小市民階級觀念等西方文學的影響。[13] 直到 1980 年代中國大陸都一直冷落了胡適、周作人、林語堂、梁實秋、張愛玲等很多作家，臺灣則乾脆將

11　例如，以 1924 年移居香港的一個富豪家庭為素材寫的 Mimi Chan, *All The King's Women* (Hong Kong: Hong Kong University Press, 2000) 等作品即可放入此範疇。如果再進一步延伸的話，以 Jardine Matheson & Co.（怡和洋行）的歷史為素材創作的 James Clavell, *Taipan* (London: Michael Joseph & Co., 1966) 等作品也可列入這裡。

12　臺港文藝交流的研究目前已有多篇論文成果，可參見王鈺婷，〈美援文化下文學流通與文化生產—以五〇、六〇年代童真於香港創作發表為為討論核心〉，《臺灣文學研究學報》，21 期，臺北：國立臺灣文學館，2015 年，頁 107-129；王鈺婷，〈冷戰局勢下的台港文學交流—以 1955 年「十萬青年最喜閱讀文藝作品測驗」的典律化過程為為例〉，《中國現代文學》，19 期（2011），臺北：中國現代文學學會，頁 83-114；王鈺婷，〈冷戰時期台港文化生態下台灣女作家的論述位置—以《大學生活》中蘇雪林與謝冰瑩為為探討對象〉，《臺灣文學學報》，35 期（2019），臺北：國立政治大學臺灣文學研究所，頁 99-126；須文蔚，〈葉維廉與臺港現代主義詩論之跨區域傳播〉，《東華漢學》，15 期（2012），臺灣：國立東華大學中國語文學系，頁 249-273；須文蔚，〈1950 年代臺灣的香港文化與傳播政策研究：以雷震之赴港建議與影響為為例證〉，《中國現代文學》，33 期（2018），臺北：中國現代文學學會，頁 171-193；王梅香，〈美援文藝體制下的臺、港、馬華文學場域：以譯書計畫《小說報》為為例〉，《臺灣社會研究季刊》，102 期（2016），臺北：臺灣社會研究雜誌社，頁 1-40；王梅香，〈文學、權力與冷戰時期美國在臺港的文學宣傳（1950-1962 年）〉，《臺灣社會學刊》，57 期（2015），高雄：臺灣社會學會，頁 1-51。

13　陳炳良（主編），《香港當代文學探研》（香港：三聯書店，1992），頁 3。

魯迅、郭沫若、茅盾、巴金、老舍等很多作家劃入禁區，由此我們能清楚地看出香港文學的特殊性。

作為國際金融貿易中心以及亞洲最大的自由港，香港由於自身的商業都市性而融合了激烈的商業競爭，殘酷的市場環境，凶險的人生和變化無常的流行趨勢。以至於香港作家經常用極端的內容和表現來吸引大眾的關心，香港文學經常出現極端而且離奇的現象，時有發生瞬間即逝的情況。[14] 這樣的香港文學都市性，體現於香港的經濟得到了飛躍發展的 1970 年代，但其實早在 1920 年代就已萌芽。《伴侶》第 1 期的〈賜見〉中提到了文學應「以摩托車之輪為花，以商店招牌為葉」[15]；第 5 期以「初吻」為主題編成了特刊，鳳妮在〈初吻之分析〉中對作家們的 12 篇作品評價為「大概都是紀實的」、「表現著近代的都市的色彩」。[16] 像這樣結合了商業性的香港文學的都市性從 1950 年代迄今不僅是中國大陸文學所沒有的獨特現象，且更進一步地可以理解為是與農耕社會中以家族血緣關係為基礎所建立的中國傳統文化觀念完全不同的新現象。

最能體現出香港文學商業性與都市性的現象是從數量上來看通俗文學完全超過了嚴肅文學。在這裡，金庸、梁羽生的武俠小說，亦舒、林燕妮、嚴沁、岑凱倫的言情小說，倪匡的科幻小說完全占據了一般文藝作品的市場，嚴肅文學則主要是以學院為中心展開。如果說這種現象在過去的中國大陸很少見，但在臺灣卻多少存在的話，那麼所謂框框雜文的盛行則可以說是只有在香港文學裡才出現的特有現象。

香港報紙文藝版面的布局很獨特。布局的整體雖然是固定的，但許多構成範圍時有時無、規則和不規則的空間，在這些每個限定的空間裡被選定的作家（們）每天或隔幾日發表從幾百字到幾千字的文章。從文藝版面整體上看，這些作家就像是群雄割

14　花建，〈東方之珠的文化神韻：論香港文學發展的三個特點〉，《中國現代當代文學研究》，7 期，北京：中國人民大學書報資料中心，1997 年，頁 222-225。

15　張北鴻，〈香港文學概論〉，《中國現代當代文學研究》，7 期，北京：中國人民大學書報資料中心，1992 年，頁 251。

16　袁良駿，《香港小說史（第一卷）》（深圳：海天出版社，1999），頁 47。

據一樣占據了這些限定的空間來發表文章。這就是所謂「框框文學／塊塊框框文學」
（「專欄雜文／框框雜文／散文專欄」）。這種框框文學從 1930 至 1940 年代就已經
逐步產生，當時被稱爲「報屁股」，到了 1970 至 1980 年代發展到足以影響報紙的銷
售數量。[17] 框框文學中最具代表性的體裁框框雜文篇幅很短，內容平緩，涉及的問題
很廣泛，與社會現狀維持著一定的關係。但也因爲這些特點，反而又被稱爲「快餐文
學」、「即棄文學」，[18] 甚至被認爲不是眞正的文學作品。[19] 但是，這種框框雜文的執
筆者相當多數爲著名作家，而且也有不少優秀的作品。所以，不能把它從文學的現象
裡排除，框框雜文是異於中國大陸文學和臺灣文學，香港文學所特有的現象，這一點
是不可否認的事實。

參、香港文學的範疇

　　香港文學可簡單解釋爲「居港的華人作家用中文寫作的文學」。[20] 但具體而論並
不這麼簡單。首先從作家的角度看是因爲香港的環境比較特殊，作者的流動性比較大
的緣故。以下舉幾個例子來分析：

　　李輝英出生於吉林省，他是 1930 年代發表描寫東北地區的中國人民抗日鬥爭的
《萬寶山》、《松花江上》等小說的東北作家。1950 年移居香港，在香港度過了後
半生，出版了以《牽狗的太太》爲代表的 30 餘部描寫香港都市風貌和香港生活的小

17　王敏，〈百年變遷中的香港文學〉，《中國現代當代文學研究》，11 期，北京：中國人民大學
　　書報資料中心，1997 年，頁 225-229。根據黃維樑 1982 年 2 月 22 日的調查，在香港銷路好或
　　者有代表性的 13 份日晚報中，一共有接近 400 篇的專欄，其中 90 個是小說，大多數是長篇小
　　說連載，餘下來的約 310 個，是各式各樣的框框雜文。黃維樑，《香港文學初探》（香港：華
　　漢文化事業公司，1985），頁 2-3、30-31。

18　吳躍農，〈臺港海外十年散文印象〉，《中國現代當代文學研究》，6 期，北京：中國人民大
　　學書報資料中心，1989 年，頁 175-178。

19　陳炳良（主編），《香港當代文學探研》（香港：三聯書店，1992），頁 1-4。

20　黃維樑，〈香港文學與中國現代文學的關係〉，載於第三屆全國臺灣與海外華文文學學術討論
　　會大會學術組（選編）《臺灣香港與海外華文文學論文選》（福州：海峽文藝出版社，
　　1988），頁 185。

說、散文等。余光中出生於南京，1950 年移居到臺灣後出版了《舟子的悲歌》等 20
餘部作品集，被認爲是臺灣文壇的著名詩人。1974 年他轉居香港後，創作了《與永
恒拔河》等 3 部詩集和大量的優秀作品。另外，他自己也說：「『香港時期』的筆耕
成績，無論在詩、散文、翻譯、批評各方面，對我都非常重要」。[21]

與此相比，成長在香港的張錯和葉維廉在臺灣念大學期間不但出版過散文集和詩
集，還參加過當時臺灣的現代詩運動，之後他們定居美國，但繼續在臺灣發表作品。
劉紹銘也是香港出生，他的文學評論活動始於就讀臺灣大學期間，年輕時也曾在香
港發表過作品。但是他的主要創作時期是於美國 Indiana 大學取得博士學位並任教於
Wisconsin 大學，而後來他又返回香港，以香港嶺南大學教授的身分繼續從事創作。
在香港出生的鄭樹森畢業於臺灣的政治大學，後又取得美國加州大學聖地牙哥分校
（UC San Diego）的博士學位，並在此校任教期間還擔任香港大學、香港中文大學的
教授，兼任過香港科技大學的教授。因爲他經常出入香港，他的文學活動自然也與此
緊密相連。此外，在香港出生、成長的羈魂雖於 1994 年移民澳大利亞，但最後還是
回到了香港。那麼這些人是否屬於香港作家呢？

除上述作家流動性問題之外，作家的發表地問題也比較複雜。上海出生的西西於
1950 年移居香港，在此成長、生活期間以香港爲題材創作了代表作《我城》等，幾
乎包含所有文學類型的大量作品，因此她不受出生於異地的限制，成爲代表香港的作
家之一。但她的新作經常在香港以外的臺灣發表，臺灣甚至出版過她的全部作品。這
種現象不僅限於西西一個人，而是相當普遍。例如也斯的第一部散文、小說以及翻譯
均在香港完稿，但都在臺灣出版。鍾曉陽的作品集雖在香港出刊卻在臺灣流行，之後
在香港也受到矚目。此外梁錫華、黃維樑等作家、評論家的作品也往往在臺灣發表。
且這並不是近期才發生的現象，1920 年謝晨光等作家就在上海的文藝雜誌上發表作

---

21 余光中，〈自序〉，《春來半島：香港十年詩文選》（香港：香江出版社，1985）。黃維樑，〈香
港文學與中國現代文學的關係〉，載於第三屆全國臺灣與海外華文文學學術討論會大會學術組
（選編）《臺灣香港與海外華文文學論文選》（福州：海峽文藝出版社，1988），頁 190 再引。

品，在上海出版作品集。[22]

　　那麼情況究竟複雜到什麼程度呢？跳脫作家的發表地問題，從居住地概念出發，以出生地、成長地、登壇地、居住地[23]為依據又可整理如下表：

編號	出生地	成長地	登壇地	於香港居住情況	作家
1	香港	香港	香港	永久居住	崑南、金依、潘銘燊、舒巷城、小思、秀實、辛其氏、梁鳳儀、侶倫、王良和、鄭鏡明、鍾偉民、陳寶珍、陳昌敏、黃繼持、黃國彬、黃碧雲等等
2	香港	香港	香港	流動居住	羈魂、余思牧等等
3	香港	香港	外地	永久居住	劉紹銘、夏易等等
4	香港	香港	外地	短期居住	黃秋耘等等
5	香港	外地	外地	永久居住	王璞等等
6	香港	外地	外地	短期居住	秦牧等等
7	外地	香港	香港	永久居住	譚秀牧、西西、彥火、嚴吳嬋霞、陸離、依達、李維陵、張軍默、陳德錦、蔡炎培、何紫、胡燕青、黃慶雲、黃維樑、黃天石等等

22　謝晨光為文學團體島上社的核心人物，1927年春，短篇小說《劇場裡》和《加藤洋食店》，評論〈談談陶晶孫和李金法〉，散文〈最後的一幕〉等作品發表於上海的《幻洲》、《戈壁》、《一般》，1929年在上海現代書局出版了短篇小說集《勝利的悲哀》。參考袁良駿，《香港小說史（第一卷）》（深圳：海天出版社，1999），頁40-41。

23　成長地以中學時期為基準；居住地與成長地和出生地無關，僅考慮登壇後的居住地；永久居住是指移居5年以上，且迄今為止繼續居住或在香港別世的；長期居住是指有過5年以上居住的；短期居住是指未滿5年居住的；流動居住是指總居住期為5年以上的作家，反覆出入境者。

編號	出生地	成長地	登壇地	於香港居住情況	作家
8	外地	香港	香港	長期居住	阿濃、鍾曉陽、陳浩泉、胡菊人等等
9	外地	香港	外地	永久居住	也斯等等
10	外地	香港	外地	短期居住	陳殘雲等等
11	外地	香港	外地	流動居住	葉維廉、張錯等等
12	外地	外地	香港	永久居住	金庸、蘭心、藍海文、戴天、陶然、夢如、舒非、楊明顯、梁羽生、嚴沁、周蜜蜜、陳娟、夏婕等等
13	外地	外地	香港	長期居住	衛斯理（倪匡）等等
14	外地	外地	香港	流動居住	黃谷柳等等
15	外地	外地	外地	永久居住	古劍、高旅、金耀基、金兆、大華烈士、傅天虹、徐速、徐訏、葉靈鳳、力匡、吳其敏、溫瑞安、王一兆、劉以鬯、犁青、李輝英、林以亮、張文達、張詩劍、蔣芸、丁嘉樹、丁平、曹聚仁、鍾玲、曾敏之、肖銅、忠揚、何達、許地山、黃河浪、曉帆等等
16	外地	外地	外地	長期居住	戴望舒、梁錫華、余光中、原甸、李育中、陳之藩、黃藥眠等等

編號	出生地	成長地	登壇地	於香港居住情況	作家
17	外地	外地	外地	短期居住	葛琴、郭沫若、歐陽山、歐陽予倩、鷗外鷗、蘆荻、樓適夷、端木蕻良、唐弢、杜埃、孟超、穆時英、範長江、司馬文森、徐中玉、徐遲、聶紺弩、邵荃麟、蕭紅、施蟄存、陽翰笙、力揚、葉聖陶、吳祖光、郁達夫、柳亞子、李立明、林默涵、臧克家、鄭振鐸、鍾敬文、周鋼鳴、周而復、秦似、陳若曦、蔡楚生、鄒韜奮、鄒荻帆、巴金、馮乃超、夏衍、韓北屏、胡風等等
18	外地	外地	外地	流動居住	茅盾、顏純鈎、廖沫沙、韓牧等等

　　香港作家的情況如此複雜自然會引起「香港作家」範疇的混亂。例如劉紹銘在返回香港之前，一些人把他視為香港作家，而一些人則相反。[24] 甚至余光中也引起了一場是否該把他視為香港作家的論戰。[25] 因此，花建等研究者乾脆以在 1997 年香港移交以前，能取得香港永居權的最少居住時間為標準，把出版過文學作品或主持過報刊

24　前者以黃維樑為代表，後者以古遠清為代表。黃維樑，《香港文學初探》（香港：華漢文化事業公司，1985），頁 16-18；參考古遠清，〈三岸當代文學理論批評連環比較〉，載於黃維樑（主編）《中華文學的現在和將來：兩岸及港台文學交流研討會論文集》（香港：鑪峯學會，1994），頁 345-364。

25　古遠清，〈香港文學五十年〉，《中國現代當代文學研究》，6 期，北京：中國人民大學書報資料中心，1997 年，頁 256。

▲ 2007 年香港詩歌朗誦會於三聯書店（灣仔莊士敦店）

文藝專欄，並在港居住 7 年以上的作家歸為香港作家。[26] 這樣劃分固然使得「香港作家」範疇變的清晰，但這種一成不變的標準並不適用於所有情況。如按照花建的觀點，抗日戰爭期間在港活動的茅盾、蕭紅、端木蕻良、戴望舒等無數作家以及他們的文學作品將被排除在「香港文學」之外。所以有必要提出更有彈性的主張，其中試圖盡可能擴大「香港文學」外圍的黃維樑的觀點是最具有代表性的。黃維樑認為，是否屬於香港作家與在港居住時間的長短無關，只要對香港社會文化存有貢獻，就應將其視為香港的榮耀，對於作家範疇問題應適用「多多益善」的原則。[27] 但該主張也存在缺陷，如按照這樣進行劃分，香港作家不但應包括香港出生而主要在外地生活和發表作品的作家，更得包括在外地出生和生活而只在香港發表過幾篇文章的作家。

考慮以上因素，以作家的居住和活動在一定期間內是否實質性地組成香港文學的一部分且是否產生影響，比起作家的出身地或居住地來區分更為重要。以余光中為例。他在港期間的創作與之前的創作緊密相連，而且以香港為題材的作品也不多見。但他自己也承認，他在港期間的作品在創作生涯中所占的地位非常重要，並且他積極參加香港詩壇創作運動以及各種文學活動，以創作、評論、演講等方式給予新一代的年輕人多方的深遠影響，促進香港詩歌創作水準的提高。那麼能說此期間他不是以香港作家的身分來活動的嗎？所以在香港居住期間在港發表作品的作家之中，只要其活動在一定期間內，實質性地組成香港文學現象的一部分且造成影響，都應視為香港作家。如有必要，可以將創作生涯中主要活動地為香港的作家歸為狹義的香港作家。而

26　據他所說從 1920 年到 1990 年間符合此條件的香港作家為 360 多名。花建，〈東方之珠的文化神韻：論香港文學發展的三個特點〉，《中國現代當代文學研究》，7 期，北京：中國人民大學書報資料中心，1997 年，頁 222。

27　黃維樑，《香港文學初探》（香港：華漢文化事業公司，1985），頁 16-18。

在滿足此標準的前提下，一般作品發表地大多是香港，但即使發表地為外地，卻直接影響香港文壇的作家也可納入香港作家行列，所以發表地應不成問題。

　　如何定義香港作家？對此議論紛紛。1981年初，黃維樑透過〈香港作家的定義〉提出此問題後，在1985年5月前後，關於此問題的爭論達到了高峰，也湧現了各式各樣的觀點，[28]但至今未能得出一個最後結論。香港作家定義的不確定性，最終歸結於如何看待香港文學特性的問題。因此，關於香港文學範疇問題，有人甚至提出了作品是否具備香港文學的某種特徵的理論。例如王一桃認為現代香港文學是指，由香港作家以中文創造形式，表現香港社會的社會面貌和香港居民心態的擁有強烈的香港意識的文學藝術。[29]王劍叢狹義上把香港文學解釋為香港作家所寫，反映香港的社會生活和市民心態，而又在香港發表的作品，廣義上解釋為與發表地和題材無關，由香港作家所創作的具有香港意識和香港特色的作品。[30]根據他們所言，某作品是否反映香港人的生活和意識，才是香港文學範疇的一個重要基準。

　　某地區的文學要有別於其他地區的文學須有其獨特的特性。簡單地說，從作品的內容角度來講，從社會心理狀態以及價值取向上，均應彰顯本地的色彩與經驗；從形式上來講，須呈現與表達出這些色彩和經驗的獨特手法或文學形態。在這點上，前述見解有一定的道理，但是對此應持有更靈活的態度。其理由如下。首先這裡所說的「香港意識」或「香港特色」等概念本身極易引起爭論。另外，即使把這些「香港性」限定為上述的範圍之內，也很難追尋此特徵何時出現在何種作品之中，更重要的是這些限定最終會排除香港發生的文學活動中相當廣的一部分。例如1920、1930年代，香港作家的諸多作品都未呈現「香港性」，[31]但是怎麼能把這些作品從香港文學中排

28　盧瑋鑾，〈香港文學研究的幾個問題〉，載於《追跡香港文學》（香港：牛津大學出版社，1998），頁59。

29　王一桃，〈香港嚴肅文學的困境和出路〉，載於黃維樑（主編）《中華文學的現在和將來：兩岸及港台文學交流研討會論文集》（香港：鑪峯學會，1994），頁210。

30　王劍叢，《香港文學史》（南昌：百花洲文藝出版社，1995），頁4-5。

31　一般而言，香港文學的「香港性」比較鮮明形成的時期為1950年後，在那之前，只有黃谷柳的《蝦球傳》或侶倫的《窮巷》等少數作品中才出現了「香港性」。

除呢？若能排除，那不是同一個作家的有些作品屬於香港作品，而另一些卻排除在外嗎？另一方面，像蕭紅的《呼蘭河傳》等作品以中國大陸的經驗為內容，與香港毫無相關，但能把它完全從香港文學中排除嗎？如果可能，類似的作品都將會排除在香港文學之外。因此這樣不是有損香港文學的豐富性，也無法確切說明該時期香港文學現象嗎？

香港文學只是相對於中國大陸文學以及臺灣文學的概念，它本質上包含於中國文學，與中國大陸文學以及臺灣文學有一定的共同點。因此不僅要重視相對比較，充分體現「香港性」的作品，也要把未鮮明體現「香港性」且符合其他條件的作品視為香港文學。換句話說，按需求區分在香港存在（曾存在）的文學和屬於（曾屬於）香港的文學或許是完全可能的，但僅指後者為香港文學未必是很好的選擇。

此外，確定香港文學範疇還有幾個需要考慮的要素。如上所述，因香港的特殊社會條件，除中文作品外，英文或其他語言作品也起了一定的作用。所以如盡可能擴大範圍的話，以任何語言創作的作品都可視為香港作品。但非中文作品並不是香港文學的主流，也並不能代表香港文學。另外，如果考慮到現在的中國文學，一般只包括用漢語創作的文學，僅把中文作品歸入香港文學是無可非議的。

再者，即使是中文作品，也因所用語言是文言文還是白話文，或者是國語／普通話還是方言粵語／廣東語而有所區別。對此問題，不要僅以所用語言本身來決定，要換個角度以新文學「表現的深切和格式的特別」[32] 與否來決定。理由如下：

鴉片戰爭前後的香港本是一個小漁村，後隨著人口的增加而文學活動也有所增進，直到十九世紀末，香港文言文學雖有一些地域特色但仍屬於「嶺南文學」的範圍，依舊未形成獨樹一幟的香港文學的雛形。二十世紀上半期也如此，雖然香港文言文學擁有相當穩定的影響力，但因缺少現代意識，無法正確反映現代社會面貌的變化，也

32　魯迅曾經在《中國新文化大系小說二集》裡說過「從一九一八年五月起，《狂人日記》、《孔乙己》、《藥》等，陸續的出現了，算是顯示了『文學革命』的實績，又因那時的認為『表現的深切和各式的特別』，破激動了一部分青年讀者的心」。魯迅（選編），《中國新文學大系小說二集》（影印本）（上海：上海出版社，1980），頁 1。

無法表現區別於其他地區的力量及特徵。1920年代出現了新文學，[33]隨著時間的推移，香港文學突出了其獨特的面貌，甚至可與中國大陸文學及臺灣文學並立。換句話說，從整體上來看雖然舊文學時期的文學及文言文學雖呈現出某些香港性的特徵，但它與中國大陸文學及臺灣文學無相對性，欠缺「現代」意識。因此，在廣義上雖能包含於香港文學，但通常它應排除於香港文學之外。

　　從判定新文學的基準來說，普通話或方言的使用與否不太會引起爭議。中國標準語國語和普通話分別制定於 1918 年和 1955 年，其推廣需要一定的普及期，在此期間各地區各時期的文學作品在形成、發展這些共同語言的過程中起到了不可忽視的作用。如果把香港文學僅限為普通話作品，很容易就會破壞同時期文學的多樣性和豐富性。即使是使用方言的作品，因它意識到用語需有一定的規範，也因漢字的表意特徵較強，大多數不會阻礙理解作品的本質。作品的文言、白話或者普通話、方言使用與否並非是一個有價值的基準，應變換角度來考慮作品是否屬於新文學。

　　相對來說雖不受矚目，但分析中國文學時也有僅把嚴肅文學歸為中國文學範疇的現象，而且還存在如何區分通俗文學和嚴肅文學的問題。一般來講兩者區別於，通俗文學僅注重故事或主題本身而嚴肅文學除此之外還注重比喻、象徵、韻律、細節描寫、敘事觀點的運用等，而且在作品內容上所追求的水準大體上也有所區別。[34] 但是正如同一篇作品有時可分為不同的類型一樣，通俗文學和嚴肅文學的區分並非是絕對性的，而且從如今的後現代主義（postmodernism）兩者的意義不大，況且充分表現香港文學獨特性的現象之一就是在中國大陸及臺灣所沒有的框框散文以及武俠小說、言情小說、科幻小說等通俗文學的盛行。正如黃維樑所說的「所謂通俗文學和嚴肅文學都是香港文學，框框雜文的快筆健筆，武俠、科幻、愛情小說的奇筆幻筆，以及這些之外的彩筆雅筆，成就雖有不同，都是筆。此外兒童文學、流行歌詞、影視劇本、

33　香港新文學的誕生一般視為 1928 年新文化雜誌《伴侶》創刊的前後。但香港新文學的起點隨資料的發掘也可溯及到此之前。例如，袁良駿在其《香港小說史（第一卷）》（深圳：海天出版社，1999），頁 35-41 中論證香港新文學的起點為英華書院基督教青年會主管的《英華青年》再創刊的 1924 年。

34　黃維樑，《香港文學初探》（香港：華漢文化事業公司，1985），頁 15。

相聲腳本、有文采的社評爭論，甚至寫得精警的廣告，都應納入香港文學之內。」[35]
這個觀點非常有參考價值。只是筆者認爲「有文采的社評爭論，甚至寫得精警的廣
告，都應納入香港文學之內」的表述稍微誇大其詞。

綜上所述，對香港文學簡單明瞭地下定義並非易事，因爲它由看待香港文學的角
度不同而隨時改變。但劃分香港文學的一般範疇必定會有益處。綜合來講，居住在香
港的作家的作品和活動只要一定期間內實質性的構成香港文學現象的一部分且享有
影響力，均可納入香港文學的範疇。即使這些作品部分在外地出版，或作家一時滯留
或居住在外地也無妨。從作品的角度來說，也沒有必要區分通俗文學和嚴肅文學。作
品若能表露香港人的生活和意識很值得提倡，但不表露也無關緊要的。在香港文學是
屬於中國文學的大前提下，以中國大陸以及臺灣文學的相對概念來講，應將屬於非中
文的其他語言的作品或舊文學、文言文學的作品排除在一般範疇之外。

肆、香港文學與中國文學

至此，我們就香港文學是不是中國文學體系裡與中國大陸文學以及臺灣文學並列
的且具有獨立性的文學，以及如若如此其範圍將如何確定等問題進行了探討。在此過
程中，筆者爲證實香港文學的獨立性，大舉地列舉了其與中國大陸文學和臺灣文學
的不同之處。不容置疑，這並不是說香港文學與中國大陸及臺灣文學沒有任何親緣關
係，更不是說香港文學不是中國文學的一支分流。香港地區雖然一百多年來在政治上
經歷了與中國大陸和臺灣的分離，但香港文化並非是從根本上與中國文化不相關的全
新的文化。因此，香港文學也理所當然沒有喪失其同質性。這從以下幾點也可以得到
證實。[36]首先，香港的很多作家受到文學革命以來的中國新文學和其作家的影響。其
次，相當一部分中國大陸和臺灣出生的作家在香港暫時或長期居住並從事文學創作活

35　黃維樑，《香港文學初探》（香港：華漢文化事業公司，1985），頁 25。

36　黃維樑，〈香港文學與中國現代文學的關係〉，載於第三屆全國臺灣與海外華文文學學術討論
　　會大會學術組（選編）《臺灣香港與海外華文文學論文選》（福州：海峽文藝出版社，
　　1988），頁 185-199。

動。再次，香港文學中的很大一部分反映或表現了中國現代的政治狀況和社會狀況。因此重申，香港文學是屬於中國文學範圍內的，且與中國大陸文學和臺灣文學相並列的存在。

但眞正的問題正是從現在開始。即香港文學是將保持和發展其獨立性還是演變成中國大陸的一個地區文學的問題。換句話說，就是隨著 1997 年香港移交中國後引起的一系列社會變化，香港文學將走向何方是一個關鍵的問題。

中國大陸的學者和作家一般認爲香港文學會在大體保持自身的獨立性的同時繼續向前發展，即「『九七』後，香港仍保留資本主義的制度，與大陸政治制度不同。文學形式也會有異，那裡的文學仍保持多元發展的特色。」[37] 但是與此相反，香港方面的主張則是「在我們眼前的一切，依然是朦朧的。我們期待著濃霧的消散」。[38] 較大陸的樂觀態度來言，香港方面的反映相對比較悲觀。事實上這種憂慮並非毫無依據。一些媒體在 1997 年之前就開始「自律」，在請專欄作家寫作時注重其政治傾向，有的甚至停掉右傾作家的專欄。還有一些文學報刊對敏感的話題避而不談，即使刊登出來一些敏感的字眼也被處理掉。[39]

儘管如此，筆者認爲就現在的情況看，香港文學在相當一段時間內不會發生根本性的變化。因爲香港的社會體系不像是會因爲移交而在短時間內發生重大的變化，同樣文學也不像會在短期內發生根本的變化。社會主義中國的主權自然會被強調，香港的思想與輿論的自由很有可能接近中國大陸的方式，結果文學的自由想像與出版會受其相應的影響。可是看起來並不會發展到和中國大陸同樣的情況。當然其中的一部分會有一定的變化。下面舉幾個例子。一直追求現代生活方式的香港人在與中國大陸建

37　古遠清，〈香港文學五十年〉，《中國現代當代文學研究》，6 期，北京：中國人民大學書報資料中心，1997 年，頁 256。

38　古蒼梧，〈歌者何以無歌—也談香港文學的出路〉，《新晚報》，1980 年 11 月 11 日，12 版；盧瑋鑾，〈香港文學研究的幾個問題〉，載於《追跡香港文學》（香港：牛津大學出版社，1998），頁 61 再引。

39　古遠清，〈'96-'97 年的香港文學批評〉，《中國現代當代文學研究》，1 期，北京：中國人民大學書報資料中心，1999 年，頁 221-224。

立新的關係後開始逐漸對自我和歷史等產生關心，在繼承中國文化傳統方面比以前表現得更加積極。與此相反，普通話教育的強化使英語教育相對被削弱，因此隨著中國大陸的影響力的逐漸擴大，對西方的關心和接觸會相對地減少，從而導致對西方文學的接受度也會不可避免地降低。同時，由於移民的不斷增加，左右派思想對立的緩解，華僑／華人間經濟協作的強化，中國國勢的增強等因素使作為中國人的自豪感逐漸強化，再加上通訊與交通工具的飛躍發展等因素的影響，作為中國人交流的一個中心地，香港發揮的作用將不斷地增大，進而香港文學在中國文學裡的地位也會有提高的可能性。[40] 特別是如果香港文學能夠被中國大陸的廣大的讀者群接受，那麼其影響力將不可估量。

---

40 這一點已經充分地體現了香港的可能性。例如，像批判中國大陸政府的高行健的作品或與中國大陸的主流觀點多少有出入的洪子誠的《中國當代文學史概說》（香港：青文書屋，1997）等中國大陸內很難出版的作品可以比較自由地發表，並且散居在海外的華人由於刊登版面的限制等在自己的共同體內不能被登載的作品也可以在這裡隨時發表，這樣香港起到一種提供自由空間的作用。只是到現在為止香港文學並非很受大陸讀者群的歡迎，這裡有諸多理由，主要還是文學影響力的減少以及生活環境和讀書習慣差異的影響。

第 1 章

1997 年之後
香港文學的變化及其意義

壹、「香港文學」的概念與對香港文學的關注

▲ 圖 1-1 香港維多利亞港

「香港文學」這個術語，至少涵蓋了既相對獨立又不可分割的三個概念。第一是存在於香港的文學；第二是猶如「北京文學」或「上海文學」等中國範圍內某一地區的區域文學；第三是與中國大陸文學、臺灣文學並列的，即廣義中國文學體系裡一個具有獨立性的文學。

對這三個概念的側重點不同，對香港文學的起點的闡釋也不同。例如香港和中國大陸學者說明和分析香港文學的起點不盡相同，1874年（劉以鬯、王晉光、劉登翰），1927年（謝常青、潘亞暾、汪義生），1930至1940年代（王劍叢、易明善），1950年代（黃繼持），1960年代中後期（鄭樹森），1970年代（黃康顯）等。[1] 又如韓國學者雖然未明確的表示，也提出了不同觀點，1920年代（金惠俊），1960年代或1970年代（林春城），1980年代（柳泳夏）等。[2] 對於香港文學，包括香港文學的定義等基礎性問題在內的許多問題還存在著分歧。對於這種分歧既可看作香港文學研究之活躍，反之也可視為對這一領域的研究尚未達到令人滿意的水準。

其實，對香港文學的真正關注始於1980年代初。1982年9月英國首相柴契爾夫人訪問中國和1984年9月中英兩國《中華人民共和國政府和大不列顛及北愛爾蘭聯

1　請參閱王劍叢，〈對香港文學史編纂問題的思考〉，載於黃維樑（主編）《活潑紛繁的香港文學：1999年香港文學國際研討會論文集》（上）（香港：香港中文大學出版社，2000），頁663-675；黃子平，〈香港文學史：從何說起〉，《香港文學》，217期，香港：香港文學出版社，2003年1月，頁20-21。

2　筆者也主張香港文學具有與中國大陸文學並立的獨立性，但同時認為不能忽視歷史過程而孤立地過分強調其獨立性。林春城、柳泳夏、申鉉俊及其他學者關於香港（文學）的研究，請參看《中國現代文學》，21、23、30、31、33、36、37期（首爾：中國現代文學學會，2001-2006）；筆者的觀點，請參看本書緒論〈香港文學的獨特性和範疇〉。

合王國政府關於香港問題的聯合聲明》的發表，促使香港移交問題日益浮出。[3] 香港人向來對於自己為何人、向何處去等不怎麼關心，而從此開始認真探索身分認同問題並努力追求其文化身分。文學界雖然比其他領域遲緩些，但也開始作出相關反應。1984 年 4 月 5 日，中大學生報和中文大學的文社，共同舉辦了「九七的啟示：中國‧香港文學的出路座談會」，1985 年 7 月香港青年作家協會把協會刊物《香港文藝》編輯成「一九九七與香港回歸」專輯。香港文學也開始受到香港內外的矚目，努力尋找自身的價值並試圖賦予自身的意義。

這裡主要結合 1997 年香港移交，對香港文學的變化及其意義進行考察，同時對於香港文學在「人的、文化的網路」的中國文學裡將如何發展進行一點思考。

貳、探求身分認同的退潮與都市現象的恢復

香港文學對身分認同的探索和追求在小說中有著比較明顯的體現。首先表現香港的未來、香港意識或者香港與中國大陸差異等方面的作品不斷增多。以香港移交為題材的小說陸續發表便直接體現了這一現象。隨著時間的推移，這樣的作品不僅在數量上增加，而且在質量上也逐漸多樣化、具體化和深層化。要之，通過表現與中國大陸相異的香港特徵及與香港移交相關的一系列現象，諸如歷史回顧、新移民、外國移民、「此地他鄉」、「失城」、香港社會現象等，尋找並建立香港身分認同成為這一時期的主流。

這種現象從 1997 年香港移交以後開始發生變化。首先香港移交後，與香港移交直接有關的作品漸漸減少。例如，像《輸水管森林》（韓麗珠）、〈6 座 20 樓 E6880**（2）〉（陳麗娟）等，表現由現代大都市本身所帶來的異化而導致「失城」

3　就 1997 年香港移交這一表述問題，如何解釋這個問題，或者站在英國、中國、香港以及其他地區等不同立場，在表述上也隨之不同。比如，在華語圈使用 handover、transfer、transition、return、reunion、reunification 等，在華語圈使用移交、交還、回歸、歸還、收復、恢復等，在韓國的表述漢語譯為進入、歸還、回歸等。本書使用「移交」這一表述，是考慮到英國政府與中國政府之間在協商中使用移交與接受移交的表達方式，與香港人的意願無關。

的作品便開始多起來。不僅如此，〈無愛紀〉（黃碧雲）、《飛翔》（郭麗容）、〈意粉、竹葉、小紋和其他〉（小樹）、《幸福身體》（謝曉虹）等，表現都市男女、男男、女女之間情愛的各種各樣的作品也大幅度增加。從某種角度看，這些作品不直接探討香港身分認同問題而描述香港社會存在的各種現象，這也許是另一種探索和追求身分認同的途徑。⁴ 由於香港正式移交以後人們已接受它爲既定事實，這反而讓人們恢復了心理上的穩定；香港已成爲了「一國兩制」下的特區，但未出現過急劇變化⋯⋯等等，這些當然都對此有一定的影響。從這個意義上看，過去一段時間裡由於專注身分認同問題而邊緣化的階級、女性、後殖民主義問題及社會問題，在《心情》（許榮輝）、《貓兒眼》（關麗珊）、《歸宿》（周蜜蜜）、《螞蟻》（梁偉洛）等許多作品中，再度引起關注也是自然而然的事情。⁵

　　小說以外其他文學領域也發生了諸多變化。首先，1997 年前後大量詩集的出版便是其中一例。這種現象可能與詩歌創作特有的敏感性和迅速性有關，也就是說，詩集的大量出版分明是與香港移交有關的。這單從由胡國賢編撰的《香港近五十年新詩創作選》（2001）中就可以看出。這本詩選收錄了 1950 至 1997 年之間的新詩代表作300 篇和各種詩集及詩刊總目錄。⁶ 香港散文詩學會（1997）的成立、《香港散文詩選》（1998）和《香港散文詩叢書》（2002、2004）的出版等散文詩領域的驟然活躍也與香港移交不無關係。當然香港作家們的艱辛努力是最主要的因素，但也不能忽略中國

4　筆者在編譯香港年輕女作家短篇小說選《尋人啟示》（首爾：eZEN Media，2006）的過程中首先選定了二、三十歲的女作家在 1997 年以後出版的作品 21 篇，然後把這些作品分類時竟發現表現都市異化的有 5 篇，都市生活的有 5 篇，都市愛情的有 11 篇。其中像《我不能跟你說對不起》（馬俐），雖然包括部分反映身分認同相關的內容，但總體上看還是好像沒有 1 篇作品直接表現身分認同的探索和追求。

5　趙稀方在〈香港文學的年輪〉中指出：「香港回歸以後，並非經歷了中國大陸的殖民化，而是通過北進，在經濟上或是文化上將邊緣殖民化」。對所謂北進想像等與此相關的一些事項進行了比較詳細的論述。〈香港文學的年輪〉，《作家月刊》，31 期，香港：香港作家協會，2005 年1 月，頁 70-80。

6　據胡國賢統計，香港從 1950 年至 1980 年出版的詩集僅有 200 餘種，但僅 1990 年就出版了近200 種詩集，1997 年後詩集的出版更是劇增。胡國賢，〈編者前言—夢想成真〉，載於《香港近五十年新詩創作選》（香港：香港公共圖書館，2001）

散文詩學會會長柯藍多次訪港等中國大陸方面的積極支援。對傳記文學的特別關注也與香港移交有著一定的關係。以往的香港文學研究幾乎不涉及傳記文學，這可能是因爲不少傳記文學記載政治人物，政治性過強而不被認定爲文學作品，同時也可能是因爲傳記文學多數涉及敏感的政治話題而受到研究者的迴避而造成的。[7]《香港傳記文學發展特色及其影響》（2000）、《香港傳記文學發展史》（2003）等陸續出版，都與香港移交所帶來的變化有關。譬如，中國大陸在確保主導權之下而出現了政治上的緩和，在香港模糊存在的左右翼互相競爭的狀況更爲緩解等。

其他文學領域，如同小說領域一樣，香港移交以後隨著時間的推移也似乎逐漸從興奮中脫離出來而進入了比較平常的狀態。例如散文領域就是這樣。根據陳德錦的分析，[8] 就散文來說，2000 年僅在 8 種刊物上共發表 440 多篇散文，雖然其中不乏與探索和追求「香港性」直接有關的，但是從總體上看大部分還是以多樣化的方式來表現香港社會的多種面貌。也就是說，雖然相當一部分是對新移居到香港的外地人的文化身分的考察或者移民到國外的異國生活經驗的描寫，但是更多的還是敘述生活感受和人情世態、時事評論和讀書經驗、人生思考和文化考察及社會體驗、都市觀照和文化旅程、資訊化時代的自我探求和藝術或詩歌風格的審美追求等。換言之，香港散文從多層面、多視角表現了生活在現代大都市的香港人的人生，同時也表現著人類普遍具有的情感和思想。

總之，香港移交之後在香港文學中最爲引人矚目的變化之一是從香港移交所引起的探索和追求身分認同的心理中逐漸擺脫出來，顯示出香港文學多彩的藝術探求 [9] 的特徵。

7　請參閱古遠清，〈蹊徑獨辟，和而不同—2000 年的香港文學研究〉，載於《古遠清自選集》（吉隆坡：馬來西亞爝火出版社，2002），頁 242-251。

8　陳德錦，〈千禧年香港期刊散文綜論〉，載於《面對都市叢林：《香港文學》文論選（2000 年 9 月 - 2003 年 6 月）》（香港：香港文學出版社，2003），頁 264-284。

9　有關這一問題的詳細內容，請參考本章陸、一時的波動，平常的恢復，變化的潛在，以及本書緒論〈香港文學的獨特性和範疇〉。

參、文學活動的活躍與文學環境的惡化

1980 年代初以來香港文壇上，除了原有的文學社團以外還新成立了龍港文學社（1985）、香港作家協會（1987）、香港作家聯誼會（1988）、香港青年寫作協會（1994）等諸多文學社團並展開了積極的活動，使各種文學社團空前活躍。香港剛剛移交之後的 1997 年末，當時這些文學社團被推算爲 40 個以上，[10] 而它們的活動總體上看一直也沒有什麼變化。例如，文化大革命以後移居到香港的中國大陸出身作家組成的香港作家聯會（1992 年由香港作家聯誼會改名而成）的活動仍然非常活躍。這一社團連續不斷地出版聯會刊物《香港作家》，同時又出版發行《香港作聯作品集》、《香港作聯文叢》、《香港文學叢書》、《香港紫荊花書系》等，還於 1998 年爲紀念創建 10 周年舉辦盛大的聚會。[11]

各種文學期刊、創作集、評論集、理論書等蜂擁出版，這也是由香港移交帶來的香港文壇的顯著變化之一。根據香港中文大學香港文學資料庫的學報及期刊的目錄（http://hklitpub.lib.cuhk.edu.hk/journals/）所做統計顯示：在 1993 至 1997 年 5 年期間，新創刊的文學期刊共有 20 種；在 1998 至 2002 年 5 年期間，新創刊的文學期刊有 30 餘種，比前者更多。[12]1997 年在香港藝術發展局的資助下，出版的個人專著達 108 種，[13]2005 年在香港藝術發展局的資助下實際出版的個人作品集也有 50 餘種。[14]另一方面，以《香港文學史》爲主的各種理論書、資料集等也陸續出版。這種變化並未就此停止。青年文學獎、新紀元全球華文青年文學獎、中文文學雙年獎、香港藝術發展局文學獎等各種文學創作獎及香港文學節等各樣文學活動也不斷開展。香港教育署 1997 年前

10　蔡敦祺（主編），《一九九七年香港文學年鑑》（香港：香港文學年鑑學會，1999），頁 15。

11　請參閱香港作家聯會（編），《香港作家聯會十年慶典特刊》（香港：香港作家聯會出版部，1998）。

12　當然有這麼多文學期刊創刊的同時也有許多文學期刊停刊和停版，但從整體上看可以說文學期刊的發刊比較活躍。

13　請參閱蔡敦祺（主編），《一九九七年香港文學年鑑》（香港：香港文學年鑑學會，1999），頁 862-866。

14　香港藝術發展局，http://www.hkadc.org.hk/tc/，無下載日期。

後幾年間向中學推薦並資助購買的圖書中不少是香港出版的文學書籍。香港電臺電視部於 1997 年連續兩次播放了介紹香港文學的節目。

　　這種文學活動蓬勃展開的背後自然與許多因素有關。其中最為重要的是處在一個時代落幕時期的文學家們，總結過去歷史、迎接新時代而作出的努力。但這裡不能不提，除了文學家的主觀努力之外，試圖繼續保持現有影響力或者開始發揮新的影響力的英國、中國大陸、臺灣及香港的各種勢力及群體的暗中意圖也起了一定的作用。比較活躍的文學社團都與中國大陸有關係就是一個比較有力的證明。又如，與中國大陸相關的學術會議召開就比較頻繁這一點上也可以看出。[15] 又如「香港 80 年代文學現象研討會」等多少與臺灣相關的學術會議的召開也能說明這一點。[16] 然而無論如何，香港政府行政上、財政上的支援起著最實質、最直接的作用。

　　過去，英國殖民政府對香港的文化發展採取了有意放任的態度，特別是對文學領域幾乎是置之不理，他們試圖利用香港傳統的保守文化來維持秩序並鞏固殖民統治。[17] 但是香港移交臨近時，殖民政府卻採取了完全相反的態度。1994 年 4 月 15 日投入約 1 億港幣的基金設立了香港藝術發展局，1994 年 8 月 1 日下設文學藝術委員會，並在教育、整理資料及研討、創作及出版、社區推廣及對外交流等四個方面開始具體行動，像是提供各種文學獎金等。也許殖民政府的這種舉措是希望在香港移交之後能在一定程度上維持英國的影響力。他們雖然在政治上、行政上不再掌控香港，但在文

15　如前所述的香港作家協會，初期主要是反中國大陸人士占主導地位，但是出現內部分歧，後來由親中國大陸人士占主導地位，1997 年以後在中國大陸的中國作家協會的資助下，活動比較穩定。

16　雖然未明顯帶有政治色彩的發言，但是從學術會議準備過程中臺灣學者出席人數眾多，發言場地設在臺灣的光華新聞文化中心，開幕式的主要發言者是臺灣官方機構人士，中國大陸學者幾乎沒有參加，學術會議發行的論文集在臺灣出版這些方面來看，在某種程度上有所體現。黎活仁、龔鵬程、劉漢初、黃耀堃（總編），《香港八十年代文學現象》第 1、2 冊（臺北：學生書局，2000）；參考古遠清，〈為重構香港文學多元化生態的努力和收穫—'98-'99 年的香港文學研究述評〉，載於《古遠清自選集》（吉隆坡：馬來西亞爝火出版社，2002），頁 232-241。

17　請參閱黃繼持，〈香港文學主體性的發展〉，載於《追跡香港文學》（香港：牛津大學出版社，1998），頁 92-95。

化上仍想維持英國的影響力，換句話說，他們試圖留下一個英國的傳統。[18] 有意思的是，1997 年香港移交以後，新成立的特區政府也仍然維繫著這種體制。這固然是因為香港社會本身是一個龐大的系統，特區政府基本上繼續維繫著原有的體制，但沿用也許是因為這種體制還對特區政府有幫助。再說，香港移交以後特區政府一方面要對文化界知識分子的擔憂和不滿予以撫慰，另一方面要重新形成或加強中國（大陸）的傳統，而這個體制就是一種非常有效的方法。從這點來看，可以說現在的特區政府與原來的殖民政府在這個體制上雖然具體目標不同，但其本質的運作是相似的。

　　不管兩者的意圖如何，以提供獎金為主的香港政府行政上、財政上的支援，對活躍香港文壇起了重要的作用。如前所述，文學刊物和文學書籍的大量出版，各種文藝獎項和文藝活動的頻繁開展的確是以香港政府在行政上、財政上的支持為基礎的。但這裡不是只有正面影響，也有負面影響。第一，提供的資金支援不平衡。有的領域提供的資金不足，即使申請也不能得到資助或者資助的金額太少；有的領域則不考慮品質，提供了過多資金，失去了平衡性。[19] 例如香港政府從 1995 年到 2002 年資助了 30餘種文學期刊，其中甚至還包括報紙的副刊，[20] 又如個別被選定的作品集，玉石不分，好壞都有。第二，文學自身的生存能力弱化。每年都有新的文學刊物發行，同時又有很多刊物消失，一旦中止金援，就有可能停刊。基於政府的資金支持，文學刊物或文學書籍在量上有了明顯的增加，但是並未使讀者群也隨之增多。這裡固然有包括市場的需求在內的多種根本性原因，但是也有一些主觀性原因。例如得到支援的文學刊物或文學作品在文學意義或水準方面存在著一些偏頗，只拘泥於獎勵金，在爭取讀者方面不積極考慮和採取措施等。從這點來說獎勵金制度反而產生了削弱文學自身生存能力的副作用。第三，文學為官方行政服務的潛在可能性。雖然沒有政府的直接干涉，

18　黃維樑，〈十多年來香港文學地位的提升〉，《香江文壇》，11 期，香港：香江文壇有限公司，2002 年 11 月，頁 15-16。

19　請參閱古遠清，〈「九七」前夕的香港文壇〉，載於《古遠清自選集》（吉隆坡：馬來西亞燼火出版社，2002），頁 213-222。

20　請參閱黃坤堯，〈香港藝術發展局 2002 年度委約出版的文學雜誌述評〉，《香江文壇》，11 期，香港：香江文壇有限公司，2002 年 11 月，頁 77-84。

但是為了獲得資金必須符合一定的標準，這就意味著文學活動或多或少地要受行政上的約束。而且，如果行政方面介入了某種政策或政治意圖，那麼文學活動就不可避免地受其影響。

▲ 圖 1-2　二樓書店（樓上書店，實為更高。）

香港政府在行政上、財政上的支持是活躍文學活動的最重要因素，這反過來證明香港文學的社會環境非常惡劣。當然香港文學的社會環境之惡劣並非是近兩年之事了。人口密集的資本主義大都市——香港，本身具有的惡劣的居住條件、繁重的生活壓力、緊張的生活節奏、廉價的稿酬、以報紙版面為主的作品發表方式等一向嚴重抑制香港作家的創作。[21] 問題是這種狀況更加惡化。[22] 其中最為嚴重的是欣賞或者消費文學作品的讀者群越來越少。有時一本新書發往門市，第一輪只有 50 本左右，[23] 在一般情況下，知名度稍遜的作者的小說和散文在二至三年之間頂多可以銷 400 至 500 部，詩集的命運更為悲慘，根本不在統計範圍之內。因此，有人竟相信在人口

21　相關內容參考本書緒論〈香港文學的獨特性和範疇〉。

22　人氣作家陶傑每天要寫 4,000 字，西西 1 年的版稅和稿費收入不及大學講師 1 週的收入。參考許子東，《吶喊與流言》（上海：上海文藝出版社，2004），頁 280。

23　東瑞，〈香港文學書籍和市場需求〉，《作家月刊》，25 期，香港：香港作家協會，2004 年 7 月，頁 18-24。

700 萬的香港，固定讀者群不離 2,000 人左右。[24] 讀者群的減少就意味著商業利潤的減少，這就導致了文學生產和流通的萎縮，而這種萎縮反過來又使文學消費人群減少，形成一種惡性循環。

這種狀況並沒有停留在直接影響文學刊物和文學書籍出版的層面上，而且進一步造成了香港特有的文學活動主要根據地的喪失。報紙的衰退和文藝副刊的停刊就是典型的例證。當然文學的社會環境惡化是全球性現象，這與影視文化和網路文化的發展大有關係。為此文學界謀求與影視及網路相結合的模式，許多人把網路作為文學的新領域而予以關注。年輕作家們因為正式出版書籍的機會較少而往往透過網路發表作品，這吸引極多愛好者而一時受到極大關注。例如在「我有我創作」的網路創作比賽中，僅從 2000 年 11 月 23 日到 2001 年 1 月 29 日之兩個月期間，收到百篇稿子，共有 2 萬多人次瀏覽這些作品，網友投票的數目也接近 3,000 人次。[25] 同時在印刷媒體上發表的作品也結合網路的特點，採用了新的表現手法，像〈天堂舞哉足下〉（崑南）那樣的「裝置小說」的出現就是其中一例。

但是隨著時間的推移，情況仍不如意。網路文學只是發表作品的一種方式，對文學的發展並不起多大作用，年輕作家的特有風格尚未形成之前，網路文學的熱潮已經逐漸退潮了。這主要是由網路特有的屬性決定的。雖然讀者回應迅速，狂熱至極，但是對作者而言無暇反思，難以醞釀成熟的作品，因而只能向即興的、短小的、單純的方向發展，其結果是他們的作品僅曇花一現，不過是成為一種一次性的娛樂消費品而已。因此那些在網路上受過一定訓練並得到一定知名度的作家，一旦獲得用傳統的方式出版書籍的機會，便停止網路文學創作。導致優秀作家和優秀作品逐漸減少，讀者的關心也隨之減少，對網路文學的關心和期待如今已不能與早期相比。因此，有人說：

24　請參閱許迪鏘，〈香港文學展望—由一點個人經驗出發〉，載於臨時市政局公共圖書館（主編）《第三屆香港文學節研討會講稿匯編》（香港：臨時市政局公共圖書館，1999），頁 158-172。

25　請參閱迪志文化出版編輯部（編），〈編者手記〉，載於《香港網路文學選集：心情網路》（香港：迪志文化出版有限公司，2001），無頁碼。

「網路文學已經結束」。[26]

　　香港文學環境之惡化，不僅僅發生在文學活動領域。培養優秀作家越來越艱難，這是由香港特殊的社會環境所造成的。

　　首先是語言環境問題。衆所周知，過去在香港漢語和英語是主要語言，在日常生活中一般使用漢語，在行政語言上英語占絕對優勢，香港移交以後漢語開始在所有方面成為主導語言。這就是說他們一直在使用雙重語言，但是實際上比這複雜得多。他們雖然使用漢語，但在口語中廣泛使用粵語，在書面語中，分別使用國語（或普通話）和粵語，或者混用這兩者，甚至還使用連文言也加在一起而成的所謂「三及第」。就是說在香港日常的口頭語和文章的書面語之間出現嚴重的分離。文學雖然以語言為工具但如今主要還是依靠文字來創作，因此香港的這種獨特的語言環境對作為文學創作基礎的寫作訓練形成一種嚴重的障礙。還有一點相對而言較次要但也不得忽略的是，香港移交以後普通話的普及和粵語與英語使用的相對減少，這會造成現實表現力的弱化和吸收西方文化的萎縮，其結果對香港文學特有的地方性和世界性產生負面影響。

　　香港社會的都市特性造成香港人缺乏豐富而又深刻的人生體驗，這也阻礙香港優秀作家的培養和優秀作品的誕生。衆所周知，文學創作無論是直接的還是間接的必不可少豐富的人生經驗。但是香港是一個比較穩定的社會，而成員之間競爭激烈，整體生活空間狹小，因此大部分作家或預備作家群在成長期只是在學校和家庭之間奔波，即使在成人之後體驗豐富並確實的各種社會歷練的機會也不多，這往往導致不少人對社會生活的認識不夠充分，對具體的香港現實了解不夠透徹甚至幾乎漠不關心。問題不僅如此，間接的生活經驗或許可以補充這種貧瘠的直接經驗，但在香港這也相當有限。據說，香港大學新生的讀書經驗除了李白、蘇東坡等以外主要就是金庸、倪匡、

26　參考今何在，〈現在的所謂網路文學〉，載於李蘊娜（編）《第四屆香港文學節論稿匯編》（香港：香港藝術發展局，2003），頁 91-104；李蘊娜，〈第四屆香港文學節研討會紀實〉，載於李蘊娜（編）《第四屆香港文學節論稿匯編》（香港：香港藝術發展局，2003），頁 i-xi。中國大陸的情況也相當類似，關於這一問題請參考李寶暻，〈網與媒體─中國網路文學報告〉，《中國現代文學》，33 期（2005），首爾：中國現代文學學會，頁 301-325。

亦舒、張小嫻等，有少數學生提到張愛玲，偶有提及翻譯小說也只是村上春樹等。[27]
當然受影視文化和網路文化的影響，讀書經驗的顯著減少也許是不可避免的。但是從
文學的視角而言，這種現象意味著一種雖間接的但有可能獲取人生經驗的路徑被堵
塞，也意味著一種培養文學素養機會的喪失。

綜上所述，香港的文學活動表面上相當活躍，但其背後的社會環境愈來愈惡化，
而香港移交對這兩者都起了一定的影響。

肆、嚴肅文學和大眾文學的接近與專欄散文的低潮

如前所述，1980 年代香港移交日趨接近，香港文學開始探索和追求香港性，而
香港移交之後這種努力逐漸趨於內化。在這一點上，無論是嚴肅文學還是大眾文學並
沒有多少差異。在以大眾文學家著稱的的亦舒和李碧華的作品〈諾言〉、〈「月媚閣」
的餃子〉中，也呈現出與香港、城市、性別、殖民、後殖民等問題相關的複雜的多重
視角。

事實上，香港的嚴肅文學和大眾文學並非是絕對對立的。香港的嚴肅文學主要強
調都市性、國際性並吸收現代主義、後現代主義、後殖民主義、女性主義等各種西方
的影響，尋找香港的特殊性。而香港的大眾文學主要提倡通俗性、娛樂性，要維持
與英國文化和中國大陸文人文化相異的香港文化的特殊性。這兩者只是在選擇方式上
有些差異，實質上一直互相影響並保持不可分割的聯繫，而且近年來逐漸趨於互相接
近。例如一些散文名家接連在大眾媒體上發表文章，還有許多嚴肅文學作家注重作品
或者文字的市場效果；而亦舒或者李碧華的文章越來越精簡、短促、躍跳，時時省卻
主語，敘事層面上留下很多空白。[28]

香港嚴肅文學和大眾文學的這種親緣性，也許是因為香港文學繼承了與中國大陸

---

27 請參閱許子東，《吶喊與流言》（上海：上海文藝出版社，2004），頁 281。

28 以上主要參考許子東，〈序〉，載於《香港短篇小說選 1998-1999》（香港：三聯書店，
2001 年 11 月），頁 1-11。

文學不同的另一種傳統。根據許子東的主張，五四以來中國文學有啟蒙救國的社會文學、文人傳統的自由主義文學、娛樂通俗的流行文學、現代主義的都市感性文學等四條發展線索，在中國大陸主要是前兩種互相競爭而發展，在香港主要是後兩種互相影響而發展。[29] 由此來看，香港移交以後香港的大眾文學和嚴肅文學逐漸接近，也許是一種共同對應中國大陸文學的一種方式。這就是說香港文學也許正在暗中加強與中國大陸文學的差異。

　　無論如何，嚴肅文學和大眾文學互相補充，在追求香港認同意識方面做出了共同的努力。從這點上看，香港的專欄散文作為嚴肅文學和大眾文學的互相滲透的場所具有很大的意義。專欄散文雖然因作者的水準或意識，使其成果有一些差異，但是其中不乏有優秀的作品，而且與刊登在文學刊物上追求美感的散文相比，專欄散文主要刊登在反映現實的報刊雜誌上，這也使專欄散文能夠與讀者保持密切聯繫，成為香港特有的「雅俗共賞」的文學體裁。

　　對專欄散文的狀況早在 1982 年黃維樑就做過簡單的統計。[30] 香港剛剛移交之後，這樣的專欄散文在數量上沒有多少變化。「若以每日印行的中文報紙約四十份計，每份報紙專欄以平均二十個計，則香港讀者每日讀到的專欄數量高達八百個之多」，[31] 這樣的推定很好地表現了這一趨勢。但實際情況似乎與這個推定有很大的反差。在此之前，在散文多元發展的趨向中，文學散文已成了非主流散文，雖然專欄散文依然比較盛行，但隨著報告文學、文化評論等體裁的迅速發展，專欄散文也不能沒有變化。[32] 尤其是在香港移交前後之後，在報紙的各專欄中帶有文學性質的文章明顯減少。經筆者調查發現，在具有代表性的 11 種香港報紙中，在 2006 年 1 月 21 日的報紙版面

29　許子東，《吶喊與流言》（上海：上海文藝出版社，2004），頁 278。

30　請參閱黃維樑，〈香港文學研究〉，載於《香港文學初探》（香港：華漢文化事業公司，1985），頁 2-34。

31　蔡敦祺（主編），《一九九七年香港文學年鑑》（香港：香港文學年鑑學會，1999），頁 755。

32　請參閱陳德錦，〈千禧年香港期刊散文綜論〉，《香港文學》，219 期，香港：香港文學出版社，2003 年 3 月，頁 66-76。

上僅登載 160 個專欄散文，比預想的要少一些，特別是帶有文學性的專欄散文不到 20%。[33] 由此看來專欄散文的低潮是比較明顯的。

專欄散文的低潮是與影視文化和網路文化的盛行及報紙讀者群的日益減少有密切關係的，即報紙為了自身的生存，不得不強化視覺功能，使得版面上增添更多的照片和插圖，字體也擴大，這樣報紙內容大大減少，文章自然也會減少。造成後者比率大幅減少的原因還特別包括兩方面，第一，是因香港移交而觸發的對社會變動的關心，使香港人喜歡看有強烈吸引力的時事問題。第二，因現代大都市的社會環境而觸發的好奇心，使香港人喜歡讀具有刺激性的閒聊文章。而文學性文章與這些相比刺激性相對不強，便受到香港人的冷落。例如 2006 年 1 月 20 日《蘋果日報》的 116 個版面中，帶有文學性的文章不超過《蘋果副刊》1 個版面。因此下述說法也並不為過。

報紙副刊（指文字專欄版），內容比較單一，也趨向於政治化，只有少量帶有文學性質，占百分之九十以上都成為政論雜文，或論為新聞的延續和補充。尤其是 2003 年初的「美伊戰爭」爆發時期、上半年 SARS 肆虐香港時期，香港幾家大報的綜合性副刊版（指專欄文字版），幾乎都變成一種話題，圍繞著同一事件發表意見。由於題材單一，且議論雷同，讓讀者十分厭倦。從這個意義上來說，二十一世紀的大部分報紙的專欄變得較為乏味，妄談文學色彩。[34]

上面所述可以這麼概括：即香港移交之後，香港的大眾文學和嚴肅文學的互相接近更加明顯，這可以解釋為香港文學暗中強化與中國大陸文學的差異。但是另一方面由於各種社會環境的變化，嚴肅文學和大眾文學互相滲透的香港特有的專欄散文走向低潮，這可能對香港文學維持其獨特性有著負面影響。

33　各報紙專欄散文數量則《明報》25，《成報》8，《新報》10，《信報》28，《大公報》14，《文彙圍》12，《太陽報》7，《星島日報》15，《頻果日報》12，《東方日報》14，《香港經濟日報》15。

34　東瑞，〈香港文學書籍和市場需求〉，《作家月刊》，25 期，香港：香港作家協會，2004 年 7 月，頁 18-24。

伍、香港文學地位的提高與趨向區域文學萎縮的憂慮

　　香港移交問題公開化以後，中國大陸認為有必要強化對香港的認識，於是對香港文學的介紹和研究也逐漸熱起來了。香港自身也重新開始關注香港文學，展開了探求香港文學的意義，討論香港文學作品的價值等多種實踐活動。這種實踐活動的直接或間接的影響在作品的創作中開始顯現出來。香港及中國大陸的這種嘗試和努力取得了許多可喜的成果，而其中最為重要的是香港文學的意義和成就得到了肯定。換句話說雖然在各方面尚有不同的見解，但在主要方面達成了共識，即香港文學是屬於中國文學範圍內的，且與中國大陸文學和臺灣文學相並列存在的文學，同時它以其獨特性在中國文學裡獨樹一幟，並且已經達到了相當高的水準。

　　雖然香港文學的地位有了一定的提高，但香港移交後有關香港文學的地位問題並非只有樂觀的一面。部分學者曾經設想香港移交後，透過發展與中國大陸的關係，將香港文學的影響力從香港的彈丸之地擴散到中國大陸。但這種設想至今還沒有得以實現。香港文學進入中國大陸，雖然在有些作品的暢銷，引起中國大陸作者的模仿等方面可以說是取得了一定的成績，但遠遠沒有達到預期的效果。當然這裡有很多原因。從中國大陸讀者的立場上看，香港文學與中國大陸文學有著不同的風格，能夠一時刺激讀者的興趣，但從根本上說，由於社會環境、文學習慣等條件不同，他們不太可能充分理解和喜歡香港文學。從流通方面看，原本香港的書價很高，再加上關稅後價格更高，這會使香港的書籍難以在中國大陸暢銷。另一方面，香港文學作品在中國大陸出版也是頗不容易的，因為銷量很難預測、版權交涉及鑑別作品的專家缺乏等有許多不便之處，中國大陸的出版社很可能不太積極。[35]

　　與此相反，相對來說中國大陸文學作品和文學觀念向香港的進入卻頗活躍，這從《長恨歌》（王安憶）的流行和中國大陸學者、文學家的頻繁訪問香港中可以得到印證。而且這種中國大陸文學對香港文學的有意或無意的觀念上的滲透，從長遠看將會

35　香港的書籍或香港文學作品集的出版，主要以與香港相鄰的中國大陸東南沿海地區為中心，這一點也可以旁證這種推論不是純屬臆測的。

成爲香港文學發生變化的潛在因素。換句話說，與香港不同的中國大陸學術觀念的持續傳播、與中國大陸相關的文學團體及作家的頻繁活動、中國大陸文學作品特別是可讀性和文學意義兼備的作品的流行等，都對香港文學特有的文學觀念和風格產生一定的影響。尤其是中國大陸對香港文學的認識和態度最值得關注。這是因爲中國大陸以爲香港文學雖有其獨立性，但從根本上說它應該與繼承中國文學傳統的中國大陸文學整合。這種認識自然而然與中國大陸對香港整個社會的影響結合起來，對香港文學的獨立性會形成巨大潛在的威脅。

從更直接的社會側面來分析，香港移交後雖然在「一國兩制」下，但中國大陸的體系已開始作用於整個香港社會，香港社會即使在短期內不會有重大的變化，但從長遠來看漸變是不可避免的。在這種大環境下，香港文學也會發生一些變化，如文壇的自我審查的擴散可能便是其中一例。早在香港移交前後，一些媒體在請專欄作家寫作時就留意其政治傾向，還有一些文學報刊自覺迴避敏感的話題，或刪去敏感的字眼。[36]這種現象香港移交後具有進一步擴大的可能，而這種憂慮好像也正在變成現實。其實對出版界消極性的現象，像「當國內的作家每每挑戰言論自由的底線時，香港本地的出版人，卻奴性自重得提早鳴金收兵，自我約束，就算不是獻媚，也是爲免得罪阿公」[37]這樣的指責也已經出現了。

香港移交之後香港文學的未來並不樂觀，這也與香港文壇的內部原因是有關係的，其中一條便是作者的挑戰性和積極性不足。以香港的目前現狀來看，優秀作家的產生是有一定難度的，對此前面已做了說明。不僅如此，目前活躍在文壇上的作家是否能充分發揮他們的作用，對此也不無懷疑。有人評論在香港文學中優秀作品不多

---

36 古遠清，〈'96-'97 年的香港文學批評〉，《中國現代當代文學研究》，1 期，北京：中國人民大學書報資料中心，1999 年，頁 221-224。《香港短篇小說選 1990-1993》的編者黎海華說：「黃碧雲的《雙城月》對香港移交表示憂慮，由於作者個人理由及某種因素臨時抽出；餘非的《那一叢叢的灌木林》描寫中國改革開放問題，由於無可言喻的客觀因素臨時抽出，而卻收錄了與整本書的脈絡不合的《一個冬季裡的旅行者》」。請參閱黎海華，〈序〉，載於《香港短篇小說選 1990-1993》（香港：三聯書店，1994），頁 1-11。

37 彭志銘，〈奔向死亡的香港書業〉，《作家月刊》，33 期，香港：香港作家協會，2005 年 3 月，頁 6-7。

見，作者缺乏社會經驗只是一個方面，更爲重要的是作者缺乏挖掘、加工優秀作品的意志和努力。還有人指責：「近來儘管在香港發生過諸如香港移交、亞洲金融危機、香港居留權問題、非典等許多具有社會有意義並能引起讀者共鳴的重大事件，但大部分作家只是熱衷於自我探索，對此默然無言，採取消極的態度」。[38] 這就是說，作家的勤奮不足、熱情不夠不單是優秀作品難產的因素，同時是失去作品的可讀性而流失讀者的重要原因。因此，對香港文學的環境惡化，作家自身也應該有一定的責任。

綜上所述，香港文學以自身的獨立性獲得了與中國大陸文學並立的地位，但另一方面香港移交之後擔心香港文學萎縮爲中國大陸文學的一個區域文學的憂慮也不是多餘的。

陸、一時的波動，平常的恢復，變化的潛在

香港移交之後香港文學發生諸多變化是毋庸置疑的，但至少到目前爲止好像還沒有發生根本性變化。香港文學仍然維持著不受特定意識形態和文學觀念支配的多樣性、強而有力的商業邏輯直接影響下的商業性、作家大規模的頻繁移動的流動性、中國文學和世界文學相互溝通的交融性、連接大陸和臺灣及世界各地華人文學的中繼性、以現代大都市爲基本素材表現情感和思想的都市性、流行專欄散文或武俠小說的大眾性等特點。[39]

這些特點在上面論述中多少已經提及，在此不再一一重申，只要以中繼性爲例看看。香港文學在「人的、文化的網路」的中國文學裡的地位是舉足輕重的，而這種地位至今還沒有很大的變化，《香港文學》就是較有代表性的一例。《香港文學》在香港移交後仍然遵循「立足本土，兼顧海內海外，不問流派，但求作品質量」的創刊理念，爲此進行了不懈的努力。在此舉一個簡單的例子。篩選刊登在 2000 年 9 月至

38　請參閱紀馥華，〈如何擺脫當前文學的困境〉，載於臨時市政局公共圖書館（主編）《第三屆香港文學節研討會講稿匯編》（香港：臨時市政局公共圖書館，1999），頁 86-99。

39　參考本書緒論〈香港文學的獨特性和範疇〉。

2005 年 9 月間《香港文學》中的作品而編輯出版 8 冊的《香港文學選集系列》書中共收集了 262 名作者的 393 篇作品。以作家的居住地為標準進行劃分，香港作家和世界各地華人作家的作品約各占 50%，其中香港 122 人、中國大陸 54 人、臺灣 21 人、新加坡 11 人、馬來西亞 5 人、印度尼西亞 4 人、澳大利亞 1 人、美國 18 人、加拿大 7 人、歐洲 16 人、日本 2 人，其作者遍布世界各地。就這樣《香港文學》在堅持創刊宗旨，維持香港特色的同時兼容並蓄分散在世界各地的「華人華文文學」[40] 的優點，充分發揮著「華人華文文學」的窗口和橋樑作用。又如曾與中國大陸關係不太和諧的北島、劉再復等人士現在也經常訪問或駐留香港，開展各種活動。北島在 2003 年曾被允許回國一趟，但 2005 年 5 月末訪問韓國後希望回國的要求被拒。此後不久，他於 2005 年 11 月末訪問香港並在香港中文大學、香港大學、商務印書館等地進行演講。2007 年在香港中文大學就任，最終留在了香港。[41] 從《香港文學》和北島的事例中可以看出香港文學在香港移交後仍然發揮著獨立的中繼性的作用。[42]

綜上所述，香港文學在香港移交之後雖有一時的波動和部分的變化，但至今還沒有根本性變化。從長遠來看，香港移交與影視文化和網路文化的普及一起對香港文學起著持續且巨大的影響，因此香港文學的變化隨著時間的推移也會逐漸顯明，自然對此無論是中國大陸還是香港都不會有異議的。只是香港文學在中國文學裡所占的地位問題會有許多不確定的因素。如果香港能繼續維持現在的社會體系並積極地自覺地探索和追求香港性的話，那麼香港文學也許和從前一樣作為中國文學的一個分支能繼續走著與中國大陸文學並立的路。但是香港文學如果以消極的姿態來被動接受中國大陸不斷的直接或間接的攻勢，並順從日益惡化的文學環境的話，那麼香港文學最終會迎

40　華人通常指漢族（以及被漢族同化或在文化上與漢族具有一體性的人），特別是長期生活在中國大陸、臺灣、香港、澳門以外地區的人。「華人文學」是指這些華人的文學，「華人華文文學」是指華人文學中使用華文（漢語）創作的文學。因此「華人華文文學」雖然使用華文，但是並不包括在中國文學中。而筆者指稱之「華僑」是指華人中保持中國國籍的人。

41　據說此後的 2011 年和 2014 年都回過中國。

42　即便如此，也無法否認有可能今後移居海外的香港作家和海外華人作家與香港之間的聯繫逐漸減少。隨著中國大陸採取彈性態度，與中國大陸直接交流的機會也越來越多，而經由香港的可能性會越來越少，只是在短期內這種可能性還不太會變成現實。

合那些表面上似乎承認香港文學的獨立性，但實際上希望作爲分支的香港文學能與作爲主流的中國大陸文學合而爲一的要求。[43]

▲ 圖 1-3　2010 年香港中文大學《香港：都市想像與文化記憶國際學術研討會》

43　近年香港社會發生了劇烈變化，香港文學也呈現出許多變化。但是，本書不修改原始文本。大概有兩個原因：首先，因爲香港社會和香港文學的變化不僅太大且太快，而且現在也在繼續。其次，由於筆者作爲爲外國學者，客觀上很難在短時間內精準地掌握和綜整這些變化。

第 2 章

香港專欄散文的嬗變與未來

壹、香港專欄散文的概念及所引起的關注

▲ 圖 2-1 香港專欄散文

香港報紙文藝版的版面很獨特。整版有相對固定，但同時又分割出許多邊界時有時無、規則或不規則的專欄區，在這些每個限定的空間裡由指定的作家（們）在每天或間隔一定的時日來發表從幾百字到一千多字的文章。從整體上看，很多作家就像是群雄割據一樣占據了一定的版面來定期發表各自的文章。這就是所謂的專欄文學。

專欄文學從 1930、40 年代開始出現，一直發展到 1970、80 年代，甚至影響到了報紙的銷售量和廣告登載量。從體裁上來看，專欄文學包括詩、小說、散文等多種類型。在前期相對更多的是連載小說，[1] 不僅有武俠小說、愛情小說等所謂的通俗文學，還有像《酒徒》（劉以鬯）、《寺內》（劉以鬯）、《我城》（西西）、《候鳥》（西西）等所謂嚴肅文學作品也有登載。後來與小說相比散文類作品，例如雜文、雜感、雜讀、雜論、短評、劄記、隨筆、小品、美文等逐漸處於主導的地位，特別是其中雜文占據著領先的位置。[2] 專欄文學包括著如此多樣的文類，又以難於明確定義的雜文爲主導，所以指稱它的用語也相當多。從單純地稱爲專欄、方塊、框框、報紙專欄、報章專欄、副刊專欄等，到專稱爲專欄文章、專欄文字、框框文學、塊塊框框文學、方塊文章、

---

1 唐人 1952 年冬到香港定居，據他所說，當時報紙無論其立場和風格如何，無論是早報還是晚報，都無一例外地重視小說的連載，每日同時連載少則 3、4 篇，多則 10、20 篇。參考秦瘦鷗，〈記唐人〉，《中國現代當代文學研究》，24 期，北京：中國人民大學書報資料中心，1981 年，頁 96。

2 根據岑逸飛的調查，1970 年 4 月 30 日《華僑日報》的「華僑村」版刊登了 4 篇文藝小說、5 篇通俗小說、5 篇散文和 1 幅漫畫。不過根據黃維樑 1982 年的調查，13 個報紙副刊的固定欄中約有 25% 是連載小說，其餘 75% 都是各種各樣的專欄散文。與此相關的詳細事項後文中還有討論。參考岑逸飛，〈五十年來香港報紙副刊的專欄〉，載於市政局公共圖書館（主編）《第一屆香港文學節研討會講稿匯編》（香港：市政局公共圖書館，1997），頁 96-110；黃維樑，〈香港文學研究〉，載於《香港文學初探》（香港：華漢文化事業公司，1985），頁 2-34。

專欄小說、散文專欄、專欄雜文、框框雜文等，甚至被俗稱爲報屁股、豆腐乾等。[3]

　　專欄文學受到評論家乃至研究者矚目的原因或許是因爲進入 1970 年代以後比起在文學期刊和文學書籍上登載和出版的文學作品，專欄散文更加盛行、得到呼應並開始在香港文學中占據了突出的位置。最初對專欄散文的關注表現爲關於它到底是不是文學的爭論。[4]專欄散文一般來說文體較短、文句簡潔流暢，所言及的問題廣泛地涉及到各類社會狀況。也正因爲如此，另一方面又被評價爲「即讀即忘」、「即用即棄」，被看作是一次性文字消費，即「速食文學」、「即棄文學」。[5]甚至有些觀點更把專欄散文貶低爲「牙痛文學」、「肚臍眼文學」，認爲它根本算不上是文學作品。[6]但是隨著時間的推移，專欄散文不僅被認爲是文學之一種，而且其中有不少優秀的作品，近而又開始從整體上討論它的藝術水準在怎樣的程度上被認同，例如出現了專欄散文是否「好文學」的探討並提出了如何提高專欄散文的文學水準的各種建議。[7]

　　就這樣香港文壇對專欄散文的關注程度有所提高，主要關注點也有所變化。當然這也不只是香港自身的內部原因，也和香港 1997 年移交問題從 1980 年代初就開始浮出水面並日益引人注目這一點有關。中國大陸意識到有必要強化對香港的認識，因此

3　本文中專欄文學從大的範疇上包括專欄小說、專欄散文、專欄詩等。如果再對專欄散文一定要區分的話，又可分爲幾個細小範疇。但不同的觀點有不同的範疇定義，各範疇的界限又有模糊之處，大多數專欄散文是介乎時事性、政論性的短評和文學性的小品之間的文類，因此本章不再進行細分。

4　1988 年 5 月有一次爭論。批判專欄散文的一方認爲專欄散文根本就算不上是文學，對此黃維樑予以反駁，他認爲專欄散文雖然有很多不足之處，但也是香港文學的重要體裁之一。參考黃維樑，〈香港專欄通論〉，載於《不老的繆思：中國現當代散文理論》（香港：天地圖書，1993），頁 174-179。

5　譬如，施建偉、應宇力、汪義生，《香港文學簡史》（上海：同濟大學出版社，1999），頁146 中有「這是典型的港式『快餐文化』」一句。

6　參考阿濃，〈香港散文的香港特色〉，載於《不老的繆思：中國現當代散文理論》（香港：天地圖書，1993），頁 183-191。

7　例如，1988 年 9 月黃維樑反駁了專欄散文否定論者，重申專欄散文也是文學。郎天則認爲專欄散文「是否爲文學」並不重要，重要的是它「是否爲好文學」，認爲還需要通過更多的討論來改善和提高專欄散文的水準。參考郎天，〈面對現實具體批判：回應黃維樑《香港專欄通論》〉，載於《不老的繆思：中國現當代散文理論》（香港：天地圖書，1993），頁 180-182。

對香港文學的介紹和研究也逐漸增多。香港自身也刻意開始關注香港文學，展開了探求香港文學的意義，討論香港文學作品的價值等多種實踐活動。這一過程中，專欄散文這一有別於中國大陸或臺灣的、香港所獨有的文學現象更是受到關注和重視。譬如，具有代表性的是 1980 年代前半期黃維樑在強調香港文學的獨特性時，圍繞著香港專欄散文發表過一系列文章。

考慮到以上幾點，在本文中要探討主導香港專欄文學的專欄散文之特徵與現狀，並展望其未來。當然這中間也會根據需要涉及到香港專欄文學的變遷狀況的一部分內容。不過筆者要在此說明一點。筆者雖然對香港文學多年關注，有客居香港的經歷，也經常訪問香港，但是在長期接觸專欄散文這樣的文學現象而獲得的實際經驗上還是非常不足，因此筆者在實際感受方面就不得不利用香港作家或研究者的經驗和成果。

貳、香港專欄散文的特徵和文學性

香港報紙文藝版的由來，可以追溯到王韜創立《循環日報》的 1874 年。當時王韜創刊《循環日報》，增幅為莊、諧兩部，所謂「莊部」即新聞、經濟行情，「諧部」即今日之副刊，並規定文章字數。[8] 以此為出發點的香港報紙文藝版上專欄文學 1930、40 年代開始登場，但還沒有引起太多人的關注。不過 1940 年代作為《華僑日報》副刊的「學生園地」、「今樂府」、「讀者版」等在內容和形式上與現今的專欄文學固定欄沒有大的差別。[9] 之後經過 1950、60 年代，以武俠小說和愛情小說為主的連載小說受到歡迎，專欄文學也開始得到讀者的呼應。到了 1970 年代，專欄文學隨著香港的報紙嘗試以專欄散文為主的革新而急速成長。專欄文學，特別是專欄散文能這樣的盛行筆者認為是有很多方面的因素在起作用，如香港比較自由的輿論環境和發達的報業媒體，融合了古今中外的多元化的文化氛圍，以追求利潤為目標的出版環境

8　參考劉以鬯，〈香港文學的起點〉，載於《暢談香港文學》（香港：獲益出版事業有限公司，2002），頁 19-22。

9　參考岑逸飛，〈五十年來香港報紙副刊的專欄〉，載於市政局公共圖書館（主編）《第一屆香港文學節研討會講稿匯編》（香港：市政局公共圖書館，1997），頁 96-110。

造成發表版面上的不足，隨著緊張的都市生活節奏，而養成的以短篇為主的閱讀習慣等等。

專欄散文的篇幅字數整體來說比較短，具體地說每個時期都多少有所不同。早期大概是 1,000 字多一點兒，有時也可以有變通。[10] 不過變得越來越短，到 1980 年代以後一般是 500 字到 800 字之間，更短的甚至只有 200 字。[11]2000 年度也一樣。2007 年 5 月 11 日的《星島日報》和《蘋果日報》的 30 篇專欄散文，其中也有兩篇 1,000 多字的，但大多都是 600 至 700 字，短的還不到 300 字。像這樣文章篇幅字數減少的情況，是隨著香港人生活節奏越來越快，為了讓讀者在一定的時間內閱讀，並能了解把握事情和訊息。與此同時，在有限的版面內登載更多篇的文章，從內容和形式上應對讀者更多樣的要求。這樣的方式使報刊供稿群體相對固定的情況下，報社和編輯人員在各個層面上更有效率。也就是說，編輯人員審查稿件或是排版時會少一些辛苦，節省一些時間，以致報社在人力資源方面的投入也可以更節省一些。[12] 從專欄散文的這一特徵上也可以看出香港作為重視經濟與效率的商業大都市面貌。

香港報紙文藝版登載的專欄文章的內容，早期是文學性相對比較低的，譬如與體育運動相關的取材內容。到後來是越來越廣泛，幾乎到無所不及的程度。根據分類不同而相當的多樣。譬如王劍叢論述專欄散文是內容涉及宇宙洪荒、國際風雲、經濟文化、科技教育、論文學藝、奇談怪論、草木蟲魚、飲食男女等等無所不有，分別具有政論性、抒情性、知識性、趣味性、訊息性、服務性等。[13] 阿濃又從寫作方式和風格

10　也斯（梁秉鈞）從 1968 年夏開始專欄散文的寫作，他以「文藝斷想」為題，每周寄去 3 篇文稿，當時《香港時報》副刊每日排版，對篇幅字數並沒有那麼嚴格的限制。參考也斯，〈公眾空間中的個人論說：談香港專欄的侷限與可能〉，載於《不老的繆思：中國現當代散文理論》（香港：天地圖書，1993），頁 192-212。

11　其一，根據 1982 年黃維樑調查的數據；其二，根據 1990 年阿濃的調查是長篇的有 700、800 字，短的是 300、400 字。參考黃維樑，〈香港文學研究〉，載於《香港文學初探》（香港：華漢文化事業公司，1985），頁 2-34；阿濃，〈香港散文的香港特色〉，載於《不老的繆思：中國現當代散文理論》（香港：天地圖書，1993），頁 183-191。

12　參考黃維樑，〈香港文學的發展〉，載於《香港文學再探》（香港：香江出版社，1996），頁 3-30。

13　王劍叢，《香港文學史》（南昌：百花洲文藝出版社，1995），頁 401。

上，把專欄散文分爲傳統派、學院派、載道派、議政派、綠色派、社會派、溫情派、活潑風趣派、清新派、紳士派、新潮派、讀書派、旅遊派等。[14]《博益月刊》還分出華麗派、懷舊派、主婦派、書生派、愛國派、嬉戲派、文靜派、風騷派、洋化派、夢囈派等。[15] 這樣說也不算過分，專欄散文不管是內容素材上還是寫作風格上都是無所不囊括的。當然從歷史的軌跡來看，專欄散文並不總是一個形態。如果說 1980 年代以前相對來說還保持較強的或一定的文學性的話，那麼 1980 年代以後與時事、經濟相關的文章開始占大多數，其中各個領域專家們的所謂具有知識性、訊息性的文章急劇增加。這樣，上天下地無所不談的專欄散文仍然存在，但同時出現了不少專門性談經濟、政治、藝術、醫藥、教育、投資、移民，甚至優皮（yuppie）、音響、錄影、養花、養狗等問題的專欄。[16] 造成這種變化當然有各種要因。過去長期以來專欄散文主要反映對各種社會事情或個人生活的評價與反應，甚至還產出應急之作和濫作，因而讀者們逐漸厭煩這類專欄散文而開始追求相對新鮮一點的。由於香港重視培養各領域的實用人才的教育體系，或者是隨著人口密度過高的大都市所特有的競爭白熱化，香港人是更加重視實際利益和經濟利益。那麼上述專欄散文變化的特徵，正好與香港人的這種思維方式是完全吻合的。

　　從語言特徵上來看，專欄散文大體都使用的是標準話，也就是普通話（或國語）。但是與文學期刊登載的文學作品相比，又有更多混用粵語的情況，甚至還有使用連文言也加在一起而成的所謂「三及第」的情況，另外也有夾雜英語詞彙。其實，對於語

14　阿濃，〈香港散文的香港特色〉，載於《不老的繆思：中國現當代散文理論》（香港：天地圖書，1993），頁 183-191。

15　《博益月刊》，9 期，1988 年 5 月。轉引用自劉登翰（主編），《香港文學史》（北京：人民文學出版社，1999），頁 653。

16　也斯，〈公眾空間中的個人論說：談香港專欄的侷限與可能〉，載於《不老的繆思：中國現當代散文理論》（香港：天地圖書，1993），頁 209。1980 年代以來一直到 1990 年代中期，很流行把刊登於報紙上的專欄散文集結出版。當時這方面有代表性的是博益出版社，其出版的專欄散文集大部分都屬於這樣的知識性、訊息性的文集。這一點只要看一看博益出版社所出版的專欄散文集的書名就可以知道了。參考黃子程，〈百花齊放：八九十年代香港雜文面貌〉，載於黃維樑（主編）《活潑紛繁的香港文學：1999 年香港文學國際研討會論文集》（上）（香港：香港中文大學出版社，2000），頁 281-300。

言的使用方式是仁者見仁、智者見智。對混用粵語或使用「三及第」，有的觀點比較寬容，有的則不然。對此筆者的觀點是這樣。首先在充分闡述所要表達的意思的前提下，用什麼樣的語言形式都不成問題，只要自然而準確就可以。但是，如果不是這個層面的問題，而是找不到適當的表達方式，或者因為大部分讀者都使用粵語，為了一味迎合他們的喜好而使用粵語方言的話，就不是那麼明智的選擇。即使香港專欄散文的大部分讀者都使用粵語方言，也還是有其他讀者群。而且要考慮到眾多的專欄散文將來會集成書出版，其所蘊含的香港文學、文化不僅只是在香港地區被鑑賞或被消費，還可能不是滯留在本地區，而走向更廣大區域的這種可能性。如果過多過濫地使用粵語方言，那就等於是自己斷送了這樣的機會和可能性。當然，這樣也不是說一律使用標準話就是最好的表達方式。有時候用標準話不足以表達某種地方特色或是語感會出現硬傷時，在並非不能理解的範圍內混用粵語則是適當的，應該褒獎的。從這一點來講，大概「三及第」的情況也是一樣。筆者在語感上對「三及第」的感知不夠，很難具體評價它的優缺點，不過還是認為從基本原理上來講如果可以提升專欄散文的社會性和現實性的話，在不至於太偏頗的限度內，通過各種語言表達方式去把握文脈是充分可取的方法。[17] 特別是作為文學作品的一個功能，就是要揭示對生活的嶄新的感覺和新鮮的意味，筆者認為從這方面來講混用各種語言表達方式是有積極作用的。

　　如果綜合上述專欄散文的幾點和相應的表述方式，按照傳統的標準來看，它是一種具有時事性、政論性的短評和具有文學性的小品之中間性存在。陳德錦對專欄散文的文體特徵有很好的解說，他所歸納的共同點有以下五個。[18] 一、以自然、隨便的語調與讀者交流經驗；二、因多涉及專門學問，術語、專門詞語、新詞彙、外語譯名的使用率較普通小品為多；三、題材多涉及港事港物，因此「港式」語言的使用率較多；四、因篇幅所限，難作全面的歸納或演繹式的推論，故全面運用邏輯語言的情況較少，形成少長句、多短句、語法省略的情況；五、邏輯性陳述句同邏輯性較低的句子

17　關於「三及第」，可參考黃仲鳴，《香港三及第文體流變史》（香港：香港作家協會，2002）。

18　參考陳德錦，〈文學的專欄和專欄的文學—從文體角度略窺香港專欄的藝術特色〉，載於臨時市政局公共圖書館（主編）《第二屆香港文學節研討會講稿匯編》（香港：臨時市政局公共圖書館，1998），頁 108-125。

並行混用的情況較普遍，尤其當作者同時作推論、表情和重現一些情境。

　　關於專欄散文有多高的文學性，抑或專欄散文是否應該具有文學性，這在香港研究者之間也存在不同見解。陳炳良就提出疑問：「雖然有人認爲專欄『散文』可以披沙揀金，但有多少篇能有相當的文學價值呢？即使只就文字看，大部分專欄都用通俗語言寫作，能否達到雅俗共賞就大成疑問了。」[19] 像這樣有人指出專欄散文的水準較低，文學性明顯不足等，還有不少人憂慮本來就不足的文學性還在逐漸減弱。相反，以也斯爲代表的另一些人則認爲，從公共空間的視覺來看，專欄散文一般不是追求文字審美，雖然也可以追求更高的文學性，但通過容納許多非純粹性的因素而達成與世俗的交流，所以沒必要對專欄散文有過高的期待，主張採取比較寬容的態度。[20] 雖然是觀點不同的雙方，但是都同樣對如何提高專欄散文的文學價值提出很多建議，並列舉出寫作專欄散文的名家及其優秀作品來肯定香港專欄散文的成就與影響。

　　即使如此，整體來講專欄散文的文學性並不是很強。如果說要用思想的深度、題材的範圍、結構的嚴密、表述的精緻、風格的創造等文學評價的慣用標準去衡量的話，專欄散文確實說不上是文學價值很高的一類作品。[21] 並且隨著時間的流逝香港專欄散文作家們在這方面的關注和努力也越來越減少。這首先和專欄散文作家群的特點有關。1970 年代的專欄散文作家群被評價是具備了較廣的學識、豐富的人生經驗、銳利的觀察力、較高的創作熱情以及優秀的語言駕馭能力等。不過，1980 年代以來專欄散文出現了專門化的傾向，非文藝領域的作家和更多的年輕作家們大舉參與到專

19　陳炳良（主編），《香港當代文學探賞》（香港：三聯書店，1991），頁 ii-iii。

20　參考也斯，〈公眾空間中的個人論說：談香港專欄的侷限與可能〉，載於《不老的繆思：中國現當代散文理論》（香港：天地圖書，1993），頁 192-212。

21　當然評價文學作品時，因觀點不同也可以有完全不同的標準。比如，安東尼・伊斯托普（Antony Easthope）批判只孤立地用文學本身的尺度來評價文學的態度。他把這種評價方式——把文學作品看作是自足的對象，由此試圖把握主題，尋找所有可能的意義，關注能指（signifiant）和所指（signifié）及包含著兩者間相關關係的諸多狀態，探討意義和狀態對統一性是否貢獻等的方式——用 Jane Tompkins 的話來稱為「現代主義解讀」，而加以強烈的反對。參考安東尼・伊斯托普（Antony Easthope），《從文學到文化研究》（*Literary into Cultural Studies*）[韓譯版]，任尚勳譯（首爾：現代美學社，1994），頁 13-35。

欄散文的寫作中來，與前一時代相比他們對待文學的態度相對不夠嚴謹，文學素養也不夠高。[22]

也就是說在思考的深度、感知事物的敏感性、表達能力的優秀性等層面上都不如前一時代，並且在基本層面上也相當缺乏作爲藝術類文學創作者的精神。

專欄散文的文學性有降低的趨勢，探究原因的話不能忽視整體社會環境的因素。1970 年代末以後中國大陸的改革開放、1980 年代初關於香港移交的《中英聯合聲明》、1989 年的六四民主化運動、1990 年英國（駐港總督）和中國之間的磨擦、1997 年香港移交和亞洲金融危機、2003 年的非典等等，與香港社會密切相關的大事接連地發生，香港人自然對這些時事不會不加關注。[23]這些和香港的現實緊密相關的、深具時宜性的事件，使得讀者們比起對事件的思索和表達的筆力，更關注事件本身的進展及對此的即時反應，也使得專欄作家沒有經過充分的思考和構思並多以直白式的表露進行寫作，而結果就是導致專欄散文的文學性降低。

專欄散文的文學性較弱而且越來越弱的趨勢，，根本上還和專欄散文自身與生俱來的侷限，即其生產體系有關。相當嚴格的篇幅字數的限制，報紙每日或間隔幾日登載造成寫作時間的明顯不足，廉價的稿酬導致一個作家往往同時爲幾個專欄寫文章，[24]應該適應讀者群的廣泛而迅速的反應和不是鑑賞而是即時消費性的閱讀習慣等等，這些都使得專欄作家沒有充分地思考和構思。再說，這些侷限的存在久而久之不但造成應急之作和濫作，而且間接影響大部分作家，甚至是連本來追求寫作中文學價值的一些作家也逐漸開始忽視作品的文學性，或者說難以再堅持初心。

22　以璧華爲首，有眾多類似這樣共同的評論。參考璧華，〈香港報刊專欄文章的前途〉，載於《香港文學論稿》（香港：高意設計製作公司，2001），頁 122-124。

23　按黃維樑所說，關於香港移交問題在 1980 年代的各種體裁的文章中都有所表述，尤其是有成千上萬篇的專欄散文都承載著「1997 情緒」。參考黃維樑，〈香港文學的發展〉，載於《香港文學再探》（香港：香江出版社，1996），頁 3-30。

24　據說劉以鬯也曾同時爲 13 份報紙寫過連載文章。參考也斯，〈公眾空間中的個人論說：談香港專欄的侷限與可能〉，載於《不老的繆思：中國現當代散文理論》（香港：天地圖書，1993），頁 193。

　　以上所述情況是直接關乎專欄散文的缺點。不過，這只是專欄散文兩面性的一面而已，而另一面卻讓我們看到專欄散文正是嚴肅文學和通俗文學相互交流與融合的一個領域。

　　首先從外部來看，真摯而有水準的作家們活躍在專欄寫作這一領域，保持著自身的創作特色並寫出了很多優秀作品，文學愛好者及一般讀者也欣賞乃至消費他們的作品。而另一方面，停留在一般水準的專欄作家們，也透過不斷的寫作而漸漸提高著其寫作水準，當然這裡也是以對文學有真摯的追求為前提的情況下。關於這一點，也斯以自身的經驗為例做了較實感的說明，「好處是寫作的訓練，每日給予你反省和表達的機會，……可以接觸較廣泛的讀者」。[25]

　　從內部來看，作者與讀者有直接的交流，乃至從讀者那裡感知到直接的反應。即作者謀求使用更易接近讀者的表達方法，來彰顯自己多層次有價值的一些思考內容。因此，專欄作家們努力用平易而新鮮的表達方式去承載有深度與意義的內容，這就推動作者提升為雅俗共賞的水準，或者至少朝雅俗共賞這一目標發展。也有與此相反的方向。作者以新的方式來展示讀者充分感覺親近、容易理解的內容，並以此來提醒讀者接觸事物可以有多樣的方式，進而引起他們對文學的興趣、揭示文學欣賞的方式、提供進入藝術世界的契機。譬如，李碧華在 1980 年代的專欄散文就是這種方式，在作品內容和思考方面保持與大眾親密無間的寫作風格，以銳利的筆致和鮮明的感性得到了讀者的廣泛關注。[26]

　　雖然香港的專欄散文因作者的水準和態度不同文學成就各有不同，但還是有大量優秀作品，而且比起以審美為主的文學期刊中散文來說，大部分是相對和現實題材密切相關的散文類型。並且專欄散文可以說是與讀者有廣泛的接觸面、發揮著巨大影響力的、香港所特有的一種「雅俗共賞」的大眾文學形態。從結論上來說，香港專欄散

25　也斯，〈公眾空間中的個人論說：談香港專欄的侷限與可能〉，載於《不老的繆思：中國現當代散文理論》（香港：天地圖書，1993），頁 193。

26　參考也斯，〈公眾空間中的個人論說：談香港專欄的侷限與可能〉，載於《不老的繆思：中國現當代散文理論》（香港：天地圖書，1993），頁 205-206。

文是嚴肅文學和通俗文學相互溝通的香港文學特有的方式，有相當重要的意義。特別是香港文學暗中強化其與中國大陸文學的差異，而強調通俗文學傳統這層面上，這一點可以說具有很大的意義。

▲ 圖 2-2　2006 年香港蘋果日報

參、香港專欄散文的嬗變

香港作家在香港都市商業環境的直接影響下，與中國大陸和臺灣作家不同，其文學行為相當特殊。他們的寫作幾乎沒有政府和公共團體的資助，[27] 依照商業性邏輯的稿費少到難以維持基本的生活。因此可以依靠寫作維生的作家也只是少數，即使有全職作家也是屬於重體力勞動型的。[28] 並且，由於出版社主要考慮商業利益，因此他們的作品只能登載在一般報紙的文藝副刊或其他版面，而不是文藝期刊或文學書籍上。這樣的作品因為讀者的嗜好會直接影響到報紙的銷售量，因此作者在寫作時，一方面時間上緊迫，一方面要考慮讀者的反應。這自然給予創作很大的限制，而其最具代表性的就是專欄散文。

專欄散文 1960 年代開始受到關注，到 1970 年代之後讀者急增，在吸引廣告方面發揮著很大的影響力，因而壓倒連載小說並成為文藝版面的中心。因此，甚至當時有人有點兒過分地期待，認為「說不定雜文（專欄散文）也會像楚辭、漢樂府、唐詩、宋詞、元曲、明清小說等那樣，成為代表某一時代的文體，在文學上占一席重要的位

27　1994 年才設立香港藝術發展局，開始資助部分作家。

28　如唐人闡述了自己的寫作生活，「有一個時期，我每天都要寫一萬字，連續了十年，從沒有一天間斷過。」、「我不寫這麼多，在香港就沒法維持生活，就交不了房租，孩子也沒法上學了」。再引用自傳真，〈香港文苑奇才—唐人〉，《中國現代當代文學研究》，24 期，北京：中國人民大學書報資料中心，1981 年，頁 111-112。

置。」[29] 對專欄散文這樣的盛況，黃維樑早在 1982 年就做過簡略的統計。按照他的統計，當時比較有代表性的 13 份報紙每天刊登大約 400 篇專欄，其中有 90 個是小說，其餘 310 個都是各色各樣的專欄散文。如果把香港的 55 個報紙都統計下來的話，每天能刊登 1,000 篇專欄散文，加上各種雜誌的登載量的話，這個數量就多得難於計算了。[30] 按照 1990 年阿濃的調查各大報紙的專欄散文平均有 30 篇左右，他所調查報紙的專欄散文總數有約 500 篇。[31]

以單行本出版的散文集當中專欄散文結集出版的書數量最多、質量也非常優秀這一現象上，我們也不難看到這樣的情況。1991 年頒布首屆香港中文文學雙年獎，獲獎的是專欄散文結集出版的《解咒的人》（鍾玲玲）。據當時參加了散文獎審評工作的璧華說，參審作品中 1989 至 1990 年度在香港出版的散文集一共有 51 部，其中從 300、500 字到 800 字長短的專欄散文占 80%。璧華對獲獎作品《解咒的人》評價頗高，他認為這本散文集在具有比較完整的故事和含蓄美、意在言外的意義上能融合小小說和詩歌的優點，內容方面也不脫離香港人的生活現實。[32] 這樣的事實充分說明，當時專欄散文從量和質兩方面講都很有建樹，起了香港文學之先導的作用。

一直到香港移交之時，專欄散文從數量上看不出有什麼變化。璧華有文章寫道，「據統計，香港報刊每日出版的專欄有 1,000 個以上。……在這些專欄文體中，過渡時期最具有吸引力和影響力的則是具有殺傷力的雜文——一種文藝性的政論了。」[33]

29　黃南翔，〈雜文的年代〉，《當代文藝》，106 期，香港：當代文藝社，1974 年 9 月，頁 10。再引用自黃維樑，〈香港文學研究〉，載於《香港文學初探》（香港：華漢文化事業公司，1985），頁 4。

30　黃維樑，〈香港文學研究〉，載於《香港文學初探》（香港：華漢文化事業公司，1985），頁 1-2。

31　阿濃，〈香港散文的香港特色〉，載於《不老的繆思：中國現當代散文理論》（香港：天地圖書，1993），頁 183-191。

32　璧華，〈我看香港散文〉，載於《香港文學論稿》（香港：高意設計製作公司，2001），頁 119-121。

33　璧華，〈過渡時期香港文學題材的演變〉，載於臨時市政局公共圖書館（主編）《第二屆香港文學節研討會講稿匯編》（香港：臨時市政局公共圖書館，1998），頁 195。

蔡敦祺還進行了推算，「若以每日印行的中文報紙約 40 份計，每份報紙專欄以平均 20 個計，則香港讀者每日可讀到的專欄數量高達 800 個之多」。[34]

可是香港移交後情況似乎有很大變化。報紙上專欄散文在數量上不僅減少了，而且其文學性也顯著減少了。[35]筆者曾經作過粗淺的調查，香港比較有代表性的 11 個報紙在 2006 年 1 月 21 日的報紙版面上登載了平均 14 篇一共 160 篇專欄散文。從平均值來看，這比上述的推算數量上減少了 25% 左右，特別是其中具文學性的專欄文學還不到 20%。還有，同樣的 11 個報紙在 2007 年 5 月 11 日的報紙版面上登載了平均 11 篇一共 124 篇專欄散文。雖然這不是拿兩個相隔整整一年的日子來比較，但至少可以看出不到一年半的時間裡，專欄的刊登量就減少了不少，比起上述的推算更分明是一個小數值。[36]參考以上情況，東瑞的論斷也不算是過分，他認為「報紙副刊，內容比較單一，也趨向於政治化，只有少量帶有文學性質，占 90% 以上都成為政論雜文，或淪為新聞的延續和補充。……二十一世紀的大部分報紙的專欄變得較為乏味，妄談文學色彩。」[37]簡單地講，專欄散文有退潮的趨勢。

隨著影像文化和網路文化的盛行，報紙的讀者越來越少，專欄散文的退潮首要和

34　蔡敦祺（主編），《一九九七年香港文學年鑑》（香港：香港文學年鑑學會，1999），頁 755。

35　參考陳德錦，〈千禧年香港期刊散文綜論〉，《香港文學》，219 期，香港：香港文學出版社，2003 年 3 月，頁 66-76。陳德錦也認為文學散文已經成了非主流散文，專欄散文雖然還受到一定的歡迎，但受急速發展的報告文學、文化評論等的影響，不得不追求一些變化。

36　根據公務員事務局法定語文事務部，《香港 2005》（香港：公務員事務局法定語文事務部，2005），頁 298。2005 年末為止，香港發行的中文日刊除了兩個賽馬消息版以外有 21 個。各個報紙刊登的專欄散文數統計如下：
　　* 2006 年 1 月 21 日：《明報》25，《成報》8，《新報》10，《信報》28，《大公報》14，《文彙園》12，《太陽報》7，《星島日報》15，《蘋果日報》12，《東方日報》14，《香港經濟日報》15。
　　* 2007 年 5 月 11 日：《明報》20，《成報》6，《新報》9，《信報》16，《大公報》8，《文彙園》11，《太陽報》6，《星島日報》17，《蘋果日報》13，《東方日報》6，《香港經濟日報》12。

37　東瑞，〈香港文學書和市場需求〉，《作家月刊》，25 期，香港：香港作家協會，2004 年 7 月，頁 18-24。

這個原因有關。[38] 也就是說，報刊爲了自身的生存，不得不強化視覺上的功能，譬如說利用更多圖片填充版面空間、加大字體的尺寸等，因此報紙整體上可登載的文章數量自然也就減少了。特別是香港移交問題觸發了香港人對社會變動的關注，繼而之後又持續傾向於選擇吸引力強大的時事性話題。另一方面，起因於香港這個現代大都市環境，香港人更喜歡能刺激他們的好奇心的閒話性話題。相比之下，對刺激性較小的文學性文章的關心就更少了，導致後者的登載量更加減少。2006 年 1 月 20 日《蘋果日報》的情況，總共 116 個版面中有文學色彩的僅僅只有《蘋果副刊》1 個而已。2007 年 5 月 11 日《星島日報》中，除了地產訊息版面之外的 92 個版面中，文學色彩的版面僅有《星島副刊》的「年華」和「花樣」2 個而已。[39]

如果更深層地去看的話，專欄散文的退潮趨勢其實本質上是由於香港人的生活發生了全面性的變化。譬如，文化大革命、六四民主化運動等中國大陸政治形勢的變動或者香港移交等問題都直接引起香港人的關注，這就對以現實存在的問題爲主要評論對象的專欄散文的盛行起了很大的作用。但是現在香港人對中國大陸的了解程度加深，而且中國大陸隨著社會情況相對穩定也很少發生激盪事件；香港移交已成爲現實，人們已接受它爲既定事實，香港雖然成了「一國兩制」下的一個特別行政區，但市民的實際生活卻未出現過急劇變化。而且香港人的關注領域從政治動向開始轉變到經濟動向，他們不僅是透過報紙等文字媒體，還可以通過電視、網路等媒體充分地獲取訊息。因此專欄散文的附加價值，即其時事性和政論性，能揭示內情的這種吸引力顯著地減少了。

當然變化還不止於此。也是全世界的共同現象，就是報紙、雜誌、廣播、電視之

---

38 1970 年代以每天 20 萬份的業績一度高居銷售量榜首的《星島晚報》到 1996 年銷售量掉落到每日 2 萬份，結果於 12 月 17 日停刊，之後唯一的晚報《新晚報》也於 1997 年 7 月 26 日停刊。在這樣的情況下《星島晚報》的《大會堂》、《新晚報》的《星海》都相繼停刊，繼而《文匯報》的《文藝》於 1998 年 11 月 30 日停刊，文藝性較強的《快報》副刊也停刊了。這一系列報紙的文藝副刊相繼停刊的同時，《明報》小說版和《星島日報》星河版曾經繼續每天登載小說，但現在這些也是完全消失了。

39 在材料收集過程中地產、賽馬、體育等版面有遺失，如果把這些版面也加算起來當日的《星島日報》總版面估計應該超過 100 個。

外，電腦、網路、電郵、DVD、手機、社群網路服務（Social Networking Service，以下簡稱 SNS）等新的尖端技術媒體形成更強勢的多元的高速訊息網絡，這影響到社會的每一個人，影響到他們細微的生活條件、行為與思考等。香港也同樣處於這樣的環境當中，包括專欄散文在內的文學作品的影響整體上正在減少。而且，專欄散文所具有的某種特長，由於網路文化的普及和情報通信技術的發展，也要直接以這些手段來代替。最具代表性的例子是網路上的 SNS 或評論（回帖）功能的盛行，有短訊傳輸功能的手機普遍使用。也就是說以報紙這樣的活字媒體為基礎的專欄散文，其所具有的訊息性、趣味性、娛樂性、消費性等要素都因此相當程度地被減弱了。通過類似的新媒體，訊息提供者和消費者界限模糊化，這用阿爾文·托夫勒（Alvin Toffler）的詞彙比喻，參與生產活動的消費者就是「產消者」（prosumer）開始增加，這也開始影響到以前依靠由作家提供、通過作為流通場所的報紙版面、依靠讀者消費這樣一系列專欄散文的流通方式。這大概也當然地影響到專欄散文，使其讀者數量減少，進而又引起專欄散文的寫作、閱讀的態度乃至內容、水準等方面的變化。

肆、香港專欄散文的意義和未來

　　專欄散文是過去的數十年間在香港作家人數最多、作品數量也最多、擁有的讀者最廣、影響力最大的一個文學體裁。雖然專欄散文因作者的水準及態度不同所取得的文學成就也有所不同，但其中不乏優秀作品。而且比起以審美為主的文學期刊散文，專欄散文相對主要負責與現實密切相關的方面，並且這些作用進而影響到了整體香港散文或香港文學的創作。尤其是從專欄散文的篇幅字數、專欄形式等外形，到主題、題材、技巧，或者再到作品的創作、登載、閱讀的流通體系等，幾乎所有層面上都真實地反映著香港社會的特色。綜合所有來看，應該說專欄散文是香港特有的文學形態，是一種可以代表香港文學的文學體裁。

　　在這裡還想附帶說明，專欄散文一直以來都是追應著香港人文化上的要求，為他們擴充了文學的接觸範圍，雖然作品水準參差不齊，但其內容與技法等方面相互交流和融合了通俗文學與嚴肅文學，專欄作家們在商業環境下受版面的制約，但仍可說

是進行了優秀的創作。對於追求文學藝術價值的作家們，這都是很好鍛煉創作的機會，特別是由於要廣泛接觸到讀者，使他們寫作時要考慮到讀者的反應。換句話說，這雖然會有一些副作用，但卻使作家與讀者的溝通成爲可能。專欄散文並不只停留在自身，它還爲以文學期刊爲主要刊登園地的長篇文藝性散文及整體的文學創作造成影響，爲其賦予了香港文學特有的性格。譬如香港文學整體上所具有的生活化的特色，就是以專欄散文爲出發點、有別於中國大陸和臺灣的文學與散文的一個主要特點。在香港文學的各類體裁中，特別是專欄散文能充分展示香港文化的豐富和多樣性、東西文化的衝突、傳統與現代的調和、都市文化的機敏和變化等等。[40] 專欄散文本身就成了香港文學特有的現象，進而在中國文學乃至世界文學範圍內也算是一種獨特的文學現象，也成了香港文學之獨創性得到認可的一個明確證據。主要來說，專欄散文與中國大陸文學和臺灣文學有明顯區別，屬於香港文學所特有的文學類別，其價值不可低估。

那麼專欄散文將來會有什麼樣的命運呢？其實 1990 年代初就已經開始有人爲專欄散文擔憂了。璧華在 1992 年 12 月發表的〈香港報刊專欄文章的前途〉一文中就指出，「在資訊爆炸的今天，專欄文章如何與資訊相結合，緊跟形勢，以免遭受淘汰之厄運，實在是當務之急。」[41] 進入 2000 年以後，在 1970 年代充滿希望、甚至被期待可與楚辭……等等齊名的專欄散文，卻出現了退潮的趨勢，但是即使這樣，說它很快就會被淘汰也好像言之過早。首先由於短期之內香港社會自身會在一定程度上保持現狀，因而包括專欄散文在內的香港文學短時間內也不會有太大的變化。其次我們不能忽視報紙副刊的編輯和專欄散文的作家都像從前一樣，爲適應新媒體時代進行多樣的努力。例如，他們走出以所有讀者爲對象的綜合型專欄散文的刊登模式，嘗試以文學愛好者及學生爲對象，以服務文學鑑賞、習作、訓練爲目標的細化型專欄散文。又或許再發生像 1989 年的六四民主化運動和 1997 年香港移交之類的大事件，專欄散文又

40　也斯，〈公眾空間中的個人論說：談香港專欄的侷限與可能〉，載於《不老的繆思：中國現當代散文理論》（香港：天地圖書，1993），頁 196。

41　璧華，〈香港報刊專欄文章的前途〉，載於《香港文學論稿》（香港：高意設計製作公司，2001），頁 124。

能在一段時期裡盛況重現，這種可能性不是絕對沒有。不過從長遠的觀點來看，專欄散文恐怕不太可能再次中興吧？如前所述，在全世界範圍裡影像文化、網路文化等逐漸發揮著更大的影響力；比起對香港自身政治變動的關心，香港人更關注經濟上的變化；隨著社會的安定發展，白熱化的競爭使生活節奏更趨於緊張；由於受過教育的知識分子增多、獲取訊息更加容易和方便，產銷者的模式更為擴散……等等，所有這些對專欄散文不利的因素都在增加中。

專欄散文的這類變化，大概在一定程度上影響到香港文學在中國文學裡所占據的地位。香港移交後通俗文學與嚴肅文學之間的相互接近在外觀上也更加明顯，這也可以看作是香港文學在暗自地強化著與中國大陸文學相對的差異性。在嚴肅文學和通俗文學之間達成溝通的香港文學所特有的專欄散文在退潮，這可能會對保持香港文學的獨創性產生負面的影響。換句話說，始終與香港文學、香港社會有著深厚關係的專欄散文，可以說是香港文學能否作為在中國文學裡有別於中國大陸文學和臺灣文學的獨立體而繼續存在下去的標誌之一，即使這個標誌不會很快就發生變化，從較長遠的未來看也不是那麼樂觀的。

第 3 章

香港小說中的母親、女兒、妻子 ——慈母、孝女、賢妻

▲ 圖 3-1 香港中環之三聯書店前景

壹、對女性問題的再認識

1997 年香港移交之後香港小說不直接探討身分認同問題而描述香港社會存在的各種現象，這也許是另一種探索和追求身分認同的途徑。過去一段時間裡由於專注身分認同問題而被邊緣化的階級、社會、女性以及後殖民主義的議題，再度引起人們的重視。[1] 本章將重點放在女性問題上，探討 1997 年之後的香港小說是如何處理和刻劃女性形象的問題。

首先將 1997 年之後的《香港短篇小說選》（香港三聯書店）中所揀選的所有中短篇香港小說，不論女性主義小說類型與否，都作爲考察對象。[2] 本章所以這樣做，是因爲作者的主觀創作意圖固然很重要，但更想針對香港小說中的女性是以怎樣的面貌出現，讀者如何接受這些形象等問題作重點考察。再說，本章並不是排除女性主義視角也不是有意迴避這一話題，反而將要積極接受女性主義視角，而關注家長制社會中被扭曲與奮鬥的女性形象。

其次在研究方法上，本章參照女性主義者普遍批判家庭是維繫家長制的最基本單

1　參考本書第 1 章〈1997 年之後香港文學的變化及其意義〉。

2　《香港短篇小說選》（香港：三聯書店）無論從其出版時間、連續性、出售量還是影響力上都可稱為香港的代表小說選。從 1984 至 1985 年基本上每隔兩至三年出版一次，其中常常有中篇一起選入。除此以外，《香港文學》（香港文學出版社）和黃靜等著，金惠俊等譯《尋人啟示》（eZEN Media）中的作品也被考慮在內。但由於大量作品的重複，另外整體上與本文研究的對象作品所描述的情況大體相同，故沒有特別提及。以上文獻的詳細事項請見參考文獻。本章沒有另外作標記的引用文均為所列作品中的內容，括號中的頁數均為發表年度對應的《香港短篇小說選》頁數。

位的,[3] 從家庭成員中的母親、女兒、妻子等形象著手進行研究。並非試圖將女性固定為特定的社會作用或形象,而是為了避免在有限的篇幅中考察豐富多樣的女性形象本身所帶來的侷限性。

貳、慈母型與魔女型母親

許多文學作品向來是這樣刻劃母親形象的,她們向子女傾注無限的母愛,即使為他們獻身與犧牲都毫不猶豫,有時她們無條件的母愛甚至到了讓人感到愚昧的程度。香港小說也不例外。像〈就是這樣子〉(蓬草,2001)或是〈回鄉〉(綠騎士,1999)中的母親形象就是這樣。前一篇作品中智成的母親「她」沒有丈夫,一個人經營理髮店還準備花一個月的時間去探望自己辛苦拉拔大的兒子。她不求任何回報,只盼望兒子能有個好的將來。但是已經三十多歲的兒子卻不務正業,不求上進,跟他同居的女友懷有身孕也沒有穩定工作,他們只在隨便過生活。母親看到這些之後,為了不給兒子造成物質上和心理上的負擔,拿買好的食物將冰箱塞得滿滿,並稱擔心理髮店而宣布自己要馬上返回老家的決定。臨走的前一晚,母親還為將要出世的孫子準備了一張支票。後一篇作品中志邦的母親「她」不管長子的實際情況是否允許,斬釘截鐵地要求他一定要為剛剛死去的小兒子買一張回程機票。因為她深深地恐懼,如果不這樣做就帶不回死去小兒子的靈魂。結果盛放著靈魂的骨灰盒坐在飛機裡一個座位上與「母親淌血的心」(頁 227)一起「滴過萬水千山」(頁 227)終於回到了香港。這兩篇小說中的母親沒有名字,只被稱呼為「她」,卻為我們展現了不圖任何回報,本能的奉獻發自內心深處的母愛。因此,前一篇小說在結尾藉敘事者之口說道「做母親的,大概就是這樣子的了」(頁 228)而對母愛大加稱讚。

3　夏洛特・帕金斯・吉爾曼在追求改變女性經濟依賴狀態的多樣的變化的同時強調應該打破作為經濟單位的家族;維多利亞・伍德胡爾所主張的自由戀愛就意味著廢止婚姻制度;埃瑪・戈德曼認為賣淫與結婚兩者同為經濟的榨取形態,故對結婚制度持否定態度;蒂 - 格蕾絲・阿特金森 (Ti-Grace Atkinson) 則主張婚姻是女性破壞的最重要的形式化,這樣的制度不管是理論上還是實際中都給予否定是激進派女權倡導者的首為之事。參見約瑟芬・多諾萬 (Josephine Donovan),《女權主義的知識分子傳統》(*Feminist Theory: The Intellectual Traditions*) [韓譯版],金益門、李月英譯 (首爾:文藝出版社,1999)。

　　當然，母愛本身是在一定程度上自然的，也是值得稱頌的。但是如果過分地強調，或將之絕對化就會出現另外的問題了。那樣做在表面上似乎突出了女性的偉大，但實際上很可能將女性的作用縮小而固定化。像上面提到的〈就是這樣子〉（蓬草，2001）中，母親對兒子的愛一直延伸到未來的孫子身上，但究其實，母親在沒有丈夫的情況下為兒子奉獻了自己的一生，而最後留給她的卻是自我的喪失。不僅如此，母親作為女性原來是家長制下的犧牲者，但如果過分地去強調母愛，就很可能將母親塑造成家長制的協助者，甚至是家長制的代行者。譬如，〈玉傳〉（陳寶珍，2002）中女主人公玉的母親擔心女兒，說出「男人對兒女的愛往往就是對妻子的愛的延續」（頁174），又說「我們做女人的，最忌行差踏錯，弄不好，好好的一個家就散掉了。值得嗎？」（頁179）就體現了這一點。

　　這樣過分地強調母愛，可能使身為女性的母親其自我消失殆盡，變成家長制的幫助者或代行者。母親的這種職能也將作用在子女身上，尤其會將自己的生活方式原封不動地強加給同為女性的女兒身上。〈旺角記憶條〉（崑南，2002）中敘事者的母親向她說：「哥哥死了之後，我們的希望完全落在你的身上」（頁129）。當她的母親看到她做任何事情都要靠自己時又說：「你是男孩子就好了」（頁132）。

　　如果以上這些例子直接展現了家長制的維護者或代理人職能的母親形象，那麼下述的〈無愛紀〉（黃碧雲，2001）中的場面又意味著什麼呢？女主人公楚楚在丈夫米記背叛自己和其他女人一起生活之後仍然容忍他出入家中。有一天她與丈夫一同走在回來的路上這樣做的：

> 列車到了在車門前就見到米記，見到他傻傻的向她一笑；她也微微的報以一笑並且她完全不知覺就伸手拖著他，好像拖著一個兒子。米記還在她的生活裡，她的心裡，不過已經是一個兒子。（頁150）

　　此時她對孩子的母愛已經延伸到對丈夫的母愛性思考與行動，以至於包容丈夫的一切行為甚至缺點也成為理所當然，其結果女性對男性的奉獻、犧牲以及依賴就被正當化。這個例子竟暴露無遺了不僅是作為母親的女性，還是女性本身已經把母愛的神話像本能一樣地內化了。

　　香港小說取代家長制下被神話化的母親形象，塑造女性化或人性化的母親形象也就是有意無意地反抗這些現象而出現的。從為自己的利益而置子女於度外的單純型，到追求女性自我價值而把子女放在次要地位的複雜型，她們不是溺愛、獻身、奉獻、犧牲的母親，而是壓迫、虛偽、自私、貪婪的母親。〈魚咒〉（王良和，2000）中敘事者的母親形象，儘管不是男性作者有意之為，卻也明顯地體現出這一點。小說中有兩位母親登場，敘事者的朋友金鋒的母親與敘事者的母親。金鋒的母親是在任何情況下都善待兒子以及兒子朋友的溫和母親。儘管金鋒有些智能障礙的三哥已經長成成人，她仍然快樂地為他洗澡。這個精神不正常的兒子只要母親不在家就會不安地偷麵包吃。可是敘事者的母親卻恰恰相反。她打罵敘事者，不給他零用錢；還因為討厭敘事者養的鴨子而將鴨子殺掉下鍋；丈夫上班之後她只顧自己睡覺，任由敘事者自己弄早飯吃的「凶惡的」（頁 11）母親。她還常常跟丈夫吵架，甚至詛咒丈夫過馬路被車撞死。所以，敘事者曾非常希望金鋒的母親就是自己的母親。而敘事者的母親所做的這些行動大部分不是發生在敘事者的孩提時代，而是開始發育成男性的時候。其中決定性的場景是進入青春期的敘事者與金鋒一起鬼鬼祟祟地跑進洗手間觀察彼此正在生長的陰毛後，母親像獅吼一般：「你這樣下作！」（頁 13）另一隻手緊握衣架擊向敘事者的身體。同時母親還將敘事者養的彩雀（鬥魚）全部倒入廁所沖掉了。這裡的敘事者的母親正是所謂的那種「魔女」型女性形象。

　　但是這樣的「魔女」型母親形象究竟是否為真正的母親形象，這還有疑問。因為如同把母親形象全部限定為慈母一樣，這一次是多種多樣的女性形象被單一化成為向男性發威的「魔女」的錯誤。[4] 然而，這樣的「魔女」型母親形象仍然會給男性中心主義社會埋下不安的陰影。再來看〈魚咒〉（王良和，2000）這篇作品。敘事者長大成人之後對兩位母親的態度發生逆轉。敘事者聽到金鋒的母親與丈夫訣別，60 歲的她還要改嫁的消息後覺得很噁心，他想像著她與改嫁的丈夫膩在一起時的噁心鏡頭。

4　據瑪莉・賈可布森所言，桑德拉・吉爾伯特和蘇珊・古芭的批評方法是一種本質主義的閱讀方式，將「狂女」、「巫婆」、「怪物」等讀成家長制文本下的「真正的女人」，因此「女性」這一多元集體只被單一化為憤怒的形象了。參見張美君，〈性別與寫作引言〉，載於《香港文學 @ 文化研究》（香港：牛津大學出版社，2002），頁 507-515。

相反，在想到自己的母親時，覺得自己「已經取代了父親的位置，控制著這個瘋狂的女人」（頁 21）回想母親輕輕拍著他的屁股，然後把手伸進他的褲子，並聽到她說：「我的肉」（頁 22）。一言以蔽之，這些都表現了敘事者不期望母親在心中留下為一個追求自我的「魔女」形象，而期望母親留下為一個被家長制統治的、只有母愛的女性形象的心理。這樣小說在表面上描寫一個反抗男性的、作為女性的母親最終被作為男性的兒子所鎮壓的過程，但這還反證地暴露了男性對於女性自我存在的主張的不安感。

只是，既不丟掉母愛又完整體現女性自我的母親形象之出現恐怕還需要一段時間。這因為不用說男性作家，就連許多女性作家也習慣地承襲既存母親形象塑造方法。也許有人會說塑造一種又能引起現實共鳴，又是理想典範的母親形象是件不可能的事情，因為現實中的母親形象本身已經被家長制壓得扭曲變形。但是文學畢竟不能也不須機械地再演乃至反映現實，同時那樣的母親形象也沒有必要成為具有統一性和整體性的「我們共同的母親」[5] 形象，因此還有機會能塑造不被社會性別所牽制的母親形象吧？

▲ 圖 3-2 聖誕佳節時的香港屯門市廣場

參、順從的與叛逆的女兒

向來許多文學作品都有用稱讚孝順之女，批判不孝之女的方式來勸勉女兒順從父母的傾向。這種傾向在香港小說裡也同樣存在。〈看樓〉（鄺國惠，1998）的女主人公阿鶯一邊夢想擁有屬於自己的空間和事業，一邊跟哥哥一起

5　桑德拉·吉爾伯特和蘇珊·古芭主張尋找文本之後隱藏的真正的女性，其最終目標是追求一位女性作家的「我們共同的母親」。托裡·莫娃則稱之為追求「強有力的女性原型（a mighty Ur-woman）」，並批判說她們對整體性的強調在一定程度上竟有男性中心主義意識形態的嫌疑。參 考 Toril Moi, *Sexual/Textual Politics: Feminist Literary Theory* (London: Methuen, 1985), 32, 66-67。

集資買房贍養母親就是例子。〈愛美麗在屯門〉（也斯，2002）中女主人公愛美麗 7 歲失去母親後在爸爸的撫養下長大，而她的行動所體現的孝心過分得讓人感到驚訝。她最擔心的問題是父親爲母親做了一個神龕之後，整天把自己關在小室中，足不出戶。一次爲父親準備好飯菜，吃到一半抬頭看到飯桌對面的父親已沉睡過去，「小杯中的白乾也沒呷，她孝順女的角色當不成，只好把杯子擱到神龕前孝敬生前也貪嗜杯中物的母親」（頁 3）。從此以後，她就徘徊在香港郊外的故鄉元朗，到不同的食肆拍照給父親看，希望他重新恢復食慾。

很難說女兒對父母盡孝本身是一件錯事，但問題是這樣對孝順女兒、順從女兒形象的刻劃往往不僅停留在這一層面上，而是已經發展到阻擋女兒獨立人格的形成，或者使其自我否定作爲女性的存在的程度。《後殖民食物與愛情》（也斯，1998）和〈天藍水白〉（祝捷，2001）清楚地說明了這一點。

前者的敘事者「我」由於對食物的趣味相投開始與瑪利安交往。跟瑪利安的父親初次見面時，其場所也選在了香港中區酒店新開的餐廳。而後來才知道瑪利安的父親曾有一段時間在這家餐廳掌管過飲食，她對於食物的興趣和訓練都是從父親那裡傳承過來的。這次見面並不成功，「雖然紆尊降貴的世伯未曾口出怨言，但他的女兒也接受了她隱含的不滿」（頁 8）。那之後，在送瑪利安回家的路上不知怎的吵了起來，結果那天以後兩個人的戀人關係也結束了。後者是一篇營造宗教氛圍用童話式文體敘述年幼的女主人公菜籽在到處流浪的過程中所遇到的人和所經歷的事物的小說。在女主人公菜籽與同名的少女菜籽相遇的場景裡，關於少女菜籽姐姐描寫如下：

> 姐姐挑著水一步一步上來了，……姐姐把水倒進缸裡，然後從缸裡看看自己，看自己的頭髮長長了沒有。那天爸爸打媽媽，說媽媽生不出男娃娃，姐姐就把頭髮剪了，哭著對爸爸說：「莫要打媽了，我從今以後就做男娃娃，還不行嗎？」（頁 78）

前一篇作品雖不是典型的孝女故事，但由於父親的影響（統治）直到她長大後仍

然發揮著作用，所以女兒瑪利安與男性的結合總是失敗的。[6] 後一篇作品所表現的是出於對母親的孝心和對父親的服從，女兒正在否定自身的女性特質，儘管她的女性特質從根本上無法消失。

這種對順從女兒的強調不只停留在對家庭內部的父母（他們實際上代表家長制的權力）的順從上，甚至很容易轉化成對家長制社會本身的服從。香港小說暫且擱置，把目光放回到二十世紀中國文學上。[7] 二十世紀初，中國新文學主要素材之一就是自由戀愛、自由結婚，站在個人立場上說是個人獨立宣言，站在女性立場上說是女性的存在宣言。但是隨著時間的流逝在救國和啟蒙思潮之下，雖然也有例外，但大部分作品都出現了把女性存在作為集體構成的一部分，逐漸傾向無性化乃至男性化方向發展。被地主黃世仁施暴的《白毛女》中的喜兒只不過是被掠奪的農民（農民的女兒），《紅色娘子軍》中的瓊花也不過是革命的英雄（黨的女兒）。換句話說，爭取男女平等就意味著不分男女一律服從國家、民族、階級意識形態，意味著女性特質已經被變形的男性中心主義所取代。在這樣的家長制社會，只能是不斷地試圖利用父母對女兒進行控制，即對女兒的女性特質角色進行控制。香港小說〈青春遺事〉（黃燦然，1998）中劉玉清的父母不管女兒的意願為女兒張羅婚事的觸發點就緣於此。〈意粉、竹葉、小紋和其他〉（小樹，2000）中，女主人公小紋的母親身為女性卻根本不關心女兒身體上以及精神上的變化，只知道「她現在最重要是聽話」（頁26）。也是同樣的道理。

香港小說裡出現的這些內容在說明，直到如今人們在意識深處仍然把子女看作父母的附屬品。相對兒子來說，在女兒身上尤其發生得頻繁。某些方面也寓示出進入近代以來，女性的地位仍然沒有發生根本的變化。譬如，〈蹲在牆角的魂〉（李維怡，2002）中9歲的女兒被父親毆打得血肉模糊差點死掉，勉強活過來，她長大之後成了警察，但是常常看到「他」蹲在牆角看自己的幻覺。原來權力的直接行使是指向人的

6　小說中瑪利安除了敘事者之外，與過去的幾個交往的男友分手也都是因為對方對食物的無知造成的。

7　關於香港文學與中國文學的關係，參考本書第1章〈1997年之後香港文學的變化及其意義〉。

身體的，封建社會的權力可將人命玩弄於股掌之間，家長制下的家庭暴力也是如此。

如果這些都是在家長制下透過有形行為使女兒（女性）順從的例子的話，那麼〈日落安靜道〉（陳慧，1998）則暗示著女兒（女性）終究逃不出家長制的魔掌。為了幫助理解，筆者將小說中的事件按時間順序進行了整理，內容如下：

> 女主人公樂霞沒有母親，與駕駛靈車的她唯一的保護者父親兩人相依為命。父親工作的殯儀館幾乎成了她的家和樂園。但是，漸漸成長的她問父親不要駕駛靈車，當巴士司機好不好，開始對父親的職業和工作單位產生排斥感。那天9歲的她一個人在家裡等父親，讓沸水燙傷了手臂與手腕。急診室裡，她的父親不住地發牢騷「為什麼你不聽話呢？……你人越大越不聽話」（頁72）。以後的日子裡，她常常聽到父親說這樣的話。14歲時的一天，死了一個有名的歌手，她因為帶同學混進殯儀館，被她的父親用紮屍體的麻繩將手腳捆起，丟在一個長形的盛屍體的藤筐裡監禁了起來。後來不知道是誰放了她，她便順著那條路離家出走了。在殯儀館後面的路上遇到了開貨車的秦先生。她從此開始在街上過流浪生活，又時常得到一直關注她的秦先生的照顧。結果在她21歲那年決定跟秦先生一起生活。在準備買嫁妝的路上偶然得知父親去世的消息後為他發喪。

身為家長的父親的保護（控制），在整個生長過程中想要擺脫這種保護（控制）的女兒的努力，逃離父親，與新保護者相遇，與作為新家長的丈夫結合，再到以前的家長父親的死等等，這一系列的過程也許已經不需要過多的說明。女兒的成長，結果不過是從一個被稱為父親的家長到另一個被稱為丈夫的家長的移動。駕駛貨車的秦先生的職業已經有點象徵他代替樂霞的父親，小說裡秦先生準備的房子居然跟殯儀館一樣是雲石地板，樂霞當初還很討厭這些的而來便聽之任之，這更證明這一點。由此看來，父親去世之後，樂霞在殯儀館裡偶然與人相遇時說的話很是意味深長。「我只不過是路過，你們放過我」（頁76）。

當然香港小說裡不僅有順從的女兒，也有叛逆的女兒登場。〈自由落體事件〉（顏純鉤，2000）的不良少女阿慧對警察主人公「他」來說是個妖姬。她對他說「媽媽開

心了我就不開心，她爲什麼不讓我開心！」（頁 271）並利用他兩度破壞媽媽的再婚生活。〈又見椇子紅〉（黃燕萍，1999）中出現的鄉村少女麗菊也因爲錢的問題頂撞撫養她的繼父，結婚生子之後，以不是生父爲名，硬將繼父和生母一起趕出了家門。然而，雖然這些作品都是在描寫破壞父母家庭的事件，但是各自通過生育後代的方式再建家庭，卻說明作品並沒有對家庭所代表的現存秩序從根本上進行全面否定。

如果說這兩篇小說既不是有意識地刻劃叛逆型女兒的形象，又沒有直接觸及女性問題，那麼表現在現實、記憶與空想之間自由穿梭，同時表現女兒對母親既順從又叛逆的〈理髮〉（謝曉虹，2001）則是值得充分給予重視的作品。這篇小說從母親給女兒，即敘事者剪頭髮的場景開始，在剪頭髮的過程中敘事者斷斷續續地陷入回想或空想之中，在現在、過去、空想的世界裡母女間的事情複雜地交織在一起。在這裡值得注意的地方是敘事者是在自己記憶的基礎上對母女之事自行空想。

敘事者在她的空想世界裡是一個經營理髮店的母親的女兒，她在很小的時候是完全順從母親的乖乖女。敘事者這樣說道：「我伏在媽媽懷裡聽她（對男人）的咬牙切齒，……看著牆上她灰黑色巨大的影子，深深感到那影子是母愛的表徵，裡面包容了我」（頁 278），「除了偶爾的一頓抽打外，那是我正沉醉於母愛之中」（頁278）。但是，到了 13 歲那一年，從同班男生那裡收到了一隻紅色的頭髮夾子，「把紅色的髮夾別在頭髮上……發現比母親還要好看」（頁 279），另外經常對母親做出一些反抗的行爲，「還別著那只髮夾故意在母親面前走來走去」（頁 279），「那時實在也害怕她一巴掌打來而戰戰兢兢」（頁 279）。那麼女兒又是如何終結對母親的反抗的呢？「後來我還是把髮夾除下來，爬上塑膠椅說，媽，該剪頭髮了。我把髮夾除下來時，曾以爲一切會恢復舊觀。但的確有一些什麼已經變了。這次以後，母親便很少打我。我也再沒有對母親那麼唯命是從」（頁 279-280）。女兒要求媽媽剪頭髮，媽媽便給女兒剪頭髮，母女二人用這種形式作了和解。當然，和解便意味著母親對女兒的生長的認可。

但是在這篇小說中，順從的女兒變爲叛逆的女兒，對於這樣的女兒母親所給予的認可，最後再到母女和解的過程，並不是單純的對子女成長的認可過程，而是對作爲

女性的女兒的認可過程。這一點可以明顯地從小說中隨處可見的、女兒在成長過程中與同為女性的母親所形成的競爭關係中看出來。譬如別上髮夾自覺變得比母親好看；或因為理髮店的男客人女兒與母親形成某種緊張關係；雖然是在空想，但她甚至接受父親的手撫摸她的大腿。但是，另一方面女兒雖然愛她的母親也同時接受母親的愛，小說中卻幾次提起挨母親打的事。雖然作品表現得不十分明確，但不能不說這是一種母親對女兒的女性特質的否定。由此可以看出透過剪頭髮的方式達到母女和解的行為意味著男性中心主義社會裡，同樣身為女性間的同志之愛。另外小說裡「現實中的母女」與「空想中的母女」經歷了相似的過程；母親因為在自己的婚姻上受到過父母的操縱，而對敘事者的戀愛表示過強烈的反對，但是現在不再激動，只專心地給女兒剪頭髮等內容也是有力的證明。

與過去相比，1997 年之後的香港小說對於女兒的女性特質的關注逐漸增加。在這樣的趨勢下，開始出現在家長制社會裡實際存在過，但一向被迴避的，遭父親性暴力的女兒形象。其中〈當勞的官司和我的拳頭〉（顏純鈎，2003）展現了年僅 16 歲的未成年少女明君，把對自己性暴力的繼父告上法庭，法庭上聲音細細，有時還忍不住低聲啜泣，但每句話都肯定無疑的勇敢風貌。與此同時，小說對男性中心主義社會中女性的受害範圍之廣，根源之深也揭露無疑。作為受害者的女兒，不僅遭受性暴力本身的傷害，繼父稱她偽造事實矢口否認，媒體將之變成饒有趣味的言論報導，再加上所謂闡述證詞的法律程序給她帶來二度傷害就是最好的體現。她的母親慧心為了阻止，哪怕是阻止一點這些對女兒造成的第二次傷害，她甚至去拜托女兒的繼父、自己的丈夫當勞快點認罪。

如果上述小說對此問題仍然只作了間接的單純的處理，那麼中篇小說〈桃花紅〉（黃碧雲，1998）則從很多方面進行了深刻挖掘。小說中細青、細容、細月、細玉、細眉、細涼、細細是周氏家族的七個姐妹。為了跟三女兒細月的未婚夫趙得人見面，大家都聚在大女兒細青的家裡，故事就是從這裡開始的。通過酒席前後登場人物各自內心的回想和她們之間的對話以及敘事者的陳述，可以看到像拼圖遊戲一樣纏結在一起的她們的過去。父親周秋梨和大女兒細青之間是亂倫關係，早起過疑心的母親李紅

在證實了這一點之後離家出走。之後除了小女兒細細以外，其他女兒也都紛紛離家，四零五散，父親周秋梨因心臟病發作去世。她們直到長大成人之後也都留有這樣或那樣的嚴重後遺症過生活。

其中，最有代表性的人物還是大女兒細青，下面是在小說開頭，趙得人眼裡的細青家客廳的光景：

> 抬頭是盞老舊的水晶燈，水晶已經發黃，一套退色的仿路易十五金沙發，牆上掛著老虎皮，一只長銀劍，一副武生行頭……趙得人覺得像走進什麼精神分裂的病人的牢房……細青在廚房喊：「囝囝，不要玩公公的留聲機。」趙得人方見牆角的喇叭留聲機……隨便翻看時裝書，十分古怪的舊時裝，連雜誌的編排字體都是舊的，翻開封面，是一九七三年的《婦女與家庭》。（頁 99-100）

就像這裡所暗示的一樣，細青仍然活在與奸淫自己的父親的記憶裡。細青這種扭曲的生活在小說中反覆出現。雖然還沒到酒精中毒的症狀，但她成天喝酒，執迷於打麻將，怕別人瞧不起自己，其他的女兒都已忘記但唯有她一人嚴守父親的祭日，仍然喜歡跟父親的記憶糾纏在一起的桃花等等。「這麼多年了。細青執於她自以為的愛。用不可得的愛。超越道德的愛」（頁137）。像這樣一輩子戀戀不捨奸淫自己的父親，陷在記憶中不能自拔的細青的形象，正是對家長式男性中心主義徹底破壞女性的事實的深刻告發。

但是，小說中的女兒們不只是簡單地告發女兒（女性）在家長式男性中心主義社會中所受到的迫害的人物。進一步挖掘就會發現，她們也在示意改變家長式社會現狀的一種可能性。這一點主要透過她們渴望從苦痛的記憶中擺脫，而彼此間不斷產生矛盾，又即使緘默不語也會彼此同情中體現出來。

最嚴重的受害者大女兒細青對於其他的女兒們來說跟母親沒什麼兩樣。譬如，「沒辦事，在家裡幫忙，照顧妹妹」（頁105），「老母出走後她（細青）幾乎就是她（七女兒細細）的母親了，有時她錯語會叫她『媽媽』」（頁103）。但重要的是，在受到來自父親的直接傷害及失去作為角色模型的母親的雙重傷害之後的女兒們（妹妹

們），不以眞正的母親李紅爲對象而以代理母親大女兒爲對象，通過對她的排斥和同情而將各自的女性性別特質保存乃至確保起來。從二女兒細容開始就是如此。她跟細青長得非常像以至於把細青錯認爲是鏡子裡的自己。因爲姐姐的存在，她總是遭到父親的歧視。爲了反抗她使自己成爲「交際花」，在家人四分五散之後她也跟有錢人花東尼結了婚，移民到墨爾本。但是丈夫叫她婊子，動不動就打她，她實在忍受不了便向他開了槍，讓他受了重傷，被證實爲家庭暴力下的正當防衛之後，她離了婚帶著囡囡回到了香港。然而這一天她穿著姐姐的拖鞋，跟她曾經那麼怨恨的姐姐一起準備食物的時候說「我們都老了」（頁 97）。她們每個人都把大女兒當作反面教材，但同時又都感覺到自己跟大女兒的相似處。因此當細青說「你們一定笑我賤」（頁 124）時，六女兒細涼馬上回答說：「笑什麼呢，我跟你們一樣了，都成了不由自主的人」（頁 124）。「她們這樣吵吵鬧鬧，因爲她們之間的明白，她們誰也離不了誰」（頁 109-110）。

這些女兒形象意味著什麼呢。不正意味著要使男性中心主義解體，女性們的覺醒和團結一致的努力是必不可少的嗎？不過或許只具備這些是不夠的。女兒們已經受傷很深了，其中受傷最深的大女兒又被當成了代理媽媽。想要改變這個已有的世界恐怕絕非易事。甚至連「周家姊妹數她最正常」（頁 98）的三女兒細月也對「大姐和我父親關係曖昧」（頁 109）或是「二姐是個殺人嫌疑犯」（頁 109）都習以爲常，覺得這些只不過是她生活中的一部分。由此，父親死去的場面跟小說末尾與趙得人相關的場面就相當意味深長了。下面是對這兩個場面的概述：

> 妻子和女兒們都離開之後，只剩下小女兒細細兩個人一起生活的父親一天做了一大桌豐盛的飯菜，並擺上所有家人的碗筷之後說「我有什麼做得不對，我還是一家之主」（頁 134）。又過了一會兒心臟病發作，痛苦地抽著氣快要死去的時候突然一只手緊緊地抓住了細細，細細掙不脫一發狠按住了他的嘴，他停止了呼吸。「到底是她殺了他，還是他自然死亡，⋯⋯是一個她一生都不會開解的謎」。（頁 135）

對於生活在烈火中的女兒們來說，別說是消防車，認爲勉強能尋求自贖就是萬

幸的趙得人從細青的家裡出來，在開往回家路上的車中，聽到細月說「我夢到我父親要殺我」（頁139）之後，馬上回答說「不會的。你父親已經死了。」（頁139）細月含含糊糊的道「是呵」（頁139），又沉沉的睡去。他掏出手帕來替細月抹乾了眼淚，然後用手帕掩住自己的嘴，「淚的氣味，微酸，勾起嬰孩記憶。」（頁139）趙得人開著車，「愈開愈漆黑，開到無色無聲的混沌去，黑暗盡處，有光」。（頁140）

這篇小說跟前面分析過的小說不同，沒有描寫從父親這個家長到丈夫這個新家長的轉換。小說雖然沒有清楚地表明父親這位家長是自然死亡，還是女兒們殺死了他，但分明在強烈地暗示著後者；小說描寫三女兒細月的對象趙得人不是作為家長的男性，而是在家長制下艱難苟全的同盟者以及同路人的男性。換句話說，這就象徵著：擺脫男性中心主義而實現具備兩性平等新秩序的人間世界還有很長的一段路程；要實現它必然不可缺少女性的覺醒和團結，還需要與已經對家長制的弊端有所認識或者正在經歷的男性的合作。

▲ 圖 3-3 香港旺角的女人街招牌

肆、賢妻與情婦

現在已經不多見有人仍然認為妻子是丈夫的附屬品了。但是如果小說將妻子以對丈夫亂發牢騷、愛管別人閒事、與別的女人閒聊、甚至顯得無知或庸俗等等的形象來描寫，那麼讀者會如何看待這些？會以為妻子原來都是這樣的嗎？還是會因為妻子從來都是被這樣塑造而並不注意？這樣的妻子形象在香港小說裡也經常出現，當然問題也不少。舉例如下：[8]

8　〈螃蟹〉（王良和，2002）中敘事者的妻子，〈電梯〉（韓麗珠，1998）中敘事者的妻子，〈又見梔子紅〉（黃燕萍，1999）中敘事者的母親、鄰居天叔婆、鄰里的大媽大嬸們都屬於這一類。

〈當勞的官司和我的拳頭〉（顏純鈎，2003）中敘事者因爲朋友義氣，最後落得狼狽不堪的下場。儘管處處碰壁，但他自始至終立足道義和道理之上的形象特徵是被小說突出描寫的。相反敘事者眼裡自己的妻子若蘭，卻與敘事者恰恰相反。敘事者的妻子雖然不喜歡錙銖必較，但「會死纏爛打，無理取鬧，頭腦簡單的女人記性好，因爲她要記憶的事物本來就不多」（頁 222）。再者，敘事者的妻子在事後得知丈夫辭職，便又哭又鬧，甚至到廚房拿來菜刀吵鬧著要自殺，結果傷到了手。但是敘事者的妻子仍然忍受了半年多的時間跟兩個女兒一起只盼著丈夫能找到工作恢復正常的生活，她有時不過向丈夫發些牢騷，將一疊要付款的賬單扔到丈夫面前而已。結果小說中的丈夫因爲是理性的、合理的、生產性的人物，所以便成爲有資格做出獨斷行爲的存在。相比之下，妻子卻被刻劃成既不能理性地說服丈夫又不能合理地駕馭丈夫的，只會發牢騷、行爲衝動的，在丈夫半年多沒有收入的時間裡沒有任何方法只會「吃穀種」（頁 230）的非生產性的，只會一味等待丈夫回心轉意的依存者形象。不僅如此，若將她與敘事者的上司 —— 喜歡斤斤計較、公私分明但結果與丈夫離了婚、孩子也夭折的姍娜相對照，小說還明顯地暗示出只有像敘事者的妻子那樣行動才能維持家庭的安寧或家長制秩序。

正如在這篇小說中所看到的一樣，通過對妻子時而露骨時而含蓄的慣用描述手法把妻子塑造成相對丈夫來說非理性、非合理性、非生產性的存在，只能依賴於丈夫的存在，至多不過是良妻型助力般的存在。

但是如果再仔細觀察小說中的妻子形象，從她們的教育程度或是經濟能力上而言，很多情況是沒必要一定要依靠丈夫來生活的。儘管如此，香港小說中有的妻子甚至在經過損益計算之後，爲了過安穩的生活而自棄獨立，鑽進丈夫的保護傘下。〈「月媚閣」的餃子〉（李碧華，1999）的女主人公菁菁就是這樣。她是一個頗有心計的人物，她的所有行動都對準丈夫所提供的安寧生活。身爲電影演員的她，心甘情願放棄自己的地位和人際關係，嫁給富豪子弟的丈夫；結婚後的 20 年裡，即使是現在也會因爲丈夫的一句話而打消回娘家的念頭；尤其在知道丈夫不忠之後，非但不批評，爲了喚回丈夫的心，居然毫不猶豫做出吃胎兒肉的餃子這樣極端的行徑。用一句話來

說，妻子形象與其教育程度、知識水準、經濟自立能力、處理事情的力量、感情獨立性等幾乎毫不相干，往往被描寫成接受丈夫的保護、依賴丈夫的存在。這樣看來，教育的普及以及經濟的獨立雖可以提高女性社會地位的基本要素，但即使如此它也並不能保障女性自我認知的提高以及加速對女性特質歧視問題的緩解。

　　儘管在家庭內部妻子掌握經濟權、決定權、主導權，女強男弱的情況也是有的。但是，即使在這樣的情況下妻子也不過是家長制的代行者，或是單純的男性與女性之間的權力顛倒，與顛覆男性中心主義、創造新世界似乎毫不相干。〈好鞋子〉（鍾菊芳，1999）中敘事者的父親是一個在過去的 21 年的時間裡除了做鞋什麼都不知道，在敘事者考入大學時高興過之外，只會流淚的人。相反妻子即敘事者的母親則處處都是家裡的領導。她統管鞋店的全部運營，店裡的生意走下坡路時她就買賣股票，用賺的錢又去買了兩棟房子，生活漸漸寬裕後她就去打麻將等等，都在說明這一點。但細究其實這一切都是以丈夫的製鞋技術為出發點的，仍然擺脫不了對男性的依存。再加上每逢有女明星來製鞋，妻子總會藉故進出小廂房，趁機監視父親在丈量尺碼的手，大家吃過晚飯後她才匆匆出去打麻將。然而，在兒子詢問母親的腳模樣的問題時，父親好像禪問答一樣回答說鞋子一雙就夠了，但女人總是不滿意自己的鞋子，不斷地尋尋覓覓。另外在小說末尾，兒子也就是小說的敘事者說自己對鞋子沒有特別要求，喜歡女友回家就赤著腳走來走去，但是在決定結婚之後，女友卻鼓著腮煩惱著如何找一雙舒適的鞋。小說就這樣結束了。整體看來，表面上妻子看起來好像是強者，但實際上丈夫仍然主宰著家庭，並且通過兒子再複製著同樣的家庭。

　　妻子對丈夫的依存性反過來就是丈夫對妻子的支配性。這樣的支配首先是通過肉體的行動來表現，其中最直接的是在女兒身上發生過、也同樣發生在妻子身上的家庭暴力。譬如〈桃花紅〉（黃碧雲，1998）中的細容，〈天藍水白〉（祝捷，2001）中的少女茱籽的母親，〈我，阿蕎，牛蛙〉（梁錦輝，2000）中的阿蕎，〈諾言〉（亦舒，1999）中的胡星德等都是從丈夫或者同居的男友那裡遭受暴力的女性們。細容結婚前曾是所謂的「交際花」，丈夫花東尼很清楚這些卻仍然跟她結了婚，隨著移民生活變得越來越艱辛，他就開始不停地罵她婊子並施加暴力。少女茱籽的母親因為沒能

生兒子而挨打受罵。同居男友李鐵作為學長「接受了他大部分的舊書，順道也……接受了」（頁 119）的阿蕎遭受了由於經濟上的吃緊，情緒也變得敏感的他「爆發了多年來第一次……的粗暴行為」（頁 132）。胡星德遭到了每日罵不停，天天向他要錢的英國人同居男友的暴力毆打。像這樣她們雖然遭到暴行的理由各不相同，但卻都是男性中心主義社會裡，作為家長的男性為了維持自己的權力而做出的行為而已。可是她們可以採取的措施很少，細容在無法忍受下去的情況下向丈夫開了槍，使其受了重傷。雖然以後被證實是正當防衛，但是卻落得個殺人嫌疑犯的罪名和經濟並不寬裕的生活。少女茶籽的母親避開丈夫去廚房點火。阿蕎那天晚上睡不著覺，不久以後又失掉了可以預知未來神通的嗅覺神經，搬回到母親家裡。胡星德失掉了肚裡的孩子後，自己也命在旦夕，直到艱難地甦醒過來，與所愛的新男友再相見時候決定放棄這段婚姻。那麼另一方面，男人們結果怎樣呢？雖然與小說中省略這一點不無有關，但基本上相關情況並沒有被進一步展開。花東尼得到州政府的保護進入避難所，少女茶籽的父親仍然統治著妻子和他的女兒們，李鐵在經歷了良心上的自責之後，確信阿蕎會重新回到他的身邊，胡星德的同居男友逃到了東南亞並沒有被抓到。

如果說對妻子施加家庭暴力的行為是家長制社會丈夫的直接支配權的行使的話，那麼把妻子看作性服務提供者就可以說是間接支配權的行使了。〈6 座 20 樓 E6880**（2）〉（陳麗娟，2000）的主人公下班後因為所有的公寓都是一個樣子而誤入了別人的家裡，直到終於要跟那家的妻子上床睡覺時，發現彼此所知道的每個星期定好的那個日子不一樣，這才意識到自己走錯了家門，驚慌失措地逃回到自己家裡。小說本身巧妙詼諧的諷刺了都市的複製性與非人間性的優秀作品。但如果從女性問題的角度來看，從簡單概括的內容裡也可以看出妻子不過是為丈夫提供性服務（和家務勞動）的存在。進一步講，把妻子看作是性服務提供者的觀念已經不僅侷限在男性身上。例如前面所看到過的〈「月媚閣」的餃子〉（李碧華，1999）的女主人公菁菁，為了找回青春竟然去吃用胎兒肉做的餃子。這種行為不僅是為了喚回丈夫的心，也是在承認自己是為丈夫提供性服務的提供者。由此可見菁菁也是家長制下的犧牲者兼協助者。

根據女性主義理論的闡述，把妻子看成性服務的提供者的現象並不是單純地發生

在夫婦之間的事情。而是家長制通過對女性的性與勞動的控制，維持男性對於女性的支配權力發生的。然而為這樣的支配作現實理論後盾的社會制度之一就是表面上的一夫一妻制度。即使不從女性主義理論角度看，一夫一妻制度從根本上仍然是要求兩性都要為其配偶守節的體制。雖然早在二十世紀初中國已經接受歐美影響，男人娶妻納妾的事情就遭到過批判，甚至提出初婚的女子不能做男人續弦此類多少有些過激的主張。[9] 但實際上，這種貞節觀念只適用於女性，不適用於男性，或對男性或更為寬大。這可能是在男性中心主義社會裡必然發生的事情。因此在一個世紀後的現今香港小說裡，已婚男性的婚外情事仍然像家常便飯一樣不斷出現，而婚外情的對象大部分是未婚女性（獨身女性）。譬如〈「月媚閣」的餃子〉（李碧華，1999）中曾是鞋店職員的菁菁的丈夫李世傑和同居的 Connie，〈蹲在牆角的魂〉（李維怡，2002）中與有婦之夫同居 5 年並將已有兩個月身孕的胎兒非法墮胎的宋眉明，與有婦之夫交往並常常到敘事者家裡來密會的朋友 Mandy，離婚後和女兒一起生活，在與有婦之夫交往過程中多方面受害的墮胎的無照女醫生，〈失落的梵音〉（辛其氏，2002）中，合資公司的老闆秘書白伊麗，與妻子因他不忠自殺的有婦之夫明亮交往，〈桃花紅〉（黃碧雲，1998）中與推銷磁石床時相遇的有婦之夫連乙明同居的細涼等等，不勝枚舉。[10]

在這些小說中，不忠的有婦之夫大多被處理得幾乎沒有任何特徵，或只是一時做出越軌行為的平凡人物。就算對其有某種程度上的批判描寫，也不是針對其行動本身的批判，而不過是對這個人物全面性批判的一部分。甚至這些行為被描寫成自然而然的事，沒有辦法的事。〈失落的梵音〉（辛其氏，2002）中的有婦之夫明亮就是如此。小說中的他經常「跟不同年紀與風情的女子」（頁 152）交往，其中的一個白伊麗從

9　二十世紀初何震組織的女子復權會的機關雜誌《天義》的行動指南中，「不能服從男人的命令，不能幾個女人侍奉一個男人，初婚女子不能作男人續弦。」等被列舉。參見朴蘭英，〈現代中國女性意識的變化─ 以《天義》、《新世紀》與畢淑敏的〈女性的約〉為中心〉，《中國語文論叢》，34 輯，首爾：中國語文研究會，2007 年 9 月，頁 357-377。

10　〈關於我自殺那件事〉（謝曉虹，2002）、〈神秘文具優惠券〉（李碧華，2001）、〈天堂舞哉足下─ 裝置小說：〇與煙花〉（崑南，2001）、〈我所知道的愛慾情事〉（王貽興，2002）、〈玉傳〉（陳寶珍，2002）、〈青春遺事〉（黃燦然，1998）等作品中也出現了有婦之夫婚外情的女性對象如妾、情婦、妓女等。

大陸到香港出差的路上與他的妻子見面之後，他的妻子虞南，不完全是因爲女人的問題，更是因爲他再三地違法非法行爲，實在無法忍受而寫下遺書後自殺了。小說接著出現了下面的內容：

> 明亮在交往的幾個女伴當中，最愛白伊麗，妻子死後三年，他跟白伊麗同居，
> 虞南的母親想起來不及辦離婚手續就死去的女兒，只覺明亮的寡情涼薄，對圍
> 在女婿身邊團團轉的女人，尤其是伊麗，仍有說不出的痛恨，……虞南的死，
> 明亮雖不無內疚，……但假若妻子善解人意，處處迎合，少對他的行事為人指
> 指點點，他未必會與浮花浪芯的女子呆在一起，不忠於婚姻。（頁 154）

正如在這裡所看到的，不僅小說中的人物明亮的思維和行動如此，敘事者（作者）也非常寬大地對待有婦之夫的婚外情。結果小說中的明亮雖然被起訴，白伊麗也因爲看清了他的眞面目而離開了他，但最終導致一切都破滅的直接原因只是由於身爲會計公司經理的他所做出的非法行爲。換句話說，明亮的婚外情行爲以及妻子的自殺只是他不正直的行爲和人品的一份證明而已，對於他行爲本身以及因爲這種行爲而導致的悲劇卻沒有作任何批判。

另一反面，有婦之夫的婚外情事件中女性不但被稱爲妾、情婦、娼婦等等，[11] 而且她們幾乎一個人承擔包括道德性批判在內的所有責任。就像在以前提到的小說中看到，〈失落的梵音〉（辛其氏，2002）中虞南的母親認爲虞南的死不是因爲明亮，而是因爲情婦白伊麗；〈蹲在牆角的魂〉（李維怡，2002）中的宋眉明「一個人」去非法墮胎；甚至〈青春遺事〉（黃燦然，1998）中就連只作爲背景人物登場的妓女也被去找過她的莊如邊說「那個女人又小又瘦」（頁 179）又突然說「那兒好像有點癢，別他媽染上性病」（頁 179）。一言以蔽之，不管過程和原因如何，最終所有的責任和負擔都被推到了女性身上。

11　按照尹炯淑的理論，女性在男性中心主義社會根據選擇性專有「勞動力，性特徵，再生產能力」
　　（reproductive capacities）」的方式，被分別稱呼爲女僕、妓女、藝人、妻、妾等等而賦予不
　　同地位與身分。參見尹炯淑，〈地球化、移住女性、家族再生產與香港人的身分認同〉（지구
　　화 , 이주여성 , 가족재상산과 홍콩인의 정체성）[韓文]，《中國現代文學》，33 期（2005），
　　頁 129-156。

　　但是不禁使人發問的是，如前面所看到的有婦之夫的婚外情對象大部分都是未婚女性，而且其中有相當一部分女性既有自我省察的能力，又有經濟獨立的力量，她們為什麼甘受男性的傷害而維持這種不平等關係呢？甚至她們為了那些男人放棄自己的所有，許多人或不顧一切但並沒有感覺到強烈的愛、精神上的一體感以及性滿足。〈蹲在牆角的魂〉（李維怡，2002）的敘事者宋眉明的話，也許是一種暗示。宋眉明並沒有要向消失了兩個月後終於出現的男人告知自己已經墮胎的事實，而只說了懷孕的事。聽了這句話，他馬上顯露出一副快要開溜的樣子。而宋眉明看著男人的這副模樣，她在心裡想「突然不明白為什麼我可以和這男人拖拉了五年，是習慣嗎」（頁41）？是的，也許就像宋眉明所說，她們與過去的女性相比，接受過教育又能經濟獨立，但她們卻在無意識中體現著被男性中心主義社會所施加的角色，並習慣性地重複著。換個角度講，不僅作品中的人物乃至她們所代表的現實中的人物是這樣，很可能連香港作家自身也不自覺地落入所謂「情婦」的女性形象的俗套，而習慣性地反覆塑造她。[12] 如果宋眉明的行為就此停止，就意味著她朦朧的自我覺醒意識剛剛開始出現就可能被停止。然而宋眉明沒有停止，她看到那個聽到她墮胎消息後的男人一邊找各種藉口，一邊讓她再給一些時間的樣子時，經過一番思考之後終於以「我不再需要愛或者恨一個比我懦弱的男人，我抹抹嘴站起身，付過帳便回家去」（頁43）作結。這意味著她要擺脫被社會習慣化的角色的開端。換句話說，這一切表現了她作為女性的自我認識和自我尋找的開端。

　　香港小說中像宋眉明這樣的形象是不多見的，但不是沒有。譬如，整篇作品都洋溢著家長制的思考和情緒的〈失落的梵音〉（辛其氏，2002）的敘事者（作家），也隱隱顯露出作為女性妻子（情婦）的自我尋找。雖然妻子虞南和情婦白伊麗兩個人作為女性對於自己的身分還沒有明確的認識，但是前者的自殺是對明亮所代表之家長式的男性的消極的抵抗，後者的離去則是對其積極的否定。還有〈愛美麗在屯門〉（也斯，2002）的愛美麗與外國男人羅傑結束了短暫的蜜月之後，告別她的同居生活的行

12　也許這種現象與過去的英國殖民政府為了有利於維護自己的體制，對中國社會的傳統價值觀念的默認乃至推動；或者是因為香港人長期的生活在殖民地和商業大都市的環境下，比起抽象的價值的東西，優先考慮從物質與金錢的東西等因素不無關聯。

爲也是如此。原來愛美麗學歷雖然不高，但是生活能力極強，在與羅傑同居的時間裡沒有機會發揮自己的作用，認識到自己與羅傑在很多方面都存在著差異之後，想現在應該歸隊，投身「社會工作」（頁 12）。用幾天的時間塡寫求職表格，有一天她挺有風度的在他頰上賜了一吻，就離開了。羅傑也覺得「愛美麗是個好女子，但他還不敢說自己完全瞭解她」（頁 15）。

如果說男性作家的小說比較單純地表現女性的自我尋找問題，那麼女性作家的小說中則出現了更加積極追求自我的女性形象。具有代表性的例子是黃碧雲小說裡的人物。如前面論述過的〈桃花紅〉（黃碧雲，1998）中的二女兒細容不能忍受丈夫的暴行而向他開槍，使他受了重傷，在審判的日子裡她一邊做推銷員一邊進行鬥爭，最後被判定爲正當防衛之後，帶著女兒回到香港開始了新的生活。還有〈無愛紀〉（黃碧雲，2001）中連已經結了婚，「過了大半生我都不知道愛」（頁 156）的女主人公楚楚，跟女兒影影的男朋友如一相見之後，一邊想「即使此生無愛都不可以」（頁 164），也一邊感受著來自他的愛也表現了這一點。

只是塑造這種女性自我尋找形象的妻子時不無謹愼小心的地方。在過去的小說中，妻子（情婦）要麼是能自我克制性愛的窈窕淑女型，要麼是可以隨心所欲的發洩性慾的妖婦妖女型。但是不管屬於哪種情況，她們都不過是迎合男性想像力的女性形象。換句話說，女性的「性」從始至終都是爲了男性而存在的。因此，妻子（情人）的自我尋找，某種程度上不能不與打破以往的禁忌、積極追求愛與性相關聯。但是，眞正想清楚地區分自我追求與單純的肉慾追求之間存在何種關係則絕非易事。[13] 雖然有些內容是在強調女性的性慾望是自然的，是愛情的表現，也是與精神思想相一致的東西。[14] 即使如此，也仍然有最終結果會流於對單純肉慾的肯定的擔憂。

13　塔納丹斯摩爾主張女性解放與性解放不能同日而語。根據她的理論，所謂性解放事實上不過是讓人成爲女性的附屬品的又一個策略而已。主張永遠的自由、知識的自由、擺脫侵犯隱私以及低級俗套的侮辱的自由，這些是更爲重要。參見約瑟芬・多諾萬（Josephine Donovan），《女權主義的知識分子傳統》（*Feminist Theory: The Intellectual Traditions*）[韓譯版]，金益門、李月英譯（首爾：文藝出版社，1999）。

14　伍寶珠，《書寫女性與女性書寫：八、九十年代香港女性小說研究》（臺北：大安出版社，2006），頁 132-133。

也許與這樣的困難有關，〈一張裸照〉（戴平，1999）中王碼的妻子沁的自我尋找仍然停留在與現實生活存在距離的一種渴望的層面上。沁因為在孕期查出腫瘤得知不得不作手術後，找到丈夫的朋友攝影家老莫要求留下也許是最後的影像，便自己寬衣解帶。她覺得在這個世界上只有老莫才能令她在死亡邊緣，如此充足快樂。但是手術很順利，生下兒子之後，她又做回了餐館老板王碼的平凡的妻子。她婚後發覺自己不愛丈夫，「發現根本的她自己，其實只能是老莫的投影」（頁230），同時經歷死亡與生命的時刻跟老莫合而為一，又回到王碼的身邊，對於她的這一切思考和行為應該如何看待呢？小說中的敘事者也提出了同樣的問題。「想起老莫床頭的巨型裸照，那個藝術影像中的女人，和眼前的沁如此不同」（頁232）。或許這個例子也許告訴我們，女性自我覺醒之後再朝著自我尋找層次邁進不是一件容易的事。

〈玉傳〉（陳寶珍，2002）的作者可能也是因為這個原因乾脆直接進入到小說裡面當作一個角色。小說的女主人公玉，作為「只會跟著感覺走」（頁168）的女性，十三歲以後男朋友就像走馬燈。她愛著健實的丈夫和可愛的女兒，過著平凡的家庭主婦生活；同時又任由陌生男青年熱情的目光籠罩，跟他進入樹蔭深處風流一場；突然在某個瞬間感覺到來自女兒鋼琴老師的異性的吸引，度過了一段激情燃燒的時光；在潛水用品商店打工的時候，一個偶然的機會又與老板發生了關係。而一直用第三人稱視角敘述的小說到了末尾突然換成了第一人稱，就是說作者親身扮演了敘事者後，作出了如下的評價：

> 在這個虛偽的社會裡，像玉這樣的女子恐怕是會被譴責的，但她卻是我所認識的女子中最單純的一個。因為單純，所以毫不過濾地接受了泛濫於社會每個角落的訊息，諸如愛情是最美好的，女性的價值在於愛人與被愛，愈多愈好⋯⋯
> （頁188）

正像作品中女主人公的自我尋找是建立在維持和睦家庭的基礎上，它一方面被傳統觀念而制約；又像作品中女主人公忠於自己的「感情」而發洩肉慾，另一方面它又被歪曲的觀念而誤導。這兩種觀念從根本上說都是家長制社會的產物。她是又一個在這個虛偽的社會裡過著虛偽的生活而後結束生命的犧牲者。她模糊的自我覺醒和自我

找尋，最終沒有找到正確的出路而以失敗告終。換一個角度看，女性的自我覺醒和自我尋找，儘管很可能被社會的虛偽價值所制約和誤導，但終究是決不能被放棄的。

由此可見，香港小說中登場的妻子，作爲女性的自我尋找的開始已經顯而易見，但是這種自我尋找究竟將以怎樣的方式展開仍然還處於不明確的狀態。

伍、女性的自我覺醒與自我尋找

1997 年之後香港小說中明顯露骨的男尊女卑，或是女性卑微的形象，出現的並不是很多。但是對於社會男女性別角色的傳統偏見仍然頑固地存在，尤其從女性不能擺脫被男性規範成物化、他者化狀態這一點上，還很難說香港小說中出現的女性形象已經發生轉型。[15] 譬如〈衣魚簡史〉（董啟章，2002）就是這樣。小說採用將文學行爲的快感與性行爲的快感相統一的羅曼・羅蘭式的比喻，使用被遺忘的圖書館、被遺忘的書、被遺忘的文學、被遺忘的性慾以及被遺忘的女人等小道具，表現對「正在走向死亡」的文學強烈的熱愛與執著的優秀作品。即使考慮到男性作家的男性敘事者的侷限性，但是小說的敘事者，例如性交時男性居高臨下地俯視女性的身體，如照相機一樣地觀察她的反應等場景，自始至終都以冷靜而細緻的觀察者的身分來將女性物化、他者化。反之，被物化的對象女性，如果根據小說內容進行推理，她儘管直率又聰明、具有邏輯、自我主張明確，但是在敘事者的眼裡，也不過是性對象、觀察的對象、實現慾望的工具而已。從小說的內容來看，作者分明是一個坦率、聰明、有邏輯、自我主觀分明的女性。

香港小說雖然整體外形如此，但在內容上卻出現了相當有意義的變化。正如在本文中所考察的那樣，「魔女」型母親，反抗的女兒，與過去訣別的妻子等形象就說明

15　筆者並非主張小說只能表現女性的正面形象。而是想表明不管是正面的還是反面的，在小說中不斷地重複塑造某種特定的女性想像，就有可能對女性形成歪曲觀念的憂慮，這些現象大部分在家長制意識形態中產生，又在發揮著維護和強化這種意識形態的職能。

了這一點，同時在寫作技巧方面也出現了類似的變化。黃碧雲的小說就是代表。[16]〈無愛紀〉（黃碧雲，2001）中的楚楚在父親留下的遺物中看到一個叫王絳綠的女人寫給父親林遊憂的一盒舊信件之後，得知父親過去的生活，這使人聯想起張潔的〈愛，是不能忘記的〉的寫作方式蘊含著兩層含義。一方面是（稱爲王絳綠的）女性正在敘述（名爲林遊憂的）男性，另一方面是（作爲女兒楚楚的）女性在窺視（作爲父親的）男性。還有〈桃花紅〉（黃碧雲，1998）中，如前面所述一樣，小說的結構是並非紀年形式，而是拼圖遊戲的形式。關於那些拼圖時間性的線索則是姊妹們的年齡和她們對所經歷事件的記憶，但是有時連她們自己都不能相互自圓其說。也就是說小說代替以邏輯理性爲根據的男性歷史敘述方式，而使用重視記憶和印象的女性的時間。

然而比這樣的變化更重要的是，對於兩性關係不平等問題的女性之自我覺醒以及隨之而來的自我尋找怎樣才能有效體現的問題。換句話說，也就是作者是否眞正對此產生重視，小說是否眞正對此有所表現，讀者能否眞正對此進行延伸閱讀等問題。從這些角度看來，像〈一張裸照〉（戴平，1999）或〈玉傳〉（陳寶珍，2002）等作品中所出現的一樣，要做到這一點似乎尙需時間。

雖然在本文中沒有正式加以論述，但是兩性不平等社會裡的犧牲者並非只有女性，這一點也是可記上一筆的問題。被家長制社會所賦予的男性角色中，受到迫害的男性也大有人在。譬如《當老的官司和我的拳頭》（顏純鈎，2003）中的敘事者雖然是代表家長式的思考方式和行動的人物，但究其實，他也是家長制社會下的「要做有情有義的大男人」（頁 232），才最終落得狼狽下場的人物。還有〈桃花紅〉（黃碧雲，1998）中的趙得人也是因爲公司事務纏身疏忽了妻子，結果導致離婚。他懷著能救自己就不錯了的想法，與細月相遇後才覺得是生活所賜的幸運，這一點也與此相關。從這些角度來看，「男性中心主義」固然應該成爲要打倒的對象，但是「男性」本身不是要打倒的對象。相反，想要推倒男性中心主義，實現兩性平等的新社會，恐怕路還很長，女性的覺醒和努力，自然是必不可少的，然而男性的覺醒和努力，也是必須具備的。

16　關於黃碧雲的小說，伍寶珠也有類似的見解。參見伍寶珠，《書寫女性與女性書寫：八、九十年代香港女性小說研究》（臺北：大安出版社，2006），頁 158-159、189-190。

第 4 章

香港小說中的主婦
和女傭形象——家務勞動

壹、香港小說對女性問題的認識

▲ 圖 4-1 香港灣仔的天地圖書前景

小說裡蘊含的各種故事、形象和敘述並非對社會現實原封不動的反應。加之小說在被創作、流通和接受的過程中，總會帶有文學行為參與者的直接或間接的、有意或無意的個人意圖。換句話說，小說的創作者自不用說，編輯、出版、傳播出版仲介以及閱讀作品的讀者的主動或被動的參與行為也將對其造成一定的影響。小說對整個社會的作用就是創造新的意識形態，或者強化已有的意識形態，亦或是改變已有的意識形態。那麼，考察在家長制制度下被扭曲的、掙扎在苦痛中的女性形象在香港小說中如何出現的問題，就成為研究香港社會的女性問題認識和走向的機會；也是反省我們自身如何看待女性問題的機會。

本章將以家務勞動和幫傭勞動的承擔者主婦和女傭的形象為中心，研究 1997 年以後出現的香港小說中，女性形象是以何種面貌出現，[1]並由此展開對香港小說關於男女平等問題的認識所處水準進行考察。這樣的處理並不是將女性固定為某種特定的社會角色或社會形象。女性雖被認為是「喪失了聲音的群體」，但是僅用幾種形象或幾個角色根本不能概括她們多元化的龐大複雜的社會群體。由此，本文想把每個互相割裂的小空間一個一個串聯起來，最終期待達到中國園林藝術那樣用有限的空間創造無限的效果。儘管有陷入與托裡·莫娃（Toril Moi）的「女性形象批判」類似的困惑可能性，但本章還是堅持選擇這種方式。[2]

1　在下面的敘述中除有特別需要強調幫傭勞動的情況外，將幫傭勞動包含在家務勞動裡。

2　托裡·莫娃，1970 年初在美國盛行的「女性形象批判」是研究男性作家的作品中登場的落入俗套的女性形象的批評，一方面以作品中女性形象與實際生活中女性相吻合的程度作為作品的評價標準，但實際上與之矛盾的是要求出現揭示現實中難以尋找的自我價值實現的女性角色模型的趨勢。參考 Toril Moi, *Sexual/Textual Politics: Feminist Literary Theory* (London: Methuen, 1985), 32, 42-49。

　　這裡的研究對象選定為《香港短篇小說選》（香港三聯書店），《尋人啟示》（首爾 eZEN Media）和《香港文學》（香港文學出版社）等其他一些香港文學刊行物上登載的 1997 年以後出現的香港中短篇小說共 88 篇。[3] 這是在考慮到相關出版物的出版時期、時間、連續性、出版量以及影響力等因素後選定的，這些作品都是與論述主題緊密相關，並能充分反映出這一時期香港小說動向的作品。

貳、主婦──家務勞動的全部承擔者

　　女性尤其是主婦幾乎全部承擔了家裡做飯、洗衣、打掃、育兒、教育、照顧老人一系列的家務勞動，勞動量之大是眾所周知的。根據韓國統計廳〈2014 年生活時間調查〉顯示，成人男子的日常家務勞動時間不超過 39 分鐘，而成人女子平均一天的家務勞動時間為 3 小時 25 分鐘。[4] 目前認為家務勞動創造的價值不少於社會勞動所創造的價值的觀念正在廣泛普及，從女性為何一定要承擔家務勞動的疑問出發，到主張男性也需要公平的分擔家務的聲音也日益高漲。但實際上距離這些認識和主張的一般化、正確評價女性所做的家務勞動，以及男性也要公平的分擔家務勞動的真正實現仍然顯得非常遙遠。根據韓國統計廳〈2016 年社會調查〉的結果顯示，13 歲以上的人口中，只有 53.5% 的人認為家務勞動應該公平分擔。而實際情況卻更加惡劣，回答實際生活中夫婦間家務勞動平分的丈夫不過 17.8%，妻子不過 17.7%。[5]

3　上述書目的詳細情況請參考文後的參考文獻。本章沒有另外作標記的引用文均為所列作品中的內容，括號中的頁數均為發表年度相對應的《香港短篇小說選》頁數。

4　過去〈2004 年生活時間調查〉的結果顯示，成人男子的日常家務勞動時間不超過 31 分鐘，而成人女子平均一天的家務勞動時間為 3 小時 39 分鐘。雖然時間已過 10 年，但是男女家務勞動時間在數值上並沒有太大的變化。韓國統計廳，〈2004 年生活時間調查結果〉（2004년 생활시간 조사 결과），http://kostat.go.kr/，發行日：2005 年 5 月；韓國統計廳，〈2014 年生活時間調查結果〉（2014년 생활시간 조사 결과），http://kostat.go.kr/，發行日：2015 年 6 月 29 日。

5　稍稍令人欣慰的是，與 2008 年相比，2016 年的數字有了顯著改善。「2008 年社會調查」顯示，15 歲以上人口中，只有 32.4% 的人認為應該公平分擔家務勞動，只有 8.7% 的丈夫和 9.0% 的妻子認為夫妻應公平分擔家務勞動。韓國統計廳，〈2008 年社會調查結果〉（2008년 사회조사 결과），http://kostat.go.kr/，發行日：2008 年 11 月；韓國統計廳，〈2016 年社會調查結果〉（2016년 사회조사 결과），http://kostat.go.kr/，發行日：2016 年 11 月 15 日。

　　眾所周知，與韓國男性不同的是香港男性承擔包括煮飯在內的大部分家務。但這只不過是與韓國男性相比時出現的相對結果而已。在一項由臺灣、天津、上海、香港4個地區的學者共同實行的以「中國家庭中的女性地位」爲主題的社會學研究調查結果表明，香港家庭最重視的是子女教育，家庭支出，丈夫的職業選擇問題；夫妻各自的職業由自己決定；對子女的婚姻問題由不干涉再到參與意見。除此以外的像子女教育，家庭支出等大部分家庭內部決策問題則受西方影響，堅持夫妻平等原則。唯獨家務勞動部分仍然按照中國「傳統的」角色分配方式。[6]

　　如上所述，不管香港小說裡關於家務勞動的描寫內容多少，女性特別是主婦，幾乎全攬家務是鐵證的事實。〈魚咒〉（王良和，2000）中下廚和做家裡雜活兒的人是敘事者兒時的母親和敘事者朋友的母親，以及敘事者長大成人後的妻子等家庭主婦們。〈當勞的官司和我的拳頭〉（顏純鈎，2003）中敘事者的妻子，敘事者朋友的妻子等主婦也在承擔所有的家務勞動。還有〈尋人啟示〉（黃靜，2001），丈夫，女兒，兒子都有各自的工作，家裡的主婦也就順理成章的承攬了全部的家務勞動。這樣的情況已經太一般化，舉不勝舉了。甚至描寫非現實的怪譎故事，反映現代大都市人們彼此間斷絕溝通現象的〈睡〉（韓麗珠，2003）也是一樣。這篇小說描寫的是女主人公把得了睡眠症，即越睡身體越會縮小直到最後找不到蹤影的男朋友帶回自己家來照顧的故事。正當患者的母親因爲照料兒子的空間問題而埋怨甚至跟丈夫爭吵的時候，結果看不下去的女主人公把男友帶回自己家照顧。因爲沒有地方搬家，主人公的父親和他的情婦以及主人公的母親和她的愛人也一起擠在那個房子裡。料理家務或給主人公幫忙的唯一的人就是作爲全職主婦的女主人公的母親。不僅如此，後來家裡照顧患者的護工自然也是女性。一言以蔽之，家務勞動和幫傭勞動全部是由女性承擔的事。

　　當然做家務勞動的人並不侷限於全職主婦，上班主婦也是一樣。來看看〈與女朋友一起賣私煙的好日子〉（車正軒，2003）中描寫敘事者母親的內容：

6　陳膺強、劉玉瓊、馬麗莊，〈香港在婚婦女職業模式與家庭決策〉，載於《華人婦女家庭地位：臺灣、天津、上海、香港之比較》（北京：社會科學文獻出版社，2006），頁246-268。

她基本上是一個不錯的母親，做家務事做得好，她燙過的襯衣簡直像咭紙一樣平，也不會躲懶，而且會上班賺錢，最差的就是她沒有錢，……說到底她是為我和老爸燙衣服才弄得滿頭大汗的。我問她要不要開冷氣，她說不要。（頁207）

她是「上班賺錢」的上班主婦，為了節省電費在香港悶熱的夏季裡也不開空調，滿頭大汗的為兒子和丈夫燙衣服。她是包攬了全部家務勞動不說，還要上班賺錢的頑強女性，但實際上她也承受著相當大的壓力。像她這樣的上班主婦，要同時承受家務勞動和社會勞動的雙重壓力和負擔。

這種現象並非僅發生在結婚女性的生活中。〈我‧阿蕎‧牛蛙〉（梁錦輝，2000）裡阿蕎和李鐵約好一起給同居的房子大掃除，但是男友李鐵因為忙於這樣或那樣的工作而忘得一乾二淨，結果直到阿蕎一個人幹完了所有活兒之後的第四天才出現。從此之後便由女友阿蕎承擔了料理家務的全部事情。〈老鼠〉（文津，1999）裡的米妮替男友米奇打掃他的家，為了抓老鼠她把殺蟲水、老鼠藥、老鼠夾之類的東西全部用上，甚至用報紙捲好死老鼠的屍體仍掉。〈意粉‧竹葉‧小紋和其他〉（小樹，2000）裡的女主人公小紋每到休假都會去市場買菜回來給男友做午飯和晚飯。〈反手琵琶〉（陳汗，2000）裡的敘事者在前女友最後一次來他家煮過最後一次飯，之後連廚房也一併遺忘了。

不用說韓國，就連相對來說比韓國女性的地位有所提高的香港，也會出現這種家務勞動分工不均現象的原因究竟是什麼呢？或者說，香港小說裡的女性需要全部承擔家務勞動的原因是什麼呢？其實，根本的原因是不論任何地域和國家，承擔照顧家人承擔家務勞動責任的人就應該是女性的母性意識形態，以及以性別分工意識形態和免除男性家務勞動思想根基所形成的社會勞動系統等的共同作用造成的。

在香港小說裡不難找到這樣的例子。〈跳〉（綠騎士，2000）裡登場的法國人亞倫出身上流家庭，接受高等教育，在社會生活中所向披靡，可最後卻在激烈的競爭中崩潰住進了精神病院。最忙的時候連周末都回不了家的他整日埋沒在工作中，他的妻子南施便一個人承擔了做飯，帶孩子，招待客人等大大小小的家務事。另一方面，

亞倫最親密的朋友香港人李坡是個平凡的小市民，整日苦戰於社會競爭中。妻子做著比丈夫薪水少的工作來貼補家用，在經歷失業後，又找了一份比先前的工資還少的工作。不過，與她的「就業—失業—再就業」無關的是所有的家務勞動都歸她包攬。作者在這篇小說裡無意識的表達了男人由於是社會勞動中不斷被糾纏在競爭裡的存在，所以女人不管是全職主婦還是上班主婦都要承擔全部家務的思想。甚至〈當勞的官司和我的拳頭〉（顏純鈎，2003）裡的慧心在知道未成年的親生女兒明君被繼父當勞強暴的事實之後，居然自責自己當護士經常上夜班，因而沒能照顧好女兒和家庭才會發生這種事。透過上班主婦慧心非但不責怪犯了不可饒恕的罪行的再婚丈夫當勞，反而埋怨自責的情景，可以清楚地看到男女分工的意識形態，不僅在實際生活中扎根，而且強烈的影響人們的精神世界。

家庭勞動並非只包括家務勞動。譬如，產業社會之前的女性在家裡針織或幹農活之類的非家務勞動，是非常普遍的。即使產業化被推進到某種程度後，特別是農村的婚姻問題上，選擇女性的標準不是別的正是勞動力和生育能力（勞動力的再生產能力）。1970 年代以中國農村為背景創作的小說〈又見梔子紅〉（黃燕萍，1999）裡，敘事者的母親半開玩笑的跟天叔婆談論麗菊，說她人長得漂亮合適作天叔婆的兒媳。天叔婆立刻回道「看伊身子那樣削，屁股也不長肉」（頁 151）並說自己的兒子哪裡會將伊放在眼裡。天叔婆的評價標準正是如此。還有，麗菊母女被麗菊的生父趕出家門也是出於同樣的原因。表面上因為麗菊的母親生了兒子後就駝了背，丈夫便看上了別的女人。實際上根本的原因是她喪失了下田幹活兒或是養豬之類的勞動能力。當然這種女性評價標準的出發點本身就是錯的。但即使如此，作品還是間接說明過去女性參加家庭手工和農活勞動的重要性。

過去女性所分擔的家庭手工和農活勞動量是比較大的，即使有侷限性也至少可以說明那個時候的女性是可以參加社會勞動的，因此男性也就自然要分擔一部分家務勞動。但是隨著資本主義產業化進程的向前推進，女性的社會勞動參與可能性逐漸減小，社會和家庭的公共空間和私有空間的界限劃分也越來越分明。同時當貨幣價值成為價值評價標準後，拿不到薪水或類似的收入工作便不被看作是勞動。家務勞動隨之

被固定不變地看作爲看不見的勞動。[7] 隨著家用機器的開發和消費商品種類的擴充，人們很容易認爲這樣會減少家務勞動量，這樣女性參加社會勞動就成爲可能。但事實卻並非如此，魯思・科萬（Ruth Cowan）的研究結果表明，[8] 那只不過減少了男性和孩子們的家務勞動參與度，女性的家務勞動負擔不但沒有減少，爲了使男性和孩子專心於社會勞動和學業，反而增加了強度。〈自由落體事件〉（顏純鉤，2000）中的一個場面正好說明了這一點：

> 看她的房間，狗窩一樣，她媽媽帶點歉意說：她不讓人動她的東西。（頁 265）

　　文章雖短但能充分地告訴我們家務勞動已經完全成爲主婦的義務，甚至，如果主婦不能很好的完成它，便會感到慚愧內疚的程度。同是這篇小說，一個快四十的男主人公仍然和母親住在一起，包括每天早上叫他起床在內的所有家務活兒全由年老的母親一人承擔。資本主義產業化形成以後，不僅性別分工意識形態更加穩固，社會勞動系統也是在男性家務勞動免除、女性全部承擔以作男性堅強後盾爲前提而進行再建的。如此，即使目前男女平等意識不斷提高，但唯獨家務勞動承擔問題並未顯示出任何進展。

　　當然香港小說並非全部描寫家務勞動由女性承擔而沒有例外。〈魚咒〉（王良和，2000）裡的男性敘事者見吃奶的兒子哭馬上自覺地去給他沖奶粉。〈螃蟹〉（王良和，2002）裡的男性敘事者和敘事者的父親下廚爲家人煮螃蟹。但是這些行爲都不是長期性的。通讀全篇就會知道，這些行爲不過是在特殊情況下，或藉著什麼機會，亦或出於一時興起才做的。而家務勞動仍然由他們的妻子全部承擔。[9] 即使在香港小說中眞

7　一部分內容參考於金星喜，《韓國女性的家務勞動與經濟活動的歷史》（한국여성의 가사노동과 경제활동의 역사）[韓文]（首爾：學志社 [音譯]，2002），頁 13-37。

8　魯思・科萬（Ruth Cowan），《母親幹的活更重了》（*More Work for Mother*）[韓譯版]，金星喜等共譯（首爾：學志社 [音譯]，1997）。

9　前者的情況是看過給孩子餵奶的全過程的描寫就會知道，平常這件事是全由妻子承擔的。後者的情況是原來在賣螃蟹店裡工作過的敘事者的父親下班後總是會把賣剩下的死螃蟹帶回家，做給已經吃過飯並且已經吃膩了螃蟹的孩子們吃。往後，敘事者長大成人，有時候會想起父親便一時興起煮螃蟹給自己的孩子吃。

有描寫男人做家務的作品，那也是非常稀少的，況且他們所做的只侷限在一些細小的輔助工作上。

香港小說並沒有停留在對主婦乃至女性全部承擔家務問題的揭示。通過前面的例子，恐怕我們已有所體會，那就是登場人物，敘事者以及作者的行為和視角都分明是對既存觀念的一種承襲，其產生的結果是使舊有觀念更加穩固化。譬如〈當勞的官司和我的拳頭〉（顏純鈎，2003）中的敘事者出於朋友義氣，幫助強暴了養女的朋友打官司，結果輸得很慘。事情發生後的第二天，妻子知道了敘事者偷偷辭掉工作的事實，在小說接近尾聲的時候，對妻子的反應以及敘事者（作者）的獨白內容是這樣的。

> 那天回家，若蘭臉色鐵青端坐在沙發上，大廳中間倒著掃把，廚房沒有煙火氣，一大堆髒衣物堆在洗衣機前面的地板上。（頁 226）

> 兩個女兒都加入戰團，三個女人哭一陣罵一陣，若蘭把一桌的飯菜都掃到地上去，又衝到廚房裡，把菜刀架在脖子上，兩個女兒哭鬧著搶下那把菜刀，若蘭手背給刀口劃傷了，血順著指頭滴到桌子、椅子和地板上。（頁 230）

> 半年多沒有收入，一家人都在「吃穀種」，若蘭已經沒有力氣和我吵架，兩個女兒也當我透明，……回到家，若蘭一聲不響把一疊要付款的賬單扔到我面前，……過日子，沒有錢還是不行的。看來找一份工作已經迫不及待了。（頁 230-231）

通過上述引文內容不難看出，以小說人物或作者為代表的香港人認為主婦做家務勞動是天經地義的事情。進一步說，不管香港社會女性的就業率有多高，它的基本勞動系統不僅是以男性的家務勞動免除為基礎，並且是在男性做社會勞動與女性全擔家務勞動的性別分工意識形態下構建的。問題並沒有就此而止，小說從始至終在為敘事者的所作所為套上道義和道理的外衣；相反，他的妻子若蘭卻被塑造成一個牢騷滿腹、無知無能的女性形象。換言之，即使不是作者有意如此，但小說卻反覆向人們展示了一個非理性、非道理、非生產性的，只會做些家務活兒的，全靠依賴丈夫生活的

女性形象。[10] 小說是以一個女人的身分，對男性中心主義社會對家庭主婦的偏見的再生產。

▲ 圖 4-2　香港半山區公寓景

最鮮明的反映出這一點的作品，恐怕要數〈6 座 20 樓 E6880**（2）〉（陳麗娟，2000）了。這篇小說透過一個男子下班回家後的一系列行動，尖銳詼諧的諷刺了現代大都市非人的複製性和重複性的優秀作品。小說中的男子走在回家的路上，四周全部是長得一模一樣的公寓群。他下意識的走進了別人家的房門，在裡面看報、吃晚飯直到要和那家的主婦一起睡覺才發覺自己的失誤，驚慌失措的逃走了。在回到自己家裡之後，仍然重複著剛才在別人家裡做過的同樣行動。下面是這篇小說的其中一個場景：

> 有人上前開門。門還沒有全開，他老婆便轉身走入炒得熱鬧的廚房，手裡還執著鑊鏟。飯桌上 3 個孩子正低著頭做功課。……他瞥了他們一眼便一屁股坐在沙發上，攤開手中的 Z 日報。電視嘩啦嘩啦地播著……他老婆最愛看的劇集。她每把一樣東西下鍋就跑到電視機前站一會。……他坐在床沿上，聽著廚房傳來的洗碗碟聲。不一會，他老婆抱著一大堆晾乾的衣服近來，他嘴裡嚷著：「噯，還不快點來？我明天返早班哪！」他老婆正背著他把衣服一件一件地摺起來。「來什麼？」（頁 113）

正如我們看到的，男人下班後翻翻報紙，吃完妻子煮的飯後，便回寢室催促還在忙著洗碗洗衣服的妻子上床睡覺。相反，這家的主婦（雖然不知道是全職主婦還是上班主婦，但是如果是上班主婦問題就更嚴重了）家務繁重到連自己喜歡的電視連續劇都只能在做飯途中瞟看兩眼的程度。但是整體上看女作家所創作的這篇小說所表達的

10　關於這一點的詳細說明參考本書第 3 章〈香港小說中的母親、女兒、妻子——慈母、孝女、賢妻〉。

是，所謂主婦，只不過像機器一樣重複做飯，照看孩子，熱衷電視連續劇，洗衣服，在定好的日子陪丈夫睡覺之類的人物。換句話說，主婦不過是每天重複同樣的家務勞動、爲丈夫提供性服務、被電視劇之類毫無意義的事情埋沒的麻痺的物化的存在。[11]

　　這是把女性的既存偏見和物化原封不動地套用在塑造承擔家務勞動的主婦形象上的香港小說。但是，努力從其他角度刻劃女性形象的作品不是絕對不存在的，僅此一點就讓人看到一些希望。〈玉傳〉（陳寶珍，2002）就是這樣的作品。小說的主人公玉，從小就「只會跟著感覺走」（頁168）男朋友像走馬燈一樣。愛著健實的丈夫和可愛的女兒、過平凡的家庭主婦生活的瞬間衝動和模糊的渴望，又常常和不同的男人分享情慾。小說的情節展開雖稍顯些不自然，但男性中心主義社會套在女性身上的虛僞觀念和各種壓制因素共同影響著主人公的生活，作品零星地反映了附加給女性的家務勞動就包含在其中的思想。下面的引文有些冗長，但爲了詳細地研究作品，對小說的部分內容作了概括：

> 結婚初期，玉作爲上班主婦「白天在自己經營的美容屋打點一切，還親任美容師。晚上回來，不管怎麼累都把房子收拾得一塵不染」（頁164）。之後，丈夫經常來往深圳做生意，爲了照顧家裡她放棄了美容院的工作做起了全職主婦，包攬了包括陪孩子去鋼琴班學習在內的所有家務。丈夫因交通事故受傷在家期間「玉每天親自下廚，煮偉最喜歡的菜；又細心替他洗傷口，換藥」（頁170）。結婚生活過久了，她開始因爲丈夫不對自己表達感情只關心孩子表示不滿，丈夫並沒有理解她內心深處的想法，還讓她業餘時間去學點什麼或是再開個美容院。因之，她「自己的媽媽年紀大了，做不了多少義務。我每天要煮飯，又要教女兒做功課，沒精神了」（頁171）。做了這樣的回答。後來有一次，遇到了女兒的鋼琴老師辛彥「和他交往後不久，她的生活場景廣闊了。再也不限於家庭、女兒的學校、超級市場、街市、購物商場等」（頁175）。之後的某一天她看見了辛彥放在那兒的美容雜誌說「從前很喜歡打扮，現在做家務都

11　關於把妻子看作性服務提供者的觀點參考本書第3章〈香港小說中的母親、女兒、妻子——慈母、孝女、賢妻〉。

忙得透不過氣來，連頭髮都懶得去剪」（頁 176）。最後，學過理髮的辛彥在幫她剪頭髮的過程中，他們的關係也急速地發展成了男女關係。

作者描寫主人公的意圖是想展現一個犧牲於男性中心主義社會強套在女性身上的虛偽扭曲的觀念和各種壓制因素的人物。[12] 但事與願違，小說沒能把導致主人公形成這種思考方式和產生這些行動的諸多原因有機的連結和自然的敘述出來，結果導致造成主人公行為的因素不具備充分的說服力，而被歸結為情慾所致。實際上就像從上面引文內容中看到的，小說的幾段小插曲中，主人公玉和辛彥發生關係的過程描寫能比較嚴整地體現作者的思想意圖。最重要的是，雖然不很明確，但是小說卻在一定程度上揭示了強加給女性的家務勞動在其中起到的負面影響。不管是全職主婦還是上班主婦，同樣被強加上過重的家務負擔；上班主婦的家務勞動輔助者是女人的娘家母親。這些描寫都揭示了，以男性勞動者的家務勞動免除為前提所形成的勞動系統，以及家務勞動被看作是私人空間的無價值勞動的觀念，造成了女性自我發展機會的喪失；也觸及了諸多因素的負面影響，造成主婦同樣是女性的自我喪失，以及模糊狀態的自我找尋等問題。這部小說當然不是像 2007 年諾貝爾文學獎獲得者多麗絲·萊辛的《19 號室》那樣，深刻地刻劃家務勞動的性別化和由此引發的女性排斥問題的作品。[13] 然而，小說表現了女性模糊的自我覺醒意識，表達了對女性的自我找尋行為因尚未找到正確出口，而以失敗告終的同情。同時通過對女性所承擔的家務負擔和各種壓迫的揭示，預示了今後香港這一命題小說的發展可能性。

12　作者在小說末尾以小說敘事者的身分登場，借敘事者之口說明自己對主人公的看法。按照作者的看法，女主人公是被忽視作為女性的存在只被認作是維持家庭的工具的虛偽道德和與女性真正尋找自我出路的不被理解，只停留在本能的慾望而引發的扭曲的愛情地理解所扼殺而犧牲的人物。更詳細的內容請參考本書第 3 章〈香港小說中的母親、女兒、妻子——慈母、孝女、賢妻〉。

13　主人公蘇珊曾是職業女性，她和丈夫在事先計劃下，婚後專門從事家務／家政勞動，等到孩子們長大後，她想恢復原來的獨立女性身分。但這是不可能的事情，為了擺脫這樣的現實，他只能尋找屬於自己的空間，從家裡搬到酒店，從酒店搬到其他酒店的 19 號室，但是最終在沒有更好的出路的情況下自殺。參考柳濟分，〈幫傭／家務勞動的弱勢群體與女性空間〉（가사노동을 돕는 취약계층과 여성의 공간）［韓文］，《英語英文學》，54 卷 2 號，首爾：韓國英語英文學會，2008 年 6 月，頁 169-188。

參、女傭——家務勞動的代理人

與家務勞動相關的男女平等的實現應該朝著什麼方向推進？應該從根本上承認家務勞動同樣作爲勞動的價值；同時打破既存的性別分工意識形態，從而實現不論男女都應理所當然的承擔家務勞動的目標。當然，要實現這一點，還需要同時執行幾項具體的任務。現在很多人主張並爲之努力，這包括使家務勞動成爲可視經濟的一部分，例如在資本主義社會系統下將家務勞動換算貨幣價值等等。就像 Michael Hardt 主張的情感勞動（affective labor）概念裡所說，家務勞動本身所具有的非物質性勞動價值賦予也是不能忽視的部分。[14] 要加強家務勞動不是在私人空間裡完成的私人勞動，而是認知到家務勞動是屬於公共勞動的一部分。在此基礎上，進一步改變免除男性勞動者家務勞動責任爲前提條件，所制定的現存勞動系統和社會系統。

爲了解決家務勞動問題，可以說這些方案是比較具有根本性和長期性的。正因如此，現代人透過使用家用機器、消費商品，利用家務勞動社會代理等臨時性手段來減輕正在承擔繁重家務勞動的女性的負擔，哪怕是其中的一部分。其中最傳統和即時的方法之一就是，以一定的經濟實力爲前提，代理人以女性爲主的問題仍然存在的，僱用女傭或奶媽。譬如〈跳〉（綠騎士，2000）描寫的是已經去法國生活的主人公李坡的哥哥和妹妹也決定移民，只留下老父孤零零一人。父親又不肯住老人院，於是兄弟們商議安排僱用「鐘點女傭」的事情就說明了這一點。

香港 1970 年代中期以後，由於經濟上的飛躍發展，社會經濟活動開始需要大量的女性勞動力。因此，家裡缺少照顧子女和承擔家務的人，於是開始招收外國籍的女子來填補這個空缺。從事煮飯、洗衣、照顧孩子等基本家務的女傭的人數在不斷

14　參考邁克爾·哈特，〈情感勞動〉，載於《非物質勞動與多眾》（*Immaterial Labor & Multitude*）[韓譯版]，徐昌炫[音譯]、김상운譯（首爾：Galmuri 圖書出版，2005），頁 139-157。未來學者阿爾文·托夫勒（Alvin Toffler）作爲非貨幣經濟，也提出了「消費者生產經濟」（prosumer economy）的概念，無報酬的家務勞動就是其中的一個重要例子。他的言論雖然不直接涉及婦女問題，但表明家務勞動的價值在多方面已經得到廣泛承認。參考阿爾文·托夫勒（Alvin Toffler），《財富革命》（*Revolutionary Wealth*）[韓譯版]，金重雄譯（首爾：青林出版，2006），頁 248-253。

地增長，2017 年末達到了香港總人口 7,409,800 人中的 4.99%，即 369,651 人（菲律賓人 54.4%，印度尼西亞人 43.2%）。最初這些人大部分來自菲律賓，現在仍然是菲律賓人占半數以上，所以一般統稱爲「菲傭」。[15] 這些人在香港小說裡不管是主角還是配角，她們幾乎從來沒有以極重要的角色出現在香港人的生活中，作爲本文研究對象的小說也是如此。在後面將會更詳細地分析〈我所知道的愛慾情事〉（王貽興，2002），除此作品以外，其他作品都不過一帶而過，「菲傭」幾乎沒有登場。

　　香港小說爲什麼很少有對「菲傭」的描寫呢？因爲她們是外國籍女性勞動者。香港人不管從心理上還是行動上都沒有把她們看作香港社會的成員，或者是有意識的排斥。從外國女性勞動者的角度看，這些「菲傭」正在受到雙重歧視，不僅因外國人身分而受到歧視，還因爲是女性而受到歧視。但考慮到本章的研究目的，前者暫且擱置不論，重點放在對後者的研究上。前面已經說到有關「菲傭」的描寫很少，下面收集了爲數不多的幾處描寫：

> 「XX 山莊」沒有山，沒有動物，只有手腕那麼大的幾柱樹，卻有很多樓，很多巴士和很多從菲律賓來的傭人。〈6 座 20 樓 E6880**（2）〉（陳麗娟，2000，頁 112）

> 九七以後，大家發現，留港的外國男人都失去了光彩，錢也不多，穿著也不體面。常在街頭見到的外國男子都邋邋隨便，穿一條短褲到「七一」買幾罐啤酒，老跟菲傭兜搭。〈愛美麗在屯門〉（也斯，2002，頁 16）

> 生了影影之後楚楚差不多有一年都不能睡，請了一個菲傭但影影晚上還是跟楚楚睡，她放心不下怕菲傭懶睡，餓著了冷著了嬰兒。〈無愛紀〉（黃碧雲，2001，頁 152）

　　通過上述描寫，對於包括小說的作者和讀者在內的香港人來說「菲傭」是怎樣的

15　香港特區政府，《香港年報》，https://www.yearbook.gov.hk/，無下載日期。關於香港的外國籍幫傭的社會情況和地位及形象請參尹炯淑，〈地球化、移住女性、家族再生產與香港人的身分認同〉（지구화，이주여성，가족재상산과 홍콩인의 정체성）[韓文]，《中國現代文學》，33 期（2005），首爾：中國現代文學學會，頁 129-156。

存在的問題,很快就可以知道。「菲傭」只不過是跟公寓或公共汽車同一級別的事物;是下流的外國男人挑逗的對象;是完不成該幹的活兒的不誠實的女人而已。她們的存在是被物化的,是男人們的性想像對象,是無能的非生產性的存在。這些都說明她們是對於一般女性所帶有的歧視的延長線上的人物。

其實,「菲傭」不僅在實際的人口比例中,而且在其他很多方面都起到了不容忽視的作用。照顧雇主的孩子時,她們就成了孩子們的代理母親;如果孩子正處於成長期,她們又成了孩子的異性範本。〈我所知道的愛慾情事〉(王貽興,2002)裡,正處於成長期的敘事者的父母由於忙於社會活動,就僱用了一個叫露絲的「菲傭」,先來看看有關她的部分內容:

> 每天放學我得準時回家吃菲傭做的午飯,在她的監督照料下做功課、溫習和看電視。……大概四五年級我的下體就長出毛來了。……這變化影響了我對露絲的認知,以致不得不把她照料我日常起居的傭人的身分轉變為青春期少年對女體的幻想渴慕的投射,……露絲仍若無其事每天早上喚我起床,拖著我的手離開家門,……等待清晨的校車到來,並在放學的時候從校車把我接下來,……我考得不好給父母打罵是她偷偷走近我房哄我給我安慰。她比誰都要親。他是我的,我是她的。(頁110-111)

正如我們所看到的,「菲傭」並非只從事單純的燒菜、洗衣等勞動,子女教育之類的事情也要包攬,如果說她們和幼兒之間形成了類似母子關係的話,那麼對於青少年來說她們就成了異性對象。

「菲傭」在家族中的地位很模糊。例如,即使說像家人一樣對待,但那也無非是出於人道,而非家族的認證。另外,傳統上該主婦做的事,大部分都由她們代理,所以她們跟主婦(是妻子又是母親)很容易形成緊張關係。[16]因此她們和雇主的家庭成員,特別是同樣作為女性的主婦之間形成支配╱被支配的關係不是沒有的事。因為香

---

16 參考尹炯淑,〈地球化、移住女性、家族再生產與香港人的身分認同〉(지구화,이주여성,가족재상산과 홍콩인의 정체성)[韓文],《中國現代文學》33期(2005),首爾:中國現代文學學會,頁129-156。

港小說幾乎沒有對「菲傭」情況的描寫，不容易找到合適的例子。仍然是同篇小說裡出現的另外一段描寫，從某種意義上揭示了這一點。

> 在一次難得的一家三口同桌晚飯中我藉詞露絲偷了抽屜裡的幾千元而要求媽媽把她辭退，……父親……一言不發，沒有表示反對。……那個晚上，媽媽不懂如何安慰露絲，只是輕輕的一句句地喚她的名字，露絲，露絲。（頁 121）

表面上解僱「菲傭」的權利在主婦手上，但是由於丈夫的默許和兒子的要求，已經僱用多年的「菲傭」就這樣被輕易地辭退了。這不正是在男性的支配下，女性與同為女人的其他女性之間再次形成了支配／被支配的關係嗎？更令人氣憤的是，小說裡的「菲傭」被解僱的真正原因是她同時成為了家裡兩個男人父親和兒子的性暴行的對象。小說中是這樣描寫的。

> 某天……我提早放學回家，……開門竟看到父親騎在赤條條的露絲身上。……我勉力走進睡房，關上門，……我想嘔吐，我怨恨我的父親，但我竟然自瀆了。……我想像剛才露絲偏小的乳房，她雙腿張開的角度，腳上不斷搖晃的內褲，她求饒的叫喊，……晚上露絲敲門喚我吃飯，哀求我不要把這件事告訴別人。……露絲跪在我和電視機之間，哭著抬頭，喊著如剛才一樣意義不明的廣東話，……後來她騎在我的身體上，把衣服脫下，自瀆過後的我首次在痛楚和麻痺之下和她做了。這是我第一次和女人做愛。（頁 119-120）

如引文所述，「菲傭」是僱主家男人們的性對象，甚至最後遭到了性暴行。害怕被解僱的她為了堵嘴，流著淚滿足了敘事者的性慾。但等待她的結果卻是由於男人們的要求，女主人向她出示的單方解僱通報。

但還存在更嚴重的問題。小說原本是想通過揭露「菲傭」的生活，引起人們對受害者的她們的同情和關心。但小說卻有意無意地在將她們物化，甚至像香港的媒體言論一樣，成為對她們的負面形象、最終延伸到對女性的負面形象的編造。[17] 把小說中

17　在香港散布著菲律賓女性是如果不被好好看管，就會違反幫傭僱用合同和移民法之後，從事賣淫活動和誘惑主人家男人的不道德行為者的大眾形象。尹炯淑，〈地球化、移住女性、家族再生產與香港人的身分認同〉（지구화 , 이주여성 , 가족재산과 홍콩인의 정체성）[韓文]，《中國現代文學》，33 期（2005），首爾：中國現代文學學會，頁 129-156。

對露絲的外貌描寫綜合起來看也並不覺得她怎麼性感。但是小說卻藉一個開始懂得什麼是性的成長期孩子的視角，表現出她的誘惑力；原本是性暴行事件，卻省略了她與敘事者的父親發生性關係前因後果的交待；最後用滿足少年性慾的方式去堵他的嘴等等情節，都隱約地讓人覺得她好似行為放蕩的女人。以及儘管她是一個英語自學成材既聰明又誠實的女性。卻被刻劃成隱瞞學歷，貪圖小便宜，又非常懶惰的負面形象。

敘事者懺悔自己在成長期犯過的錯誤，並用懺悔形式進行以下敘述：

> 祖父有三個老婆，聽說生性風流，玩過的女人還不止這個數，……由二祖母所出的父親似乎盡得乃父真傳，……並沒想到當時我的既純摯又卑劣的慾望其實是出於父親承自祖父那裡的遺傳。……那後來的發生的事就不致大震撼了。（頁 113-115）

敘事者把基於權利的性衝動和性行為說成是與生俱來的遺傳基因，給自己還有父親甚至爺爺授予了免罪符。也正因為有了這樣的免罪符，敘事者根本沒有考慮過真正受害者「菲傭」的想法和感受；對那是種怎樣的傷害也幾乎隻字未提。只不過一廂情願地把「菲傭」當作了自己成長期記憶的對象。

如前所述，由於可以用於研究的描寫女傭的香港小說數量太少，所以對女傭形象很難做多角度、多側面考察。但是，僅通過上述對香港小說中出現的女傭形象的分析，也能充分的看到目前存在對女性的偏見和女性物化現象都在影響著作家在作品中對女性形象的刻劃，並且作者不論是男性或是女性都是如此。特別是〈我所知道的愛慾情事〉（王貽興，2002）中出現的主婦和女傭的關係，使人想起後殖民時代的統治／被支配關係。例如，有人懷疑香港是否脫離英國這一殖民統治者，進入中國這一新的殖民統治者的統治之下。而另一些人則認為，香港反而開始聯想到香港周邊的深圳等地在經濟上和文化上實行殖民地化。或者聯想到在美國，韓國人（或亞洲人）和黑人之間的矛盾，實際上反映了歐洲出身的白人支配，其他群體則排在底層的戰略，由此形成了以白人為中心的美國式種族秩序。[18] 換言之，女性內部再次產生的支配與被

---

18 參考李廷德，〈美國的人種、民族認同和日常政治：以紐約市哈萊姆為中心〉，載於《種族與民族》（종족과 민족）[韓文]（首爾：Acanet，2005），頁 379-428。

支配關係，不禁使人產生這種現象是否是對家長制社會下男性與女性間的支配／被支配關係的模仿，甚至強化的憂慮。

肆、對女性問題認識的變化

〈從一扇牆到一堵門〉（石逸寧，2003）中小女孩代替正在廚房裡忙著準備飯菜的母親迎接敘事者，敘事者通過她的行動認爲她還不懂接待客人的方法。〈當勞的官司和我的拳頭〉（顏純鈎，2003）中敘事者去拜訪的那家也是小女孩替媽媽把削好的水果端出來，敘事者看到她長挑的身材時想到這樣的女孩讓任何一個男人都想憐愛她，讓她好好成長，健康美滿，去領受她一輩子那麼長的好日子。但這莫非不是意味著對性別分工意識形態的承襲，今後家務勞動仍會成爲女性分內之事的不祥之兆嗎？

這樣的分析，可能會帶有偏激。雖然如前所述，現實生活中香港家庭裡的男女平等問題雖有所改善，但家務勞動仍是由主婦全部承擔。香港小說也在情節上反覆再現了家務勞動全部承擔者的女性形象。不僅如此，在形象描寫中，主婦一直被刻劃成非理性、非道理、非生產性，只會做些家務活兒，全靠依賴丈夫生活的形象。不管是在現實中還是小說裡，女性物化的偏見也原封不動地作用在家務勞動的社會代理人（「菲傭」）身上。甚至同爲女性的主婦和女傭之間也形成了支配與被支配的關係。但是儘管如此，筆者仍然堅持對上述小說情節做這樣的分析不免偏激的原因是，就小說內容本身來看，不過是在只有女兒在家的情況下偶然發生的情況罷了。然而，更重要的原因是我們應該相信現實世界中家務勞動現狀是不會一直這樣持續下去的。換句話說，因爲就家務勞動這一問題，正在生活的各個方面陸續制定立足於男女平等觀念之上的更完善的見解和更具體的措施方案。雖然這些措施和方案仍未健全，但畢竟實踐已經開始。香港小說中，雖然還處於概念模糊狀態，但畢竟出現了像〈我所知道的愛慾情事〉（王貽興，2002）這樣表現家務勞動的社會性性別化和女性弱勢題材的小說，不正是在這樣的背景下產生的嗎？

至於這種變化正以怎樣的水準和怎樣的速度推進則是另外一個問題了。思想或意

識形態也是社會系統的一部分。但是兩者的關係卻不是單方向的，後者的變化需要有前者的變化作為前提，同時前者又要靠後者的變化加以帶動。從這種意義上說，區別於政治或學術，用自己不同的方式貢獻於人類生活變化的文學，也同樣在這個問題上發揮著相當的作用。而香港小說在關於男女平等的問題上，在家務勞動和幫傭勞動主要由女性承擔究竟意味著什麼的問題上還沒能給予充分的關注。但是香港小說今後就這一問題所存在的發展可能性顯而易見。尚不完善的香港小說現狀將是他山之石，我們有必要不斷關注和期待它新的發展與變化。

第 5 章

香港小說中的外籍女性家庭傭工
——「菲傭」

壹、假日的香港

▲ 圖 5-1 星期天的香港中環皇后像廣場　　　▲ 圖 5-2 星期天的香港尖沙咀清真寺

　　如果在星期天環顧香港，就會在如中環的皇后像廣場般的公共場所裡看到許多東南亞女性三三兩兩地聚集在空地、人行道或車道的路面上。有的靜坐，有的聊天，有的吃東西，有的打牌，有的美甲，有的在交換或買賣東西，有的唱歌或跳舞，有的參加宗教活動……這些女性的舉止行動雖然各不相同，但是她們好像一整天都待在這裡。也許這些場景對香港人來說再熟悉不過，然而對短期來香港觀光的遊客等外地人來說卻是極為印象深刻的。她們到底是誰呢？香港自 1970 年代中期開始的經濟飛躍發展，促進了大規模的女性勞動力參與社會經濟活動的需求。因此，香港家庭內部負責家務勞動和照顧孩子的勞動力開始變得不足。香港一開始還能在某種程度上內部解決這種人力不足現象。但是當中下層女性進入製造業，接著中上層女性也開始從事金融業或其他服務行業後，想在香港內部解決這個問題就不那麼容易了。結果，最終的解決辦法就是引進外籍女性家庭傭工來填補這一空缺。這些負責煮飯、洗衣、打掃、照顧孩子等基本家務的外籍女性家庭傭工從初期直至最近，大部分都來自菲律賓，也因為現在的菲律賓傭工比例仍接近半數，所以一般將她們通稱為「菲傭」。

　　星期天在香港特定的公共場所裡大規模聚集的東南亞女性，就是這些外籍女性家庭傭工——菲傭。她們依照法律規定一週內至少擁有一次的休息時間。來這樣的地方度過一天，不僅是為了每星期天給她們雇主家的人一個共度的時間，也是為了給自己一個逃離雇主家，在這個極狹小的空間，哪怕只是暫時的得到休息。

貳、無法信賴的人

這些對於香港人來說極其熟悉，對於外地人來說又極為陌生的菲傭，在香港的小說中又是被怎樣描寫的呢？首先來看看〈6 座 20 樓 E6880**（2）〉（陳麗娟，2000）的開頭部分：

> 「XX 山莊」沒有山，沒有動物，只有手腕那麼大的幾柱樹，卻有很多樓，很多巴士和很多從菲律賓來的傭人。[1]

香港外籍家庭傭工人數在這部小說發表的 2000 年底，已增至 217,790 人（菲律賓人 70%），占香港人口 6,865,600 人的 3.17%。到 2017 年底，香港人口進一步增加，達到 369,651 人（菲律賓人 54.4%，印度尼西亞人 43.2%），占香港人口 7,409,800 人的 4.99%。[2] 因此，正如此處引用文中所說她們就像公寓村裡的樓房以及穿梭其間的巴士一樣多的比喻也從某種程度上說明了香港有許許多多的菲傭在此工作。

但是，再仔細回味這段簡單的描寫，會發現其中還隱含著另外一層意義。那就是香港人暗自視她們為與公寓和巴士相等同的事物也說不定。與其說將她們看作是具有思想和感情的作為人的個體，不如說將她們看作如同樓宇或巴士一樣的事物。這是一篇視角犀利的小說，它透過描寫一個男子在長得完全一樣的公寓村裡誤入了別人家的事件，詼諧地諷刺了現代大都市非人性的複製性和重複性。但儘管如此，其看待菲傭問題的視角卻令人產生疑惑。這實際上並非偶然，而與在香港社會對菲傭的普遍看法有關。

僱用包括嫫姆在內的女傭做家裡散活兒的事古已有之。一般是生活寬裕的家庭才可能的事情，所以當時使用女傭是支配階層女性的特權。譬如〈出賣母愛的人〉（夏易，1957）中有這樣一段描寫：「林太太雖然非常愛她的兒子，又可不願把全部時間花在兒子身上，她還想打牌，還想交際，聊天，甚至看看書。……林太太請來請去都

1　陳麗娟，〈6 座 20 樓 E6880**（2）〉，《香港文學》，191 期，香港：香港文學出版社，2000 年 1 月，頁 28-29。

2　香港特區政府，《香港年報》，https://www.yearbook.gov.hk/。無下載日期。

請不到一個合意的嫫姆。……林太太居然請到阿彩。」[3] 這說明在父權制社會裡，支配階層女性所承擔的家務勞動已經推到了廉價的女性勞動者身上。換句話說，這是一種在父權制的從屬體制下受男性壓迫的女性又轉而壓迫其他女性的形式。

進入現代社會，這樣的壓迫結構又出現了新的形式。即由於女性勞動收入間相對存在差距所以就產生了僱用女傭的現象，這種現象又隨時間漸漸普及。譬如〈索驥〉（辛其氏，1985）中，在找尋 30 年前曾經照顧過自己的傭工的過程中，敘事者說出了 1950 年代後期自己家裡如何僱用傭工的經過：

> 季姐……替人傭工，母親因為要出外工作，亦請她一併看顧我，兼做洗衣洗碗，那時候我與父母住一小房間，生活大概很勉強，沒有能力像居於同一層樓的頭房人家那樣請季姐做長工。[4]

即有的女性從事工資相對較高的社會勞動後，那個女性的家務勞動就由低工資的其他女性勞動者代替的方式出現。更進一步說，正是這種形式的女性家庭傭工，與廉價勞動力成為關鍵的資本主義全球化進程的齒輪，與香港經濟飛躍發展的齒輪相咬合，像這樣的僱用形式最終超越了國境界限，形成了僱用外籍女性家庭傭工——菲傭的結果。

但是這裡就出現了與香港社會自身調配或從鄰近地區調配人力時多少不同的情況。過去的香港小說所描寫的嫫姆或傭工都是有血有肉的作為人的個體，特別還表現了她們是勤勉善良的人。〈出賣母愛的人〉（夏易，1957）中把主人家的兒子當成親生兒子一樣照顧的阿彩是這樣，〈來高升路的一個女人〉（徐訏，1965）裡被周圍人喜愛，最後跟男主人生活在一起的阿香也是如此，〈索驥〉（辛其氏，1985）中把敘事者當成侄女一樣愛護的廣東順德的何季心也是如此。但同樣是傭工，菲傭卻偏偏被描寫成了另一種樣貌。下面是〈無愛紀〉（黃碧雲，2001）中的一段內容：

3　夏易，〈出賣母愛的人〉，載於《香港短篇小說百年精華》（上）（香港：三聯書店，2006），頁 169-170。

4　辛其氏，〈索驥〉，載於《香港短篇小說百年精華》（下）（香港：三聯書店，2006），頁 132。

生了影影之後，楚楚差不多有一年都不能睡，請了一個菲傭但影影晚上還是跟
　楚楚睡，她放心不下怕菲傭懶睡，餓著了冷著了嬰兒。[5]

　　這段引文中的菲傭被描寫成對自己的工作不盡責、不誠實的女子，也是沒有能
力、不配拿那麼多工錢的非生產性存在。雖然實際生活難免有這樣不可靠或不誠實的
女傭，但也許有很多與此相反的情況。其實問題的關鍵不在此，而在於如何描寫上。

　　現代社會雖然得到了一定的發展，但仍然處於父權制社會環境中的男性不從事或
有意迴避家務勞動，因此某個女性從事社會勞動的時候，特別是她有了孩子的時候，
她就不得不僱用媬姆或傭工了。但是一般認為：母親親自照顧孩子是母性發自內心的
情感，是一種無微不至的安全的關懷，相反媬姆照顧孩子只不過是單純的有償勞動，
再加上又是不熟練的勞動，因此傭工是不可信賴的。這其實是不符合事實的。像〈出
賣母愛的人〉（夏易，1957）的「阿彩管得比林太太還好」，「她把她全部的忠心和
母愛都放在啤仔身上」，[6]一樣的章節裡也證明媬姆阿彩不僅照顧孩子比林太太還要
好，並且待他就像對待親生兒子一樣好。即媬姆絕對不如母親的神話，這事實上不過
是男性支配下的社會裡，雇主女性為了保全自己的地位，對同為女性的媬姆的壓迫和
歪曲的方式罷了。

　　從這個角度來講，可以說黃碧雲小說的女主人公楚楚做出以上引文中所說的行動
就是這種歪曲的神話和偏見起的作用。若進一步考察，又會發現其他的問題。楚楚的
這些行為是對菲傭的職業能力和她們人格的無視行為。因為香港的菲傭為了從事此項
工作需要符合各種資格條件，實際上大部分的菲傭擁有相當高的學歷又能負有責任心
地從事工作。正如菲傭的人數一年比一年多，[7]這固然是香港社會自身的勞動力缺乏

5　黃碧雲，《無愛紀》（臺北：大田，2001），頁 152。

6　夏易，〈出賣母愛的人〉，載於《香港短篇小說百年精華》（上）（香港：三聯書店，2006），
　頁 170、173。

7　外籍家庭傭工的人數不管是在數量上還是在比率上都處於增長趨勢。2000 年底，有 217,790 人（約
　70% 來自菲律賓），占香港人口 6,865,600 人的 3.17%；2010 年末，占香港人口 7,097,600 人的
　4.03%，即 285,681 人（菲律賓人占 48.1%，印度尼西亞人占 49.3%）；到 2017 年底，占香港人
　口 7,409,800 人的 4.99%，達到 369,651 人（菲律賓人占 54.4%，印度尼西亞人占 43.2%）。香港
　特區政府，《香港年報》，https://www.yearbook.gov.hk/。無下載日期。

的原因，也是作為傭工的她們工作能力得到認可的結果。因此透過被評價為女性主義者的黃碧雲筆下的主人公對菲傭的看法，可以了解到在香港菲傭是如何被接受又是如何被表現的。現實中即使有一些例外情況卻仍然不能影響菲傭作為可以信賴的人的存在，但是在看待香港菲傭的問題上卻沒有考慮這一點。菲傭以反面形象出現，這就說明她們被歪曲的可能性很大。

這種歪曲在〈愛美麗在屯門〉（也斯，2002）的下述描述中也有所體現：

> 九七以後，大家發現，留港的外國男人都失去了光彩，錢也不多，穿著也不體
> 面。常在街頭見到的外國男子都邋邋遢遢隨便，穿一條短褲到「七一」買幾罐啤酒，
> 老跟菲傭兜搭。[8]

這篇小說通過描寫一個出身屯門的自我為中心的開放的勃勃朝氣的年輕女性，既對香港人多樣的身分認同問題進行探索，同時也將香港的地區性從地理上和歷史上跨越香港島和尖沙咀向新界地區的擴張。但是即使在這樣的小說裡，雖然透過對某個框框雜文的批評的方式，菲傭仍被描寫成素質低下的外國男人兜搭的對象，即男性的性幻想對象。筆者在這裡不是想說香港絕對沒有這種情況或者作家也斯有意貶低菲傭。筆者只是疑惑連像也斯這樣具有開放的視野和犀利的視角同時充分肯定文化多樣性和人格珍貴性的作家，是否也受到香港社會普遍輿論的影響，不自覺地對菲傭形成這樣的認識並不自覺地將其塑造出來。至少通過上述的幾個例子可以看出香港小說中隻字片語地塑造的菲傭形象不過是和公寓或巴士一樣的事物，對自己所擔當的任務不能盡責的不誠實的職業者，被素質低下的外國男人兜搭的性對象而已。

但筆者認為更嚴重的問題是從菲傭在香港人的日常生活中所占的比重上考量，她們幾乎沒有被香港小說作為題材進行創作過。不知道是不是作為外國學者的筆者的閱讀量問題，但在筆者所閱讀的近兩百篇短篇小說和多篇中長篇小說中，除了以上已經被引用的三處描寫以外，有菲傭登場的作品就只有〈我所知道的愛慾情事〉（王貽興，2002）了。為什麼會出現這種現象留待後面再討論，首先來詳細探討一下相對用較多筆墨描寫菲傭的這篇作品。

8　也斯，〈愛美麗在屯門〉，《後殖民食物與愛情》（香港：牛津大學出版社，2003），頁 16。

參、承受痛苦的人

〈我所知道的愛慾情事〉（王貽興，2002）儘管可以從多種角度進行閱讀，但大體講述的是敘事者回想成長期的情景，表現當時自己不管從精神上還是身體上都在逐漸萌發異性意識的成長小說。在敘事者的成長過程中一個名為露絲的菲傭起到了核心作用，敘事者和露絲第一次接觸的情景正如下面所描述的。

> 八十年代成長的我……每天放學我得準時回家吃菲傭做得午飯，在她的監督照料下做功課、溫習和看電視。……父母見有人專責照料我日常生活，自始更順理成章地加班應酬至深夜，我更少機會看到他們。……露絲……每天早上喚我起床，拖著我的手離開家門，……等待清晨的校車到來，並在放學的時候從校車把我接下來，……我考得不好給父母打罵是她偷偷走進我房哄我給我安慰。她比誰都要親。她是我的，我是她的。[9]

如上所述，作為家務勞動者的菲傭不僅要代煮飯、洗衣、打掃、照顧孩子等的工作，實質上連雇主子女的教育責任也要承擔一部分或是全部。

菲傭實際上不僅僅在填補香港女性從事社會勞動而出現的家務勞動空缺。自然她們首先基本上發揮著使香港女性能夠參與社會勞動，從而促進香港經濟生產發展的作用。但如果從育兒、兒童教育、照顧老人等方面考慮的話，她們還在香港的勞動再生產上面也做出重要的貢獻。換句話說，從菲傭個人來看是以 2 年或 4 年的短期合約傭工身分留居，但從整個菲傭集體來看，對於維持香港社會的體制和文化上作出巨大的貢獻，也可以說過去的數十年間，在維持香港社會發展上就發揮了不可或缺的作用。但是菲傭的僱用條件在法律上雖然享有一定程度的保障，但仍有隨時被解僱的可能性，是不能取得香港市民權的外國有償勞動者而已。這意味著菲傭不管對香港社會作出怎樣的貢獻，而終究像以前的女傭一樣，在雇主家裡的身分是不安定的，在香港社會裡是不被看作為香港人，仍是外國人的存在。

不論是過去還是現在，女傭因為是在父權制體制下代行雇主家裡主婦的大部分勞

9　王貽興，〈我所知道的愛慾情事〉，《文學世紀》，15 期，香港：《文學世紀》編輯部，2002 年 6 月，頁 10。

動，所以容易與雇主家的主婦產生緊張關係。因此她們與僱主家庭成員，特別是同為女性的主婦之間，處於一種支配與被支配關係是很常見的。譬如〈出賣母愛的人〉（夏易，1957）裡媬姆阿彩和雇主家的孩子啤仔形成了幾近母子的關係，因此感到威脅的林太太在某天突然解僱了情同家人一般的阿彩，就說明了這個問題。事實上，女傭特別是其中的媬姆即使得到了雇主家像家人一樣的對待，但那只不過是出於人際關係，而不是對其成為自己家庭一員的認可。即她們在雇主家的位置是非常模糊的，最終不過是一個被僱用的人，一旦主婦的地位受到威脅，隨時都會有被解僱的可能。

下面是〈我所知道的愛慾情事〉（王貽興，2002）裡的菲傭露絲被解僱的情景，這篇小說與前面提到的小說在具體的發展過程上有多少區別，但其基本結構上卻沒什麼區別。

> 在一次難得的一家三口同桌晚飯中我藉詞露絲偷了抽屜裡的幾千元而要求媽媽把她辭退，……父親……一言不發，沒有表示反對。……那個晚上，媽媽不懂如何安慰露絲，只是輕輕的一句句地喚她的名字。露絲，露絲，露絲。[10]

就像這段引文所描述的，敘事者的母親好像對待家人一樣安慰菲傭露絲，但她終究不是家人，不過是一個被僱用的人罷了。傭工的解僱權力表面上掌握在主婦手中，但因兒子的一句話和丈夫的默許便可立即解僱一個工作了幾年的傭工。這表現了一種在男性的支配下再次形成的女性與同為女性間的支配／被支配的關係。[11]

10　王貽興，〈我所知道的愛慾情事〉，《文學世紀》，15 期，香港：《文學世紀》編輯部，2002 年 6 月，頁 15。

11　把菲傭像家人一樣看待，這從勞動的角度看實際上是對不平等的權力關係的強制、擴大和將其永久化。雇主一邊就像保護和照顧還不能適應香港生活無親無故的菲傭的母親一樣，但實際上是對菲傭進行不光是勞動還有身體和精神上的控制。與這「家人一樣」的神話相關，加州戴維斯分校的理查‧帕利娜斯（Rhacel Salazar Parrenas）教授把幾位學者的意見歸納說，「首先最重要的是這種觀點是要將家務勞動者看作一生奴役於主人的下人，它根植於封建觀念。第二，這種觀念是想蒙蔽家務勞動者視自己為工薪人員的眼睛，使被僱用者不能為了更好的勞動條件進行協商的機制。……第三，雇主為了製造無階級勞動的假象而使用的家人意識形態。……最後是使她們忘掉自己也有家人的事實」。理查‧帕利娜斯（Rhacel Salazar Parrenas），《為全球化服務的僕役：女性、移民、家務勞動》（Servants of Globalization: Women, Migration and Domestic Work）[韓譯版]，文炫雅譯（首爾：女理研，2009），頁 285-286。

但是在小說中真正讓人瞠目的還是另外的事情。只從上面的引文部分看的話，露絲的解僱原因是她偷了錢。可在小說中並沒有明確的說明露絲偷錢的過程。那麼事情到底是怎麼回事呢？小說中所展開的真正始末是這樣的。露絲分別被這家的男人，即父親與兒子強暴，因此事而感到尷尬的兒子撒了一個謊，明知是謊言的父親卻採取了默認的態度。小說部分如下：

> 只是後來我還是把她辭退了。……某天……我提早放學回家，……開門竟看到父親騎在赤條條的露絲身上。……晚上露絲敲門喚我吃飯，哀求我不要把這件事告訴別人。……露絲跪在我和電視機之間，哭著抬頭，喊著如剛才一樣意義不明的廣東話，……後來她騎在我的身體上，把衣服脫下，……這是我第一次和女人做愛。[12]

如上所述，菲傭露絲被敘事者的父親強暴，這一事實被敘事者親眼所見，陷入可能被解僱危機的露絲為了避免被解僱想盡辦法，甚至滿足了敘事者隱秘的性慾。但最終她仍然因為敘事者的謊言被敘事者的母親解僱了。一言以蔽之，露絲的解僱是雇主家男人們的強暴行為和他們暗地裡的陰謀以及實際在受男性控制的女性一手造成的。

那麼露絲到底為什麼會做出這樣的行動呢？為什麼在遭到雇主家男主人的強暴之後不採取任何反抗措施呢？為什麼她會一直選擇忍受這看似不止一次而是持續重複的遭遇呢？為什麼為了堵住敘事者之口會選擇以滿足自己幾年一直像侄子一樣照顧的敘事者的性慾的方式來解決問題呢？為什麼因偷錢這一莫須有的罪名從雇主家女主人那裡得到被解僱通報時只是哭而一言不發呢？小說裡絲毫沒有對於這些問題解答，或許也沒有這樣的必要和意圖。但在實際生活中如果有個菲傭做出這樣的行為，香港有關菲傭的雇傭法或菲傭的來港經過就顯得與這些問題有著深刻的關聯了。

依照香港的法律，菲傭的合約期限為 2 年，並可以更新，若沒有特別的過失雇主不能任意將其解僱。但是如果傭工在與其雇傭有關的事宜上：蓄意不服從合法和合理的命令；行為不當；犯有欺詐或不忠實行為；或經常怠忽職守，可毋須給予通知

12　王貽興，〈我所知道的愛慾情事〉，《文學世紀》，15 期，香港：《文學世紀》編輯部，2002 年 6 月，頁 14。

▲ 圖 5-3　星期天的香港中環交易廣場通道

或代通知保證金而終止僱傭合約。[13] 換句話說，金錢欺詐或不正當的性行為成為了最強力的解僱原因。即小說中的露絲和敘事者父親的關係無疑是礙於敘事者父親的權力地位而發生，但責任卻完全歸露絲一人承擔，其結果不止於對露絲的道德批判，最後一定導致露絲的解僱和被強制出境。因此露絲除了向敘事者求饒別無他法，可她如此拚命求饒，但其結果仍難逃以盜竊罪名被解僱的慘劇。

這裡的強制出境不是單純地意味著露絲返回菲律賓的問題。雖然雇主除了支付菲傭的工資以外，還要承擔旅費（包括機票、膳食及交通津貼）、醫療費等等，可是一般菲傭通過本國和香港雙方的介紹所才能來港，菲傭方面也在辦手續的過程當中要付出相當多的費用。因此強制出境不僅會失掉現在和將來的收入，還失掉為了來香港她們所投入的資金和努力，而且那些經濟損失又會導致她和菲律賓家人將遭受現實的苦痛。再加上這些菲傭不是去美國、義大利等所謂的 A 級地區，而是來到香港，從她們向介紹所所支付的費用上來推算，與那些去前者地區的人相比，她們很可能原本在經濟上就屬於下層。[14] 總之不管出於怎樣的理由被解僱，菲傭和她的家人都會被推向痛苦的邊緣。再加上一旦被強制出境根據香港法律的規定是不允許再到香港求職的。換句話說，這篇小說中的菲傭露絲就是從菲律賓南部貧窮的村莊出來的、花錢行賄虛報學歷才艱難地來到香港的，她的被解僱會使她自己連同她的家人一起走向破滅。因此

13　香港特別行政區政府勞工處，〈聘用外籍家庭傭工僱主須知〉，http://www.labour.gov.hk/tc/public/pdf/wcp/PointToNotesForEmployersOnEmployment(FDH).pdf，無下載日期；香港特別行政區政府入境事務處，〈外國聘用家庭傭工指南〉，http://www.immd.gov.hk/chtml/ID(E)969.htm，無下載日期。

14　根據理查‧帕利娜斯教授的研究，菲律賓移居勞動者的移居地各有不同的費用和資格的限制，這說明他們的最終到達地就受階級因素的影響。參考理查‧帕利娜斯（Rhacel Salazar Parrenas），《為全球化服務的僕役：女性、移民、家務勞動》（*Servants of Globalization: Women, Migration and Domestic Work*）[韓譯版]，文炫雅譯（首爾：女理研，2009），頁 75-76。

在小說中，露絲知道少年敘事者隨著成長逐漸懷有對性的憧憬，再加上目睹她與父親發生關係之後的憤怒，就不得不「哭著」、「哀求」並滿足了敘事者的性慾望。她的行為就是為了阻止因被解僱而會面臨的破滅，才做出這樣慘烈的掙扎的。不過從小說的結局來看，這樣的行動是不起任何作用的，她最終仍不能擺脫受男性控制的敘事者的母親解僱的慘劇。

肆、被歪曲的人

　　像這篇小說裡講述的雇主家的男性強暴傭工的事情在過去也不是沒有過的。在個人家裡工作的傭工既沒有經濟上的權威又沒有人格上的權威，她們基本上只能依存於雇主的權威和協作，所以她們不管在任何方面都處於弱勢。特別是 24 小時的工作時間，限定的工作空間，父權制下的社會情況，沒有人來保護的居住環境，使她們很容易遭到來自雇主家男性的性虐待。如果傭工是外籍女性勞動者那麼程度會更嚴重。外籍女傭與當地女傭相比，她們能夠牽制雇主家男性成員的像社會關係網一樣的手段更少，她們自己的國家也因為考慮到國家經濟利益，而大多忽視對本國國民的保護，當包括性虐待在內的某些事件發生時，也會傾向於當作例外而大事化小。[15]

　　重要的是對於這些事件香港作家（或更進一步到香港的讀者）怎樣認識的問題。小說〈來高升路的一個女人〉（徐訏，1965）從內容上大概可以猜想傭工阿香和男主人之間也發生過類似的事情。女傭阿香的男主人是娶過幾個女人的人物。在和大太太生了兩個孩子的情況下又娶了舞女，於是大太太帶著孩子走了。在二太太又跟著菲律

15　2010 年 11 月 24 日英國 *Daily Mail Online* 報導了印度尼西亞女性 Sumiati（23 歲）到沙特阿拉伯從事傭工工作的事例。雇主因涉嫌用剪刀剪她的嘴，用熨斗燙她的背，折斷她的中指，打傷她的腿以至不能走路現正在接受警察的調查。關於這一事件印度尼西亞海外就業者勸引維護團體 Migrant Care 的 Wahyu Susilo 說「這不是第一次」，「一直聽到她們所經受的奴隸一樣的生活，毆打，性虐待，甚至殺害的事件，但是印度尼西亞政府視若無睹。為什麼？因為海外就業者們每年能賺到 75 億」。Daily Mail Reporter, "Shocking Photos of Indonesian Maid after Saudi Employer Hacked off Her Lips," accessed November 24, 2010, http://www.dailymail.co.uk/news/article-1332279/Sumiatis-injuries-Shocking-photos-Indonesian-maid-abused-Saudi-employers.html。

賓華僑跑了之後，又娶了曾作女傭的阿香。在兩個人住在一起之後，也不清楚阿香的身分到底是妻還是妾還是什麼。就此來看小說雖然沒有明確點明，但就一連串的事件來看，可以推測男主人與阿香之間已經先發生了肉體上的關係。可是小說卻只把阿香刻劃成一個健康聰明有進取心的年輕姑娘的形象，沒有絲毫性的或帶有誘惑的行為描寫。甚至還通過描寫阿香說服男主人幫助跟她關係很好的窮鄰居開店，展現了一個純潔的、充滿人情味的、講義氣的女性形象。

相反，再來看〈我所知道的愛慾情事〉（王貽興，2002）對菲傭露絲的描寫卻顯然大不一樣。故事本身就以菲傭深陷權力關係的漩渦被男性強暴開始，結局還是因為男性的唆使而被同為女性的女主人解僱告終。另外，敘事者關於這一事件過程的述懷（也就是小說作者的敘述）又是相當模糊不清甚至加以歪曲的。

首先從小說的描寫來看整個事件好像是因菲傭露絲的性誘惑而引發的。但從小說中所有有關露絲的描寫來看，她既沒有性感的外貌也沒有做出誘惑男人的行為。但是小說作者卻藉由對性開始有懵懂意識，處於成長期的敘事者的視線把菲傭刻劃成誘惑男人的形象。作者還通過略述露絲與強暴她的敘事者的父親之間發生性關係的緣由，而詳述她為了堵敘事者的嘴而滿足了一個少年性慾望的行為，又將露絲描寫成了一個好像性放蕩的女性。若將下面的幾處描寫連接起來看，就可更充分理解這點：

> 露絲是個短髮的女子，厚唇、皮膚深黑，臉上有很多瘢痕，眼睛很大。……我……窺看她的乳溝……看著……她衣領間的乳罩帶子。每個星期天我都會……跑到中環跟從露絲……看她和矮胖的菲律賓男人摟抱，走進某幢破舊的大廈。……開門竟看到父親騎在赤條條的露絲身上。露絲坐在餐桌上……以蹩腳的廣東話喊著一些意義不明的句子，……露絲的雙腿給扯得高高的，皺成一團的內褲掛在腳腕上，膝蓋壓著乳房。……我勉力走進睡房，關上門，……我無法忘記剛才的情景，父親巨大而模糊的陽具，露絲意義不明的喊話，……晚上露絲敲門喚我吃飯，哀求我不要把這件事告訴別人。……露絲跪在我和電視機之間，哭著抬頭，喊著如剛才一樣意義不明的廣東話，……後來她騎在我的身體上，把衣服脫下，……我首次在痛楚和麻痺之下和她做了。這是我第一次

和女人做愛。……露絲黏稠皺黑的陰器，貪婪地在一個晚上容納了我和我的父親，究竟她內心覺得誰人更能給她抽搐的忘我的快感？……我想像她的求饒和呼喊，但事實上她整個過程幾乎一句說話也沒有。[16]

如上述，露絲實際上是被雇主家父子強暴的，但小說卻好像在說是她誘惑了那對父子一樣引起錯覺。特別是「後來她騎在我的身體上，把衣服脫下，……我首次在痛楚和麻痺之下和她做了」的描寫，好像敘事者很不情願，而是露絲將之誘導的一樣。

另外通過小說的一些描寫可以想見露絲是一個聰明又有意志力的女性。但是小說卻忽視這些方面而著力強調她反面的形象。根據小說敘事者的回憶，她是成長於一個貧苦家庭的具有高中畢業學歷的女性，通過自學可以講一口不俗的英語還能跟敘事者用廣東話溝通。從外語學習的難度上考慮可見露絲是具有知識習得能力的誠實的女性。但是敘事者對這些一筆帶過，極力給她套上了隱瞞學歷、吞掉零錢、偷偷遊玩的反面形象。再如上述引文中所敘述的，通過一直重複描寫她「意義不明的喊話」來達到一種錯覺效果，則淡化她有理智的形象而強化她有性感的形象。[17] 她實際上是爲了逃避被解僱的慘劇拼命向敘事者求饒，可敘事者或者讀者看到的卻是不能合理處理事情只懂感情用事，甚至只具有動物性一面的女性形象。

那麼上面提到的兩篇小說的差異是從哪兒來的呢？那只是單純因爲兩篇小說的作者刻劃了不同的人物而產生的偶然？還是眞正存在著某些隱含的理由呢？依筆者看不是前者而是後者。因爲如上面所述，香港小說整齊劃一地將華人女傭塑造成了正面形象而把菲傭塑造成了反面形象。再一次舉具體例子比較分析。〈我所知道的愛慾情事〉（王貽興，2002）和〈索驥〉（辛其氏，1985）兩篇小說都以伴隨敘事者度過幼年時代的傭工的故事爲線索，來描述敘事者幼年生長過程的小說。兩部小說都是以自

16　王貽興，〈我所知道的愛慾情事〉，《文學世紀》，15 期，香港：《文學世紀》編輯部，2002 年 6 月，頁 14。

17　小說中露絲不僅能說一口「不俗的英語」，「廣東話進步了」以後能跟敘事者「溝通」，還是具有「替我檢查功課、默書」能力的人。儘管如此，作家卻無意識地在小說中描寫到露絲向敘事者「喊著如剛才一樣意義不明的廣東話」，一邊將她和敘事者父親的場面相重疊，同時又把她說成一個現在剛開始學語言的小孩子的水準，最後的結果是給她套上了女性的動物的形象。

己的生長過程為中心，但卻存在顯著的差別。其中一個是前者通過將菲傭物化、客體化而塑造成一個不道德的反面形象，後者的女傭卻被放在與敘事者同一維度是會思考有感情的人物進行刻劃的，是一個正面的正直的形象。將這些與上述情況放在一起考慮的話，問題就比較清楚了。即香港小說中描寫的作為外籍女傭的菲傭和華人女傭相比較就會發現對她們的認識存在著相當大的偏見。

伍、被消失的人

　　香港小說對菲傭的這種描寫恐怕與她們是外籍女性勞動者的身分有關。一般接受移居勞動者的國家或地區不會賦予他們收容社會居民同等的權利，這是因為從根本上說收容社會的居民顧慮要承受與他們共同分配有限的經濟資源和公共服務的負擔。因此在經濟全球化和脫民族化進展過程中一段時間裡逐漸削弱的民族主義身分認同意識形態又重新復燃。在這樣的形勢下香港社會對菲傭的警戒心理也開始產生，其中的一個表現就是不斷地將其塑造成反面形象。譬如在各種媒體上議論菲傭沒有禮貌，收入過高，幫倒忙，不懂感謝，埋怨太多，要求太多，散發臭味，[18]忽視孩子，誘惑男人，甚至做兼業妓女等。[19]香港作家並非出於本意，但也許在這樣的輿論氛圍裡，不自覺地也在這種形象塑造上起到了推波助瀾的作用。

　　另一方面，如此刻劃菲傭形象還與香港自身的特殊情況有關。根據匹茲堡大學人類學系 Nicole Constable 教授的研究，與菲傭的不滿形象相比對於華人女傭的完美形象認識是從過去的 1940 年代，香港臨近廣東順德絲綢工廠女工出身的傭工「梳起」對雇主家的盡職盡責和獨身生活所產生的懷念性浪漫形象而來的。[20]如果這種神話是

18　參考 Nicole Constable, *Maid to Order in Hong Kong: Fictions of Migrant Workers* (Ithaca: Cornell University Press, 2007, 2nd ed.), 37-41。

19　參考 Chang, Kimberly A. and L. H. M. Ling, "Globalization and Its Intimate Other: Filipina Domestic Workers in Hong Kong," in Marianne H. Marchand and Anne Sisson Runyan, eds., *Gender and Global Restructuring: Sightings, Sites and Resistances* (New York: Taylor & Francis, 2000), 27-43。

20　參考 Nicole Constable, *Maid to Order in Hong Kong: Fictions of Migrant Workers* (Ithaca: Cornell University Press, 2007, 2nd ed.), 44-62。

眞實的（她不這樣認爲），即如果說華人女傭比菲傭強的話，爲什麼香港人不接受華人女傭呢？筆者認爲除了因爲本地華人女傭逐漸提出調漲薪資的要求以外，還有其他幾個原因。譬如香港和中國大陸之間的交流受到限制；中國大陸人流入以後會繼而引起對香港市民權的要求；還有香港從很早以前就開始與外國人有著頻繁的接觸以及隨之形成的國際都市的性格，香港人對外國人的排斥感確實相對較小；菲律賓也跟香港一樣使用英語作爲共同語言等等。對今天的所謂香港人來說，他們在條件允許的情況下，過去僱用外籍女性家庭傭工，將來也維持這種狀態。

當然所謂香港的特殊情況並不只意味著這些功利的部分。眾所周知目前華人人口占香港居民人口的 95%，當初是由大量在英國殖民統治下陸續從香港臨近地區流入的移居者構成，大概到二十世紀中葉開始與從前相比香港居民的範疇在某種程度上趨於穩定。換句話說這以後在香港成長的人們開始占人口的大多數，自然而然的開始形成香港人身分的認同意識。特別是進入香港經濟飛躍發展的 1970 年代，人們更加積極地表達對香港的熱愛之情，力主作爲香港人的發言權，最後出現了香港人的「我城」。以後這樣的「我城」意識在經歷了 1982 年英國首相訪華和 1984 年中英兩國的《關於香港問題的聯合聲明》的發表以及 1997 年香港移交之後直到今天越來越鞏固。隨著香港人身分認同的強化所帶來的副作用，是對不被認同爲香港人的移居者的漠不關心甚至排斥傾向也在強化。譬如，1997 年之後數年間所出現的港人內地子女的居留權問題是對這一點的暴發性表現。[21] 因此香港社會對菲傭的反面形象認識的形成與香港人政治上的再民族化是不無關係的。

譬如香港社會不管從制度上還是文化上，都不能以香港市民身分接受菲傭這不僅是因爲香港自身收容能力的限制和廉價勞動力的使用所導致，也是逐漸被強化的民族主義身分認同意識形態等作用的結果。但悖論就在這裡，即這與香港人過去所經歷的及現在所表現的出現了悖離。

21　關於這一點，參考張禎娥，《「香港人」身分認同的政治》（「홍콩인」정체성의 정치：반환 후 본토자녀의 거류권 분쟁을 중심으로）[韓文]（博士論文，首爾大學，2003）。從不同角度進行了準確、詳細的論證。

香港人是通過陸續地移居而在此定居的。相對較晚移居來的人與較早來這裡的人之間出現的差異乃至因為這些差異所造成的差別待遇，使後來者經受了種種苦痛。就

像《酒徒》（劉以鬯，1963）中的敘事者是一個較晚自大陸來港的移居者，他在陌生的社會環境裡，因為經濟上的困難和身分的降低，而終日借酒澆愁幾乎陷入自暴自棄的狀態中。香港人又經歷被英國殖民者壓迫的被殖民者的生活。「香港三部曲」（施叔青，1993-1997）中，從被綁架來香港作妓女的東莞的黃

▲ 圖 5-4 香港茶餐廳一隅

得雲到她的曾孫女黃蝶娘，整個家族所經歷的千瘡百孔的人生就是這種苦痛和奮鬥的縮影。不僅如此，二十世紀後半葉開始香港人不斷向包括北美或澳大利亞在內的世界各地移居，因其少數者或外國移居者的身分而經受了不平等待遇和精神上的彷徨。譬如〈暈到在水池旁邊的一個印第安人〉（吳煦斌，1985）中，作為華人的敘事者對自己和印第安人在主流社會裡的處境說「他們是堅固的牆壁把我們擋在外面，他受的是文明的隔閡，而我是文化的相異。我們是相同的異鄉人」，[22] 這就是這種經驗的產物。

另一方面，近來的香港小說開始出現強調香港是具有包容性的多種文化共存甚至文化混種主義的趨勢。譬如〈金都茶餐廳〉（陳冠中，2003）出色地描述了香港多樣的混雜的飲食或製作這樣飲食的茶餐廳以及來歷複雜不明的普通人物。還有《後殖民食物與愛情》（也斯，2009）裡描寫了香港特有的中西不分的各種飲食以及穿梭於世界各地的開放的香港人的各種各樣的形象。不管出於有意還是無意，這些內容都在強調香港社會的特徵同時也已經成為傳統的混合、混種、混融的香港文化形態，或作為世界人的香港人的面貌，以及作為世界都市的香港的性格，總而言之是在極力強調香港和香港人的包容性特徵。那麼香港小說中所表現出的這些內容和態度與如上所述對菲傭的描寫就不能不說是個悖論，不能不再重新思考了。

---

22 吳煦斌，〈暈到在水池旁邊的一個印第安人〉，載於《香港短篇小說百年精華》（下）（香港：三聯書店，2006），頁 20。

陸、存在與不存在

在香港，菲傭不管是在法律上還是文化上都沒有得到認可。因此菲傭為了尋找自身的權益保障和感情依托謀求可以互相依存的多種形式的菲傭網絡。這就是為什麼在假日她們大規模群體出現的原因。換句話說，她們不是單純為了節省開銷或擺脫香港狹窄的居住空間，更重要的是她們為了擺脫從香港社會受到的差別待遇和異質感，特別是為了擺脫在雇主家勞動時所經歷的孤立感，所以集體出現在中環的公共場所裡。

即使如此，菲傭仍然是孤立的。菲傭這樣的聚會和她們的膚色服飾等外形上的形象一起構成了證明她們始終是作為臨時居住的而非香港成員的指標，不管是對她們來說還是對香港人來說。她們聚會的場所表面上是香港社會的公共場所，但實際上從容易管理和控制的在特定日子特定地區聚會的特性上來看與其說是公共場所不如說是孤立的場所。換句話說，菲傭作為非香港成員隨時受到監視。這種監視行為是像入境事務處、警務處、勞工處等香港政府機關和香港全體居民共同執行的。執行的方式也有法律行政的手段和包括雇主在內的香港人目光的直接監視，還有通過社會文化上的言論報導，香港居民的談論，小說或電影等多種多樣。再深刻地挖掘的話，甚至對菲傭的監視行為還是由菲傭自己或跟菲傭有親密關係的各種民間團體和本國的政府機關執行著。譬如各級團體通過發行言論媒體或主辦活動，試圖對菲傭進行多種思想教育和義務職責，賦予教育的本身就是使其自我監視。這樣看來菲傭為了獲得更大的經濟效益而支付高額費用來香港從事低收入的家務勞動工作，而她們所付出的不僅是勞動還有身體上和精神上的自由。

香港社會人口的絕大多數是華人，但是香港並沒有強迫同化於某種特定的文化。這一點與包括韓國在內的世界各地很多地方在表面上推出多文化主義，實際卻是以向主流文化的同化作為前提的作法大不相同。這首先可能因為香港人的人種構成和文化經驗原本就非常複雜；再加上他們最開始就是以移居者身分定居又經歷過被殖民統治。既然如此，香港人能不能容許菲傭成為香港社會的一員？也許菲傭也是為了反抗香港社會對自己的差別待遇而形成了永遠將自己出生的國家視為故鄉，把香港當成臨時逗留地的心理防禦機制。但是這種心理機制不僅使她們放棄在香港社會應該享有的

權利，而且實際上是她們放棄能在香港社會做出更多貢獻的可能性。就像過去許多中國出身的香港人心裡一直珍藏自己的故鄉，在香港始終過著像「過客」一樣的生活，這樣反而給香港社會的發展和安寧帶來阻礙。因此香港社會如果在一定程度上用包容的心態接受菲傭，那是否對香港社會和菲傭都有好處？

當然在現在的體制下給菲傭賦予香港市民權是不可能的。但是至少能不像現在這樣把菲傭當成排斥和警戒的對象？能否承認從整體來看她們是一直在為香港的經濟和文化做貢獻的存在，雖然從個人角度看她們的居住是臨時性的。從這個角度講，香港作家能否率先垂範，在他們的小說中更多地、更積極地、更肯定地塑造菲傭的形象？也許〈6座20樓E6880**（2）〉（陳麗娟，2000），〈無愛紀〉（黃碧雲，2001），〈愛美麗在屯門〉（也斯，2002）等作家絕不是有意貶低菲傭。但是他們的作品在結果上卻起到了將菲傭物化，將她們的形象化成不誠實，性對象的存在。又或許〈我所知道的愛慾情事〉（王貽興，2002）的作者是想在闡述敘事者成長故事的過程中表達對菲傭的同情。但是如小說裡的敘事者所說「她只是我導演的一幕戲裡一個微不足道的小角色而已」一樣，因為作者完全把焦點放在作為香港人的敘事者身上，所以作品實際上沒有表現出菲傭露絲作為有思想、有感覺的人般的存在。甚至連小說的配角敘事者的父母都被敘事者以人的存在進行描述，反而會說話能行動的菲傭卻被敘事者像動物或事物一樣描述。因此香港小說裡的菲傭分明是存在的，卻又像不存在一樣的存在。那麼能否將「我城」裡實實在在的存在卻又像透明人一樣的菲傭可視化，將她們失去的聲音重新找回，而讓她們過上跟「我城」裡所有人一樣的生活？因為菲傭也是與香港人一樣擁有生活的悲歡、有作為人的尊嚴般存在；因為像經濟全球化的浪潮中到外地移居而去的許多香港人一樣，她們也在經歷著來自離居家人的苦痛，來自海外生活的孤獨，來自異質的環境和惡劣的勞動條件的壓力，作為受過教育者，她們的知識能力、道德追求、業務責任感等仍然被輕視和遭到無視；還因為這同時是香港人自己對自身價值的認定與自信。

第 6 章

中國第一部「意識流」小說
——劉以鬯的《酒徒》

▲ 圖 6-1 劉以鬯先生（**1918-2018**）

壹、劉以鬯與《酒徒》

香港作家劉以鬯 1918 年出生於上海。1941 年畢業於上海聖約翰大學，當年冬天，日本發動太平洋戰爭占領上海，他前往陪都重慶避難。此時期在《國民公報》擔任文藝版編輯，此後大半生都從事報紙雜誌的文藝編輯工作。1945 年回到上海成立懷正文化社，並出版了《風蕭蕭》（徐訏，1946）等數十部文學作品。經歷了貨幣貶值等困境後，自己創立的出版社每況愈下，於 1948 年滿 30 歲時前往香港尋求突破。1952 至 1957 年間雖短暫逗留過新加坡、馬來西亞等地，此後 60 多年一直在香港生活，於 2018 年去世。

劉以鬯 1936 年讀高中時就已經在《人生畫報》登載了短篇小說〈流亡的安娜‧芙洛斯基〉，經歷了近 80 年的創作生涯。其創作量極爲豐富，除去遺失或未出版作品外，成書出版的作品就有 40 部以上。其中從作品的成就和文學史上的意義看，《酒徒》（1963）、《寺內》（1977）、《對倒》（2000）等都可稱爲其代表之作。

《酒徒》最初從 1962 年 10 月 18 日到 1963 年 3 月 30 日在《星島晚報》上連載。1963 年首次在香港出版後又相繼有不同版本分別在香港、臺灣、中國大陸等地出版過 8 次，[1] 並被選定爲「百年百種優秀中國文學圖書」（人民文學出版社等主辦），「二十世紀中文小說一百強」（《亞洲週刊》主辦）受到極高評價。大陸學者袁良駿斷言「不僅是香港文學的基石也是全體中國小說發展歷史上重要的里程碑。」[2] 導演王家衛也創意性地運用此作品的一部分內容製作了電影《2046》（2004），此後導演黃國兆又製作了忠於原作的電影《酒徒》（2011）。

---

1 本章主要以 2003 年版本（香港：獲益出版事業有限公司）爲研究文本，並參考 2000 年版本（北京：解放軍文藝出版社）。如未單獨提及的話，引文的頁數以 2003 年版本爲依據。

2 袁良駿，《香港小說史（第一卷）》（深圳：海天出版社，1999），頁 322。

　　《酒徒》早在 1960 年代就有「中國第一部意識流小說」[3]之譽稱。也有人稱之「中國首部長篇意識流小說」，[4]「華文文學第一部意識流長篇」[5]等，其聲望延續至今未曾改變。但是儘管聲望很高，除在報紙雜誌陸續有些簡短評論文章發表之外，眞正的研究卻並不多。譬如對於作爲意識流小說所具有的特徵與手法的細察，或是關於作品的許多特徵與意義的研究就很不充分。這也許與二十世紀中葉以來中國大陸現代主義文學中斷數十年後較晚再登場不無關係。明顯的例子是在大陸 1990 年代後期出版的一部關於中國現代派文學的史論著作中，竟然對劉以鬯及《酒徒》隻字未提。[6]另一方面，認爲「它的意識流手法反而是其次的」，「更難得的是它是第一本反省香港處境的現代小說」的見解也不少。[7]也就是說《酒徒》毫無疑問是「中國第一部意識流小說」，但更重要的是，它也是展現當時香港社會現實層面，具有里程碑意義的香港小說。

　　因此對於此部作品價值與意義的綜合研究是相當意義的事情。特別是對現有評價的考察，雖然目的不在二者取一，但是在其確切性上卻有考究的必要。在此首先就此部作品具有的意識流小說的特徵、手法、成就以及影響與意義等，盡可能作出詳細的分析研究。

3　振明，〈解剖《酒徒》〉，《中國學生週報》，841 期 4 版，香港：中國學生周報編輯委員會，1968 年 8 月 30 日。

4　李今，〈劉以鬯的實驗小說〉，《星島日報‧文藝氣象》，1992 年 10 月 29 日，頁 4。

5　江少川，〈論劉以鬯及其長篇小說《酒徒》〉，《華文文學》，52 期（2002），汕頭：汕頭大學，頁 56-60、75。

6　參考江少川，〈中國長篇意識流小說第一人—論劉以鬯的《酒徒》及《寺內》〉，《華中師範大學學報（人文社會科學版）》，41 卷 2 期（2002），武漢：華中師範大學，頁 26-31。

7　前者是黃維樑，後者是也斯所談的。除了他們以外還有姚啟榮、姚永康等一些人也提出了同樣的觀點。黃維樑，〈香港小說漫談—劉以鬯、舒巷城、西西作品〉，載於《香港文學初探》（香港：華漢文化事業公司，1985），頁 215-220；也斯，〈現代小說家劉以鬯先生〉，《文訊》，84 期，臺北：文訊雜誌社，1992 年 10 月，頁 108-110；黎海華錄音整理，〈文藝座談會：香港小說初探〉，《文藝雜誌》，6 期，香港：基督教文藝出版社，1983 年 6 月，頁 12-32；姚永康，〈別具新意的小說—《酒徒》藝術芻議〉，《讀者良友》，5 期，香港：三聯書店，1984 年 11 月，頁 72-75。

貳、「中國第一部意識流小說」

意識流的概念是十九世紀末美國心理學家威廉·詹姆士（William James）在其《心理學原理》（*The Principles of Psychology*，1890）中提出的。他認爲意識就是印象、直觀、感覺、記憶、幻覺、想像、聯想、推理、推測等從未形成語言階段到形成語言階段的人類的整個精神狀態。它的呈現方式不是像鏈條或火車一樣每個斷節的連接，而是像江水或河水一樣川流不息的流動。這就是所謂的「意識流」（或者「思維流」，「主觀生活流」）。[8]

二十世紀初西方包括詹姆士的心理學、佛洛德的精神分析、柏格森的時間觀在內的[9]心理學、哲學、社會學、人類學等的飛躍發展，印象派等美術和音樂的變化，工業文明的發達，道德觀念的變化等的影響下，小說領域也產生了全新的變化。取代過去重視情節、人物、對白等主要通過描寫人物外在活動與外部世界的「傳統性」小說，通過意識的流動、意象的感覺、文字的節奏和肌理[10]探究表現現代社會複雜的人物內心世界的小說登上舞臺。即以馬塞爾·普魯斯特、維吉尼亞·沃爾夫、詹姆斯·喬伊絲、威廉·福克納等爲代表的意識流小說。

以前也出現過以「內心獨白」或「心靈辯證法」等方式描畫人物心理的小說。但是以前的心理小說作者以傳達者的身分出現進行較爲邏輯的單線靜止層面的描寫。相較之下，新生的意識流小說原則上排除作爲傳達者的作者的介入，表現意識活動的流動性，不在意時間的顛倒或空間的重疊等來綜合表現各種形式的意識流動。特別是意

8　參考威廉·詹姆士（William James），《心理學原理》（*The Principles of Psychology*）[韓譯版]，鄭良殷譯（首爾：Acanet，2005），頁 343、435、446。

9　唐大江，〈《酒徒》小介〉，載於《酒徒評論選集》（香港：獲益出版事業有限公司，1995），頁 47-50。

10　梁秉鈞，〈香港小說與西方現代文學的關係〉，載於《劉以鬯作品評論集》（香港：香港文學評論出版社，2012），頁 178-189。

識流小說全面表現未形成語言階段的意識這一點是與以前的心理小說相區別的。[11]

　　中國文學也同樣有此趨勢。二十世紀初就出現了嘗試心理描寫的作品，譬如《狂人日記》（魯迅，1918）中就有這些要素。到了 1930 年代《流》（劉吶鷗，1928），《梅雨之夕》（施蟄存，1929），《在巴黎大戲院》（施蟄存，1931），《上海的狐步舞》（穆時英，1932），《白金的女體塑像》（穆時英，1934）等上海新感覺派的小說也明顯出現此貌。[12]只是這些作品雖然運用了心理描寫以及一些意識流小說中常用的技巧，但是如上所述就小說整體來講還稱不上是意識流小說。

　　即使縮小範圍僅限於試圖表現意識流的小說情況也是如此。《酒徒》出版前後也出現過《佩槍的基督》（盧因，1960），《攸裡賽斯在臺北》（葉維廉，1960），《笑聲》（甘莎，1961）或是《地的門》（崑南，1962）等類似試圖表現意識流的作品。但是這些作品也較難說是真正意義上的意識流小說。因為從意識流小說常用技巧上看這些小說只偏重內心獨白，即使運用了多種方式，小說的重點也不是未形成語言階段意識的複雜多樣的流動。[13]綜合以上觀點來看，完全有理由稱《酒徒》是中國第一部意識流小說。

11　這段的一部分內容參考柳鳴九，〈代前言—關於意識流問題的思考〉，載於《意識流》（北京：中國社會科學出版社，1989），頁 1-11。托爾斯泰想要細膩刻劃在外部世界的影響下人物內在的思考與感情衝突、變化的過程，即心理變化過程。這就是車爾尼雪夫斯基提出的托爾斯泰的心理描寫法「心靈辯證法」。「心靈辯證法」與「意識流」並非沒有關係，但在作家直接介入人物內在世界通過觀察與描寫以邏輯連貫性的形態展現給讀者這一點上存在很大不同。

12　甚至在受到新感覺派影響的劉以鬯初期作品《迷樓》（1947），《北京城的最後一章》（1947）等中也可以看到這一面。也斯，〈從〈迷樓〉到〈酒徒〉—劉以鬯：上海到香港的「現代」小說〉，載於《劉以鬯與香港現代主義》（香港：香港公開大學出版社，2010），頁 3-15。

13　黃勁輝，《劉以鬯與現代主義：從上海到香港》（博士論文，山東大學，2012），頁 153-158。

參、作為意識流小說的創作意圖與實踐

實際上追究哪部作品是最早使用意識流手法的作品這一問題自身並不是最爲重要的。正如追究在魯迅的《狂人日記》之前是否就已經出現了《一日》（陳衡哲，1917）等現代白話短篇小說問題的性質一樣。因爲我們更應該同時考究在意識流小說的問題上作者到底進行了何種程度的有意義的嘗試，取得了怎樣的成果，發揮了多大的影響力等等。下面是從這些方面逐一對《酒徒》進行的考察，該作品的價值是可以得到充分認可的。

首先《酒徒》是作者劉以鬯有意嘗試意識流小說創作的作品。劉以鬯在此作品初版序文中寫道「現代社會是一個錯綜複雜的社會，只有運用橫斷面的方法去探求個人心靈的飄忽、心理的變換並捕捉思想的意象，才能眞切地、完全地、確實地表現這個社會環境以及時代精神」（頁 16）。另外通過敘事者的言語也反覆體現出此種意圖。譬如敘事者與作品中人物麥荷門的對話中說「現代小說家必須探求人類的內在眞實」（頁 101），「探求內在眞實不僅是文學家的重任，也已成爲其他藝術部門的主要目標了」（頁 144），又爲他們在想要出版的《前衛文學》的〈發刊詞〉中構想「主張作家探求內在眞實，並描繪『自我』與客觀世界的鬥爭」（頁 161）。

這裡重要的是作者在作品中的有意嘗試到底是否眞正被實現。《酒徒》是由 34 章構成的長篇小說，但故事情節較爲簡單。第一人稱敘事者「我」是離開上海輾轉各地之後來到香港的移居者。他強烈主張文學的藝術價值與知識分子的社會責任感而從事純文學創作，但爲了生活他又不得不寫武俠小說甚至黃色小說。在此過程中他在現實問題與自身理想追求之間憤怒、苦惱、矛盾、彷徨，用酒精麻醉自己成爲典型的酒精中毒者——「酒徒」。此部作品的重心不是描寫包括敘事者在內的登場人物在經歷了何種事件後做出何種行動，而主要刻劃人物受到外部刺激後的內在心理活動。換句話說，作品的側重點並非關於人物的行爲、事件、背景的實際描寫，而是人物內在心理現象，特別是注重未形成語言階段的心理現象的描寫，所占篇幅更多，表現內容與方式也更多樣。[14]

14　黃勁輝，《劉以鬯與現代主義：從上海到香港》（博士論文，山東大學，2012），頁 121-124。

作品對人物意識的集中描寫技巧在登場人物的處理上也同樣出現。雖然各種人物具有某種程度的立體性，但是敘事者「我」以外的人物大都不是短暫登場就是在主人公的意識流中時而出現時而消失。換句話說，他們的主要作用不是構成事件或故事，而是給敘事者「我」帶來刺激，誘發敘事者印象、感覺、思想、記憶、夢、幻覺、幻想等各種意識活動。譬如作品中較爲常見的女性登場人物張麗麗、司馬莉、楊露、王太等散發性穿插在小說的瑣碎插曲中，起到激發潛伏敘事者意識特別是潛意識中對愛情的渴望與性的慾望的作用。

下面是《酒徒》中比較突出體現人物意識流的部分：

第一，在相對理性的狀態下受到外部事件或人物刺激後敘事者關於特定問題的思考。譬如，第 2、12、19、23、28、31、37、38，42 章就是如此。對新文藝的評價，對世界文學情況的見解，對藝術近期趨勢的分析，對香港文壇與出版界以及香港社會的批判等大都具有邏輯性，並且其內容本身也相當中肯、精闢。

第二，對過去經驗記憶的部分。譬如第 4、9 章或第 7 章中對司馬莉的印象和記憶的敘述部分就屬於這種情況。因爲大體上將過去的記憶按照時間順序排列，記憶的內容被敘述得相當眞實，所以可能被誤認爲與意識流無關。但記憶本身也是意識的一部分，並且各個段落中被描寫的個別記憶大部分與某場景或事件相關的形象強烈結合，這些形象被零星地展現，其關聯性即聯想關係則變得模糊不清（或者無意識的）。因此綜合來看也是在體現一種意識的流動。

第三，描寫由外部情境或自身感情引發的敘事者的印象和感覺的部分。這些大都極爲片斷地、零星地出現。譬如第 1 章開頭的「生銹的感情又逢落雨天」（頁 19）到「喜悅與憂鬱不像是兩樣東西」（頁 19），斷斷續續記述的從待在家裡到外出去酒吧喝酒的行動之間的意識流動就是如此。第 2 章從中間「擱下筆」（頁 25）到「我的內心中，也正在落雨」（頁 25），邊喝酒邊寫稿又停下來望向窗外，描寫隨著意識流的方向而進行的部分也是如此。除此以外還有很多這樣的描寫，大部分通過詩化的句子、節奏、形象來體現意識的流動形成非常感性的氛圍。

　　第四，在醉酒或失去理智的狀態下沉浸在幻覺或幻想的部分。第 5 章後半部、第 8 章前半部、第 27 章等部分頻繁出現，敘述有時簡短有時冗長。敘事者越醉酒或越昏迷，敘事者的意識也越接近未形成語言階段從而越難理解，接連不斷的各種意識之間的聯繫性也越難把握。

　　第五，描寫夢境的夢幻部分。譬如第 2 章前半部分，6、10（B）、25、32、34 章等幾個地方就屬於這種情況。作者為了將這種夢中的意識流表現為未形成語言階段，在內容上打亂時空間的秩序，在外形上省略標點符號，頻繁自由地劃分自然段。

　　其中相對來講越是前邊越接近合理的語言表達階段，越是後邊越接近無序破碎的未形成語言階段。不過因為意識自身並沒有明確區分為幾個階段，所以在這部作品中也沒有出現各自明確區分的意識，而總是複合出現。譬如，第 10（B）章即是如此。在前一章 10（A）中敘事者住院，最後吃了安眠藥準備入睡，第 10（B）章中敘事者萌發各種想像漸漸進入夢境。因此他的意識流逐漸變成難以理解的個人的隱秘，變得與現實中的時空間秩序毫無關係。標點符號的使用與省略使其斷斷續續地被表現出來。作者為了有效展現敘事者這一面有意在此章的前半部分使用標點符號，而到了後半部分又將標點符號省略掉。這與詹姆斯·喬伊絲的《尤利西斯》最後一章第 18 章《潘娜洛普》全部由省略標點符號的摩莉·布盧姆的獨白構成是同一手法。

肆、作為意識流小說的多種手法與要素

　　如上所述劉以鬯為了表現人物的意識流相當熟練地、有效地、具有創意性地使用了意識流小說中經常被使用的一系列手法與要素。[15]

15　這裡說「經常被使用」是有理由的。美國的文學理論家羅伯特·漢弗萊（Robert Humphrey）在他的《現代小說中的意識流》（*Stream of Consciousness in the Modern Novel*，1954）中說：所謂「意識流小說」雖然可以定義為為了描寫作品中人物的意識的、主要將重點放在尋究未形成語言階段的意識的小說，但實際上「意識流技巧」沒有固有的特定方法。即每位作家使用的技巧相當多樣，並且連這些技巧本身也有很多是過去「傳統性」小說中使用過的。本章對《酒徒》中使用的意識流的各種相關手法的分析，基本上參考或引用了羅伯特·漢弗萊所列舉的意識流敘述技巧、裝置、模式及其說明。

一、內心獨白

　　《酒徒》爲了敘述意識的流動主要使用了第一人稱敘事者的直接內心獨白。作者將這些部分放在括弧中作爲內心獨白的標誌，幻覺、幻想狀態或在夢境中又省略括弧來表示。下面的引文是第 8 章的第一段。

> 金色的星星。藍色的星星。紫色的星星。黃色的星星。成千成萬的星星。萬花筒裡的變化。希望給十指勒斃。誰輕輕掩上記憶之門？HD 的意象最難捕捉。抽象畫家愛上善舞的顏色。潘金蓮最喜歡斜雨叩窗。……年輕人千萬不要忘記過去的教訓。蘇武並未娶猩猩爲妻。王昭君也沒有吞藥而死。想像在痙攣。有一盞昏黃不明的燈出現在我的腦海裡。（頁 59）

　　這裡敘事者的敘述在外形上既不是跟小說中其他人物的對話又不是在自言自語。內容上也不是將讀者設定爲聽衆。因爲引文是這一章的開頭卻沒有任何說明，也沒有告訴讀者出現在敘事者意識中的人物或事件。[16] 另外，一個意識被另一個意識打斷，無序又變化無常的意識流動不斷延續。最後這一段的結尾這些意識流在漸顯覺醒狀態中告終。總而言之作者沒有介入，這裡全部由敘事者直接獨白是敘事者自身的意識流。

　　《酒徒》中也有敘事者通過跟自己的對話來傳達意識的獨白。表面上好像是把自己設定爲聽衆，實際上是將讀者視爲聽衆。譬如下面引文中從「誰說」開始就是這樣：

> 一骨碌翻身下床，扭亮檯燈，發現還有一段武俠小說沒有寫好。……提起筆，「飛劍」與「絕招」猶如下午五點中環的車輛，擁擠於原稿紙上。誰說飛劍與絕招是騙人的東西？只有這取人首級於千里之外的文章才能換到錢。沒有錢，就得挨餓。沒有錢，就沒有酒喝。（頁 28）

　　這些部分的主要目的就是表現作品的情節或登場人物以及與自身行爲有關的情感與思想。因此這時的意識較接近表層，文理上具有某種程度的邏輯連貫性。儘管如此與過去的「傳統性」舞臺獨白不同，一般按照人物的意識所出現的順序排列。

16　接著讀下去的話，可以看到敘事者與楊露喝酒時被她打成昏睡狀態後又甦醒的情景。

　　《酒徒》中並用大量的直接內心獨白與獨白。與此相反作者沒有使用利用第二，三人稱讓其他人物直接表現自身意識流的間接內心獨白的手法。另外，也沒有使用敘事者作為全知作者的角色以客觀形態記述人物的精神世界的全知作者的敘述方式。這與此作的特徵，即集中體現第一人稱敘事者自身的意識流有關。

二、自由聯想，蒙太奇，電影技巧，印刷技巧

　　《酒徒》在表現和控制意識的「流動」方面也大都使用了熟知的技巧。譬如頻繁運用自由聯想。產生自由聯想的關鍵部分有的顯而易見，有的又不十分明顯，有時隱藏在作品的其他地方，表面上很難把握。再以前面的引文為例，前半部分根本不清楚無序的意識如何連接，但是到即將醒來時候的結尾部分從「過去的教訓」—「蘇武」—「王昭君」之間卻可以找到聯想關係。還有中間的「抽象畫家愛上善舞的顏色。潘金蓮最喜歡斜雨叩窗。」這一句很難理解為什麼會出現這樣的聯想。但是參考第 3 章開頭部分看到因為霓虹燈玻璃窗上的雨點逐成紅色，第 5 章醉酒後想像武松怎樣拒絕潘金蓮的求愛，幻覺起舞的無數金星，在某種程度上可以猜到這些聯想因何而生。

　　控制意識的「流動」的技巧中與自由聯想一樣使用較多的是時間的蒙太奇。[17] 所謂時間的蒙太奇就是將主題固定在空間上而作品人物的意識在時間中變化的蒙太奇。這部作品中最具代表性的部分是前面提到的第四，第 9 章中展現相互不同時間記憶的部分。[18] 第 4 章從「潮濕的記憶」（頁 33）開始到「所有的記憶都是潮濕的」（頁 39）結束。其間共有 27 個段落展現了敘事者從在上海成長時期開始到後來輾轉各地最後來到香港的片斷的不規則的記憶。除了第一段以外每一段都以「輪子不斷地轉」

17　這部作品因為從第一人稱敘事者自身的視點展開，所以沒有出現同一時間不同空間場景重疊的空間的蒙太奇。劉以鬯自己也對此表示「在《酒徒》中……我所注意的，主要是時間的蒙太奇」。八方編輯部，〈知不可而為—劉以鬯先生談嚴肅文學〉，《八方文藝叢刊》，6 輯，香港：八方文藝叢刊社，1987 年 8 月，頁 57-67。

18　這部作品有很多地方使用蒙太奇技巧，但這些不一定都與表現意識流有關係。比如，第 2 章結尾部分敘事者在喝酒時「喝完第一杯酒，有人敲門，是包租婆，問我什麼時候繳房租。喝完第二杯酒，有人敲門，是報館的雜工，問我為什麼不將續稿送去。喝完第三杯酒，有人敲門，是一個不相識的、肥胖得近乎臃腫的中年婦人，問我早晨回來時為什麼奪去她兒子手裡的咬了一口的蘋果」（頁 27）。就是如此。

語句開頭，按照時間順序排列，所以不能說完全超越時間與空間的秩序。但卻由每個獨立的場景構成了整體上的一種閃回效果的時間的蒙太奇。第 9 章中敘事者對過去戰爭經歷的記憶以「戰爭。戰爭。戰爭。」語句分成五個部分，表現的手法也同樣如此。雖然各個部分都使用寫實的「傳統性」手法敘述外部事件，但從整體上看各個部分是無關聯的對「戰爭」獨立片斷的記憶場景，而這些場景又共同構成了一種蒙太奇。

　　蒙太奇技巧受電影影響。這部作品中使用的電影技巧除了蒙太奇技巧之外還有漸隱（fade-out）、漸顯（fade-in）、剪輯（cutting）、特寫鏡頭（close-up）、閃回（flashback）等多種方式。以其中的剪輯手法為例。如前所述這部作品中使用括弧，括弧中的部分表示內心獨白。一般穿插在敘述事件或者人物行為之間，從而達到體現與外部世界不同的人物內心意識不斷流動的效果。有時人物出現某種內在意識時也使用括弧插入表示。這是為了體現一種意識突然轉換成另一種意識，或者在一種意識之間又斷斷續續地闖入另一種意識。還有其他方式。第 8 章中間部分敘事者躺在病房裡沉浸在這樣那樣的思索之中。即這樣那樣的意識相繼出現，每個意識都用括弧表示內心獨白。這樣的內心獨白不具邏輯關聯性而無序地連接，使用「我的思路卻是錯綜複雜的」（頁 63），「思想是無軌電車」（頁 63），「思想等於無定向風」（頁 64），「思想猶如剛撳熄的風扇，仍在轉動」（頁 65）等語句來一邊使各種意識可以急劇轉換，一邊體現出出現在這些語句之後的意識，與這些語句所描寫的內容具有自由聯想的關係。這些都是運用剪輯技巧的。

　　使用括弧表現內心獨白的方法從另一個角度可以看作是為了控制意識的「流動」而使用的印刷技巧的例子。除此之外，《酒徒》中還有很多地方使用了印刷技巧。譬如，空想或夢境部分利用省略標點符號或不分段落，記憶的部分使用首句重複來區分意識的單位。如上所述夢幻部分就屬於前者，第 4 章和第 9 章中表現各自不同時點記憶的各段落的開頭都在反覆使用「輪子不斷地轉」這一語句多達 26 次；「戰爭。戰爭。戰爭。」語句也被反覆使用了 6 次。這些都是後者的典型例子。

三、意識的隱秘性，修辭手法，形象的運用

▲ 圖 6-2 香港中環之電車

從理論上講，即使是同一個人也不能用某一瞬間的意識來破解另一瞬間的意識，任何人也都破譯不了其他人的意識。這就是所謂的意識的隱秘性。但是小說就是要試圖把意思傳達出去讓讀者明白。換句話說，小說家的任務就是要把無序的、不可理解的意識的隱秘性變換成可以理解的內容。許多作家使用了多種方法來實現這一目的，劉以鬯也不例外。他通過將自由聯想的關鍵，時而明示時而暗示又時而隱藏在作品其他地方的方法使意識的隱秘性成爲可以破譯的內容。還有第 11 章中利用敘事者醉酒後徘徊街頭時由每個瞬間的所見所聞所感而聯想到的新聞標題、廣告、標語、警句、諺語、詩歌式的表現、對話體等，從「電車沒有二等」（頁 93）開始到同一語句結束使用連接線（─）依次羅列來體現非邏輯性的、無序的、接連不斷的敘事者的意識流動。

《酒徒》中將意識的隱秘性轉換成可以破譯內容的裝置中最爲突出的是形象的運用。人的意識中存在著用語言難以表達的某種感情或印象，文學特別是詩歌中一般通過明喻或暗喻等比喻的方式使描述物件形象化。眾所周知，形象一詞源自視覺，在文學領域裡除了視覺以外還包括聽覺、嗅覺、味覺、痛覺形象。[19]《酒徒》中也逐一運用了這些形象。譬如小說的開頭運用詩歌式的表達方式，生銹的感情、捉迷藏的思想、一瓶的憂鬱、一方塊的空氣、永遠不會疲憊的時間、猶如流浪者徘徊於等號後邊的幸福、步兵姿態的音符、固體的笑、白色的謊言……等各種各樣的形象出乎意料地浮現在敘事者的意識之中，來表現他不安低落的情緒狀態與無序混亂的意識流。但是《酒徒》中運用最多的形象還是視覺形象。譬如第 11 章中敘事者在醉酒的狀態下

19　關於形象的更詳細說明可參考雷納·韋勒克（René Wellek）、奧斯汀·沃倫（Austin Warren），《文學理論》（*Theory of Literature*）[韓譯版]，李京洙譯（首爾：文藝出版社，1989），頁 270-273。

浮想司馬莉的樣貌的部分就是如此。從「穿著校服的司馬莉；穿著紅色旗袍的司馬莉」（頁 91）開始到「穿著古裝的司馬莉；以及不穿衣服的司馬莉……」（頁 92），「幾十個司馬莉；穿著十幾種不同的服裝」（頁 92）出現在敘事者的腦海中。這是一種拼貼畫的手法，運用各自不同的司馬莉的形象來表現敘事者對她的印象與感覺。

《酒徒》中不僅有很多像這樣運用印象主義的形象，運用象徵主義的形象也不少見。譬如「站在鏡子前，我看到一隻野獸」（頁 48），「我是一匹有思想的野獸」（頁 158），「我是兩個動物：一個是我；一個是獸」（頁 199），等看到的「野獸」的形象就是這樣。另外如果這些形象比較直接，就間接使用這些象徵主義的形象。第 10（B）章的開頭部分敘事者處於昏迷狀態時浮現「一個不讀書的人，偏說世間沒有書。……煙囪裡噴出死亡的語言。那是有毒的。風在窗外對白。月光給劍蘭以慈善家的慷慨」（頁 77）的意象。從上下文關係上看可以說這裡的劍蘭象徵著文學，這劍蘭不僅正在承受隨風襲來的煙囪裡噴出的毒煙的威脅，而且得不到渴求的陽光只能勉強依靠月光維持生命。換句話說，這裡無意中流露出平日裡敘事者（或者作者）對於低級大眾讀物正威脅文學作品生存現實的批判性思考。這象徵性地形象化了現代社會或者香港社會惡劣的文學環境與文學情況。[20]

四、模式

意識流小說家不僅要將意識的隱秘性破譯成讀者可以理解的內容，並且要將意識的無序流動變成讀者可以理解的有秩序形態。因此使用多種在表現片斷零星的、無序的意識的同時賦予作品一個整體有序的模式。《酒徒》中最具代表性的模式是雖然不像「傳統性」小說那麼清晰，但是在某種程度上通過維持一定的情節賦予作品一個整體上的秩序。因此一些人甚至認為這部作品是現代主義與現實主義相結合的產物，或者評價其不具有較強烈的意識流小說特徵。不過劉以鬯不是第一個在意識流小說中使用情節的人，這樣做的也不只劉以鬯一人。譬如威廉‧福克納在《我彌留之際》與《喧嘩與騷動》中就使用了情節。作品中的人物在具有發端、矛盾、危機、大結局的情節

20　劍蘭部分參考姚永康，〈別具新意的小說─《酒徒》藝術芻議〉，《讀者良友》，5 期，香港：三聯書店，1984 年 11 月，頁 72-75。

中行動。[21] 像王敬義、李維陵、黃思騁、齋桓等試圖描寫人物內在心理的 1950 年代香港的現代主義作家，大部分也維持著比較明顯的故事結構。[22]

《酒徒》除了使用情節之外，還運用了其他多種模式來表現穿越時空間的、無序的、不可捉摸的、因而難以破解的未形成語言階段的意識流，並將其轉換成讀者可以接受的形態。舉如下幾個較為明顯的例子：（一）小說的舞臺表明設定在 1962 至 1963 年的香港（頁 59、275），實際外部事件的展開也在這裡產生等，使時間與場所相一致；（二）敘事者往返於「神智清醒」與「醉酒／沉浸幻想／失去理智／做夢」兩者之間，表述聚焦在敘事者的意識流上；（三）第 8 章後半部與第 36 章先以一定的時間表示一天的行為加以描述，不僅具有速度感，而且強調出這裡的外在時間與其他部分的意識流時間的不一致；（四）如前面第 3 節中說明的一樣，使用幾種不同類型的手法體現不同種類的意識流；（五）反覆使用苦痛與逃避的象徵──「酒」這樣的主導動機（leitmotif）。[23]

伍、作為意識流小說的創意性嘗試

如上所述《酒徒》使用了多種意識流小說中常見的手法與要素。但是這些並非墨守西方作品中使用過的方式，而是融入了作家劉以鬯獨特的運用與創新。下面列舉其

21　參考羅伯特‧漢弗萊（Robert Humphrey），《現代小說中的意識流》（*Stream of Consciousness in the Modern Novel*）[韓譯版]，李愚鍵、柳基龍譯（首爾：螢雪出版社，1984），頁 183-184。

22　參考黃淑嫻，〈表層的深度：劉以鬯的現代心理敘事〉，載於《劉以鬯與香港現代主義》（香港：香港公開大學出版社，2010），頁 94-119。黃淑嫻認為這與重視故事與情節的中國小說的傳統以及當時大部分小說是以一般大眾作為讀者的報紙連載小說有關。

23　參考何慧，〈一本關於文學的小說—談劉以鬯的小說《酒徒》〉，《文匯報‧文藝》，1991 年 10 月 13 日，21 版。所謂主導動機原來是指音樂中為了象徵主要人物、事物或特定感情而反覆使用的簡短的旋律。羅伯特‧漢弗萊將其理解為「使某種特定的思想或主題被固定聯想的重複的形象、象徵、詞或句」加以使用。參考羅伯特‧漢弗萊（Robert Humphrey），載於《現代小說中的意識流》（*Stream of Consciousness in the Modern Novel*）[韓譯版]，李愚鍵、柳基龍譯（首爾：螢雪出版社，1984），頁 157-158。

中幾個例子：

第一，技術上的創新。西方意識流小說為體現意識的流動，方法之一是運用注音文字（拼音文字）的音樂性；而劉以鬯則借用漢字所具有的形、音、義的特性。譬如前面引用過的「金色的星星。藍色的星星。紫色的星星。黃色的星星。成千成萬的星星。」各章句在文字意義上的視覺性、聽覺性與形象巧妙結合，從而有效體現了迅速跳躍的意識流動。[24]

第二，積極引入詩歌要素，特別是恰當運用中國式的形象與方式。西方意識流小說為表現意識的流動相對來說直接採用詩歌或使用詩歌技巧的情況較少，[25] 偶爾引入詩歌要素也比較傾向表現情趣。[26] 而劉以鬯為了表現意識的隱秘性和流動性在《酒徒》中使用大量詩歌要素，運用感覺性、印象性形象甚至象徵性形象，較為含蓄地間接地表現了富有詩意的情趣。[27] 他的這些嘗試不僅對使用拼貼法或蒙太奇的方式組合形象上做出了貢獻，而且因為形象本身所具有的模糊性在表現未形成語言階段的意識的模糊性上也發揮了作用。也因此更加有效地體現出處於情緒消沉或漸漸進入醉酒狀態的敘事者的心理狀態，即在現實與理想中苦惱、矛盾又摸不著頭緒的模糊的意識世界。

第三，在創意性層面上《酒徒》最大的特徵應該是小說在展現意識流小說的同時又在很大程度上保持著「傳統性」小說的形態。這部小說雖然將重點放在體現人物（敘事者）的意識流動上，但是登場人物的情況、身分、行為等比較容易把握，有一

24　參考黃勁輝，《劉以鬯與現代主義：從上海到香港》（博士論文，山東大學，2012），頁 140-141。詹姆斯‧喬伊絲在其《尤利西斯》中為了表現意識流的無序與流動性，混用英語以外的歐洲各國語言或古代語，甚至還創造了「smiledyawnednodded」（同時動作微笑哈欠點頭的意思）這樣的詞語。

25　參考羅伯特‧漢弗萊（Robert Humphrey），《現代小說中的意識流》（*Stream of Consciousness in the Modern Novel*）[韓譯版]，李愚鍵、柳基龍譯（首爾：螢雪出版社，1984），頁 72-76。

26　參考陳志明，〈從《到燈塔去》與《酒徒》的比較看中西意識流的差異〉，《綏化學院學報》，32 卷 1 期（2012），綏化（黑龍江省）：綏化學院，頁 116-117。

27　就此易明善將《酒徒》中使用的詩的意象分成描述性意象、比喻性意象、象徵性意象、綜合性意象四類。參考易明善，〈劉以鬯小說的創新特色〉，載於《酒徒評論選集》（香港：獲益出版事業有限公司，1995），頁 140-145。

定的故事情節，特別是以社會環境的外部刺激與人物意識的內在反映而展開。這與西方意識流小說大多排斥直接敘述外部世界，代之集中於描寫人物的內心世界——意識的流動具有相當的對照性。也因此有人稱這部小說是現實主義與現代主義相結合的產物。

　　如上所述，《酒徒》運用了意識流小說中常見的幾種手法與要素，探究人物內在意識非常成功地表現了意識的流動性與意識的隱秘性。但是作為意識流小說的《酒徒》的成就還不僅如此。最終其成就還在於緊密結合作品的寓意與主題，從而達到突出寓意與主題的目的。關於這一點將在下一節予以考究。

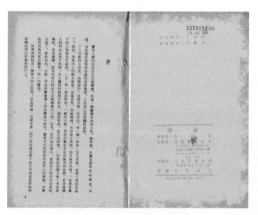

▲ 圖 6-3　劉以鬯，《酒徒‧序》
（初版。香港：海濱圖書公司，1963）

陸、作為意識流小說的成就

　　劉以鬯要在《酒徒》表現「內在真實」，也確實將人物的意識流作為題材。他巧妙地使用了內心獨白、自由聯想、蒙太奇、形象、模式等各種手法與要素，並且還進行了富有創意性的嘗試。因為這樣的緣故，這部作品與西方的意識流小說有所不同。譬如在某種程度上保持情節發展，或是登場人物具有一定程度的立體性等。特別值得關注的是人物的意識流總是在受到外部刺激後而做出的反應。這反過來看也說明作家在描寫外部的刺激即外在現實時同樣下了頗多的功夫。因此這部小說中「傳統性」技巧乃至外在敘事的部分相當多。單拿這些部分來看與現實主義小說沒有什麼區別。譬如第 9 章使用蒙太奇技巧將時空間各自不同的過去記憶相連接的部分就是如此。單從各段落的內容與敘述方法上看事實上就是對敘事者所經歷的過去經驗，特別是戰爭經驗的現實主義的外在再現。

《酒徒》這些獨特性是原來從哪裡來的呢？劉以鬯在《酒徒》的序中這樣說道：

這本《酒徒》，寫一個因處於這個苦悶時代而心智不十分平衡的知識分子怎樣用自我虐待的方式去求取繼續生存。（頁 16-17）

意識流小說作家當然也有想向讀者傳遞的話語或表達的內容。譬如詹姆斯·喬伊絲說過「我寫的是我國的人民與情況。某種特定社會水準的特定城市類型就在我的作品中再現。」這其實在說他再現了在多種形態的殖民統治與對殖民統治的反抗中角逐的愛爾蘭的日常在人們的意識裡留下怎樣的烙印。[28] 劉以鬯也同樣如此。正如上面的引文所說，劉以鬯想揭露現實的荒謬，以及主人公如何克服這樣的現實。只是他重點選擇的題材不是對「傳統性」人物、事件、背景的外在敘述，而是人物的內在真實，即人物意識的流動。也就是說劉以鬯想探求自身所處的時代、社會、人生的真面目，但是在他看來用追求外在現實性的「傳統性」小說手法不能做到這一點，因而選擇了「實驗性」意識流小說。而他的「實驗」相當成功。因為其新的實驗沒有侷限在形式上，而是與要表現的內容恰當結合。

《酒徒》的敘事者對因資本主義發展的副作用引起的男女間的愛情或朋友間的友誼被金錢利害所取代的商業性大都市香港現實的絕望。特別是對他自身所處的文藝界的沒落，即知識分子的邊緣化、文學的商業化、純文學的危機、通俗文學的流行、評論的劣質化、文壇的不合理、出版界的不合法、電影界的腐敗做出強烈批判。但是連他自己也不得不屈服於現實，成為再生產這些的一員的矛盾境況。譬如放棄純文學改寫武俠小說和黃色小說，或渴望愛情與人情卻用錢買女人，用酒麻醉自己，甚至用殘忍的話刺激雷老太太自殺。

但是如果小說以這些外部事件為中心而展開恐怕只能成為一部比較老套熟悉的故事。作家劉以鬯沒有這樣做。而是將這些外在現實轉換成內在現實展現出來。換句話說，劉以鬯通過使用各種意識流手法與要素將敘事者所處的矛盾情況與他混亂的思

28　參考吳吉泳，〈詹姆斯·喬伊絲的文學論研究〉（제임스 조이스의 문학론 연구）[韓文]，《In/Outside》，13 號（2002），首爾：英美文學研究會，頁 98-117。詹姆斯·喬伊絲的言論從該文 117 頁轉引。

考、感情、行為以敘事者內面的零星的、無序的、但卻接連不斷的意識流的形式再現，由此將現實的嚴重性更加徹底地、更加生動地表現出來。尤為重要的是作家選擇不斷流動的意識流為題材本身就是非常出色的，因為作家成功地處理他的人物處在時而理性時而感性又時而無意識狀態下，其意識流一邊是無序的、非因果性的，一邊是卻暗中維持適當的框架。作家還接著通過內心獨白、自由聯想、蒙太奇、形象、模式等各種手法與要素，相當恰當地體現出來。特別是邏輯理性的評論體文章，感覺感性的詩化句子，含蓄飛躍的戲劇性對話，片斷零星的卻又互相關聯的眾多形象的使用等十分有效地表現出無頭緒般流動的敘事者的意識流。另外在由焦躁、不安、矛盾、混亂、憤怒、煩惱、糾葛、彷徨、絕望、沉迷等複合成某種被壓抑的情緒的製造上也發揮了相當大的作用。

這裡的某種被壓抑的情緒也是現代社會的一個特徵。二十世紀前半在經歷了兩次世界大戰與資本主義的飛速發展之後，對現實是可以把握的、世界將是合理發展的信念就崩潰了。取而代之形成了由於現實的不可理解與未來的不透明性而引發的不同於以前的時代氛圍。造成社會自身的不合理，以及社會與個人、個人與個人、個人自我的衝突、糾葛、分裂。這形成了共同體的生活變得不穩定，未來的展望變得不確定，現存的秩序崩潰而新的秩序不明了的局面。人們可以感知這些情況，但卻不能總體把握也不能有條理地說明。因此在用語言難以說明的不滿與不安，憤怒與抑鬱中煎熬。從這些方面來看《酒徒》所體現的無序的、起伏不定的敘事者的意識流正是再現了敘事者所處社會自身的矛盾與糾葛。換句話說《酒徒》成功變現了如此相互關聯又多層的情況。

作為意識流小說的《酒徒》另一個成功之處就是其恰好符合小說的創作背景香港的特殊性。香港作為移居者的城市在當時還沒有形成居住者的群體認同。另外，大部分居住者都想在香港賺錢之後返回出發地，因此他們在資本主義社會體系中的行為準則是以利益為先的。一方面英國殖民當局在不願意居住者形成群體認同而有意或無意地擱置下當時香港社會的文化處於相當落後的狀態。因而文學藝術的多種功能中，較之社會批判與揭示理想的功能，休閒娛樂、消費享樂的功能更勝一籌。在這樣的社會

情況裡敘事者同時具有作爲移居者的外部人視角以及作爲居住者的內部人視角，而這樣的雙重身分的人物在過去的理想與現在的現實間的衝突是不可避免的。敘事者這樣複雜的情況使作者放棄「傳統性」小說而選擇了實驗性小說，結果很好地發揮了意識流小說具有的優點，出色表現了敘事者這樣多重的矛盾的狀況。

　　從其它角度看劉以鬯的這種選擇或許是一種必然。敘事者在充斥著不合理與各種弊端的現實中不能實現自己的理想因而靠酒精麻醉，不是站出來與現實鬥爭而是沉浸在自己的內在世界裡。因此在表現敘事者的情況與行爲以及內在世界時較之「傳統性」小說意識流小說則更加行之有效。譬如，眾多登場人物不過是對敘事者造成外部刺激的存在，一旦這種作爲刺激劑的角色結束，他們常常逐漸變得模糊不清，而敘事者則陷入自己的內在世界之中。這樣的方式除了上述的幾種效果以外，還較好表現了面對不能總體把握的現在社會時逐漸畏縮繼而陷入自我世界裡的現代人的異化。也因此作品的設定，即敘事者渴望別人愛自己、理解自己，批評別人自私，而其實他自己也是自私者，不承認或不理解別人，這個設定就是比較有說服力的。

　　總而言之劉以鬯的《酒徒》以人物的意識流爲題材，比較熟練地使用了幾種表現意識流的手法與要素，達到了表現因不合理社會而造成的分節碎片化又充斥著糾葛矛盾的人物內在世界的目的。同時又相當成功地批判了其背後存在的社會現實。乍一看《酒徒》中敘事者的意識是零星的，各種小插曲是散漫的，其敘述是雜亂無章的。但是這一切卻是在作者周密的設計下通過精巧的結構和精細的安排有機地結合，昇華爲一篇出色的藝術作品。它還告訴我們一個清楚的事實。文學中所謂現實不是客觀上存在的現實，而是作品所破譯的現實；所謂文學的現實性不是現實自身，而是銘刻在經驗現實的同時將經驗提供的形象與印象作爲素材，將自我世界建立在內在生活的現代人的意識（意識／潛意識／無意識）上的現實性。[29]

29　參考吳吉泳，〈詹姆斯‧喬伊絲的文學論研究〉（제임스 조이스의 문학론 연구）[韓文]，《In/Outside》，13 號（2002），首爾：英美文學研究會，頁 98-117。

柒、影響與意義

今天在中國，尤其是香港與臺灣等地，不僅在意識流小說中，而且在一般小說中也有一部分使用表現人物內在意識的手法，讀者也很自然地接受。這是因為劉以鬯等一些作家將最初源自西方的意識流小說果敢嘗試、創意變用的結果。在此意義上，可以說劉以鬯的許多實驗性作品是開創性的工作。特別是《酒徒》，應該要給予更高的評價。

不過此部作品並非一經發表就受到關注。當時不僅關注此部作品的人很少，他們甚至還比較消極。[30] 理由有兩點。因為從當時香港的文學／文化情況來看，純文學的生存本身已是被懷疑，而且這部作品新的「實驗」更被同行感到陌生。即使如此，這部作品不僅讓 1930 年代出現後當時已經在大陸銷聲匿跡的中國現代主義文學繼續在香港發展下去，還對其後來在大陸的重新登場產生了很大影響。[31] 譬如進入 1980 年代後劉以鬯的《天堂與地獄》（1981，新版）與《酒徒》（1985）在大陸出版，後者出版了 8 萬多本全部售罄。[32] 據主理該書在大陸出版的大陸學者許翼心所言，王蒙與高行健說他們讀了前者之後受益匪淺。據日本學者美船清所言，王蒙說他的意識流小說創作是受到西方現代主義作品的譯本以及香港、臺灣、華人華文文學作品的影響。[33] 雖然王蒙或高行健等作家沒有直接說過他們受到《酒徒》的影響，但通過這些例子充分可以猜想到以《酒徒》為首的劉以鬯的作品給 1980 年代中國大陸現代主義文學所帶來的影響。在此更沒有必要再說《酒徒》在香港文學中所占據的位置。它不管是給

---

30 衣其（倪匡），〈一片牢騷話〉，《真報》，1962 年 12 月 31 日，無版次；十三妹，〈愈少讀香港稿匠之作愈好？〉，《新生晚報》，1963 年 1 月 20 日，無版次；十三妹，〈並無傻瓜，何來文藝？〉，《新生晚報》，1963 年 1 月 26 日，無版次。請參考獲益編輯部（編），《酒徒評論選集》（香港：獲益出版事業有限公司，1995），頁 47-50。

31 《人人文學》（1952-1954），《文藝新潮》（1956-1959），《新思潮》（1959-1960），劉以鬯作為編輯的《香港時報 · 淺水灣》（1957-1962）等在香港將現代主義文學介紹普及方面做出了很大的貢獻，對臺灣的現代主義文學發展也產生一定的影響。

32 《酒徒》在大陸出版的版本有北京中國文聯（1985），中國人民大學出版社（1994，收錄在《劉以鬯實驗小說》），解放軍文藝出版社（2000）等，2000 年版的第一次印刷也有 10,000 本。

33 黃勁輝，《劉以鬯與現代主義：從上海到香港》（博士論文，山東大學，2012），頁 15-16。

劉以鬯自身的後續工作還是給也斯、西西、吳煦斌等以及之後的黃碧雲、董啟章、羅貴祥或謝曉虹、韓麗珠等香港許多作家帶來了深刻影響。

　　《酒徒》出版已過半個世紀。這部作品直至今日仍然得到高度評價不單因為它是中國第一部意識流小說。還因為這部作品將深刻的內容和恰當的形式與手法巧妙結合從而取得了卓越的藝術成就。作品中的敘事者在理想與現實、理性與感情、道德與本能之間雖有所動搖，但堅韌地質問人生的意義，批判社會的不合理，他作為知識分子的軟弱而激烈、充滿淒慘的面貌實在令人感動。再加上今天知識分子與文學的邊緣化，在生活的一切都被經濟邏輯支配的情況下帶給我們不少的啟示。不僅如此，作品借敘事者之口闡明對文學本身及中國新文學的許多見解，其中不乏卓見。譬如與夏志清（Chih-tsing Hsia）的《中國現代小說史》（*A History of Modern Chinese Fiction：1917-1957*）（1961 出版；1979 年出版中文版）幾乎同一時期正確指出沈從文和張愛玲的價值；賦予當時沒有得到正確評價的臺靜農、穆時英、端木蕻良、師陀、曹禺、李劼人等各自相應的評價。特別值得關注的是這部作品作為香港文學所具有的意義。對此問題將在下一章論之。

第 7 章

香港文學中具有里程碑意義的小說
——劉以鬯的《酒徒》

▲ 圖 7-1 劉以鬯先生（1918-2018）

壹、對《酒徒》的評價

香港作家劉以鬯的小說《酒徒》（1963）早在 1960 年代就有「中國第一部意識流小說」之譽稱。也有人稱之為「中國首部長篇意識流小說」，「華文文學第一部意識流長篇」等，其聲望延續至今未曾改變。[1]正如這些評論所言作家劉以鬯想在此部作品中描寫「內在真實」。他以人物的意識流為題材，比較熟練地使用了意識流小說中常用的內心獨白、自由聯想、蒙太奇、形象、模式等各種手法和要素，並且還進行了富有創意性的嘗試。透過這些技法，他表現出因不合理社會而造成人類生活的時間、記憶、意識的碎片與斷裂化，同時又充斥著人物內在世界的糾葛與矛盾。同時又相當成功地批判了其背後存在的社會現實。

但是這部作品直至今日仍然得到高度評價不單是因為它是中國第一部意識流小說。還因為這部作品將深刻的內容和恰當的形式與手法巧妙結合從而取得了卓越的藝術成就。作品中的知識分子敘事者在理想與現實、理性與感性、道德與本能之間動搖，卻又在無休止地追問人生的意義，批判社會的不合理。他作為知識分子的軟弱而激烈、充滿凄慘的面貌實在令人感動。不僅如此，作品借敘事者之口闡明對文學本身及中國新文學的許多見解，其中不乏卓見。特別值得關注的是這部作品作為香港文學所具有的意義。因此，認為「它的意識流手法反而是其次的」，「更難得的是它是第

1　依次分別是下列文獻的評價。振明，〈解剖《酒徒》〉，《中國學生週報》，841 期 4 版，香港：中國學生周報編輯委員會，1968 年 8 月 30 日；李今，〈劉以鬯的實驗小說〉，《星島日報‧文藝氣象》，1992 年 10 月 29 日，頁 4；江少川，〈論劉以鬯及其長篇小說《酒徒》〉，《華文文學》，52 期（2002），汕頭：汕頭大學，頁 56-60、75。

一本反省香港處境的現代小說」的見解也不少。[2]

　　但至今爲止與此相關較爲深刻的研究還不夠充分。其間或可見一些評價強調這部作品在以香港爲背景，或在內容上描寫當時香港現實等方面具有香港小說里程碑的意義。但是關於作爲移居者的敘事者／作家的思考，兩者對香港大眾文化的態度等諸多問題的研究還不夠充分。考慮於此，筆者要著重考察這部作品所具有的作爲香港文學的意義。[3]

貳、作為香港文學的《酒徒》的表現

一、描寫香港

> 這本《酒徒》，寫一個因處於這個苦悶時代而心智不十分平衡的知識分子怎樣用自我虐待的方式去求取繼續生存。（頁 16-17）

　　上面這段話引自劉以鬯《酒徒》的序文。換句話說，作者創作這部作品是爲了批判造成作品中一個「知識分子」爲了「求取繼續生存」不得不用「自我虐待的方式」去寫作的「苦悶時代」。[4] 這裡作家所說的「苦悶時代」是指 1960 年代初期，地點是

2　前者是黃維樑，後者是也斯所談的。除了他們以外還有姚啟榮、姚永康等一些人也提出了同樣的觀點。黃維樑，〈香港小說漫談─劉以鬯、舒巷城、西西作品〉，載於《香港文學初探》（香港：華漢文化事業公司，1985），頁 215-220；也斯，〈現代小說家劉以鬯先生〉，《文訊》，84 期，臺北：文訊雜誌社，1992 年 10 月，頁 108-110；黎海華錄音整理，〈文藝座談會：香港小說初探〉，《文藝雜誌》，6 期，香港：基督教文藝出版社，1983 年 6 月，頁 12-32；姚永康，〈別具新意的小說─《酒徒》藝術芻議〉，《讀者良友》，5 期，香港：三聯書店，1984 年 11 月，頁 72-75。

3　這裡主要以 2003 年版本（香港：獲益出版事業有限公司）為研究文本，並參考 2000 年版本（北京：解放軍文藝出版社）。如未單獨提及的話，引文的頁數也以 2003 年版本為依據。

4　劉以鬯後來對《酒徒》的創作動機作了五點總結。（1）為了不失去追求純文學的初衷；（2）為了表現包括文學商品化和低俗化在內的香港社會的某種現象；（3）為了表明自己對新文學的看法；（4）為了創作出與眾不同的獨創作品；（5）為了在電影和電視的發展下開闢小說和詩的結合等小說的新道路。劉以鬯，〈我為什麼寫《酒徒》〉，《文匯報‧文藝》，842 期，1994 年 7 月 24 日，頁 B5。

香港。即爲，這部作品的時／空間背景正是 1960 年代初期的香港社會。[5] 作品的主人公即敘事者是隻身離開故鄉上海輾轉新加坡、吉隆坡等地最後來到香港的職業作家。他以身爲作家的敏感、敏銳的洞察力以及作爲移居者的局外人的視覺來全方位地展示香港的都市風景。這部作品隨處可見香港具體的地名、建築物名，甚至餐館的實名。香港的夜景，海邊的霓虹燈商業廣告牌，雙層巴士，雙層電車，天星碼頭的渡輪，維多利亞港的兵艦等這座城市的代表形象也不斷登場。此外既是移居者又是居住者的敘事者通過自身的日常生活直接展示了都市居民的生活面貌。譬如敘事者在不論中式還是西式各種大眾飲食樣樣都能做的茶餐廳用餐與人會面，在一種移動式自助餐的茶樓一邊吃著廣東特有的點心一邊悠閒地看雜誌。成爲城市的漫遊者走進大廈的「Arcade」或者踩著悠閒的步伐逛街而看櫥窗，隨時進出表面看上去是舞廳實際上已經變成泡女服務員的「手指舞廳」。敘事者躺在醫院腦子裡無序地浮想聯翩，下面這段引文或許可以幫助理解這點：

> 利舞臺。得寶可樂。淺水灣之沙。皇上皇。渡輪反對建橋。百樂酒店飲下午茶。快活谷出現人龍輪購馬牌。南華對巴士。今日出入口船隻。旺角的人潮。海邊有不少霓虹燈廣告。鹽焗雞與禾花雀與大閘蟹。美麗華酒店的孫悟空舞蹈。大會堂的抽象畫展覽會。……（頁 63）

但是這部作品關於香港的描寫沒有只停留在風景和體驗上，更進一步說明和評價了香港特有的社會現象甚至文化現象。這座城市由於地少人多將要塡海擴地，爲了接通郊外新界地區將要鑿通獅子山隧道。居住環境惡劣不堪，房東用木板將空間隔開，按照條件好壞分成頭房、中間房、尾房和只有床的睡床位，甚至還有一家八口一張床的情況。因此香港政府爲了緩解住房問題正在計劃興建廉價屋。人們聽著「麗的呼聲」，看著「麗的映聲」。比起純文學更喜歡買連載武俠小說和黃色小說的報紙或通俗言情小說爲主的「四毫小說」來看。比起國際新聞更關心賽馬和球賽，賽馬日臨近報紙滿版都是不著邊際的預測，議論足球選手而最後竟然打起架來。

5　作品中出現「香港 1962 年」（頁 59），「香港 1963 年」（頁 275）這樣的語句。但從作品具有的本質意義上看範疇可以擴大到兩次世界大戰以後的整個現代社會。

按照敘事者的評價，香港的確是個奇怪的地方。夜香港的街景比明信片上的彩色照更美，但是那只是世俗的眼光，夜香港是魔鬼活躍的時刻。香港是一個商業味極濃的社會，錢是一切的主宰，友情是最不可靠的東西，但也不是沒有像作品中人物麥荷門這樣純樸的文藝青年。香港是個人浮於事的社會，找工作談何容易，但窮人雖多，餓死的事情好像沒有發生過。香港文化氣息不濃，而且文化空氣越來越稀薄。藝術性越高的作品越不容易找到發表的地方，相反武俠小說和黃色小說卻成了你爭我奪的對象。電影產量占世界第三位，但這些電影的水準卻低得很。在香港，藝術是最不受重視的東西，是最不值錢的東西。即使如此，在香港有學問、有藝術良知、有嚴肅工作態度的文人與藝術家也大有人在。

如上所述，《酒徒》從都市風景和生活面貌到社會現象或文化情況幾乎展現了香港的全貌。單「香港如何如何」這樣的語句就出現過約60次，再說，有關香港的描寫、評價出現得頻繁多樣以至於可以把香港這座城市看作這部作品的主人公。[6] 當然根本不能否認這部作品的主人公是敘事者也就是「酒徒」，題材就是他的意識流動。但同時我們也不能不承認這部作品裡這座城市的地位非常醒目。

其實早在這部作品之前也不是沒有以香港為背景或題材的作品。1920 年代的《伴侶》雜誌上就登載過表現香港文學的特徵之一都市性的作品，[7]1940 年代末也發表過逼真地描寫香港底層人生活的《蝦球傳》（1947，黃谷柳）和《窮巷》（1948，侶倫）這樣的作品。另外，與《酒徒》同一時期還出現了《太陽下山了》（1961，舒巷城），《地的門》（1962，崑南）等幾部描寫香港社會和市民生活以及日益深化的香港商業化大眾化現象的作品。可是即使如此，像《酒徒》這樣細膩果敢地描寫、評價香港的作品還是不多見的。正如下文所述，特別是考慮到從中國大陸移居香港的所謂「南來

6　參考曹惠民，〈意識流小說中的「與眾不同」之作—重評劉以鬯的《酒徒》〉，《常州工學院學報（社科版）》，26 卷 1/2 期（2008），常州：常州工學院，頁 23-26、31。

7　參考本書緒論〈香港文學的獨特性和範疇〉。

作家」[8] 大都沒有眞正關心香港這一點，劉以鬯的《酒徒》更是相當難得的作品了。

二、批判香港

問題是敘事者覺得香港所有事物不僅陌生甚至不正常，反覆說「香港眞是一個怪地方」。他對「錢是一切的主宰」，「有人跳樓」的地方香港，「盜印商任意盜印」，嚴肅作家淪爲「寫稿機」，最後變成社會「寄生蟲」的香港，辛辣地進行了批判。在他看來，他周圍存在或發生的這些所有不公平現象與行爲，是因爲叫做香港的這座城市，從人們的觀念到社會體制，完全被資本主義化甚至商業化了。特別是對他自身所處的文藝界的沒落，即知識分子的邊緣化、文學的商業化、純文學的危機、通俗文學的流行、評論的劣質化、文壇的不合理、出版界的不合法、電影界的腐敗做強烈批判。

但是他處於連自己也不得不屈服於現實，成爲再生產這些的一員，境況矛盾。譬如放棄純文學改寫武俠小說和黃色小說，或渴望愛情與人情卻用錢買女人，用酒麻醉自己，甚至用殘忍的話刺激雷老太太自殺。這部作品之所以能受到極高評價是基於多種原因的，其中重要的一點就是作品非常出色地表現出不可避免遭遇這種矛盾狀況的敘事——或者擴大到現代人——的社會現實與心理現象。特別是在此過程中作者對於香港這一具體社會的敏銳洞察力也是非常重要的。

《酒徒》的作者劉以鬯對香港社會的批判基本可以說是對整體現代社會的批判。他最爲困惑的是社會和文學的商業化與大眾化。Andreas Huyssen 說過現代主義的構成是基於一種對「他者」的自覺性排斥與害怕被他者污染的憂慮。因此現代主義排斥大眾文化，害怕被大眾文化污染，提出絕不妥協的反抗，堅持文藝的自主性，批判日常生活文化，以及爲此與社會政治制度保持距離。現代主義者劉以鬯也保有基本相同的態度。只是劉以鬯與西方現代主義者不同，他明白到在香港根本不可能抽離於現實

8　所謂「南來作家」一般指在中國大陸接受高等教育後移住香港，臨時居住或定居的作家。分別於以下五個時期大量流入。（1）1937-1941年抗日戰爭時期；（2）1945-1948年第二次國共內戰時期；（3）1949年前後中華人民共和國成立時期；（4）1960與1970年代文化大革命時期；（5）1980、1990年代改革開放時期。像計紅芳這樣的學者更加嚴格地主張（1）、（2）時期除葉靈鳳之外的外地出身作家因爲大部分屬於臨時居住所以不能看作「南來作家」。參考計紅芳，《香港南來作家的身分建構》（北京：中國社會科學出版社，2007），頁1-25。

環境而作出超然的批判。[9] 因此，他創作的《酒徒》的敘事者在堅持自己的理想與執著的同時又處處屈服於現實，不是與社會保持距離的理性冷靜地批判而是感性直白地批判。

　　劉以鬯的這種態度實際上是從上海時期就開始的。[10] 他的早期作品《露薏莎》（1945）講述的是男主人公「我」與俄羅斯出身女主人公「露薏莎」的浪漫愛情，以及避開日本監視而從事地下工作的愛國故事，「我」喜歡出入舞廳或夜總會，享受城市物質消費的大眾文化。透過這部小說我們可以瞭解 1930 年代上海的特殊情況對劉以鬯的幾點重大影響。即為資本主義化國際大都市的商業消費的大眾文化，帝國主義列強角逐的殖民租借地的世界主義與民族主義，以魯迅和郁達夫為代表的新文學初期盛行的現實主義與浪漫主義，以劉吶鷗、穆時英、施蟄存為代表的 1930 年代登場的新感覺派的現代主義等就是如此。他畢生反對文學的商業化與世俗化而主張純文學，強調文化藝術的價值，批判拜金主義風潮蔓延的殖民地社會，通過複雜深刻的現代主義形式抵制內容輕浮的通俗文學等也都與此有關。從他的第一部作品〈流亡的安娜·芙洛斯基〉（1936）到《酒徒》（1963）甚至到通俗作品《吧女》（1964），通過積極開放的現代都市女性「摩登女」[11] 或是歌女、舞女、吧女、妓女等女性人物，表現出對性的慾望與愛情的渴望同時又對這些人物表現出人道主義同情的雙重態度也與此不無關係。這些心態又可以與他的另一面，即重視現實與現場的所謂「在地性」相結合，《酒徒》所展現的也是其在強烈批判商業主義和大眾文化普遍的香港的社會

9　Andreas Huyssen 與關於劉以鬯的說明，參考羅貴祥，〈幾篇香港小說中表現的大眾文化觀念〉，載於《劉以鬯作品評論集》（香港：香港文學評論出版社，2012），頁 329-353。

10　以下關於這一點的說明主要參考黃勁輝，〈劉以鬯與現代中國文學傳承與轉化〉，載於《劉以鬯與現代主義：從上海到香港》（博士論文，山東大學，2012）。

11　所謂「摩登女」是指劉吶鷗等借用二十世紀日本都市女性、美國好萊塢電影、法國 Paul Morand 小說中出現的女性形象，在自己的作品中形象化的上海現代都市女性。參考李歐梵，《上海摩登：一種新都市文化在中國 1930-1945》（增訂版），毛尖譯（香港：牛津大學出版社，2006），頁 208-218。

文化情況的同時又不得不去適應的雙重心態。[12]

　　劉以鬯或者敘事者在有意識地強烈拒絕殖民地香港，特別是 1949 年以來取代上海飛速發展成爲資本主義大都市香港的商業化與大衆化的同時，又不可避免地去接受。因此在極力批判從創作本身到連載、出版、稿費等香港的文學生產體系的同時又在不斷接受著這一切。劉以鬯在《酒徒》中厭惡通俗文學，卻在使用通俗文學的要素這一點就是明顯一例。[13]譬如使用霓虹燈等商業城市形象，談論衆多大衆明星，羅列消費主義慾望符號的各種消費品，描寫作爲性慾與誘惑的源泉的女性，坦然敘述女性商品化的性買賣，毫不避諱對女性的偷窺式描寫等就是如此。另外一個明顯的例證就是《酒徒》中敘事者說「在香港賣文等於妓女賣笑」（頁 225），他憎惡香港文學生產體系，卻在適應該體系。譬如敘事者越來越寫賣得去的稿子，按照讀者的反應得到稿費，稿子在報紙上登載以前先預支稿費，爲了趕時間醉酒後也寫稿，在咖啡店也寫稿，爲了後來能出版成書從報紙上剪下自己的連載小說。[14]

三、顯示移居者的邊緣性

　　實際上以資本主義大都市的發達與隨之而來的商業化和大衆化以及人類異化等問題爲中心的劉以鬯對現代社會的批判並非到香港後才產生的。即是如此，他對香港的猛烈批判顯得有些過激甚至感到詫異。因爲他所批判的現象不僅僅只出現在香港，而是他過去已經經歷過的。

12　劉以鬯在談論小說創作中說「試圖爲歷史加一個『注釋』時，就要緊緊把握時代的脈搏，將濃厚的地方色彩塗在歷史性的社會現實上，讓虛構穿上真實的外衣」。劉以鬯，〈《島與半島》自序〉，《大公報‧文學》，52 期，1993 年 6 月 23 日，18 版。關於劉以鬯的「在地性」參考黃萬華，〈跨越一九四九：劉以鬯和香港文學〉，載於《劉以鬯與香港現代主義》（香港：香港公開大學出版社，2010），頁 16-26。

13　這個想法原來源自羅貴祥，〈幾篇香港小說中表現的大衆文化觀念〉，載於《劉以鬯作品評論集》（香港：香港文學評論出版社，2012），頁 329-353。

14　《酒徒》中的敘事者自嘲是「寫稿機」，關於香港惡劣的文學創作、出版、流通系統參考本書緒論〈香港文學的獨特性和範疇〉。劉以鬯由於經濟上的原因在 1957 至 1985 年間除編輯工作之外還寫了七至十餘個連載小說，一天平均寫 7,000 至 13,000 字。劉以鬯，〈娛樂自己與娛樂別人〉，《文匯報‧文藝》，817 期，1994 年 1 月 30 日，頁 C7。

　　劉以鬯的生長期 1930 年代是上海的黃金時代。1936 年上海的人口是 3,814,315 人，大約達到當時擁有 988,190 人口的香港的 4 倍。[15] 賽馬會與跑馬場的規模也同樣超過香港，電影院、咖啡館、舞廳、公園隨處可見。[16] 在西方人眼裡上海是一座罪惡的城市、冒險者的天堂、資本主義的天堂、一切皆可買賣的城市。文學作品成為大眾消費的商品，出版商與文學家常常將銷售量看作是首要因素。在創作上諸如商品化和人性孤獨等等的資本主義現代性都市的普遍主體成為了最流行的主題。文學作品的廣告大量出現，這些廣告與香煙、香水的廣告排在一起，且使用著與前者相似的富有挑逗性的廣告言。[17] 大部分外來作家 2、3 個一起住在過道樓梯上的亭子間，出入相對便宜的咖啡館寫稿，去舞廳發洩情感，在電影院享受對異國的憧憬與都市的感情，徜徉書店街來滿足文化欲求。[18] 他親眼目睹過許多文人低劣的稿酬、過度的勞動、貧寒的生活、迎合大眾的現象，[19] 也正因為這些經驗，1940 年代在上海經營出版社時，連住宿都成為問題的徐訏、姚雪垠等作家就曾居住在他的住所兼出版社裡。[20]

　　作品中敘事者的情況也是如此。主人公「酒徒」與作家劉以鬯一樣是上海出身暫時居住過新加坡和吉隆坡。但是敘事者處處將上海描述得比香港有風格有情感。譬如，香港「北角有霞飛路的情調」（頁 39）就是如此。對他來說，上海「霞飛路上

15　上海市地方誌辦公室，〈上海通誌‧人口數量〉，http://www.shtong.gov.cn，無下載日期；香港特別行政區政府統計處，〈香港統計資料〉，http://www.censtatd.gov.hk/hkstat，無下載日期。

16　參考李歐梵，《上海摩登：一種新都市文化在中國 1930-1945》（增訂版），毛尖譯（香港：牛津大學出版社，2006），頁 22-39、97-101。按照李歐梵所引用的內容，當時上海有超過 300 家的卡巴萊和賭場（1936），32 至 36 家電影院（1930 年代末）。

17　參考史書美，《現代的誘惑：書寫半殖民地中國的現代主義（1917-1937）》，何恬譯（南京：江蘇人民出版社，2007），頁 261-269、298-301。

18　參考李歐梵，《上海摩登：一種新都市文化在中國 1930-1945》（增訂版），毛尖譯（香港：牛津大學出版社，2006），頁 39-42。

19　劉以鬯，〈從抗戰時期作家生活的困苦看社會對作家的責任〉，《明報月刊》，150 期，香港：明報月刊出版社，1978 年 6 月，頁 58-61。

20　劉以鬯，〈我在四十年代上海的文學工作〉，《城市文藝》，創刊號，香港：香港城市文藝出版社，2006 年 2 月，頁 72-77。

的梧桐樹。亞爾培路的回力球場。『弟弟斯』的烤小豬。五十歲出頭的白俄女人。越界築路的賭場。『伊文泰』的胴體展覽。……都是迷人的」（頁286）。相反，他覺得香港是一個怪地方，什麼都不如上海，即使偶爾發現不錯的地方也是因爲它類似上海。如果排除故鄉上海與異鄉香港這個要素，敘事者把上海看作是遺失的理想的家園，而把香港看作是遭到詛咒的惡魔的都市，這個思維和感情態度是矛盾的或者很難理解的。如上所述，當敘事者（或作家）離開前，上海已經是比香港更爲國際化商業化的大都市。敘事者反覆說著「香港眞是一個怪地方」批判香港。這無疑表現出，他在商業化社會中要保持文學品位而在現實情況中不能實現該願望的知識分子的掙扎。然而，另一方面，這同時在某種程度上也表現出，移居者喪失了在過去出發地中自己的位置，爲了尋找現在目的地的新的位置，無法融入主流社會，在邊緣奮鬥努力或憤怒挫折的面貌。

總而言之，劉以鬯或者敘事者的過激反應是由兩點原因造成。其一是英國的殖民統治、急速的資本主義化等造成他（們）作爲社會主導的知識分子、作爲文化生產者的文化人、作爲經濟上層階級的作家在身分和地位等方面更加邊緣化，由此產生擔憂和抵制心理。另一個原因是他（們）在上海時期有著資金「搞過頗具規模的出版社」，相對來說屬於主流階層，社會位置比較明確比較穩定，而移居香港後卻變成邊界人或邊緣人，由此產生困惑和排斥心理。按照今天的觀點來看，當時的作家／敘事者好像在有意與無意之間受到作爲剛剛抵達的移居者們不可避免地經受社會邊緣的苦鬥的影響。

這些方面在敘事者「酒徒」以二分法觀察周邊人物中也有所體現。他認爲香港現有居住者始終只追求物質利益。敘事者曾經愛過的張麗麗是一個勢利的女人，盯上紗廠老板的錢企圖「捉黃腳雞」，到後來嫁給他。趙之耀極其吝嗇連一毛錢都沒有借給敘事者。盜印他人著作的出版社老板錢士甫不關心作品質量只考慮賺錢而對待敘事者冷酷無情。把賭博作爲消遣的房東司馬夫婦聽了女兒的話就要收回敘事者的梗房。十七歲的女兒司馬莉用盡辦法勾引敘事者，還跟四十二歲的中年男子發生關係。在酒吧遇到的中年女子甚至要把自己不到十四歲的女兒介紹給他賣淫。反之，從外地遷來

的移居者們，以前不這樣，但到香港後都發生了變化。電影導演莫雨以前不是這樣卑鄙的，現在不僅竊取敘事者的劇本，更狡辯抵賴、不負責任。抗戰時期報社同事沈家寶變成生意人，忘記過去的悲痛，因爲價格便宜而只要日貨。路上遇到大學老同學爲了生活竟然在一家進出口商行當雜工。但是香港人眞是像敘事者所說的那樣原來只要滿足物慾肉慾不講做人的道理嗎？包括上海出身在內的這些移居者的變化果然是由於香港這個城市本身所造成的嗎？不言自明，敘事者的這些判斷應該看作是他到香港之後自身的邊緣化所引起的移居者的心理作用。

▲ 圖 7-2　2005 年香港渣打書節

四、預見移居者的香港化

　　像這種敘事者作爲移居者的心理是包括作家劉以鬯在內的當時所謂「南來作家」所具有的共同特徵。譬如，葉靈鳳、徐訏、徐速、李輝英、曹聚仁、司馬長風等從中國大陸移居而來，他們在喪失故鄉與流浪異鄉的情緒中，保持著在大陸已經形成的思想和興趣、文學修養和手法，對於香港始終有種客居之感。[21] 因此他們一般以過去的經驗和記憶爲基礎，試圖理解現在的現實，比較大陸和香港的時候總認爲不管從生活環境、生活方式、人們的行爲，還是愛國主義氛圍，後者都不如前者。

　　出身上海的劉以鬯在這一點上也是如此。比起 1930、40 年代的上海，由於當時的香港是後來發展起來的城市，近代化層面、經濟層面、文化層面等幾乎所有方面都比較落後。再加上地處大陸中心位置、半殖民地狀態的上海，人們保持著較爲濃厚的愛國主義情感，相比之下，處於大陸的東南末端、完全屬於殖民地狀態的香港這種情

21　許多「南來作家」在香港一生居住最久，但是總是有一種「過客心理」或「北望心理」。譬如，按照陳國球，司馬長風始終都是通過回想和想像來追求故鄉或故國的神話。參考陳國球，〈詩意與唯情的政治──司馬長風文學史論述的追求與幻滅〉，載於《感傷的旅程：在香港讀文學》（臺北：學生書局，2003），頁 95-169。

緒就比較薄弱。[22] 因此，在他的初期作品中出現過對香港比較強烈的批判也是很自然的現象。

即使如此，劉以鬯與其他「南來作家」又是不同的。他沒有馬上認同香港，但是不管怎樣在與香港環境接近的大城市上海的生活經驗，再加上他原本就是「在地性」很強的作家，使他更加敏銳地關注香港的現實，並開始展現它獨特的面貌。特別是〈過去的日子〉（1963）在這一點上是一部非常關鍵的作品。這部小說敘述的是對1941 的上海、1945 年的重慶、1947 和 1948 年的上海、1949 年的香港、1952 至 1956年的新加坡和吉隆坡、1957 年的香港的回憶。但是這裡主人公對「過去」的懷念不僅單純是對中國大陸的懷念，而且還包括對香港的懷舊。換句話說，主人公作爲大陸人的身分認同和作爲香港人的身分認同之間的混亂。[23]

事實上這些變化在《酒徒》中已有預告。《酒徒》中對香港不僅只有批判，對香港的肯定或是對香港未來的一絲希望等也同時存在。譬如不戀舊時身分的「平凡巨人」的大學老同學的面貌，拋開對日本的憤慨而專心做生意的舊日重慶報館裡的一位老同事的變化等，這些移居者們的變化表現出，包括敘事者在內的新的移居者，不管以何種狀態定居香港，都有可以變成香港人的可能性。雷氏夫婦接納現實的態度，雷老太太的精神失常和自殺，敘事者的自殺企圖和甦醒中都同樣有所體現。僅限於敘事者來說，敘事者試圖自殺反映了從通俗小說回到嚴肅文學作品、從他鄉回到故鄉、從香港回到大陸的渴望。但是他的自殺試圖與甦醒，意味著這種渴望是不可能實現的，甚至這是以對這種渴望的拋棄乃至對目的地香港的適應爲前提。

還有上文中幾次談到的劉以鬯／敘事者對以通俗小說爲代表的大眾文化的態度和行動也是如此。劉以鬯展開「娛樂自己／娛樂別人」的邏輯，試圖在自身的創作中嚴

---

22 李歐梵說張愛玲在 1940 年停留香港時期覺得香港人寡廉鮮恥地殖民化，而同時期的上海卻不是這樣，至少不完全是。參考李歐梵，《上海摩登：一種新都市文化在中國 1930-1945》（增訂版），毛尖譯（香港：牛津大學出版社，2006），頁 341。

23 有關〈過去的日子〉的說明參考陳智德，〈「錯體」的本土思考—劉以鬯〈過去的日子〉，《對倒》與《島與半島》〉，載於《劉以鬯與香港現代主義》（香港：香港公開大學出版社，2010），頁 133-142。

格區分純文學／通俗文學。[24] 即使如此也並不能否認他曾經寫過通俗小說的事實。不僅如此，他的純文學作品中也包括大量的大眾文化要素。再加上與他的這種二分法式的區分不同，自己嚴格的藝術要求和報刊連載本身的通俗需求，這兩者自然而然地結合，而實際上產生出了雅俗共賞的作品。[25]

　　《酒徒》的敘事者也幾乎如此。敘事者因為生活所迫不得不取代純文學而創作通俗文學，之後卻不斷感覺到想要重新回到純文學創作的衝動。但是這種矛盾情況本身與劉以鬯的經歷沒有太大區別。劉以鬯與「酒徒」兩人對通俗文學的態度是意味著對香港批判和拒絕，同時也在適應和接受，而終究會香港化。如果一定要說兩者的不同，那就是《酒徒》的敘事者隨著小說的結束而其後的變化沒有闡明而已。從這一點來看這部作品的敘事者「酒徒」正在「代表香港的中國作家」和「代表中國的中國作家」之間混亂不清，但說不定正如作家劉以鬯一樣遲早會成為「代表香港的香港作家」。即使《酒徒》中沒有對此提出結論，作家劉以鬯實際上已經如此。就像劉以鬯在作品《酒徒》中所預見的那樣會變得越來越香港化，其過程正像本章概述的那樣，在他的作品中先後出現。[26]

24　劉以鬯在《酒徒》序文中說「這些一年來，為了生活，我一直在『娛樂別人』，如今也想『娛樂自己』了」。除此以外還隨時流露出這種想法。劉以鬯，〈自序〉，載於《劉以鬯卷》（香港：三聯書店，1991），頁 3-4；劉以鬯，〈娛樂自己與娛樂別人〉，《文匯報‧文藝》，817 期，1994 年 1 月 30 日，頁 C7。

25　參考也斯，〈劉以鬯的創作娛己也娛人〉，《信報》，1997 年 11 月 29 日，24 版。

26　陳智德、羅貴祥等認為，劉以鬯已在以移居者視角批判香港時期開始認同香港，經歷了漫長又痛苦的歷程之後直到出版《對倒》（1972）才得到一定的整理。關於這些內容參考陳智德，〈「錯體」的本土思考──劉以鬯〈過去的日子〉，《對倒》與《島與半島》〉，載於《劉以鬯與香港現代主義》（香港：香港公開大學出版社，2010），頁 133-142；羅貴祥，〈劉以鬯與資本主義的時間性〉，載於《劉以鬯與香港現代主義》（香港：香港公開大學出版社，2010），頁 61-76。

參、作為香港文學的《酒徒》的意義

劉以鬯想揭露現實的荒謬，以及主人公如何克服這樣的現實。只是他重點選擇的題材不是對「傳統性」人物、事件、背景的外在敘述，而是人物的內在真實，即人物意識的流動。劉以鬯通過使用各種意識流手法與要素將敘事者所處的矛盾情況與他混亂的思考、感情、行為以敘事者內心之零星的、無序的、但卻接連不斷的意識流的形式再現，由此將現實的嚴重性更加徹底地、更加生動地表現出來。劉以鬯的這些嘗試是非常成功的。它十分有效地表現出無頭緒般流動的敘事者的意識流，在某種被壓抑的情緒的製造上也發揮了相當大的作用，特別表現出共同體的生活變得不穩定、未來的展望變得不確定、現存的秩序崩潰而新的秩序不明了。

曾經既是英國殖民地又是移居者城市的香港，當時在冷戰體制下代替上海成為資本主義化現代大都市，處於飛速發展狀態。人口大量流入和城市的急速膨脹不僅引發出各種城市問題，並且推遲了共同體意識和社會秩序的形成，助長了利益優先的行為準則和消費享樂的文化氛圍。許多知識分子曾經在出發地中國大陸屬於主流社會，但在目的地香港不管是社會上還是個人上都無法擺脫邊緣化。他們之中的一位劉以鬯也在《酒徒》中將主人公敘事者塑造成與自身一樣，同時具有作為移居者的外部人視角，和作為居住者的內部人視角的雙重身分人的形象。另外有效發揮了意識流小說所具有的優勢，超越敘事者個人內心世界，卓越地表現出上述香港的複雜矛盾情況。

《酒徒》在香港文學中占有重要地位是因為它沒有只侷限在較早以香港為舞臺展現城市風景、生活狀況、社會現象、文化情況等香港的多方面貌。這部作品還體現了移居者的認同混亂以及不安心理，以及對他們香港化可能性的預見也是非常重要的方面。劉以鬯在這部作品中談到的移居者作為香港人的認同問題日後以〈過去的日子〉為轉捩點在他的作品中變得越來越清楚了。只是他的見解和在香港生長的西西或也斯的見解有所不同。譬如，《對倒》（1972）中所揭示的就是如此。劉以鬯在《對倒》中通過中年外地出身淳于白的痛苦經歷主張 1950 年代從大陸移居而來的人也參與了香港人認同的形成。這正如美國華人主張他們曾經為美國在修建鐵路、開鑿礦山、參加第二次世界大戰等做出過貢獻，因此自己也是美國人的一部分。劉以鬯另一方面又

通過香港出身少女亞杏提出存在戰後的年輕一代不認爲自己是香港人的情況。這與西西的《我城》（1975）中出現的戰後生長起來的年輕一代在香港人的認同形成上起到了決定性作用的見解是不同的。另外，與也斯的《後殖民食物與愛情》（2009）中談到的具有一種以和諧共存爲前提的混種性認同也不一樣。最終劉以鬯在香港人的認同問題上暗示出一種不同於指涉統一的「通文化性認同」或指涉調和的「混種性認同」，而指涉互相矛盾糾葛的「異種混型性認同」。[27]

《酒徒》中包括 1950 年代以來所反覆出現的香港文學的主題或一些香港文學的獨特性。譬如，表現出對文學的商業化、文化的大眾化問題的深刻思考，純文學與通俗文學的矛盾以及親緣關係。隨後西西或也斯等的作品中無數描寫了城市的各種普通事物和事例，香港特有的場所和物品以及日常的細節，喚起人們認爲城市本身就是主人公的印象。[28]《酒徒》中表現出這些香港文學的特徵，這反過來看《酒徒》正是在這些傳統的形成上產生了極大影響。這部作品與香港的密切關係甚至在敘事者（實際上是劉以鬯）對中國新文學作家與作品的評價中也有所體現。[29]譬如，除對魯迅、老舍、巴金、曹禺等做出高度評價外，也對沈從文、李劼人、臺靜農或者端木蕻良、穆時英、張愛玲、瘂弦等做出了高度評價。[30]當然這是因爲他們的作品取得了很高的藝術成就。但是追究起來這些評價表現出他沒有侷限於當時把啟蒙和救亡當作首要任

27　在拉丁美洲 Angel Rama 主張通文化論，凱西亞・堪克裏尼（Néstor García Canclini）主張多時代性異種混型性的混種文化論，Antonio Cornejo Polar 則提出互不相容、互相矛盾的幾種社會文化規範混在狀態的異種混型性。關於這些內容參考禹錫均，〈拉丁美洲的文化理論：通文化，混種文化，異種混型性〉（라틴아메리카의 문화 이론들：통문화，혼종문화，이종혼형성）[韓文]，《拉丁美洲研究》，15 卷 2 號，首爾：韓國拉丁美洲學會，2002 年 12 月，頁 283-294；凱西亞・堪克裏尼（Néstor García Canclini），《文化混雜》（Culturas Híbridas）[韓譯版]，李誠勳譯（首爾：Greenbee，2011）。只是關於香港人的認同問題今後還需要更深入的研究。

28　參考本書第 8 章〈空間中心的香港想像與方式——西西的《我城》〉。

29　以下一部分內容參考黃萬華，〈跨越一九四九：劉以鬯和香港文學〉，載於《劉以鬯與香港現代主義》（香港：香港公開大學出版社，2010），頁 16-26。

30　劉以鬯還出版過《端木蕻良論》（香港：世界出版社，1977）。後來他介紹《酒徒》創作動機時談到「『五四』以來雖然有過一些好作品，可是特別好的作品很少。另一方面，有些優秀作家如端木蕻良、臺靜農、穆時英等的作品，竟有一個很長的時間沒有得到應得的重視」。劉以鬯，〈我為什麼寫《酒徒》〉，《文匯報・文藝》，842 期，1994 年 7 月 24 日，頁 B5。

務，或重視現實主義與浪漫主義作品的中國大陸的標準。更進一步講，他所高度評價的部分作家與香港又有著深厚的關係，他們在香港活動或出版作品，至少也對香港現代主義文學產生過一定影響。

以上主要闡述了作為香港文學的《酒徒》的意義和價值。但是這部作品自身的藝術成就以及在整個中國文學中的意義也是不容忽視的。譬如，雖然在本章沒有談及，主人公敘事者的思考和行動秉承了像屈原一樣傳統文人的憂國憂民精神，浸透著早於自己的二十世紀初期魯迅一樣的所謂五四知識分子的啟蒙救亡行為規範。他的這種形象，是合成了魯迅《狂人日記》中似瘋非瘋的狂人及屈原〈漁父〉中眾人皆醉我獨醒的屈原的形象。另外，這部作品已經超出香港或者中國這些特定地區或國家，體現出對資本主義、大眾消費主義的現代文明的批判視角也是不能忽視的。《酒徒》中出現的這種作為香港文學的特殊性與作為中國文學乃至世界文學的普遍性最終與作家劉以鬯的創作理念以及實踐存在著密不可分的關係。在這一點上，下面這段登在從1985 年創刊以來至今 30 多年間從未間斷出刊的《香港文學》的〈發刊詞〉中劉以鬯的言論是非常值得回味的：

> 香港是一個高度商品化的社會，文學商品化的傾向十分顯著，嚴肅文學長期受到消極的排斥，得不到應得的關注與重視。……在香港，商品價格與文學價值的分別是不大清楚的。作為一座國際城市，香港的地位不但特殊，而且重要。它是貨物轉運站，也是溝通東西文化的橋樑，有資格在加強聯繫與促進交流上擔當一個重要的角色，進一步提供推動華文文學所需的條件。[31]

31　劉以鬯，〈發刊詞〉，《香港文學》，創刊號，香港：香港文學出版社，1985 年 1 月，頁 1。

第 8 章

空間中心的香港想像與方式
—— 西西的《我城》

壹、西西的創作與《我城》的地位

▲ 圖 8-1　香港銅鑼灣街道

香港作家西西（1938-）在韓國鮮為人知，與她的卓越創作成就和在文學史上顯著的地位相比[1]，是相當例外的。這種情況的產生，大概是因為韓國向來主要關注中國大陸文學，尤其重視啟蒙與救國為主的文學傳統。

西西，1938 年出生於中國上海，修完小學後 1950 年隨父母移居香港。1957 年進入葛量洪教育學院，畢業後任教於官立小學至 1978 年。此後，即使環境惡劣到有時在無法挪動身體的狹小洗手間那樣的地方，也仍然堅持寫作，是香港比較少見的持續創作的專業作家[2]。西西曾這樣評價過自己的創作：「寫小說，一是新內容，一是新手法，兩樣都沒有，我就不寫了。現在的情況是，悲劇太多了，而且都這樣寫，我想寫得快樂些」[3]。正如自己所說的那樣，西西的每部作品都運用多樣素材和手法嘗試展現新的東西，並保持始終如一的溫暖情懷來表現自己與香港、人類與世界。

她的短篇小說，大致可分為四類。第一類：《春望》（1982）、《像我這樣的一個女子》（1982）等雖不完全符合現實主義但比較有寫實傾向的表現社會現實的小說。第二類：《奧林匹斯》（1979）、《感冒》（1982）等具有現代主義傾向的運用

1　例如，她的代表作《我城》在 1999 年《亞洲週刊》的「二十世紀中文小說一百強」中位居第 51 位。另外，黃修己（主編），《20 世紀中國文學史》（廣州：中山大學出版社，1998），孔範今（主編），《二十世紀中國文學史》（濟南：山東文藝出版社，1997）；金漢（主編），《中國當代文學發展史》（上海：上海文藝，2002）；劉登翰（主編），《香港文學史》（北京：人民文學出版社，1999）等眾多文學史作品中都對她進行過有比重的論及。

2　許子東，《吶喊與流言》（上海：上海文藝出版社，2004），頁 280；王一桃，〈香港「嚴肅」文學的困境和出路〉，載於黃維樑（主編）《中華文學的現在和未來：兩岸暨港澳文學交流研討會論文集》（香港：鑪峯學會，1994），頁 212。

3　西西、何福仁，《時間的話題》（臺北：洪範書店，1995），頁 158。

想像、象徵與意識流的小說。第三類：《肥土鎮的故事》（1982）、《鎮咒》（1984）、《肥土鎮灰闌記》（1986）、《浮城志異》（1986）等具有魔幻現實主義傾向，雖充滿幻想和荒誕色彩但能表現現實的小說。第四類：《玻璃鞋》（1980）、《鬍子有臉》（1985）、《瑪麗個案》（1986）等嘗試以童話故事寫作或文句解釋方式之類的各種新素材和手法的小說。她在中長篇小說方面也有卓越的成果，著有《東城故事》（1966）、《哨鹿》（1982）、《美麗大廈》（1990）、《候鳥》（1991）、《哀悼乳房》（1992）、《飛氈》（1996）等作品。除小說創作之外，西西也在框框散文、劇本、電影評論等多領域進行活動，不包括刊登於報紙雜誌尚未出版成書的作品，僅她正式出版的作品就達 30 本之多。[4]

西西的登場是一個標誌，即意味著二十世紀中後半以來與日益發展的香港一起成長的新一代，不管其來自於何方、出生於何地，都將自己認同為香港人，開始積極表達對香港的熱愛並主張自己作為香港人的發言權。她的《我城》第一次成功、明確地展示了這種香港新一代的出現，並預示了西西的登場。

《我城》最初連載於 1975 年香港《快報》，五個月期間共連載大約 16 萬字，此後多次以書籍的形式出版，正如本書參考文獻所示，至今為止字數和結構雖略有不同，香港、臺灣、中國大陸共有五種版本[5]。另外，還有韓文及英文翻譯版本。《我城》歷久彌新，出版了多種多樣的版本，得到眾多讀者的呼應。《我城》表現出的香港想像與方式早前即受到評論家和研究者的矚目，1970 至 1980 年代對語言實驗關注，1980 至 1990 年代對香港性及敘事形式討論等等[6]。尤其結合 1997 年香港移交問題，從我輩同僑學者開始，將其看作是香港性象徵的圖示，他們運用《我城》的語句或內

---

4 西西，《我城》（나의 도시）[韓譯版]，金惠俊譯（首爾：知萬知出版社，2011），頁 25-29。

5 1979 年版約 6 萬字，1989 年版和 1989 版約 12 萬字，1999 年版和 2010 年版約 13 萬字。本章如果未單獨提及的話，以與連載當時的字數和體裁接近的 1999 年版本為基準，頁數也以此版本為依據。

6 陳潔儀，〈西西《我城》的科幻元素與現代性〉，《東華漢學》，8 期（2008），臺灣：國立東華大學中國語文學系，頁 231-253。

容，甚至超越性地通過續寫、改寫、文本互涉性書寫等形態對作品進行了再創造[7]。

《我城》受到如此矚目，並不單純緣於這部作品首次明確表現了所謂的香港性，而與如何表現這樣的香港性有關，而且或許後者起了更大的作用。本文著重關注此處，聚焦作品以空間為中心的內容、手法和結構探討《我城》所體現的香港性與香港想像究竟以何種方式展現。筆者認為作家西西為了在這部作品中描繪與中國傳統和歷史相分離的叫做香港的新的地區，叫做香港人的新的人類群體的誕生，自覺地或不自覺地採用了弱化時間性而強化空間性的方式。

貳、非特定敘事者與非連續話語的組合

《我城》的第17章中使用後設小說，出現叫做「胡說」的擬人化字紙自己說明「我城」的部分。這時以各種各樣基準衡量文學作品的尺們吵鬧著對這字紙說出自己的意見，其中一把說道：「這堆字紙不知道在說些什麼，故事是沒有的、人物是散亂的、事件是不連貫的、結構是鬆散的」（頁221）。正如這裡所提到的，這部作品結構極為獨特，與重視人物描寫和故事發展的一般小說不同，不以某個特定人物或事件為中心而展開。因此，歸納這部作品整個情節線索事實上是不可能的。取而代之，試圖簡單地提出一些與這部小說相關的資訊。

作品從剛剛高中畢業的十七、八歲的敘事者阿果因父親去世而舉行葬禮以及搬家開始。以後在沒有貫通整部作品的固定故事情節的狀態下，到處散發式地敘述了妹妹阿髮，姨媽悠悠，看門的阿北，同事麥快樂，朋友阿遊等等眾多一系列人物以及他們的插曲。這些人物都有各自自身的故事，例如，阿果作為電話工的故事，阿髮作為小學生的故事，喜歡街頭散步的悠悠作為都市女性的故事，阿北作為木匠做門的故事，麥快樂作為電話工及公園管理員的故事，阿遊作為遠洋船電工的故事等等。

然而，這部小說並不僅僅只有這樣的人物及故事，也並不只依賴叫做阿果的一位敘事者來展開全部情節。如下表所示，作品中的敘事者和主要人物隨時都在變化。按

7　參考本書第9章〈正面的香港想像與方式──西西的《我城》〉。

章節分類，字數互不相同的共 18 章中，出現第一人稱敘事者阿果的共有 10 章，第三人稱敘事者出現的共有 12 章，算上同一章中兩個以上敘事者出現的章節，第 10 章中第二人稱敘事者登場，第 14 章中括弧中的第一人稱敘事者阿遊也登場出現。與敘事者相同，主要人物按章節不同或者在各章中隨時變換，特別是第 1 章後半部分和第 11 章中，這個城市的所有人成為了主要人物；第 17 章中叫做「胡說」的字紙成了主要對象。再者，像第 10 章中某個部分中不是人物或事件而是以描寫的事物或場面本身成為核心。[8]

章節	敘事者	主要人物	主要事件／場面
第 1 章	第一人稱敘事者 阿果 第三人稱敘事者	阿果 我城中人	阿果看屋子，父親的葬禮，請願運動
第 2 章	第三人稱敘事者	悠悠	悠悠的公寓
第 3 章	第一人稱敘事者 阿果	阿果	阿果搬家，看電視的超級超級市場節目
第 4 章	第一人稱敘事者 阿果 第三人稱敘事者	阿果 瑜夫婦	阿果就業，瑜夫婦的空椅子
第 5 章	第三人稱敘事者	阿髮	阿髮的生活和寫信
第 6 章	第三人稱敘事者	麥快樂	麥快樂的公園故事
第 7 章	第三人稱敘事者	阿北	阿北的做門和工作室
第 8 章	第一人稱敘事者 阿果	阿果／麥快樂	阿果的研修和工作

（續下表）

8　這裡「第一人稱敘事者」，「第三人稱敘事者」等用語，應該更準確地表現為「使用第一人稱的敘事者」，「使用第三人稱的敘事者」。聯繫敘事者的視角來說，大概第三人稱敘事者以全知的視角敘述，相反第一人稱敘事者則以客觀地視角敘述。但也並非總是如此，也有第一人稱敘事者敘述自身無法經歷的事情的情況。比如，作品第 12 章的一部分內容，即是以這種第一人稱敘事者阿果的全知視角進行敘述。然而，如果考慮這一點，看待前後的脈絡時，第 5、14、15 章等的敘事者並不是第三人稱敘事者，而可以看作是第一人稱敘事者阿果。

章節	敘事者	主要人物	主要事件／場面
第 9 章	第三人稱敘事者	悠悠	悠悠的回想和火車站的撤走
第 10 章	第二人稱敘事者	你／舞劍的人	塑膠布包裹的城市
第 11 章	第三人稱敘事者	我城中人	資源枯竭和市民的接閃電、接雨水
第 12 章	第一人稱敘事者 阿果	我／阿傻，阿探	阿果的休假故事
第 13 章	第一人稱敘事者 阿果	母親／阿果	阿果媽媽秀秀的回想
第 14 章	正文：第三人稱敘事者 第一人稱敘事者 阿果 括弧：第一人稱敘事者阿遊	阿遊／阿果	阿遊在遠洋船就業和工作
第 15 章	第一人稱敘事者 阿果 第三人稱敘事者 第三人稱敘事者	阿果 阿遊 悠悠	阿果的電話修理，阿遊的航行，悠悠只看不買的購物
第 16 章	第三人稱敘事者 第一人稱敘事者 阿果 第三人稱敘事者 第一人稱敘事者 阿果	瑜夫婦 阿果 麥快樂 阿果	瑜夫婦的「醫療檢查」，麥快樂的事故，阿果的種電話柱和研修
第 17 章	第三人稱敘事者	胡說／老人	胡說的故事
第 18 章	第一人稱敘事者 阿果	阿果	阿果的電話安裝，草地人們的死，阿果的電話連接

雖然簡單，當仍可以根據以上的資訊在某種程度上有所把握。事實上，這部小說中並沒有（英雄）主人公，也沒有貫通全文的（巨大）敘事。都市的平凡小市民和他們瑣碎的日常生活以及城市的各種面貌才是這部小說的主要事項，因此不管從何種意義來說，城市本身才是主人公，城市本身才是故事。換言之，並沒採用重視時間性的

特定敘事者和依據主人公展開故事情節的敘述方式，而是採用了弱化時間性的非特定敘事者和論及多數人物的非連續話語的綜合方式。

參、「空間的場所化」，「空間的類似場所化」，「人生的標記化」

▲ **圖 8-2** 香港山頂纜車車站

《我城》爲了表現香港這座城市本身，論及了這座城市的形成與發展以及與其相關的街道建築和設施，各種交通手段，生活用品和日常消費品等許多物理的、可視的事物。另外，還描寫了城市中隨時發生的繁忙日常、職業活動、休閒活動、請願活動、道路修建、事件事故、環境汙染、資源短缺等各種現象。然而，如果僅僅侷限於單純列舉無數這樣的事物、事例，這部作品是絕不會取得成功的。雖然這些對香港人來說並不陌生、也不新奇，在許多其他的現代都市中也都時常可見。當然今天我們已經得知了這一結果，作品中還是使用了一些特別的方法。

其中之一，賦予某種固定的特定空間場所性，把空間變成有意義的場所的「空間的場所化」方法[9]。《我城》中出現了很多香港人長期接觸且熟悉的地方，這些地方

9　物理的、陌生的、抽象的空間，通過人類的經驗，成為有意義的、親近的、具體的場所。即一個場所所具有的場所性（場所的 identity）通過物理環境，人類活動，以人類意圖和經驗為屬性的意義，這三種要素綜合形成。因此，對開展人類活動的特定物理空間賦予一定的意義時，空間可以變成場所，我們可以把這種行為稱作「場所化」。關於「場所化」的構想原來出自張東天，〈中國近代建築的文學場所性〉，載於高麗大學中語中文學系（編）《高麗大學中語中文系創立 40 周年紀念學術大會論文集》（고려대학교 중어중문학과 창립 40 주년 기념 학술대회 논문집）[韓文]（首爾：高麗大學中語中文學系，2012），頁 149-166。也參考了愛德華・雷爾夫（Edward Relph），《地方與無地方》（*Place and Placelessness*）[韓譯版]，金德鉉等譯（首爾：論衡出版社，2005），頁 104-142。

在適當環境中與特定的形象一起，向讀者展現了親切全新的地方。香港或鄰近的澳門地名、建築或是某個空間的名字稍作變形後出現就是屬於這種方法。例如，睡獅山隧道（頁 133）由獅子山隧道演變而成，翻山車車站（頁 11）由山頂纜車車站演變而成。獅子山隧道於 1967 年開通，作為香港最初的汽車隧道連接九龍地區和新界地區，是香港發展開始的標誌。山頂纜車 1888 年建成，到現在也是象徵香港的重要地標。所以對香港讀者來說，這些地方既親近又嶄新，絕對不會讓人忘懷。在這樣的分類中，除了上述兩種以外還有飛沙嘴（尖沙咀），牛角（旺角），荷塘（觀塘），全灣（荃灣），大苔島（蒲苔島），馬加澳（澳門），達聖保羅（聖保祿教堂），打三巴（大三巴牌坊），海港大廈（海洋中心），海豚劇場（海洋劇場）等相當多數。[10]

第二是可稱為一種「空間的類似場所化」方法，這雖是與「空間的場所化」方法類似，但不把固定的特定空間而把香港特有的空間狀況賦予意義。例如，「第十一層第十二樓 B 後座」（頁 33）的表現即是如此。香港的建築物層數按照英國方式，由地層（Ground Floor）開始，而中國式層數則由一樓開始。因此層數升高，既是英國式的第十一層也是中國式的第十二樓。再如，第 2 章中描寫的悠悠的公寓也是如此。占據整整的一層的房間卻只有三百呎（意味著該建築物本身的寬度狹窄）。房間裡有三張床，其中兩張還是雙層的，另外還擺滿了種種必需的傢俱和用品。住在這裡的人開著電視打麻將，如果有人要進來，兩個人必須站到冰箱也放不下的狹小廚房裡去，這樣外面的人才能夠進入。即，香港特有的狹小惡劣的居住環境通過這樣誇張的描寫，可以充分地使香港的讀者和多少瞭解香港情況的讀者體驗記憶這些。《我城》通過這種方式按照船和太空船的樣子設計的超現代高層建築（1979 年版，頁 29），穿插在其中被稱作城市的肺的小型休憩公園（頁 62），沒有操場的學校和有操場的公園（頁 114），一個人側身穿過都費勁，裝滿豬、魚的貨車硬是擠過的菜市場（頁 112），擁有古董店、花店、玩具店、書店等商家的購物大廈（頁 191-193）……等眾多場所都被類似場所化。

10　有位匿名審查委員提醒筆者：西西使用陌生化手法，把香港的各種空間場所化，與這部作品最初在報紙上連載有一定的關係，西西也許為了吸引讀者興趣想出這樣的方法。

　　更進一步，《我城》中的這些「空間的場所化」和「空間的類似場所化」方式，確定了對香港特有的事物或生活上的細節的表現。舉例如下，阿果去做體格檢查，路過的店裡的電話一律都是粉紅色的（頁 39），電話機構的飾櫥裡幾種電話的顏色分別是火警車的紅、救護車的杏、垃圾車的綠、員警車的藍（頁 42）。麥快樂工作的公園椅以前都是草綠色，現在有鮮橙椅、蛋黃椅和野草莓椅（頁 61）。行人為躲避左邊行駛的汽車多帶一隻眼睛，一隻眼睛看看右，一隻眼睛看看左，一隻眼睛又看看右（頁 9）。外地遊客到這裡來旅行，而這裡的人卻終日行走在幾條忙碌的大街上，只見許多蒼白的臉（頁 139），認證超時工作卻不僅假期上班還屬於二十四小時服務的部門（頁 99-100）。有空閒就耍牌（頁 15），有了錢就買四重彩、六環彩（頁 74），茶樓裡閱讀賽馬報紙（頁 106），隨時去澳門賭博（頁 106）。還有，作為口語的粵語和作為書面語的國語總是爭吵不休（頁 151）……等等。如果把這種方式看作場所化也許容易產生混亂，那麼或許可以看作特定日常事物或關於生活的「人生標記化」。《我城》中充滿這樣的人生標記化事例，不勝枚舉。

　　如上所述，結合《我城》中「空間的場所化」和「空間的類似場所化」以及「人生的標記化」，最具代表性的部分是第 3 章中阿果搬完家所看的電視節目「超級超級市場」故事（頁 28-31）。電視裡出現的這個超級超級市場是一所有百多層樓的大廈，面積大約是 31 個奧運足球場的寬闊度，各式日用品齊全，不管是學校、村落或袖珍銀行、飯館、餐廳、游泳池、電影院、火車、陽光、朋友、月亮都有得賣。這個超級超級市場簡直可看作就是香港本身。作家西西作品素材的側面來看，通過「空間的場所化」，「空間的類似場所化」，「人生的標記化」等方式，主要描寫與空間的關係而非與時間的關係。

肆、視覺形象，體裁交匯，蒙太奇手法

　　《我城》描寫了無數像這樣城市的各種普通事物和事例，香港特有的場所和物品以及日常的細節。然而這些主要通過某種場面和形象反映出來，反之而言，這些製造了大量單獨或多重的場面和形象。

當然這裡形象不僅僅指視覺方面的。可以是視覺的，也可以是聽覺、嗅覺、味覺、痛覺的，甚至完全可以是心理方面的。文學形象中重要的是與其作為形象的生動感本身，反而是作為感覺和特殊連結的精神事件的特徵[11]。例如，《我城》的第15章中悠悠在尖沙咀逛櫥窗的部分，這樣描寫了一個書店：

> 在玩具店的旁邊，是一間洋書店。這間店，喜歡把新鮮的書本當作剛出爐的麵包一般擺在當眼的地方，好讓大家嗅到書卷裡發出的爐火、牛油、雞蛋及砂糖的甜味，聯想起一隻只外面烘得又脆又香，裡面白而柔軟卻滿溢著果醬的麵包來。（頁193）

雖然如此，各種形象中視覺形象最為核心，這一點是很明顯的，作品中塑造的形象也屬視覺想像多樣繁多且鮮明有效果。甚至達到這種視覺形象的活用將通常的語言表現進行改變的程度。例如，第5章中小學生阿髮，在天臺的垃圾堆中發現螞蟻要爬進鄰居的屋子，拿水管對準螞蟻用水沖，之後在告知鄰居此事的信中這樣寫道：「我做得手都酸了，才把它們沖不見掉」（頁57）。按照一般的中文習慣，「才把它們沖掉」更為自然。但是作者這裡為了強調視覺形象，同時考慮到孩子般語氣「頑童體」的效果，換成了「才把它們沖不見掉」這樣的表現。

《我城》中處處提到的或塑造的各種各樣的這種視覺形象，並不是偶然的。作家西西對美術、電影等特別關注，在1989年版的序言中提到，「我一直喜愛馬蒂斯、米羅和夏迦爾那些畫家」[12]，也長期發表過大量的電影評論[13]。因此，西西的文學作品中不僅有很多與此相關的論述，也運用了種種與此相關的技法。例如，小說的第一句

---

11 關於形象的更詳細說明可參考雷納‧韋勒克（René Wellek）、奧斯汀‧沃倫（Austin Warren），《文學理論》（*Theory of Literature*）[韓譯版]，李京洙譯（首爾：文藝出版社，1989），頁270-273。

12 西西，〈我城‧序〉，《我城》（臺北：允晨文化，1989），頁1。

13 根據凌逾的調查，西西在1963至1976年間發表了近百篇影評。其中，僅在《我城》創作之前的1964年至1967年間，就發表了71篇。凌逾，〈小說蒙太奇文體探源—以西西的跨媒介實驗為例〉，《華南師範大學學報（社會科學版）》，4期（2008），廣州：華南師範大學，頁66-72。

話以「我對她們點我的頭」（頁1）開始，這裡插入「我的」兩個字並不是單純彆扭的語誤。這句話普通以「我對她們點頭」來表現更爲恰當，然而非要加上「我的」，首先從敘事者阿果的觀點看，不僅是區別她們和我的孩子般的感覺，還有像電影攝影機那樣移動視線的效果。換言之，把這部分作爲電影的一個場景來看的話，首先看到作爲敘事者的「我」的畫面登場，然後攝影機漸遠，「我」和「她們」相對而立的畫面出現，攝影機再次用特寫鏡頭表現「我」點頭的場景[14]。此外，當描寫阿果父親的葬禮中有人打哈欠的場面時的表現也是如此，「做了以下順序的三個動作：一，把手朝面前迅速一伸；二，把臂彎見禮式一屈；三，把眼珠子凝定手腕上」（頁6）。某人爲了遮掩哈欠的動作，在孩子的視角中通過孩子般的語氣以電影場面般展現。

這種表現方式可以被稱爲體裁交匯。《我城》中作家西西親自繪畫在作品中使用插畫，即可看作是這種體裁交匯方式中直接活用視覺形象的一種。插畫的數量根據版本的不同，作品分量的不同，也有所不同。例如，1979年版中10個（前後封面圖畫35個除外），1989年版中108個，1999年版中插入117個。這些插畫雖都是通過孩子般想像的比較單純形態的版畫，但根據圖畫不同也有相當的抽象畫。還有，雖大概與相關部分的內容和表現符合，有時也會偶然或有意地出現不一致的情況[15]。譬如，1979年版86至87頁間的粥碗和魚骨頭圖畫被插在1999年版的139頁中，1979年版100至101頁間的小鳥圖畫被插在1999年版由塑膠袋圍滿的125頁。也就是說，這些插畫各自兩者之間或兩者全部並不與內容有絕對的關聯性，根據插入的位置也會出現不同的效果。即按照一般慣例，插畫和內容比較一致，讀者立即直觀看到與內容相符的形象，但比較而言相當不符的話，（注意到這一點的）讀者會瞬間進入抽象化的階段，思考插畫有何含義並自己隨意做出解析。與法國電影導演尚盧·高達（Jean-Luc Godard）自己的電影《一切安好（都很好）》（Tout Va Bien，1972）類似，畫面中

14　凌逾，〈跨藝術的新文體─重評西西的《我城》〉，《城市文藝》，28期，香港：香港城市文藝出版社，2008年5月，頁68-74。

15　西西在1999年版的序言中提到，1975年連載當時因排版的關係，出現了種種圖文不符的情況，爲做調整花費了心力，因此《我城》第17章中隱隱提到「這幅圖畫與文不符」，此後成書出版後使一部分圖畫刻意與文章不一致。西西，〈我城·序〉，載於《我城》（臺北：洪範書店，1999），頁i-ii。

人物雖都閉著嘴，但人物的聲音進行狀況說明一樣，有意圖地使畫面與聲音相悖。這是採取了一種陌生化手法，誘導觀眾或讀者把自然當然的東西，全新知性地進行積極能動的批判省察的方法[16]。這種插畫的使用能達到多樣的效果，這裡需要注意的一點是，在扮演前者與後者的角色之間，作品的某個場面變成了一時的一個靜止畫面。

《我城》對視覺形象的間接活用，包括對某一特定形象進行斷片式地聯想、想像、感覺，有很多種情況。其中最令人矚目的是，電影蒙太奇和繪畫拼貼手法的運用。《我城》第 17 章中敘事者提到，「『都很好』本來是一部電影。這電影的導演喜歡拼貼的技巧，又喜歡把攝影機的眼睛跟著場景移動追蹤，一口氣把整場的情事景象拍下來」（頁 223）。之後，領會到作家的頓悟的胡說又說道，「我作了移動式敘述，又作了一陣拼貼」（頁 223），又出現了提出具體事例的部分。

電影蒙太奇雖可看作是單純地剪輯膠片、鏡頭與鏡頭編輯配合並按順序排列的剪接編輯過程，但更意味著為了更有效地傳達特定故事情節，進行包含視覺、聽覺、戲劇性要素在內的所有藝術要素的排列組合。這種關於蒙太奇的技法和概念，盧米埃爾兄弟（Auguste and Louis Lumière）的紀錄片式拍攝中梅里愛（Georges Méliès）的初步編輯，運用格裡菲斯（D. W. Griffith）的初期美國電影編輯方法，在 1920 年到 1940 年之間庫勒修（Lev Vladimirovich Kuleshov），普多夫金（Vsevolod Pudovkin），愛森斯坦（Sergey Eisenstein）等俄羅斯電影界取得了真正的發展。尤其是其中愛森斯坦重視形象聯想，根據偏離類型故事，主張實踐非連續性編輯，為今天的蒙太奇概念從美學和符號學觀點把握起到了決定性作用。他的這種理論和技法在二十世紀後半的電影中不斷種種發展性地應用，例如作品中胡說提到的電影「都很

---

16 安寶玉，〈尚盧·高達的《一切安好》：衝突與矛盾的電影〉（장 뤽 고다르의〈만사형통〉）[韓文]，《法國文化藝術研究》，36 期（2011），首爾：法國文化藝術學會，頁 521-545。西西提到自己曾受尚盧·高達《一切安好》的很多影響。對此下章將進一步探討。

好」（《一切安好》）的導演尚盧‧高達，即使用了蒙太奇中的其中一種拼貼技法。[17]

正如作品中胡說的說明（實際上是小說作者的說明）那般，人們聚集到草坡舉行什麼活動的部分，不論是插入巴基斯坦的地震消息或西奈半島的中東戰爭消息，都使用了這種電影的蒙太奇方式：

> 廣場上的廢紙箱，今天吃進了不少物事，其中的一個廢紙箱，吃進了一件這樣的東西：昨晚的地震發生於塔葛特以北三十四哩喀喇昆侖公路的巴丹村。（頁9）

> 這時，一個走起路來如一把生銹的剪刀的人，走到了垃圾的旁邊，從紙屑堆中撿起一頁面積頗闊的、破舊新聞紙的剩餘面。……上面的消息不外是：預料不會放棄具戰略性的密特拉與基迪隘口或西奈的阿布魯迪油田。（頁11-12）

《我城》中除了像這樣作家自己提出的例子以外，活用包括拼貼技法在內的電影蒙太奇技法並不少見。第14章中全知的敘事者以第三人稱阿遊的故事敘述，敘述的部分中間括弧中阿遊以第一人稱敘事者「我」登場，插入了對阿果所說的話。這也可以看作是蒙太奇技法的一種。蒙太奇技法活用中最具代表性的部分是第1章葬禮部分描寫如下的場面：

> 在我對面，站立著另外的一列黑袍，……有一張臉（悲歡介）正在努力詮釋臉後的感情，所以眼睛已經閉了起來，左眉毛和右眉毛貼得緊之又緊。另一張臉（悽愴介）也不知是上面的嘴巴還是鼻子，在調節著空氣。還有一張臉（苦楚介），只讓別人看得見兩隻紅了的耳朵，因為其他的臉的部分，包括了眼鏡在內，恰恰都給一條藍底子印著小白花朵的手帕蓋住了。（頁5）

17　電影的拼貼，以及繪畫拼貼概念的使用，作為電影多樣的蒙太奇手法中的一種，主要通過非連續的鏡頭與鏡頭間的結合及相互反應效果，是全新感知並創造世界的方式。上述作家西西不使用「蒙太奇」而使用「拼貼」的原因也是如此。以上關於蒙太奇的敘述，綜合參照了金龍壽，《電影中的蒙太奇理論：庫勒修‧普多夫金‧愛森斯坦的藝術美學原理》（영화에서의 몽타주 이론: 쿨레쇼프‧푸도프킨‧에이젠슈테인의 예술적 미학원리）[韓文]（坡州：悅話堂，2006）；文森特‧阿米艾勒（Vincent Amiel），《蒙太奇美學》（Esthetique du Montage）[韓譯版]，郭東俊等譯（首爾：東文選，2009）；樊尚‧皮內爾（Vincent Pinel），《蒙太奇》（Le Montage）[韓譯版]，沈銀珍譯（首爾：梨花女子大學出版社，2008）。

這裡描寫了三個人各自的表情，也分別在括弧中插入了體現這些表情意思的詞彙，也如繪畫中互相不同性質的剪貼，通過形象的連鎖反應，創造完全不同全新形象的拼貼技法，與將電影中各自拍攝的畫面編輯成完全不同全新場面的蒙太奇技法的應用，是同樣的。再有，緊接著上述引文的後面，「在這三張臉的旁邊，遠一點的場所，站著我姨悠悠獨個子。後來，我看清楚一點，才曉得她身邊還站著我妹阿髮」（頁5）。這個場面中，阿果的視線與攝影機的鏡頭並無二致。若把這部分拍成電影，人們並肩站立的畫面，各自表情分別出現的畫面，那些表情一下子出現的畫面，鏡頭漸遠又再次對準三人並肩站立的畫面，更遠處三人旁邊站立著悠悠的畫面，焦點通過悠悠移動後鮮明影像的她和模糊影像的阿髮在一起的畫面，那個阿髮漸漸變得清晰的畫面，還有最後所有人站在一起的畫面，各自不同的畫面編輯而成。

和以上看到的同樣，展現城市的方方面面，和利用主要視覺形象的體裁交匯方式，不僅本身有比較強的空間性特質，更在互相展現協同效應的同時強化了這樣的空間性。結果，導致了這部作品弱化時間性的傾向，對此將在下一部分中進行探討。

伍、時間性的弱化與歷史性的迴避

從時間性的弱化層面來看，這部作品中顯著的一點，首先是與時間性相關的敘述比較少。如前所述，《我城》與一般意義的小說不同，並無依據（英雄）人物的（巨大）敘事先行展開，即使在作品的特定部分中展開某個事件，時間性也不是核心事項。現代社會的各種事物和事件大致都被提到，但香港這座都市形成以前的面貌並沒得到很好的展現，都市發展過程的變化涉及得比較簡單。通過「空間的場所化」、「空間的類似場所化」和「人生的標記化」，詳細展示了幾乎香港的各個方面，與過去和歷史相關的部分，尤其不管是香港與中國的關係還是香港與英國的關係，幾乎一概迴避。相反，以排除時間觀念的空間觀念，即通過純粹的地理觀點強調世界中的香港。雖不太多，查看這部作品中與幾處與過去相關的部分，也許能夠更分明地理解這樣的事實。

第 7 章中，從阿果的父親時代就爲阿果家看門的阿北，作爲主要人物登場了。「打仗的時候⋯⋯他和妻子兩個人一起看門。⋯⋯後來，仗打完了，荷花們回到大屋子來，荷花們沒有了父親，阿北沒有了妻子」（頁 81），此後木匠出身的阿北在樓下的大房間內做門，仍然爲這個家看門。該部分是整部作品中少見的與過去歷史相關的部分，描寫了太平洋戰爭當時日軍侵略香港所發生的事情。然而，涉及香港過去歷史的也就僅此而已 [18]。以後又發生了這樣的故事。阿北做門的大室裡，堆在地上的書本被當作椅子用，「這堆原來是史記、漢書、後漢書，和三國志」（頁 84），「資治通鑑」（頁 85）。悠悠看了本是書房的房間，「架上的書都是很古老的了。版本很美麗。可是，有這麼多美麗好書的人竟看也不看」（頁 88）。這裡作家有可能是在暗暗諷刺單純地用書作裝飾而根本不看的風潮。亦或有意地隱喻中國的悠久歷史和香港間的關係現在已經斷絕了。也可能是同時考慮到這兩點而寫。然而，從結果上看，作家的意圖無論如何都是指叫做香港的這座城市的歷史，是全新的、並不直接延續中國悠久歷史的。還有，第 11 章運用魔幻現實主義手法，誇張幻象式描寫因電力不足、用水不足引發的事件，人們爲了接到雨水「搬了四庫全書到天臺上去砌了四幅牆⋯⋯成爲水庫」（頁 134）。西西的作品可以看作對巨大歷史、巨大話語具有否定意義，巧合的是，後來中國大陸詩人韓東在他的詩歌《有關大雁塔》裡也表現出類似的感覺。最少在某種程度上，從與中國歷史、中國傳統相分離的意義而言，與中國分離的香港已經開始了新的歷史，這新的歷史也會永遠延續下去。

在這部作品中，擁有悠久歷史的中國和生成時間不長的（或是還在生成中的）香港之間的關係雖未完全斷絕，但是不管作家西西的意圖如何，應將兩者區別對待，這種觀念與對待中國人／香港人的觀念是一致的。第 12 章中，阿果這樣思考過：

> 要是有人問我，你喜歡做誰的子孫呢，⋯⋯我當然做黃帝的子孫。問的人就說了，在這裡，做黃帝的子孫有什麼好處，你會沒有護照的呀。⋯⋯如果這裡的人要到別的地方去旅行，沒有護照是麻煩透頂的事。⋯⋯要有身分證明書。⋯⋯「你的國籍呢？」有人就問了。⋯⋯你於是說，啊，啊，這個，這個，

18　第 13 章中描寫比較模糊簡單的阿果母親秀秀的回想部分也是與此一樣。

國籍嗎。你把身分證明書看了又看，你原來是一個只有城籍的人。（頁150）

上述引文，從事實層面來看，自己拒絕做擁有中國國籍的中國人，作為英國管轄下的香港人，可以得到香港護照，一定要做保留中國國籍的中國人的話，要有身分證明書，在世界各國出入境時會有現實的苦衷。然而，顯然該引文更從文化層面和政治層面說明瞭香港人曖昧模糊的身分。與此同時，這與香港人的自我宣言並無不同。換言之，雖然香港人不僅在文化上並不完全否認自己是中國人的後裔，甚至反而但願如此，但儘管這樣，仍開始意識到自己已經與現在的中國人（或中國大陸人）是不同的存在。而且即是因為這個原因，第4章中阿果去面試時，「是在這個城裡誕生的，從來沒有離開過」（頁43），一邊回答一邊在心中問面試官，「你呢，你是從別的城市來的吧」（頁43）。即阿果他們不僅認為上一代人是從別的地方移居至此的人，而自己則是在這個地方成長的人，甚至（包括作家西西也在內的）他們還不知不覺地乾脆把別的地方通通看作城市而不是農村。

以上和過去甚至和歷史有關的例子，在整部作品中以這樣那樣的方式展現香港方方面面的眾多語句、插曲、形象中，考慮到深藏其中幾乎難以找到的要點，與以下事實的闡明完全相同。即從時間上而言，這個城市的人們與擁有悠久歷史和（農村）傳統的中國及中國人並不是完全沒有關係。然而，這個城市的人們卻是與中國的中國人完全區別開來的某個新的人類群體。這個新的人類群體無視前者的時間性也無妨，是在相對較短的時間內從無到有全新誕生的（或正在誕生的）香港的香港人。[19]

因此，這部作品中幾乎（或完全）沒有提到港英關係的原因，可以充分估測出來[20]。與作品中大舉提及世界各地的地名和事件比較而言，相當有意圖地主張英國與香港人的群體身分認同毫無任何關係。《我城》創作當時雖然現實上受英國殖民支配，往往說著「借來的地方，借來的時間」，包括作家在內的新一代香港人卻主張創

19 此文在香港及韓國發表後略加修正和補充，向提出種種正向建議的講評者及審查委員表示感謝。在此再次強調，筆者在文中並不是要主張西西完全放棄了中國人的身分，而是試圖表達她在《我城》中有意無意展示全新的香港及香港人。

20 除了前述建築物層數的叫法不同（頁33）以及英國式度量衡單位呎（頁15）和磅（頁174）的使用以外，作品中並未出現涉及港英關係的部分，但這也有可能因為筆者的注意不夠。

造了這個地方和時間的，不是任何人而是他們自己。

故此，他們是香港的創造者也是香港歷史的創造者。他們的歷史是從無到有形成的歷史，此段時間不長，所以也沒有必要強調時間性。因此，《我城》中敘述過去的情況不多，即使有敘述過去的情況，也是僅僅像第 9 章中火車站、永別亭、學校等通過悠悠的回想一般，這個城市誕生以後（或是在誕生過程中）發生的些許變化。從同樣的層面去看，作品對這個城市的未來也沒有過多的論及。可是，對比城市的過去和未來時，有一點是明顯的。作家在作品的最後部分說到「舊的地球……一點也不剩。人類……在新的星球上建立美麗的新世界」（頁 235）。雖不太清晰，但作家一直期待著這座城市儘管有很多這樣那樣的問題，可伴隨著地球的再誕生而將延續到永遠。

陸、移動式敘述與以空間為中心的結構

相對來看，《我城》中對空間性的強調強化，對時間性的弱化迴避，是包含作家在內當時香港人群體無意識與作品內容和創作技法等相結合的結果。然而，作品中展現出的事物、個案、場所、斷片式人生的細節，各自形象稍有差誤，就會像一縷一縷撕碎或破碎的雕刻一般的破片化。但是，如何才能不變成破片而互相協調，發而起到協同效應？這裡有絕不可忽視的重要因素。

首先，作品中一貫的氣氛乃至情緒通過感覺互相關聯。也就是說，即使不通過一個中心線索或中心人物連結，主要人物們既純真溫暖又誠實的言行，作家對香港這座城市的方方面面和香港人人生的細節所持的肯定態度，孩子般的語氣和想像，富有節奏感的語句、文本和與之相應的插畫及形象運用等，相互連貫協調，整體上賦予了一定程度的一貫性甚至統一性。

還有別的、比這更重要而且作品中最成功的原因，即作品的結構本身就與對香港／香港人的想像以及其方式幾乎完全一致。

《我城》第 17 章中作家的現身胡說說道，「我作了移動式敘述……」（頁223）。關於此點，何福仁從 1989 年版以來附加了對《我城》幾個版本的一種解釋的

評論，以宋朝張擇端的手卷《清明上河圖》爲例，進行了如下詳細說明。西方繪畫一般採用固定視點。即使是表現時空交織於一起內容的畫作，也是採取一張張畫並列排列的方式。加之使用遠近法以來，使固定視點的使用更爲穩固。然而，用左手開卷用右手收卷的中國手卷，採用的是與之不同的移動視點。譬如，《清明上河圖》，從江的上游人跡稀少的郊外出發，一直延續到江的下游人潮擁擠的城內，視線隨畫作移動時，不僅視點不斷改變，而且畫中事件景物也不跟西方遠近法一樣，遠處的不一定小，近處的也不一定大，可是看畫的人對這些完全沒有意識到而自然地接納。《我城》的移動式敘述即是如此[21]。還有，爲《我城》寫評論的黃繼持，也與何福仁的意見一致，指出這部作品的結構具有手卷—連載—開放式結構相結合的特徵[22]。

已如很多評論家提到的那樣，這部作品確實使用了移動式敘述，獨立或重疊地展現了多樣的場面。問題是這種移動式敘述到底通過何種方式實現。至今，與何福仁一樣許多人都認爲通過手卷所畫的（或所看的）方式實現，對筆者而言，反而像中裡一邊移動一邊描寫的（或看的）方式實現。換言之，筆者認爲，《我城》在結構上與其說和《清明上河圖》同屬手卷式，不如說與由分開的、各有多重出入門的很多小庭園而組合的中國傳統園林更接近[23]。

▲ 圖 8-3 中國傳統園林的月亮門

爲了便於理解，首先探討一下與此問題相關的中國傳統園林特徵。一、中國傳統園林在大概固定規模的整個空間

---

21 何福仁，〈《我城》的一種讀法〉，載於《我城》（臺北：洪範書店，1999），頁 237-259。

22 黃繼持，〈西西連載小說：憶讀再讀〉，《八方文藝叢刊》，12 輯，香港：八方文藝叢刊社，1990 年 11 月，頁 68-80。該文也附在西西，《我城》（增訂本）（香港：素葉出版社，1996）中。

23 這裡筆者提到「中國傳統園林」以及評論家何福仁以《清明上河圖》爲例說明，只是爲了更有效地解釋《我城》的結構特徵，即作家西西爲在作品中表現香港的誕生試圖與中國歷史及中國傳統分離，與此並無直接關聯。

內，由大小與主題並不相同的很多小規模空間組合而成。這些各自的空間根據主題的不同，有著自己的景觀、故事與形象。相反，手卷因為需要展開卷軸來看，動作靜止的瞬間自成一幅獨立的畫，因與整幅畫相連，比起獨立性，前後的畫有比較強烈的連線性；二、那麼中國式庭園裡各自的小空間是完全互相獨立的嗎？也不盡然。小庭園之間大概由兩個以上的門連接，院牆上嵌有窗戶。通過這種門和窗戶，移動到別的空間也可眺望別的空間。空間和空間互相連接，從一個空間看另一個空間，像畫或相框甚至空間中的空間；三、這裡不可忽視的是，兩個以上的門不僅有使空間與空間相連的功能，移動到別的空間時，有選擇的餘地，能夠像超文本（hypertext）那樣進行多樣的組合。移動時門以何種方式呈現，根據所選擇門的不同會有所不同，假想舉例，可以由 A-B-C-D-E 等組合而成，可以由 A-C-B-E-D 等組合而成，也可以由 A-C-D-A-B-E-D 等組成。相反，手卷雖然前後可以移動，但按照固定的方向移動是基本；四、最後更重要的是中國傳統園林具有將有限空間變換成無限空間的效果。手卷雖可向前卷或向後伸展，但結果整幅畫最終還是一幅畫。被小小地分割開的中國傳統園林，基本上空間與空間分離，空間與空間移動，眺望別的空間，像超文本那樣按照互不相同的順序移動，在此期間出現新的空間，隨之產生這樣的空間會無限延續下去的感覺。即有限的空間不知何時變成了無限的空間[24]。

　　上述探討了中國傳統園林的特徵，現在按照前面的順序回想《我城》的各種方式與特徵。《我城》沒有貫通整部作品的人物或事件的先行展開，而是利用現代都市的各種事物和個案，「空間的場所化」與「空間的類似場所化」以及「人生的標記化」等這不斷地展現特定的場面乃至形象。然而，這樣的場面乃至形象是靜止不動的，本身有其固定的故事與主題。一方面，排斥（弱化）時間性與歷史性的香港的誕生，對其描寫非常恰當，另一方面，無論如何期待這座城市直到永遠的樂觀展望，也是非常

24　甚至北京頤和園的寬闊湖水也為了產生這樣的效果，有意地使用堤岸和橋樑，分離出昆明湖、南湖、西湖等三個空間，從佛香閣看去，越近的地方越是安置了大規模的湖水。即就在眼前的湖水規模本身非常大，而且分開成很多個的湖水重疊而成，就像這些湖水展現出會無限延續下去的形象。

恰當的。那麼這些豈不是從結構性層面上看發揮著與中國傳統園林相同的效果？[25]

《我城》中有展現這些方面的很好實例。第 6 章麥快樂作為公園和足球場管理員工作時經歷各種插曲的部分，各個插曲總是從一張照片開始。即靜止固定的空間通過一張照片展示，一邊說明照片的場面，一邊敘述照片裡的故事。然而，故事也就是照片裡拍攝下來的不僅僅以那個空間為舞臺，而是照片中人物活動與一系列空間有這樣那樣的聯繫。例如，總共五張照片中的第三張，是麥快樂在公園涼亭背面、好幾盆辣椒樹旁邊拍攝的，與辣椒有關的故事的舞臺，從公園開始，沿他大廈的室內—公園—大廈電梯—大廈室內—大廈電梯移動。而且辣椒後來在他成為阿果的同事時，與阿果去郊外架設電線柱時等不同的場面中，再次出現。

這種結構與《我城》以報紙連載方式的創作有不可分割的關係。《我城》以每天1,000 字的篇幅與插畫一起連載，自然事實上每天連載的內容和整體內容互相獨立的同時，也互相關聯。因此，以後黃繼持在回想連載當時的讀書經驗時述說到，《我城》的連載有別於情節性的連載小說，各段欲連還斷，欲斷還連，就像積累獨立的框框散文去閱讀一樣[26]。

25　西西將一種讀書筆記結集而成的《像我這樣一個讀者》（臺北：洪範書店，1986），其中關於義大利小說家伊塔洛‧卡爾維諾（Italo Calvino）共收錄了 4 篇文章，還在序言中特別提到了他。據此，《我城》以空間為中心的結構，似是受到了伊塔洛‧卡爾維諾《看不見的城市》的影響。卡爾維諾的《看不見的城市》，描寫城市的短小文本，既各自相連又與別的文本接近，具有多面結構。這個城市的連續性並不代表邏輯性的結果或序列，意味著追蹤多樣線索、引出多樣分類結論的網路。根據讀者如何「組合」各種記號、資訊、消息、暗號等，形成完全不同的意思。但包含在《看不見的城市》裡的各個短篇，展現了多樣豐富的主題，同時整部作品嚴格一貫地採用了對稱結構，具有統一性。另一方面，這種結構與尚盧‧高達《一切安好》的結構是一脈相承的。電影中，主人公電影導演紫克和美國人新聞記者蘇珊夫婦一起採訪了肉類加工廠發生的罷工。在此過程中，他們被與老板一起囚禁在辦公室裡，攝影機在二層樓房的各個空間進行水平移動，展現了大約八個分割的畫面。通過很多個「窗」，代言勞動者、工會、老板的各階級對峙，同時多角度地表現了這一混亂，不是直線性地而是結構性地去理解工廠罷工情況。但這部電影一眼把握整體情況這點，與中國式庭園一眼望不透將有限空間變成無限空間的效果，是不同的。以上參考李鉉卿，《伊塔洛‧卡爾維諾的幻想—超文字文學》（이탈로 칼비노의 환상과 하이퍼의 문학：주요 소설 연구）[韓文]（博士論文，韓國外國語大學，2011）；安寶玉，〈尚盧‧高達的《一切安好》：衝突與矛盾的電影〉（장 뤽 고다르의 〈만사형통〉）[韓文]，《法國文化藝術研究》，36 期（2011），首爾：法國文化藝術學會，頁 521-545。

26　黃繼持，〈西西連載小說：憶讀再讀〉，《八方文藝叢刊》，12 輯，香港：八方文藝叢刊社，1990 年 11 月，頁 68-80。

　　另外這種方式的結構以後在成書出版時，又出現了不同的閱讀效果。各不相同的版本，不同篇幅與不同場面綜合出版時，並不是篇幅太少需要篇幅大的作品縮寫消化，而與篇幅多少無關，各自作爲獨立的藝術品存在。例如，第 1 章中聚集在草坡進行活動的場面，隨版本的不同，有各不相同的形象。1979 年版作品中來採訪的記者問道，「請問爲什麼要申請集體自殺」、「沒有其他解決的辦法了嗎」（1979 年版，頁 15）。這一行爲明顯是在爲集體自殺請願，而 1989 年版刪除了前面的語句，只剩下後面的語句，「沒有其他解決的辦法了嗎」（1989 年版，頁 12），看似政治性的請願活動，爲這個城市製造了民主氣氛。1999 年版又有所不同。「沒有其他解決的辦法了嗎」（1999 年版，頁 13）是與 1989 年版所說的一樣，但取而代之第 4 章和第 16 章包含了瑜夫婦的相關故事，他們家中堆滿空椅子，整理身邊東西，去做「醫療檢查」並向著草坡走去。因此，讀到第 18 章中草坡的人們變成泡沫消失，留下空椅子的場面，會覺察到第 1 章的草坡場面並不是單純的請願運動。特別是繼續登場的空椅子可以令人聯想到尤內斯庫的作品《椅子》，思考人生的無意義及生命的自主權還有神的存在[27]。總而言之，筆者看來，第 1 章的草坡場面，像這樣根據版本的不同而有互不相同的意義，如分成很多小空間的中國式庭園，以何種順序出現或各自空間以何種景觀爲重點，都會產生不同的效果，結果與中國傳統園林同樣的結構但歸納出不同的效果。

　　因此，考慮所有這些要素，何福仁和黃繼持所說的移動式敘述本身雖很有道理，小說的結構上和技法上最重要的特徵並不是手卷式結構（或賞畫式的移動式敘述），而是看作分離成無數小空間的中國傳統園林結構（或園林內移動方式的敘述）更爲切合。另外，阿果搬家後的十七扇門，阿果去面試或體格檢查時建築裡這樣那樣的門，麥快樂工作的公園和足球場的門，阿北從一開始毫不厭煩堅持做下去的門[28]，阿遊乘坐的遠洋船每間艙室的門，阿遊的公寓大廈或阿果修理電話時訪問的住戶的門等，作

27　以上關於瑜夫婦的探討，啟發自梁敏兒，〈《我城》與存在主義—西西自〈東城故事〉以來的創作軌跡〉，《中外文學》，41 卷 3 期（2012），臺北：臺灣大學外國語文學系，頁 85-115。尤其關於尤內斯庫的《椅子》來自梁敏兒的說明。

28　首先阿北的門是作家和讀者交流的文學作品甚至藝術作品的象徵。

品中一再出現各種門，頻繁勾勒門的形象，也反覆描寫通過門進入另一個空間的行動。因此，作品在說明這個城市多樣的公園時，舉了一個公園的例子，不同尋常，非同小可：

> 有些公園的門口是很奇怪的，……它只有一個很小的門，外面四周都被白粉牆密密包圍著，牆頭上覆著黑瓦，打從側面看，可以見到扭繩的圖案。從小門走進去，就不同了。忽然會遇見一個大花園，園內有山有湖有軒有亭有樓有閣，走一陣，前面又是一扇小門，穿過門，卻是另外一個不同的大花園，園內有魚塘、有遊廊、有荷花池，池內長著伸出長臂的荷花，或者是躺在水面的睡蓮。這樣的園，一個連結一個，亦不知道一共有多少個。（頁69）

柒、《我城》的成就與西西的地位

西西的作品正如她自己所說的那樣，每部作品都展現了新的嘗試。因此，《我城》開始連載時，讀者的反應可能因新的內容和技法，並不那麼易於理解。作家西西在連載當時，聽到了某位同事壓根兒不知道寫什麼，黃繼持也透露過不敢說讀懂讀通《我城》。在後來的某個座談會上，杜家祁又坦率地發言到，西西大部分作品都看不明[29]。儘管如此，《我城》的寫法似乎沒有前例，讀得很快樂，也可能把自己的一些情緒讀進去[30]，如前所述，作品長期得到了眾人的矚目與呼應。筆者看來，這都是因為作品的主題和內容本身具有吸引力，結構與技法也相當協調，登場人物具有溫暖品性，賦予了有陌生化效果的孩子般表現以親近感，多樣的電影以及繪畫方面的體裁交匯式手法等，基於這些的很多形象得到了有效的活用。

當然，即使如此，也不是在說《我城》是完美無缺的。例如，使用孩子般的表現

29　西西，〈我城·序〉，載於《我城》（臺北：允晨文化，1989），頁1-2；西西，〈我城·序〉，載於《我城》（臺北：洪範書店，1999），頁i-ii；黃繼持，〈西西連載小說：憶讀再讀〉，《八方文藝叢刊》，12輯，香港：八方文藝叢刊社，1990年11月，頁68-80；何福仁、關夢南，〈文學沙龍—「看西西的小說」〉，《讀書人》，13期，香港：藝文社，1996年3月，頁70-75

30　黃繼持，〈西西連載小說：憶讀再讀〉，《八方文藝叢刊》，12輯，香港：八方文藝叢刊社，1990年11月，頁68-80。

給人以親近感的方式，或使用蒙太奇手法等，不斷賦予形象的方式，如果弄不好就會像童話或電影那樣讓讀者過度依靠直觀的感覺，走向更複雜的抽象階段時，反而會造成障礙。《我城》中豐富的隱喻及象徵性，稍不留意會引起讀者誤讀，造成過度地想入非非。代替人物和事件的先行敘事，就像中國傳統園林裡分割開的小規模空間內的各種事物和事例那樣散發式地排列，以空間為中心的結構使對此不太熟悉的讀者，造成好似迷路一般無法解脫的後果。

　　承續以上要點，探討《我城》中以空間為中心的想像與方式，並簡單地綜合看來。這部作品並沒有依照特定敘事者或主人公的故事情節展開方式，而採用了將不特定敘事者和多數人物的故事進行非連續綜合的方式。看待現代香港這一時空乃至時空概念（chronotope）時，具有弱化歷史的時間性以及強調現代的空間性的效果。這種效果在探討作品素材的方面，發揮地更為直接。作品中從香港的具體場所和特定空間開始到人生細節，通過「空間的場所化」，「空間的類似場所化」，「人生的標記化」等方式，主要描寫了與空間的關係，而不是與時間的關係。另外，以空間為中心的內容和素材並不以相互時間連結，像弱化時間性的電影的非線形的拼貼技法一樣，表現了強調空間性的形象和形象的重疊方式。所有這些方式與布置，對香港和香港人與歷史的時間性做了相關的敘述，與此相反，從地理觀點來看，相當強調世界中的香港等等，結果為了強調香港（人）的身分認同──香港性，而非香港（人）與中國（人）的歷史和文化的關聯性。然而這部作品中表現的事物、事例、場所、片斷式人生的細節以及各自的形象，並沒有形成碎片，反而產生了一種協同效應。作品中一貫的氣氛乃至情緒及感覺，雖互相關聯發生作用，但關鍵是作品結構本身具有與中國傳統園林相同的構造。即各個分開的複式的出入門綜合而成的許多小花園，像中國傳統園林一般，作品的各要素好似獨立的片面的，實際上通過這些相互多樣的組合與交織，使與中國傳統及歷史相分離的香港成為新的區域，使香港人成為新的人類群體，並構成恰當表現這些新事物誕生的結構。

　　西西幾乎在每部作品中都嘗試新的創作試驗，如看待《我城》中大部分成功的方

面時，是以後韓國的中文學界也應當重視的作家。至少對筆者來說：西西的作品被很多作家借用或拿去重新改寫，令人聯想到創作《狂人日記》和《阿Q正傳》的魯迅；不是漢族的中國（中原）而想像到香港人的香港，令人聯想到描寫苗族邊疆的沈從文；與農村視角無關，在從都市視角表現都市這一點看，又令人聯想到展現上海這座近代化都市的張愛玲。

第 9 章

正面的香港想像與方式——
西西的《我城》

▲ 圖 9-1 香港沙田街道

壹、《我城》，香港性的圖標

香港作家西西（1938-）的代表作《我城》，正如其在 1999 年《亞洲周刊》「二十世紀中文小說一百強」中排名第 51 位，不僅在香港文學界，也在整個中國文學界成爲被關注的一部重要作品。《我城》描寫了二十世紀中葉以來日益發展的香港以及在香港成長的一代，不管他們出生於何處，都將自己認同爲香港人，表達自己對香港的熱愛，主張自己作爲香港人的發言權，《我城》即是這些主張開始的標誌。

《我城》最初於 1975 年連載於香港《快報》，從 1 月 30 日到 6 月 30 日這五個月期間，大約連載了 16 萬字。1979 年首次以書籍的形式出版，此後出版的版本字數與結構略有差別，至今共有如下五種中文版問世。分別爲：香港：素葉出版社，1979（約 6 萬字）、臺北：允晨文化，1989（約 12 萬字）、香港：素葉出版社，1996（約 12 萬字）、臺北：洪範書店，1999（約 13 萬字）、桂林：廣西師範大學出版社，2010（約 13 萬字）。[1]

《我城》歷久彌新，出版了多種多樣的版本，得到眾多讀者的呼應。《我城》表現出的香港想像與方式早前即受到評論家和研究者的矚目，關注重點主要著眼於 1970 到 1980 年代作品的語言實驗、1980 到 1990 年代作品的香港性及敘事形式等等。此外，結合 1997 年香港移交問題，同行或學者將其看作是香港性象徵的圖標，他們在自己的作品中活用了《我城》的語句或內容，有些甚至超越性地通過續寫、重寫、互文性寫作等形態對作品進行了再創造。《i-城志—我城 05 跨界創作》（潘國靈、曉虹，小說）、《鯨魚之城》（梁偉洛，小說）、《V 城繁勝錄》（董啟章，小說）、

1　《我城》也有韓譯版（首爾：知萬知出版社，2011），由金惠俊根據 1979 年版翻譯的。本章如果未單獨提及，是以與連載當時的字數和體裁接近的 1999 年版本爲基準，頁數也以此版本爲依據。

《狂城亂馬》（心猿，小說）、《失城》（黃碧雲，小說）、《我·城》（張穎儀，詩）、《我剪紙城》（陳智德，評論），這些僅僅是其中的一部分。[2]

　　這裡將重點對《我城》中作家西西怎樣積極樂觀地把握及展望香港和香港人，以及又以怎樣的手法和方式加以表現的問題進行探討。

貳、新的城市，新的人們

　　《我城》第 17 章中作者使用後設小說的手法，對自身的創作意圖進行了說明。這裡一位手中收集各種字紙然後把閱讀作為愛好的老人（有可能象徵連載當時作為編者的劉以鬯）向一個叫做「胡說」的擬人化字紙詢問創作動機時，關於《我城》「胡說」做了如下回答：

> 是因為，看見一條牛仔褲。……看見穿著一條牛仔褲的人……去遠足。忽然就想起來了，現在的人的生活，和以前的不一樣了呵。……這個城市，和以前的城市也不一樣了呵。是這樣開始的。還有，因為天氣，晴朗的季節。看見穿著一條牛仔褲的人頭髮上都是陽光的顏色，……大家都已經從那些蒼白憔悴、虛無與存在的黑色大翅下走出來了吧，是這樣開始的。……那是開始。我用「都很好」的方式胡說。（頁 222-223）

　　解讀「胡說」的這段話，作家西西認為這個城市及這個城市人們的生活與以前有所不同，她用積極的視角描繪了這個變化了的城市和城市人。可是，西西的這種想法並不是她個人偶然設想出來的。

　　十九世紀中葉的 1841 年，香港不過是一個人口 7,450 名、出口檀香樹的極小規模的港口兼漁村。由於第一、二次鴉片戰爭以及其他原因，在 1842 年、1860 年香港島地區和九龍地區分別被永久割讓給英國，後於 1898 年新界地區也被租借了 99 年。在英國殖民當局的管轄下進行正式開發，同時人口也開始了持續的增長。因此一百年

2　這段中的一部分內容參考陳潔儀，〈西西《我城》的科幻元素與現代性〉，《東華漢學》，8 期（2008），臺灣：國立東華大學中國語文學系，頁 231-253。

後的 1941 年，已經成長爲人口 1,639,000 名的大規模城市，又經過五十年到移交中國的 1997 年，香港成爲了人口 6,617,000 名的世界型現代大都市。[3]

在這樣的發展過程中，二十世紀中葉，香港必要的人力資源，與自身增加的人口相比，主要依存外部（中國大陸）人口的流入。然而，第二次世界大戰結束以後，世界進入冷戰時期，情況也隨之發生了變化。隨著香港成爲資本主義的橋頭堡，與主張社會主義的中國大陸之間的交流受到了很大的限制。而且，過去雖然斷斷續續地受過控制，但大體上可以自由遷移，而此後移住者的人數顯著減少，香港居民的範圍在某種程度上開始穩定下來。換言之，出生成長於香港的人所占人口比例增長，他們自然也就開始成爲香港社會的新的動力。

理所當然，這種情況自然使得香港人產生了與以前不同的新的想像共同體意識，形成了身分認同。1966 年中國大陸的文化大革命和 1967 年香港的反英暴動，使其開始更加分明化。香港人不僅認爲香港與英國不同，也直接體驗到香港與中國大陸也是不同的。特別是進入香港經濟飛躍發展的 1970 年代，發展爲現代化大都市的這個城市中成長起來的新一代，不管其來自於何方、出生於何地，都開始將自己認同爲香港人，開始積極表達對香港的熱愛並主張自己作爲香港人的發言權。簡而言之，1970 年代，二十世紀中期以後成長起來的香港新一代，與從外地移住來的上一代不同，對中國的歸屬感相對較弱，雖然不把自己想像爲英國人，但意識或感覺到自己與中國大陸居民是截然不同的。

西西敏銳地感知到這些方面，隨之在創作中進行了某種新的嘗試，正如第 17 章中她自己闡明的那樣，意在刻劃這新的城市和人們。這種嘗試從作品的開始部分就體現了出來。不僅沒有貫穿整部小說的主人公和事件，敘事者和人物也都隨時變化。其中剛剛中學畢業的、大約十七、八歲的阿果還算是比較主要的敘事者兼人物，小說開頭從他父親的去世，環顧即將遷入的新家（上一代留下的房子），主辦葬禮以及搬家

3　人口統計分別參考徐日彪，〈近代香港人口試析（1841-1941 年）〉，《近代史研究》，6 期（1993），北京：中國社會科學院近代史研究所，頁 1-28；香港特區政府，《香港年報1997》，http://www.yearbook.gov.hk/1997/ch24/c24_text.htm，無下載日期。此後香港人口持續增長，到 2018 年中期達到 7,448,900 人。

開始。可是，看看下面的引文：

> 這是一個星期天。星期天和星期任何天一樣，循例會發生各式各樣的事。……
> 這天，發生的是一件古老的事。這天一早，母親的眼睛已經紅得像番茄，且腫
> 成南瓜模樣。……所有的來人都極有禮數，又衣著整齊，仿佛是約定了一起
> 來參加重要的彩排。……當有人把眼關注腕表時，一個棺材正打從石級上給抬
> 了上來。……這時，有很多很多人傷風了。（頁 4-6）

眾所周知，這裡用禮節性的方式進行葬禮，並不從陰暗、沉重、悲痛的成人視角
進行描寫，而是從明朗、輕快、淡然的孩子般的視角（而且還是比敘事者阿果的年齡
更年幼的孩子的視角）進行描寫。這部作品的開頭部分，搬入上一代留下的房子，從
這一點來說並不具徹徹底底與中國斷絕的意味，而意味著強調被叫做香港的這個城市
以及生活在這個城市的香港人的（新的）誕生，不以過去的死亡而以現在和未來的誕
生為重點。而這一點隨著作品的進行而越發分明。

參、現代城市的方方面面

香港這座城市以及生活在這座城市裡的香港人到底有什麼新的特點？而作者到底
又在展示著什麼樣的新的特點？

首先作品時時處處展現現代城市的形成與發展以及相關的眾多新事物，與以前近
代的農村事物有所區別的物質的、可視的城市的事物。例如：公共汽車（頁 21）、
十四座小巴（頁 113、205）、計程車（頁 114）、機器腳踏車（頁 12）、火車（頁
29）、航機（頁 23）、直升機（頁 12、229）、渡海輪（頁 13、131）、遊艇（頁
131）、郵船（頁 131）、軍艦（頁 131）、駁艇（頁 131）、電梯（頁 21、67）、電
樓梯（頁 191）等現代的交通工具和機器，玻璃大廈（頁 10）、鉛皮鐵蓋搭的屋頂（頁
22）、大室（頁 15）、電影院（頁 29）、超級市場（頁 28）、大廈（頁 191）、汽
車行（頁 111）、公園（頁 29）、游泳池（頁 29）、球場（頁 63）、廣場（頁 8）、
水花（頁 8）、袖珍銀行（頁 29）、光管（頁 23）、訊號燈（頁 23）等各種城市建

築和物品，還有溫度計（頁23）、童軍刀（頁154）、手電筒（頁153）、風筒（頁26）、唱片（頁27）、電話（頁34、41-42等）、電視（頁16、28）、攝影器具（頁10）、電飯鍋（頁27）、壓力鍋（頁64）、縫衣車（頁27）、洗衣機（頁21）、冰箱（頁15、26）、空氣調節（頁16）、風扇（頁16）、打字機（頁33）、電子計算機（頁111）、電腦格子紙（頁52）等現代生活電器和用品，洗潔粉（頁27）、漂白水（頁27）、肥皂粉（頁22）、洗頭水（頁26）、髮膠（頁63）、塑膠袋（頁11）、膠桶（頁25）、石油氣罐（頁27）、紅汞水（頁26）、碘酒（頁26）、維他命（頁22）、咖啡（頁83、146）、汽水（頁27）、可樂（頁104）、香口膠（頁12）、紙包麵（頁22）等日常消費品隨時登場。城市每年都有面貌一新的發展（頁178），按時供應石油氣（頁22），地下埋設了電燈線、電話線、煤氣館、水渠等（頁98），不管什麼店都去看店（頁190），分期付款買東西（頁226），在報攤買報紙或雜誌（頁122），睡不醒的眼睛和賽跑也似的雙腿（頁144-145），五個不相熟的人聯合雇坐的計程車（頁114），假日時游泳、爬山、釣魚、足球、騎腳踏車、划艇、野餐、遠足、拍攝照片（頁102、138、143）等休閒活動，土地不夠而去填海（頁29），不再埋葬開始火葬（頁66），火車站搬遷引發不動產價格變化（頁111），擁擠到診症室的急症病人們（頁200）等現代城市中的各種問題，特別是時時處處描寫著叫做香港的城市裡所發生的各種事件。

二十一世紀的現在看，小說中出現的種種似乎是理所當然的。但是，這部作品中這樣的事物或事例，除了電話以外，幾乎沒有重複登場的現象，另外可用來對比的是，農村的事物或事例幾乎未有登場，如果考慮到這些方面不難理解這些並不是創作過程中無意或自然出現的，而是作家刻意安排的。為了確認這一點，舉例說明如下：

第5章中有位名叫阿髮的小學女生登場，她為了中學升學考試永遠沒完沒了地學習，書架上一本書也沒有，卻堆滿了國語（中文）、英文、數學作業簿，每天削鉛筆超過50次。她的別名叫「發條髮」，除了上學睡覺，每30分鐘響一次的鬧鐘總掛在脖子上，做作業和遊戲的時間是自發的，但幾乎機械般的遵守。這裡阿髮的鬧鐘和「發條髮」的別名，能夠充分揣測出其中的含義。眾所周知，近代社會中（或是近代

城市中），鐘錶就是象徵著線形的、同質的、空間的、能夠分割的「近代時間觀念」，和將包括人類在內的世界中存在的所有事物當作個別附屬品的「機械的世界觀念」。[4]「我，有時好像背脊上裝了發條一般」（頁56），阿髮的鬧鐘以及「發條髮」的別名所展現的，即是在緊密的時間和機械的控制下的近代城市和城市人的生活本身。

上述如此之多的現代城市事物和事例，並不是生活周邊的東西單純地自動出現在作品中的。作家爲了突顯當時的現代城市香港，有意使用香港人現實生活中所熟悉的這些作爲道具。換句話說，也可以表現爲農村世界觀和都市世界觀的差異，[5]另外，這個城市裡的人們（即新的香港市民們）沒有任何農村背景，只流露出純粹的城市感受。因此，第4章中阿果就業面試時，對著上一代的面試官心中默問：「你是從別的城市來的吧？」即潛意識地以爲那個人若不是從農村來的，而當然是從某個「城市」來的。

與保有農村傳統的中國大陸有所區別的是，強調香港的現代都市性起源於香港社會安定和經濟發展的環境中成長的一代所具有的自信感。當然香港內部也不是沒有任何風波，環繞香港的外部環境也並不是對香港毫無影響。1949年以來中國大陸接連發生社會主義改造、反右派鬥爭、三面紅旗運動、三年自然災害、文化大革命等等各種政治運動和災難，世界各地出現韓國戰爭、越南戰爭、中東戰爭、石油危機等等各種混亂現象，但是，相比之下，香港社會的風波事實上只爲死水微瀾的程度。外部世界的這種災難和混亂對香港產生了一定的影響，但只是暫時有限的，甚至反而扮演了活躍香港經濟的角色。

試想，韓國二十世紀中葉以後處於休戰狀態，南北韓之間或是韓國國內的政治勢力衝突極爲頻繁，政治經濟民主化過程中不斷有人身生命受到傷害等極端情況的持續

4　雖然近代以前已經發明了鐘錶，但循環性時間觀念與有機體世界觀念仍起主導作用。參考秦基行，〈關於近代性的歷史哲學探究序論〉（근대성에 관한 역사철학적 탐구:서설）[韓文]，《哲學論叢》，19期（1999），釜山：新韓哲學會，頁149-178。

5　這部作品表現了空間上的城市多樣形態，而時間上的城市變化並沒有時常出現。另外，還使用了很多孩子般的表現方式。這些讓讀者感覺這個城市將溫暖、永遠的故鄉那般總會在其原來的位置。對香港人來說，如今他們的故鄉已不是農村而是城市了。

出現。然而，對此不再陌生的韓國人，儘管沒有抹掉內在的恐懼感，但不是仍毅然保持著精神上的平衡嗎？相較之下，成為英國的殖民地以來，特別是二十世紀中期以來的香港相對來說更為安全。經濟層面上與韓國、臺灣、新加坡一同飛躍發展的1970年代，當時香港雖是殖民地，與前面的地區一樣在某種獨裁管轄之下，仍然相對地享有更多的興論和思想自由。通過作為殖民宗主國的英國和冷戰時期領導資本主義世界的美國，與歐美各地區幾乎同時共有著各種訊息；作為世界交通中心地區，通過海運和空運與全世界相連接。站在這個城市人們的立場來看，城市外部發生的大部分事情只是現代傳媒的報紙、電臺、電視等興論媒體中傳達的「新聞」甚至「訊息」罷了。

可能與此相關，這部作品中下列兩種情況尤其突出。第一，作品中不僅城市本身的各方面，對外部世界的關心乃至外部擴張等相關的描寫相當之多。第二，作品中現代媒介及相關內容格外居多。舉例而言，第一種情況，未來的願望是到世界各地去旅行（頁54），學校畢業以後成為船員出海遠航（頁171-172），紐奧良、東京、檀香山、夏威夷、麻省、候斯頓、坦泊、巴拿馬、古巴、西印度群島、千里達、巴西、薩爾瓦多、山度士、布爾諾斯艾利斯、阿根廷、墨西哥、紅海、吉達城、蘇彝士運河等世界各地的地名處處登場。作為城市自身在郊外豎立電話柱（頁207-209）等擴展到外圍，UFO的出現（頁14）或想與星球人通話（頁36）等甚至把關心擴展到地球外的外星球。第二種情況，第1章的請願運動部分記者出現開始，第18章草地裡有人失蹤的部分也有記者登場，這個城市的很多工作都和媒體有關。通過報紙、雜誌、電臺、電視等查找賽馬消息（頁106），整天整晚看紙（頁27、216），收聽體育節目、觀看電視片集和廣告（頁15、28-31），接觸巴基斯坦的地震以及西奈半島的中東戰爭等國際新聞（頁9、12），根據電視節目收視率改變播映內容（頁31），1970年代已經接收衛星電視（頁36），這城市的電視新聞是世界著名的（頁130）。

所有方面綜合來看，能夠充分理解到這部作品創作當時香港人是充滿自信感的。他們的這種自信感確認了香港在世界中的位置，同時認識體驗到香港和中國——抽象的意義上是傳統中國，現實的意義上是現代中國大陸——是不同的、獨自的地方，並成為其中的一個重要原因。另外，再重新從前面的部分往後看，同樣香港／中國兩者

差異中最明顯實際的即是作爲現代城市的香港的面貌，也正因如此作家不斷地詳細敘述現代城市中的各種事物和事例。

▲ 圖 9-2　香港尖沙咀街道

肆、孩子般的表現

　　如上所述，西西大量詳細敘述了作爲現代城市的香港的各種面貌。[6] 不僅如此，對香港各個方面的敘述之多已經達到了不勝枚舉的程度，這些給香港讀者們或是瞭解香港情況的世界讀者們留下了深刻的烙印。九龍地區的中心地帶「尖沙咀」用「肥沙嘴」標記（頁 17、152）等等，把香港特定場所變換爲有意義的

場所的「空間的場所化」方法，建築物的層數用「第十一層第十二樓 B 後座」（頁 33）[7] 等等來表現強化香港特有的空間狀況的「空間的類似場所化」方法，口頭語言和書面語言的偏離「寫字的手，腦子和嘴巴每天吵架，已經吵了一百多年了」（頁 151）描寫等等，強化香港特有的事物或生活細節的「人生的記標化」方法，[8] 我們通

6　可以說這一切不完全是香港所特有，但即使如此對於當時讀過《我城》的香港讀者來說，這些都可以成為他們重新回憶瑣碎日常，接受新生活的契機。

7　香港建築的樓層數既按英國方式又按中國方式計算。因此 12 樓，按照英國方式應說成「第十一層」，按照中國說法應該是「第十二樓」。

8　物質的、陌生的、抽象的空間，通過人類的經驗，成為有意義的、親近的、具體的場所。即一個場所所具有的場所性（場所的 identity）通過物理環境，人類活動，以人類意圖和經驗為屬性的意義，這三種要素綜合形成。因此，對開展人類活動的特定物理空間賦予一定的意義時，空間可以變成場所，我們可以把這種行為稱作「場所化」。關於「場所化」的構想原來出自張東天，〈中國近代建築的文學場所性〉，載於高麗大學中語中文學系（編）《高麗大學中語中文系創立 40 周年紀念學術大會論文集》（고려대학교 중어중문학과 창립 40 주년 기념 학술대회 논문집）[韓文]（首爾：高麗大學中語中文學系，2012），頁 149-166；也參考愛德華·雷爾夫（Edward Relph），《地方與無地方》（*Place and Placelessness*）[韓譯版]，金德鉉等譯（首爾：論衡出版社，2005）。

過這些可以瞭解到其他的重要事實。作家通過這些方法，試圖對香港人所熟悉不過的親密空間、事物、日常等賦予全新感受，即以很自然多樣的形態製造陌生的效果。[9]

《我城》將讀者（尤其是香港讀者）所熟悉的都市（香港）和都市人（香港人）的生活變成陌生的，因此這個都市（香港）和都市人（香港人）的生活既親近又新鮮，而達到這種陌生化效果所常用的手法之一即是對孩子般的視角、想像、語氣等的活用。其例子相當之多，現僅舉幾例說明：

第一，對童謠、童話、謎語等間接直接的活用。譬如，第 1 章阿果去看自己以後要生活的家時，一邊踩著樓梯上樓一邊唱「烤麵包，烤麵包，味道真好」的歌，第 6 章中麥快樂說明公園相片時使用奧斯卡‧王爾德的童話《快樂王子》，第 12 章中阿果去島上玩猜謎語遊戲（頁 151-152）。當然這些不是一次性的，尤其是活用當時香港人熟悉的「太陽白色太陽」以及「我會唱搖小船」（頁 148）開始的孩子們的歌謠，為自己的人生起到了記憶猶新的親密效果。

第二是擬聲詞和擬態詞的使用，借用孩子們的語氣，活用類似發音的語言遊戲「諧音」，來描寫孩子們天真浪漫的行動，利用羅列等手法賦予孩子們歌謠般簡單的節奏感。「木質的梯級巴隆巴隆地響了起來」（頁 2），「遇見泊著一艘染滿很重鐵鏽的肥個子浴缸」（頁 3），「阿髮每天即上去拔兩條蔥，放了在書包裡。……或者會令自己聰明」（頁 53），「她們揮手囑我自己去到處走，好結識這屋子的房牆門窗，幾桌椅，碗桶盆，人手足刀尺，山水田，狗牛羊」（頁 2）……都是如此。

第三，以孩子們的方式使用擬人化、聯想、想像、誇張以及荒唐的邏輯。前述的叫做「胡說」的字紙以及各種尺的擬人化，搬家公司的職員表演雜技（頁 26-27），阿果躺在草地上，把草咬在嘴裡咀嚼，想像也許可以訓練自己做一頭牛（頁 226），課室旁邊空地裡種的白菜像地球儀一樣肥（頁 117），木匠阿北到阿果家看門，有空時做門而不做椅子（頁 86）。

9　關於「空間的場所化」、「空間的類似場所化」、「人生的標記化」，請參考金惠俊，〈西西《我城》中以空間為中心的香港想像與方式〉，《現代中文文學學報》，12 卷 2 期（（2015），香港：嶺南大學人文學科研究中心，頁 106-124。

　　當然《我城》裡孩子般的表現除了上述提到的幾種，還有相當多的例外情況時常登場。然而這種孩子般表現並不僅僅只爲發揮陌生化效果。還有一個重要的效果是，與這部作品相符合的（或是與小說作者意圖相符合的）各種積極氣氛。換言之，這部作品中表現出來的香港和香港人的生活既溫暖又正面。正如作家在作品中通過字紙「胡說」的話語表明的「都很好」那樣，樂觀地表現了這座城市。「都很好」指的是尚盧‧高達導演的電影《一切安好》（1972）。這部電影與其具正面意義的題目相反，以肉類加工廠中的罷工事件爲素材，描寫了資本主義社會階級階層衝突這樣的消極面貌。然而，西西說「『都很好』本來是一部電影。這電影的導演喜歡拼貼的技巧，又習慣把攝影機的眼睛跟著場景移動追蹤，一口氣把整場的情事景象拍下來」（頁223），比起該電影的內容，將那種樂天的題目和技法作爲重點進行活用。這可被視爲一種陌生化的方式，即使這個城市有沉悶的一面，以強調其積極面的意圖爲基礎，積極活用孩子般的表現即給這種意圖做出了相當大的貢獻。

　　但是，小說的後半部分這種孩子般的表現好像有所減少。即使出現孩子般的表現，那種新鮮感也有逐漸減少的傾向。城市的模樣和場面描寫增多，意欲詳細描寫說明看起來卻又像別的東西（頁92）。但另一方面，爲了肯定地描寫城市，已經盡力卻好似不得不意識到其消極的方面。事實上，許多人從發展邏輯的視角，將近代化過程中消極面看作伴隨著近代化的不可避免的附屬品。即使這樣，也不能無視這樣的消極面。因此很多論者早先就指責過近代化的這些消極面。西西並不是沒有意識到這些，當然《我城》中也出現了城市的消極面。

伍、批判和肯定，排外和溝通

　　現代都市以及近代化本身帶來的弊端已經受到了很多人各式各樣的批判。例如，海德格爾在《存在與時間》（1927）中主張要擺脫成爲近代精神與近代社會的地平線的、機械論的製作中心的思考和行動，本雅明在《德國悲劇的根源》（1928）中對近代精神綜述實行了歷史哲學批判，懷特海在《過程與實在》（1928）中展現了試圖超越近代精神的哲學構思。隨後，又出現法蘭克福學派關於近代精神的懷疑，結構主義

關於近代精神的挑戰，阿爾都塞關於馬克思主義的新的解釋等等。[10] 香港作家劉以鬯事實上即在這一層面上過去通過《酒徒》（1963）強烈批判了資本主義現代都市香港的邪惡，而且在西西的《我城》發表之後，又通過《陶瓷》（1979）、《島與半島》（1993）等作品仍然沒有停止這種批判。除了劉以鬯以外，如《地的門》（崑南）、《太陽下山了》（舒巷城）、《堅守最後陣地》（海辛）等等作品，還有二十世紀中期以來香港眾多作家各自互相持續地以不同方式對都市化表示憂慮的批判，對近代性本身提出疑問並進行反省。

　　西西自然對這些有著良好的認識。都市日益發展，在這一過程中人們越來越忙碌得走路也只看地面而很少抬頭（頁 105），在系統的、周密的人的組織裡（頁 92），調好鬧鐘像機器般行動（頁 56），萬一違反這定好的規則，就會成為被懲罰的對象（頁 76）。人們無法忍受資本主義產業文明的冷漠（頁 34）和灰色的混凝土建築之間的廢棄感，無法適應其中的人們被外部強制力量最終自己從高層建築的窗口跳下去結束生命（頁 93）。因此，作品中除此之外，處處提到垃圾的大量生成（頁 56-60），環境汙染引起的燕子棲息地減少（頁 72），人口密集造成空間不足（頁 66），犯罪頻發以及凶暴化（頁 168-169、206-207），為取得經濟利益行詐（頁 79），沒有時間讀書或思考而總是被時間追趕的即沖生活（頁 193-194）等都市的消極一面。

　　然而，西西與前輩作家不同，也與其他作家不同，對此相對溫和地批判，盡可能地強調積極的方面。例如，深夜歸家的麥快樂被三名強盜圍困搶去了錢和手錶的場面，麥快樂拿出了自己的全部而結果仍然遭受了暴行，被打的情況以及以後發生的事描寫如下：

> 沒有了。全給你們了，他說。他頭還沒有搖完，眼睛前面卻出現了一只拳頭，這拳頭打黑了麥快樂一只眼睛，打得他滿頭北斗星。……睜開眼睛的時候，前面的人都不見了。對街黑黑的，有一條白色的狗站在幾個破紙盒旁邊對著他呆呆地瞧著。……後來沒有見到麥快樂回去工作，他們在桌上看見一張紙，上面

10　參考秦基行，〈關於近代性的歷史哲學探究序論〉（근대성에 관한 역사철학적 탐구：서설）[韓文]，《哲學論叢》，19 期，釜山：新韓哲學會，1999 年 12 月，頁 149-178。

　　留下他寫的幾個字：我已去了參加城市警務工作。（頁 206-207）

　　無庸諱言，路上強盜事件本身是都市的消極一面。但上面的引文中作者例外地使用孩子般不太通順的（或是不太符合常規的）語氣，溫和地批判這一事件。甚至這裡設定麥快樂辭去電話局的工作去當警察，也都保留了對香港的樂觀看法。

　　然而，對西西來說也存在著一種不可忽視的深刻問題。這就是排外／溝通問題。現代社會中個體的發現乃至主體的發現，使以個人的獨立、個人的自由及個人為基礎的市民社會能夠成立，並在這一點上具有非常重要的意義，另一方面，那種個人之間相互排斥或者被他們的社會排斥，這種排斥的結果反而使社會具有全體主義化的危險性。[11]在這點上，西西所持的關於城市的肯定態度，對城市的陰暗面保持比較溫和的批判水準，但至少無法輕視排外問題。因此，在《我城》中對於排外現象的指責和對於溝通的希望不斷表現出來。例如，阿髮看著從別的地方飛來的、怎麼整理都整理不完的天臺堆積的垃圾，給鄰居寫信告知因為垃圾所帶來的傷害。麥快樂、花王傻等在公園撿起某人的電影劇本，為了還給人家，在自己沒有錢的情況下硬是費力拿出兩條報紙廣告。另外，阿果、阿髮、悠悠依次訪問自己做門艱難度日的阿北，阿果和乘坐遠洋船的阿遊互通書信，都是如此。這許多例子中，最集中表現作者意圖的是，阿果作為電話工人通過電話這一現代道具，賦予人們之間互相依存的角色。特別是作品最後部分中，阿果在郊外豎立電線柱，連接電話線，最後連通每一個人可以互相通話，以下的場面極其意味深長：

　　　我不知道聽筒那邊的聲音是誰的聲音，陌生而且遙遠。但那聲音使我高興。電話有了聲音，電線已經駁通，我的工作已經完成。我看我錶，五點正。五點正是我下班的時間。那麼就再見了呵。再見白日再見，再見草地再見。（頁235）

　　閱讀這部小說的讀者，這裡所說的再見或下班的時間，就會立刻知道是什麼意思。這也許是這部小說連載結束的時間點，也許是這部已成書的小說完成閱讀的時

11　參考秦基行，〈關於近代性的歷史哲學探究序論〉（근대성에 관한 역사철학적 탐구：서설）[韓文]，《哲學論叢》，19 期，釜山：新韓哲學會，1999 年 12 月，頁 149-178。

間，也許是期待另一部作品中再次相遇的時刻。然而，之前連接電線開通電話，這意味著作者終於通過作品和讀者溝通，也意味著通過整部作品所重複希求的、城市的個人和個人間的互相溝通終於實現。這更進一步意味著叫做香港的這個城市中的人們與全世界的人們溝通，甚至地球上的人們與外星的生命體乃至神連通。

這難道僅僅是筆者的推測嗎？絕對不是。這部作品中的反覆重複表現，對於這一點通過探討以下兩點即可得到充分的確認：

《我城》中個體和集體的關係已經被提到過多次。正如上面所述，作者充分肯定現代城市中個人的確立，同時多次表示這些個人不應該被排斥而應該互相溝通，作為其結果的城市不應該是匯集沒有任何特徵的單一個體的複製品的場所，而應該是多樣獨立的個體互相溝通共同交融的地方。作者的這種希望體現在阿果進行職務研修的過程中，有這樣的敘述出現，「大家以前都不曾相識」（頁 91），「我們彼此由完全不認識到忽然一下子可以談起來，不外是這樣的一回事。……是了，人為什麼要發明電話呢，難道不是為了可以彼此交談麼」（頁 97）？換句話說，每個人各自自身既是獨自的主體的存在，又通過相互溝通成為和諧的集體（市民社會），因此作品的題目「我的城」其實意味著「我們的城」。

另一方面，這種「我的城」或是「我們的城」結果不是與世隔絕的孤立的城市。整體來看這部作品，空間層面一共可分為三個層次。即以我為中心有三個同心圓，第一個層次內的同心圓是叫做香港的城市，第二個是香港以外的包括中國的全世界就是說地球，最後第三個是地球外部的外太空。[12] 第一部分無須再多說。關於第二部分，也許談及一項就可以，則，作品中通過乘坐遠洋船出去的阿遊的來信或這個城市的報紙和電視等輿論報導提及世界眾多地方。最後第三部分，也許應當多說一點。作品中 UFO 的出現（頁 14），宇宙旅行和宇宙語學習（頁 30-31），希望與外星人通話（頁 36）等處處都提到了外星球，甚至與外星球有關的插圖也出現了很多次（頁 35、95、173）。而將這些與後面要提到的存在主義問題聯繫起來看時，整部作品都

12　參考陳潔儀，〈西西《我城》的科幻元素與現代性〉，《東華漢學》，8 期（2008），臺灣：國立東華大學中國語文學系，頁 231-253。

在希望溝通，作品結尾也象徵著這樣的可能，不僅是作者與讀者的溝通，城市的個人與個人的溝通，這個城市的人與世界各地的人之間的溝通，更涉及到與外星人甚至與神的溝通。

陸、雙重的感情與樂觀的展望

　　如上所述，西西盡可能以積極的面貌來描寫城市而提出樂觀的展望。然而，反過來看，這意味著西西卻意識到城市的消極一面並對此具有批判的態度，對城市的未來也在某種程度上保持悲觀態度。這種態度隨處可見。例如，阿髮每天清理不知從哪兒飛到天臺的垃圾，但「誰也不敢擔保明天又會有什麼」（頁 59），悠悠一邊逛商店一邊問阿髮，「當我六十歲，你還容納我嗎？」（頁 119）尤其是第 4 章和第 16 章中，瑜夫婦擺放空椅子的場面，收拾身邊的事去進行身體檢查（？）後放好椅子去草地的場面，第 1 章草地中人們聚集的場面，第 18 章中聚集到草地的人們變成泡沫消失掉而只剩下空椅子的場面等，都作為集體自殺的暗示，能感受到這個城市的未來就像是被很抑鬱的影子所籠罩。

　　西西的這種態度在她自己自身的口述中也有一定程度的體現。她與何福仁的對話中說，《我城》成為自己創作生涯的一個分水嶺，如果說以往存在主義時期的創作都沉浸在生命無意義的想法當中，那麼這部作品則不同，看待事物保持另一種態度，開朗多了，作品的結束也充滿希望。但不管怎樣作者還沒有完全從這座城市或人生的陰影中走出來。因此即使作者做出以上說明，作品仍然留有存在主義的痕跡，只是形態不同罷了。[13]

　　對這個城市正面的讚揚，負面的溫和批判，未來的積極樂觀，一絲無奈何的悲觀等等，這些作者的複雜態度是第 10 章中有比較好的體現。第 10 章中讀者乃至這個城

13　西西、何福仁，《時間的話題》（臺北：洪範書店，1995），頁 198。即使作者已經作過如此說明，但梁敏兒仍然認為《我城》不僅殘留存在主義思想並且是一個非常重要的主題。參考梁敏兒，〈《我城》與存在主義—西西自〈東城故事〉以來的創作軌跡〉，《中外文學》，41 卷 3 期（2012），臺北：國立臺灣大學外國語文學系，頁 85-115。

市的人們可以由「你」這一第二人稱主語來敘述。一個休息日「你」醒來一看，城市的全部──公園的椅子、公共汽車站、霜淇淋車、交通信號燈、斑馬線、員警所、隧道、書報亭、報販、公共電話等等──甚至整個城市被用透明的塑膠布包裝變成了包裹。「也許包裹是爲了防止汙染。……或者，包裹是意味著人們不相往來了。……又或者……這城市……搬到比較理想的居住環境去」（頁 125）。除了「你」甚至包括書報亭的報販，城市的全部都靜止了，其中「你」忽然遇到了一個揮舞著劍，把劍朝四周刺割的人。他給「你」塑膠布和劍，讓你選擇自己走進塑膠布讓布把你裹著，或是用劍把包裹一個個割開。但問題是這個包裹被切斷割開的同時，會立刻自己縫合起來，割裂包裹將會是一件永遠無法完成的工作。那麼這個人自己又會如何選擇呢？「他既沒有能力割開繩索和布幕，又不願意成爲包裹，他只好每天用劍對著天空割切，他想把天空割開一道裂口，好到外面去」（頁 127）。可是聯想爲西緒福斯（Sisyphean）的他一邊說著，「我很疲倦」（頁 127），一邊就「閉上了眼睛，很快就睡著了」（頁 127）。面對著兩者選一的「你」也「就和舞劍的那個人一般睡熟了」（頁 128）。

第 10 章的敘述也同樣給予很多思考。這個城市以及地球的環境汙染，惡劣的居住環境問題等暫且不談，從作者個人層面來看，也可看作是通過創作與讀者溝通的可能性和不可能性，從這個城市人們的層面來看，也可看作是個人與個人溝通的可能性和不可能性。更進一步，可以提出這樣的疑問，發現主體的人類究竟能夠替代神，甚至包裝時的包裹可以看作移居到外星球的象徵。只是這裡明顯的一點是，作者乃至這個城市的人們並不完全對這個城市持樂觀態度，也並不是無條件地對這個城市的所有方面都持肯定態度。

這樣看來，關於這個城市，作品中人物（或是西西）的感情在某種程度上具有雙重性是不足爲奇的。例如，阿遊爲乘坐遠洋船離開這個城市時，一起走的人說，「這擠逼骯髒令人窒息的城市，我永遠也不要再回來了」（頁 172），阿遊自己也說，「我摯愛的、又美麗又醜陋的城」（頁 173）。同時，儘管如此，他們以後都對這個城市表達了強烈的感情，這也是不足爲奇的。乘坐遠洋船的阿遊等在海中航行時感歎道，「離開我生長的城那麼遠了呵」（頁 174），遠望點綴了無數燈盞的港口，問道「是

我城嗎？是我城嗎？」（頁 188）每當在陌生的港口停靠，向新上船的人問了又問，「我們的城怎樣了呢？我們的城別來無恙吧？」（頁 174）去附近島上野營的阿果一行輪流大聲呼喊起來，「我喜歡這城市的天空」，「我喜歡這城市的海」，「我喜歡這城市的路」（頁 157-158），最後祈禱道，「天佑我城」（頁 170）。這些表現中，各登場人物既是西西的化身，也是香港人的化身，考察這部作品的特徵時，事實上是作家自身的表現以及這個時代香港人的表現。正是因爲這種對這個城市的愛以及更進一步對人生本身的愛，即使不能完全抹去一絲陰暗的影子，作家反正都在自動地盡力揭示樂觀的展望。換句話說，西西當時個人仍然可能在某種程度上受存在主義的影響，即使不完全轉換對世界肯定、對未來樂觀的態度，但面對日益發展的香港以及擁有強烈自信感和自負心的這個時代的香港人，作爲其中的一個人，不僅已經肯定了香港並對其前途持樂觀的態度，而且這樣的態度在作品中相當地並有效地展現出來。

同樣，西西自然有意識的努力可以和作品中期待創造「美麗新世界」相聯繫。阿髮的班主任在草地上和孩子們談話時，「目前的世界不好。……你們可以依你們的理想來創造美麗新世界」（頁 54）。其後，阿髮未來願望中的一個是「將來長大了要創造美麗新世界」（頁 54）。這種對創造「美麗新世界」的期待，看似不再需要作更多說明，更重要的是作品結尾和阿果通話的電話聽筒另一邊傳來的聲音，以下面這樣的話作結束：

> 電話聽筒那邊的聲音說……舊的地球將逐漸萎縮，像蛇蛻落蛇衣，由火山把它焚化，一點也不剩。人類將透過他們過往沉痛的經驗，在新的星球上建立美麗的新世界。[14]（頁 234-235）

14　「美麗新世界」是阿道司・赫胥黎的小說《美麗新世界》的題目。赫胥黎的這部小說原本是一種反烏托邦式小說，諷刺了一個科學支配萬物的新世界。這裡所有人都可以乘坐私人直升機到任何地方，這裡沒有階級鬥爭也沒有不幸，但是人工孵化出的人類是滿足於被科學技術賦有的生物體的階級與角色，像機械部件一樣活著的。就像前面西西表明「都很好」時，以一種陌生化的方式活用電影《一切安好》的題目和技巧，作者這次同樣不管其內容如何，也只活用了小說《美麗新世界》的題目，期待這座城市可以永遠是個「美麗新世界」。因此讀者如果知道其原來的背景，不管是說「都很好」還是「美麗新世界」，也可以隱約感知到從這些詞彙的原作中流露出來的一絲悲觀情緒。以上有關「美麗新世界」的論述中，「陌生化」概念源自陳潔儀，〈西西《我城》的科幻元素與現代性〉，《東華漢學》，8 期（2008），臺灣：國立東華大學中國語文學系，頁 231-253。

▲ 圖 9-3 2005 年香港街道上的嶺南大學畢業生

柒、我的城市，我們的城市

《我城》是香港文學史上甚至中國文學史上具有里程碑意義的作品。這部作品最初並且最成功地刻劃展現了香港人想像的共同體意識，而且這部作品展現的對城市的想像，並不僅僅侷限於香港這個城市，而可適用於世界上的任何一個城市，因爲這種想像是以最得體、最具獨創性的的方式加以表現的。結合這一點，可以簡單地綜合如下：

二十世紀中期以後成長的香港的新一代，對於中國的歸屬感逐漸減弱，覺得自己是有別於中國人的香港人。西西敏銳地感知到了這一點，意圖正面地描寫這個新的城市和新的城市人。爲此，西西詳細刻劃了現代都市裡物質的、可視的物體，也不斷地描寫了現代都市裡發生的各種事件。這既是源於她有意的嘗試，也是源於香港社會安定和經濟發展的環境中成長的一代所擁有的自信感。西西使用了陌生化方式，使讀者對都市和都市人的生活產生親近且全新的感覺。這種陌生化的方式是她使用的具有代表性的手法之一，從活用孩子般的表現開始，作品中充滿了對香港和香港人的生活既溫暖又正面的描寫。當然西西也意識到了現代城市的消極一面。但是，她對此採取相對溫和的批判態度，盡可能地強調其積極的一面。然而，對她來說，排外／溝通問題是個重要的問題，對排外現象的指責和對溝通的希望不斷出現。因爲西西對香港這個城市的愛，甚至對人類人生本身的愛，即使不完全地抹去昏暗的陰影，也盡力對城市的未來表達了樂觀的展望。

可能要理解作者西西在《我城》中展現的香港想像和方式，比起從上述冗長的分析文字中得到指引，最好的方法是透過閱讀行爲直接參與到想像與方式中。從這些地方來看，也斯——在香港想像方面和西西一樣是最熱忱、最成功的一位，不久前已故去的香港作家，他下面的這段話很值得細讀：

到底該怎樣說，香港的故事？每個人都在說，說一個不同的故事。到頭來，我們唯一可以肯定的，是那些不同的故事，不一定告訴我們關於香港的事，而是告訴了我們那個說故事的人，告訴了我們他站在甚麼位置說話。[15]

是這樣的。可能我們都在透過自己自身的位置，以自身的方式想像著香港以及自身的世界。從這個意義上看，《我城》對西西、對我們各自來說分別是「我的城」，而結果對我們全體來說就變成了「我們的城」。

15　也斯，〈香港的故事：為什麼這麼難說〉，載於《香港文學 @ 文化研究》（香港：牛津大學出版社，2002），頁 11。

第 10 章

總合性的香港想像與方式——
也斯的《後殖民食物與愛情》

壹、重複的登場，不安定的人物

▲ 圖 10-1 也斯（1949-2013）2007 年於三聯書店
灣仔莊士敦店香港詩歌朗誦會

《後殖民食物與愛情》的初版（2009）中收錄了 12 篇短篇小說以及作者的〈後記〉與〈鳴謝〉，修訂版（2012）從 12 篇中刪掉 1 篇，增加了 2 篇新作品，若將初版與修訂版綜合起來看《後殖民食物與愛情》的作品數應算作 14 篇。[1]

每個短篇自身是獨立的。但在不同的作品當中同一或相似人物重複出現，相互連續或關聯的事件陸續展開。譬如第一篇作品〈後殖民食物與愛情〉的主人公史提芬這一人物就是如此。他出身香港到英國攻讀設計回來後白天在髮廊做頭髮，週末晚上兼營酒吧，還執筆寫專欄。[2] 但是他後來在〈後殖民食神的愛情故事〉、〈沿湄公河尋找杜哈絲〉、〈點心迴環轉〉、〈尾聲〉等中改行到電視臺做資料蒐集，以主要或次要人物身分再登場。除此以外，在其他作品中也不管其是否登場，都會穿插與其相關的情節。其他人物也同樣如此。以香港教授何方（老何）、美國教授羅傑、食評人薛大貴（老薛）、職業女性阿素為首的眾多人物都在各自不同的作品中以主要或次要人物的身分登場，在既有的人際關係中展開具有連續性的行為。像這樣在相互錯綜複雜的時空間背景中重複登場的人物還包括貴婦、國強、國雄、阿李、美子、伊莎貝、阿麗絲、鴻燊、寶釧、小雪、蕙、阮、洪嬸、公主、蓮黛等 20 多名，當然登場人物的總數比這還要多。

特定作者的不同作品中出現既各自獨立又具有相互關聯性的人物或事件的情況並不少見。香港小說家黃碧雲作品中的葉細細、陳玉、趙眉、許之行、陳路遠、遊憂等

1　這裡主要以初版（香港：牛津大學出版社，2009）為文本，以修訂版（香港：牛津大學出版社，2012）為參考。本章如果並未單獨提及的話，引文的頁數也以 2009 年初版為依據。

2　所謂專欄散文家，是指在報紙文藝版面的固定欄裡，定期投稿幾百字至上千字散文的人。關於香港的專欄散文，參考本書第 2 章〈香港專欄散文的壇變與未來〉。

人物就以不同身分出現在不同場面裡。甚至〈雙城月〉的女主人公七巧也借自張愛玲的〈金鎖記〉。她們像細胞分裂繁殖般的充塞黃碧雲的世界，產生一種似曾相識卻又恍若隔世的幻魅效果。從最表面層次來看，她創造了作品內外豐富的指涉性，使單篇原無足觀的文本，突然豐富起來。[3]

也斯的人物與事件在這一層面上基本上也達到了同樣的效果。重複出現的人物與事件使不同文本相互銜接從而增加了文本的豐富性。但是也斯的人物與黃碧雲的人物不同，同一或相似的身分、性格、行動出現在固定的事件與場景中，正如長篇小說中的人物一樣。這與作者的個人意圖或事情有關。作者也斯曾在〈鳴謝〉表示他原本打算撰寫長篇，但由於各種原因從 1998 年到 2008 年大約花費了 11 年的時間創作了各自獨立又相互關聯的一系列短篇小說。

但即是如此，也並非一切事物都像長篇小說中的人物或事件那樣完整地契合。譬如，多數作品中以羅傑的香港女朋友身分出現的阿素（Suzie，蘇絲）和愛美麗只是名字不同，從被描寫的身分、人際關係以及角色上看都是同一人物。但在各短篇中的性格和行為卻非完全一致。〈尋路在京都〉、〈幸福的蕎麥麵〉中被描寫成可愛依人的女性，而在〈愛美麗在屯門〉、〈點心迴環轉〉中卻是非常獨立甚至勢利的女性。另外她與羅傑第一次見面是在〈後殖民食物與愛情〉中跟隨瑪利安一起來參加史提芬的生日派對上，而在〈愛美麗在屯門〉中是經她的朋友愛時髦和其英國男友約翰介紹認識的。薛大貴也同樣如此。他先是報社總編兼食評人，後來又成為旅行社主管兼導遊，他的身分、性格、行為具有相當的一致性，但在所有作品中卻又不是嚴整的契合。因此在各別作品中根據情況的不同對他的稱呼老薛、肥薛、薛公等也不盡相同。

正如上述例文所述，也斯的人物與事件具有相當程度的連貫性，但同時也帶有一定程度的裂痕和縫隙。也正因如此各個短篇之間的連貫性製造出相互間的指示性，同時各個短篇之間的錯位又產生了一種想像的空間。這一切都使他的作品世界更加廣泛

3　有關黃碧雲作品的人物與事件的重複參考王德威，《跨世紀風華：當代小說 20 家》（臺北：麥田出版社，2002），頁 337-338。臺灣小說家蘇偉貞的《沉默之島》中也由於主人公的自我分裂，而出現了兩位同名同姓的女性人物——霍晨勉。

和豐富起來。

這些現象大體是在原本構想長篇小說後改成短篇合集的過程中自然形成的，甚至其中的一部分可以單純說是出於小說作者的注意不夠。[4] 但至少小說作者是在長時間的撰寫過程中逐漸意識到這些現象所帶來的效果從而做出的有意嘗試。這首先是因為雖然小說作者在人物的一貫性上煞費苦心，但仍然出現不完全性甚至不一致性。再說，從整體上看小說作者對人物做了相當縝密的處理，因而不能說這一切都是出於注意不夠或失誤。其次，是因為各短篇小說中出現的人物各自獨立又或明或暗地互相連結，行之有效地展現出好似相互無關實際上卻互相關聯的香港人的生活。關於後者將在下文詳述，在此繼續考察登場人物及有關事項。

《後殖民食物與愛情》的登場人物眾多又各色各樣。也斯頻繁借敘事者之口詳細說明或描述登場人物的姓名、來歷、經歷、職業、容貌、穿著、性格、行動等等。譬如下文：

> 阮做了幾年護理，然後才又回來讀大學。她本來是越南人，自小來港，在香港讀書，跟一個美國醫生結了婚，有一個女兒。因為她的工作經驗，因為她的背景，令她比同學都成熟點，她的粵語和英語都說得很好，……（〈西廂魅影〉，頁 70）

這大概是為了展現短篇中各色各樣的人物，同時也為了賦予重複登場人物一定程度的一致性。不管怎樣最終我們也由此掌握了較為詳細的人物。

我們可以從眾多人物上發現一些特殊現象。第一，由於留學、職業、移民等原因輾轉於幾個國家的流動性人物相當多。上述引文中的阮就是如此，除了阮之外還有很多。香港出身的史提芬、瑪利安、伊莎貝、藍玫瑰等有著在歐洲留學的經驗，同樣是香港出身的阿麗絲以前非常英國淑女化而現在變成了日本通在日本工作。日本人美子愛上了香港，在香港工作但由於公司遷移新加坡結果又回到日本，韓國人公主在首爾

4　像澳大利亞出身的訪問學者彼德／彼特，歐洲出身的女教授多樂維夫人／多路威夫人這種情況單純屬於標記上的不同。

長大卻在歐洲留學，又參加香港的舞團，現回到首爾。美國教授羅傑曾經當過嬉皮，念過英美文學，本來想到日本教書而結果來了香港，主要教英語而非英美文學，香港教授何方常常以訪問學者身分長期滯留日本與歐洲。香港記者小雪作為特派員去了臺灣，臺灣出身的蕙住在香港。上海出身的小說家向東剛剛移居到香港，在越南出生的華人蓮黛在臺灣長大，在美國居住又臨時滯留越南。

第二，他們的經歷和職業存在著很大的可變性。譬如，老薛他本來讀經濟，參加過政治團體，後來寫馬經頗有名氣，然後改寫食評。一度做過報社總編，非本意地離職後跟家人一起移民加拿大，但是由於經濟上的原因放棄移民一個人回到香港做旅行社主管兼導遊往返香港、溫哥華、中國大陸等地。除了老薛以外，還有從日本公司出來原本構想開餐飲店結果卻移民加拿大的阿李，經營酒吧、日本餐飲店、旅行社等頻繁改換工作的鴻燊等等前文提到過的許多人物同樣如此。

也斯筆下的人物在很多方面具有流動性和可變性又意味著什麼呢？首先，可以單純看作是由於跨境移居人群的大量出現而產生的全球化時代現象的映照。另外，也反映出由於中國大陸的社會激變或其他原因香港人的移居一向頻繁的現象。但作者也斯的特定觀點在此設定上有意無意地起著重要作用。這一點從作品集的題目中出現「後殖民」這一用語本身也可以類推出來。即小說作者極為關心後殖民時代的各種現象，更進一步說，這種流動性和可變性可與香港人模糊不清的處境乃至身分相連接。

前面簡短提到的史提芬的身分和言行就反映出作者的這個意圖。他因為當年父母偷渡香港，也沒有出世紙（出生證明），連生日都不十分清楚。身分證上是領取當天的日期，家裡提的是中國陰曆的日子，還有阿姨後來從萬年曆上推算出來的陽曆日子，也沒有真正核對過。就這樣三個生日在不同場合輪番使用，倒也適合他散漫又善變的性格。朋友們為他辦第一個生日派對時正值香港移交，電視裡播放著愛國歌曲晚會，別人都很重視日曆上印成紅色的日子，自己對什麼大日子都無所謂。作品中許多人物都像史提芬這樣出生地與居住地、職業與經歷、甚至身分都處於不斷流動變化不安定狀態，這不單純只是全球化時代的香港和香港人生活的寫照。這是 1997 年香

港移交以後後殖民時代的香港和香港人模糊不清的狀態相關聯，是作者的某種有意設定。[5] 譬如，看到溫哥華機場的海關櫃檯前緊張不安的老薛，敘事者描述道「不知哪兒是家鄉哪兒是異鄉」（頁132），這顯然不只是在表現某一個人的模糊不清的狀態。

由此來看，也斯筆下的人物中沒有具有一定社會地位或者沒有具有戲劇性經歷的人物這一點也是值得注意的。從職員、店員、小工商業者、下層勞動者、主婦、學生到教授、記者、評論家、藝術家，幾乎所有登場人物都屬於普通市民。[6] 當然某個作者作品中的登場人物大部分都是平凡的小市民這一點本身並非什麼特別的事情。但是也斯作品中的這些人物所經歷的、所思考的、所行爲的就是普通人的經歷、思考和行爲，每個人都有雖是瑣碎而卻是屬於自己的故事，作者有意不斷重複敘事所有這些確實是不尋常的。

譬如，〈幸福的蕎麥麵〉中的敘事者何方是這樣描述鴻桑的：「鴻桑是我的舊朋友，大家逐漸走上不同的路。……我想我們是很不同的人，九八年春因緣際會幾幫人馬剛好在東京碰頭，那次玩得瘋了，也是那次我們大吵了一固，之後大家就不見面了。不光這樣，他還到處去說我的壞話。……但陰差陽錯，最後又總會碰在一起。……最後還是接受了他就是這樣的」（頁59）。敘事者在這裡絮叨的都是些無關緊要的日常瑣碎甚至不值一提的人際關係。

在這部作品集中像這樣的內容隨時可見無處不在。另外這些特徵不僅體現在主要人物或次要人物身上，甚至在一閃而過的背景人物身上都有所體現。例如〈愛美麗在屯門〉中描寫茶餐廳裡人物的地方就是這樣：

> 回到茶餐廳，老細瞌睡還未醒轉。……剛進來買外賣的是生果鋪小夥計阿橙，一天到晚給兇神惡煞的老板呼喝辱罵。坐在中央那兒是退休的鄭老伯，老在閱報品評時事。角落裡是個失業的粵曲藝術家，據說患了玻璃骨病，每天拿著一大疊紙寫他的劇本，就是一直沒法把心目中最理想的女主角形象寫好。剛拿一

---

5 因此他的作品中有關1997年香港移交的話題頻頻登場。這種意圖從其它很多方面也都可以觀察到。

6 也有黑社會老大或殺手登場，但他們在某種意義上也不過是社會的小人物。

大盆碗碟走過的是洗碗的阿靜，每天都要砰砰澎澎打破二、三十隻玻璃杯，惹
得老細大發雷霆。至於坐在最前面，正對櫃圍收數阿娥的那瘦漢子，是阿娥前
度男友。雖然已經分手，他還每天呆坐在對面監視她的行動。（頁 102）

　　香港作家陳冠中在〈金都茶餐廳〉（2003）中就出色描寫了香港各種各樣的混種
性食物和製作這些食物的被稱作「茶餐廳」的大眾飲食店以及經歷複雜或模糊不明的
香港的普通大眾。上述也斯的引文就很像陳冠中作品的縮簡版，特別是小市民的那些
不重要的自己的故事被壓縮地表現出來。[7] 也斯像這樣隨時隨處地絮叨流動可變不安
定的香港眾多小市民各自瑣碎故事的理由又是什麼呢？請見下文繼續討論這個問題。

貳、個人的記憶，群體的歷史

　　也斯不斷地描寫與刻劃平凡小人物的瑣碎日常和人際關係。雖然是小說中的內
容，但這些內容用語言記錄的瞬間已經成為過去，因而也成為記憶。換句話說，這些
個人的故事成為個人的記憶。也斯在作品中對於這些瑣碎甚至混亂的，有時被忘卻而
不被記錄的個人的故事——個人的記憶不厭其煩地重複敘述是有一定意圖的。

　　〈後殖民食物與愛情〉中史提芬與女友瑪利安一起去見世伯，餐桌上三個人各自
敘述或回想自己過去接觸過的食物、餐飲店和與其相關的事情。在這裡，不僅登場人
物的行為本身如此，講這些事實的敘事者（史提芬）的敘述也不尋常。談到餐飲店他
說：「我想知道多一點這地方過去的歷史」（頁 8），「我想通過這地方去認識自己
沒參與過又隱約跟自己有關的那部份歷史吧！總之，沒有這麼容易解釋一切的公式」
（頁 8）。這樣的例子非常多。特別是初版的最後一篇作品〈點心迴環轉〉中敘事者
何方甚至說「他有他的、我有我的故事。我們都不容易代替彼此寫要寫的故事」（頁
243）。

　　在也斯看來香港人個人的許多記憶不只是微不足道的人們的微不足道的記憶，而

7　參考本書第 5 章〈香港小說中的外籍女性家庭傭工——「菲傭」〉。

是所謂香港人這一群體的記憶，還要變成爲香港的歷史。[8]因此也斯不斷地描寫不安定的、不完全的個人瑣碎的故事，作品中的小人物也不斷地在敘說或回想自己的過去之事。即爲也斯通過香港各個人的記憶敘述著香港人這一群體的歷史。在他的作品集中記憶（記憶、回憶、記得、記起……）與歷史這樣的詞彙分別被使用約有 70 回，衆多登場人物關注歷史，其中作主要人物何方被設定爲「教歷史的」（頁 3）教授也並非偶然。

當然這種個人的記憶可能正確也可能不正確。當事人相互違背，抑或一方否認另一方，甚至連自己的記憶也有可能很難相信。〈溫哥華的私房菜〉中老薛與寶釧各自主張溫哥華的房子是自己找的。〈愛美麗在屯門〉中羅傑主張愛美麗阿爸肺癌治療時自己也出了力，但愛美麗卻搖搖頭轉移話題。〈艾布爾的夜宴〉中何方在以分子美食而聞名的艾布爾跟幾個人一起用餐，大概因爲醉得不醒人事本來以爲跟史與覓夫婦一起吃飯，但第二天看報紙才知道兩人在前往艾布爾途中已經死於交通事故。

這些都是在現實生活中經常出現的現象，在某種意義上又是些自然現象。那麼，這些不僅瑣碎甚至相互不同或混亂的個人的記憶如何成爲群體的歷史呢？關於此問題〈溫哥華的私房菜〉的敘事者（實際上是小說作者）詼諧地說了下面這段話：

> 不料寶釧就像民族主義者重寫後殖民歷史，堅決一筆抹煞：「沒這回事」！一
> 段歷史就此消失。（頁 134）

就是這樣。從歷史與記憶、歷史與忘卻、歷史與想像之間的關係上來看這些都是具有充分可能性的。〈溫哥華的私房菜〉中的敘事者說「果然是勝利者寫歷史」（頁148）。當然這是很多人經常使用的通俗表現。衆所周知這句話意味著在歷史敘述上或迴避某件發生過的事件，或製造某件沒有發生過的事件，或歪曲某種事實的現象很多。進一步說，這也意味著在歷史敘述上忘卻比記憶更多，或者所謂歷史不是由記憶

8　也斯很早在他的小說《記憶的城市‧虛構的城市》中也說「我們這時代，……也見到記憶被壓抑，被歪曲，也見到人們向記憶探索，想尋找真相。……一個人可以面對他的記憶，他才是一個成熟的人；一個國家能面對它的記憶，才可以是更成熟而開放的」。也斯，《記憶的城市‧虛構的城市》（香港：牛津出版社，1993），頁 84。由此看也斯有意在爲了尋找、保存、製造這些記憶—歷史而努力，可以說這些努力的一部分就是《後殖民食物與愛情》。

形成卻由忘卻形成。不僅如此，這不禁使人聯想到眞實的或客觀的歷史乃至歷史敘述能否眞正存在的問題。因此，甚至所謂歷史其實是想像這樣的表述也出現。

也斯筆下的登場人物各自展現自己複雜的記憶與歷史，而這就表明也斯所思考的香港人群體的記憶與官方強調的香港歷史或歷史書上所記述的歷史完全不同。通過這部作品集，可以看出也斯始終對根據某種觀點或理論出發簡單化的歷史敘述乃至一種線型的宏大敘事持有懷疑態度。對他來說，香港的歷史不是有意地、故意地、選擇地通過記憶與忘卻再構成的某種總體，而是或相互一致或相互違背，或混亂或可能消失的個人的記憶的總合。因此，在他的作品中就頻繁出現了如此眾多的平凡小市民瑣碎的故事，即，與個人記憶及作爲其總合的群體歷史相關的敘述。

也斯就是在這種觀點與意圖上詳細描寫了作爲香港人的登場人物的瑣碎日常以及香港的都市風景、社會問題、甚至食物。[9]譬如，〈愛美麗在屯門〉中的主人公愛美麗爲了增進阿爸的食慾逛遍屯門地區的大街小巷，這時敘事者描述了街道的樣子、人們的面貌、食物甚至具體提到了餐廳名字，還不時將這些與香港的各種社會問題相聯繫。〈點心迴環轉〉中何方給向東作嚮導——介紹了與飲食相關的老鋪子的變遷，看到有一兩家店鋪掛出抗議遷拆的布條時就想到共同體的破壞與歷史性的消失，心裡說「可惜的是原來建立起來的社區關係、種種生活累積的經驗，也一下子拆掉了」（頁246）。除此以外還有很多這樣的例子。[10]

9　除了小說，也斯在詩歌、散文等方面也採用了同樣的方式。與此相關的韓文文獻可以參考以下內容。朴南容，〈香港梁秉鈞詩歌所表現的城市文化與香港意識〉（홍콩의 梁秉鈞 시에 나타난 도시문화와 홍콩의식）[韓文]，《外國文學研究》，34 集（2009），首爾：韓國外國語大學外國文學研究所，頁 121-143；宋珠蘭，《關於也斯散文的香港性的研究—以 1970、80 年代爲中心》（也斯 산문의 홍콩성 연구：1970~80 년대 작품을 중심으로）[韓文]（碩士論文，釜山大學，2010）。

10　關於場所的喪失、個人的記憶、香港的歷史，參見宋珠蘭，〈也斯作品所表現的對於香港成市化的記憶與痕跡—以小說《後殖民食物與愛情》爲中心〉（예쓰 (也斯) 작품에 나타난 홍콩 도시화에 대한 기억과 흔적– 소설 포스트식민 음식과 사랑을 중심으로）[韓文]，《中國學》，54 集（2016），釜山：大韓中國學會，頁 241-256。

　　實際上，在香港文學中首次從香港的都市風景與生活面貌到社會現象或文化現象幾乎展現所有方面的並非是也斯的作品。劉以鬯早已在《酒徒》（1963）中留下先例。[11] 西西也早在《我城》（1979）中將這些爲素材，通過空間的場所化、空間的類似場所化、人生的標記化等方式給香港這一都市的空間和社會以及人們的生活賦予了特定的意義。[12] 然而也斯與這些作者相比通過更加詳細更加眞實的，而且更加歷史化的描述，潛移默化地表現出這個城市人困惑的處境和思考。下面的引文也許可以幫助理解這一點。

> 我們走過連接公園與對面高樓的天橋。四面是高聳的銀行大廈的峭壁，這兒就像是深穀中一道獨木橋。……我指給他看高聳的中銀大廈背面，花園裡有貝聿銘堅持要用臺灣藝術家朱銘的太極人形。天橋通往長江大廈，當年這兒是希爾頓酒店。長江對向東而言是祖國的江河，對我們來說可是地產公司。（頁235）

▲ 圖 10-2 中國銀行香港分行和匯豐銀行

　　1997 年香港移交前後，在香港許多新的建築被建造起來。這就是說，香港人熟悉的各種空間因爲經濟效果或者政治目的而消失，新的象徵物被豎立起來。其中之一就是中國銀行香港分行建築，比殖民時代作爲香港中央銀行的匯豐銀行建得更高，成爲當時香港的最高建築。建築的主人不是別人正是中國大陸，可是設計者是美國華人，紀念造型的雕塑家是臺灣人。香港希爾頓酒店原來屬於香港首富李嘉誠的長江實業地產有限公司，一時委託希爾頓酒店管理，在香港移交前後回收、重新建造而恢復長江大廈的名字。但

11　參考本書第 7 章〈香港文學中具有里程碑意義的小說——劉以鬯的《酒徒》〉。

12　這裡的所謂空間的場所化是指給某種特定的固定空間賦予場所性，將無意義的空間有意義化；所謂空間的類似場所化是指將香港特有的空間狀況場所化；所謂人生的標記化是指將香港特有的事物或生活細節形象化。參考本書第 8 章〈空間中心的香港想像與方式——西西的《我城》〉。

是同樣是「長江」一詞，大陸人與香港人各自卻有著不同的解讀。

也斯特別提到這些的意圖又是什麼呢？另外作品中的香港人敘事者何方是爲了來自上海的向東作嚮導。兩人的名字「何方」（香港向哪兒走？）與「向東」（像長江一樣走？）各自所具有的涵義也是意味深長的。這難道不是說因爲 1997 年香港移交的歷史性變化與兩個地區的人們對此賦予的意義截然不同嗎？更進一步看，這還暗示，在英國殖民時代結束後的後殖民時代，中國大陸強調著民族主義對香港採取各種措施，它本身很可能被誤會成新的殖民者。前述引文中過去象徵英國的資本與權威的匯豐銀行底層在星期天被休假的菲傭占領的具有諷刺意義的現象也與此不無相關。[13]換句話說，也斯想表明進入後殖民時代中國大陸雖然對香港進行了民族主義強化，但是全球化時代的今天，單只用民族主義觀念去說明香港特殊複雜的情況與歷史是不可能的。[14]

參、無所不在的作者，無所不在的香港

如上所述，也斯試圖通過對從人物的身分、經歷與他們的日常生活到香港的都市風景、社會問題、乃至食物的瑣碎描寫表現出個人的記憶與群體的歷史。也斯的這種記憶化、場所化、歷史化是在很多地方通過登場人物所經驗的事件或他們的行動來實現，但是更多的還是通過小說的敘事者來實現。從整體來看，作品的人物或事件都是比較沒有傳奇性的，人物的言行或故事的展開也是比較沒有曲折性的，然而描述和展開這些的敘事者的敘述卻是津津有味的、大有可觀的。

也斯作品中的敘事者有時使用第一人稱，有時使用第三人稱，但在〈點心迴環轉〉中這兩種敘事者同時出現。前者包括史提芬、老何、小雪等主要人物，後者是典型的

13　曾經象徵殖民時代的匯豐銀行被新建後以具有後現代性著稱，特別是底層就像有天花板的廣場，如今進入後殖民時代以後，到了星期天這個地方就會被菲傭所占領。有關外籍家庭傭工的詳細論述參考本書第 5 章〈香港小說中的外籍女性家庭傭工──「菲傭」〉。

14　如果這裡的說明不夠充分，再參考前面談到的關於敘事者對趕走原住民的再開發行為的看法就會更加清楚了。

全知全能的說故事的人，但是不管是哪一種，這些敘事者在展開敘事時隨時對人物的行為與思考、他們所經歷的情況與事件進行評價。不僅如此，使用直接或比喻的手法敘說香港人或非香港人所經歷的或正在經歷的事情，談及與香港相關的各種歷史、政治、文化、經濟問題。即為也斯作品的敘事者不是忠實敘述事件進行的「中立性敘事者」，不斷針對香港與香港人提出自己見解的「論評性敘事者」。[15] 更通俗一點說，就是敘事者這樣那樣不斷地囉嗦。因為敘事者這樣的性格，在讀者看來不管作品中敘事者的名字或身分是什麼都感覺像作者自身一樣。即，在閱讀小說的過程中讀者自然將敘事者與作者同一化，就像不斷聽到作者也斯在絮叨什麼一樣。

作品的敘事者（或是作者也斯）從作品人物的言行到香港問題等各種瑣碎之事都有所言及。在此過程中，從現實世界到文學作品、電影電視、大眾歌曲，將既有的眾多人物、事件、詞句或引用或模仿或戲謔，除了日常用語或流行用語以外還運用學術用語乃至文言，常常文本互涉地在新的脈絡中創造新的意義。[16] 敘事者的表達有時逗弄滑稽，有時苦澀挖苦，有時觀察犀利，有時評價深刻。幾乎沒有專門針對一個問題的冗長大論，但是針對這樣那樣的眾多問題就會不斷發放簡短言辭，而且有時使用拼貼法或蒙太奇的方式使情節展開非常具有速度感。例如，〈幸福的蕎麥麵〉中敘事者何方與日本人小澤教授不斷換著地方而繼續對話的部分非常具有代表性。兩個人的對話越長他們喝的酒越多，而越是如此敘事者對兩個人的行動與對話內容的敘述越帶有跳躍性，到後來這幾乎變成一系列的形象，變成文化大革命以來中國的歷史摘要和小澤教授的人生概要。

也斯的小說就像這樣，人物的言行與事件本身是發生在平凡人物日常生活中的瑣碎雜事及其反應。故事展開也比較簡單沒有太大起伏，這一切的敘述過程中敘事者不斷介入隨時議論。再加上〈尋路在京都〉、〈幸福的蕎麥麵〉、〈溫哥華的私房菜〉、

15 關於「中立性敘事者」與「論評性敘事者」的說明參考金天惠，《關於小說結構的理論》（소설 구조의 이론）[韓文]（首爾：文學與知性社，1990），頁 81-86。

16 〈溫哥華的私房菜〉是其中的代表。在這部作品中也斯運用傳奇或章回小說的形式，從主人公的名字到小說的內容，不僅到處引用或模仿《薛平貴》或《王昭君》等故事，而且還模仿1940 至 1960 年代香港特有的混用文言文、廣東話、國語的三及第文字。

〈斯洛維尼亞故事〉、〈艾布爾的夜宴〉、〈沿湄公河尋找杜哈絲〉、〈點心迴環轉〉等幾乎一半作品寫的都是登場人物到世界各地旅行或者滯留過程中的經驗、觀察、反應等。因此也斯的小說就像作者在直接講述自身的經驗、觀察、思考、感覺。特別是除了各地的風景與風俗以外，還有很多有關世界各地人們多樣的思考與行動的敘述，因而作品又類似於身邊瑣記或旅行隨筆。因此這部小說集的後記〈雲吞麵與分子美食〉甚至讓人很難區分是小說作者的後記，還是又一篇小說作品。

　　也斯小說的這些特徵使人覺得他作品中的敘事者乃至小說作者本人無所不在。就這樣不管是第一人稱的敘事者還是第三人稱的敘事者好像都是小說作者本人，史提芬、老薛、何方、羅傑等主要人物好像都是也斯的現身。例如，羅傑是念過英美文學的美國人，本想去日本教書，結果卻來了香港。但是他的身分、年齡、思考、言行本身不僅與作品中的其他主要人物一脈相承，而且作品中的敘事者也主要站在他的立場和視角來敘述與他相關的各種問題。因此使人覺得作品中的敘事者與羅傑類似同一人。史提芬、老薛、何方等等情況也是如此。另外這與也斯作品所具有的隨筆性特徵相結合，結果使人產生主要人物與敘事者都像是小說作者化身的印象。如果讀者讀了作品集最後附錄的小說作者的〈後記〉與〈鳴謝〉，對小說作者的實際情況掌握更多一些的話，也許這種感覺會更強烈。那麼認識也斯的人就更不用說了。[17]

　　在這部作品中無所不在的存在不只是敘事者或者小說作者本人，還有更加重要的存在就是香港。如上所述，這部作品集的空間背景沒有僅限於香港。除了香港以外還包括日本、加拿大、西班牙、斯洛維尼亞、越南等作為主要背景出現，而韓國、葡萄牙、中國大陸、德國、美國等也作為部分背景登場。但是也斯不管在什麼時候什麼地方因為什麼問題都隨時與香港相連接，因此，登場人物不管去世界什麼地方或者在世界什麼地方，香港都會出現。

　　例如，敘述何方參加在斯洛維尼亞舉辦的詩人大會的作品〈斯洛維尼亞故事〉就

17　也斯在〈後記〉中說到朋友問起是否有真實人物作為藍本時，他回答說作品中只融會了對人的觀察，沒有諷刺的成分。從這段說明來看，也許認識也斯的人很多時候會覺得作品中的人或事與自己有關。

是如此。故事開頭敘事者何方入境時因為持有「香港特區」護照就遇到了困難。接著在談到德國統一問題時發出「浪漫的嘉年華沒有持續多久，現實問題已經迫近過來了」（頁121）的感慨，暗裡使人聯想到香港移交問題。碰到一個熟人後又說「是九七年來參加過我們[香港]國際詩會的羅馬尼亞詩人拉劄」（頁123）。整個作品裡這樣的敘述不斷重複，而到了結尾部分，何方在與賽普勒斯詩人史達爾分的漫長對話之後，這樣說道：「賽普勒斯與香港相似，七〇年代也有大批移民離去。也有歸來的人。我們明白親人的離散，明白政治造成人心的隔膜與誤解」（頁130）。

因此香港不受作品的空間背景侷限，無時無刻不出現在登場人物的對話或敘事者的說明裡。不僅如此，內在表現也同樣如此。例如〈濠江殺手鹹蝦醬〉和〈沿湄公河尋找杜哈絲〉等作品分別以移交的澳門和統一的越南為舞臺，在小說的背景或內容上直接或間接滲透著香港特殊性問題。另外從上述史提芬或羅傑的情況也可以看到，不管是香港人抑或不是，在登場人物的行為和思考中都流露出香港人的特徵。總而言之，香港在所有作品中都是名副其實的無所不在。

所謂香港無所不在，自然意味著作者的所有關心都從香港出發又歸結於香港。但是，也許也斯自己也沒有意識到，這其實還意味著香港既是世界的一部分又是世界本身。即，在香港出現的現象和關於這些現象的解釋並非侷限於香港的問題，實際上是全世界的問題。換句話說，香港不是與世界隔絕的孤立的獨立的存在，也不單純是與世界相連接或僅是世界的一部分，實際上，香港是包括當今世界眾多問題的世界的縮簡版，也是能代表整個世界的存在。包括香港學者在內的很多香港人和中國大陸人總傾向於將香港問題限定在香港與中國的關係上。但是也斯卻在告訴大家香港是不能單純被限定在香港與中國大陸的範疇內的存在。也就是因為如此，在這部作品集中以世界各地作為背景時香港也會不斷出現，反過來以香港作為背景時世界各地也同樣不斷登場。這也正是這部作品集中無所不在的香港的真正意義之一。

肆、混種的食物，混種的認同

也斯為了表現無所不在的香港，除了上面所論述的方法之外還使用了其他多樣的手法與技巧。大概其中最特別的就是他選擇了「食物」作為素材，而充分發揮自己的香港想像。

也斯在他的〈後記〉中說：「食物連起許多人情與關係，連著我們的記憶、我們的想像」（頁 253）。是這樣的，也斯選擇食物作為主要素材來表現自己香港想像的原因正是如此。據他說，這是為了參加溫哥華的一個文化節，在準備關於香港文化演講的過程中構思出來的。當時，他不希望說太多理論性的東西而以一種具體的、立體的東西來說明香港的文化，在為此苦思的過程中竟關注到人們在日常生活裡經常接觸的食物。換句話說，他認為：「食物是我們日常生活中總會接觸到的具體的、具有味道和顏色的事物，而且還是連接人們的感情和記憶的、彼此間可以進行溝通的工具，因此使用食物可以更有效更具體地展現香港與香港人的面貌」。後來他積極將此想法運用到小說等的創作，其結果也是非常成功的。[18]

這部作品集中幾乎所有地方都出現了食物及其相關的故事。在其中重要的場面裡食物就成為了焦點。譬如，〈後殖民食物與愛情〉中史提芬與瑪利安因為食物而戀愛，因為食物而分手，又因為食物而重逢。史提芬的生日派對在某種意義上食物成為最重要的話題，生日本身卻成了次要的。就像從參加派對的人們的言行中所看到的，這部作品集的主要人物大部分都很關心食物。其中老薛、小雪、鴻燊等一些人甚至是食評人、飲食記者或飲食店的主人。

也斯將人物身分、性格、他們的日常生活或者都市風景、社會問題與香港人群體的記憶相連接。同樣他也通過食物喚起、製造、積累記憶。譬如前面簡短提到的史提芬與瑪利安以及她阿爸、世伯的約會和兩個人分手本身就是如此，他們各自對過去的記憶也是如此。這種形態貫穿在整個作品集裡。〈溫哥華的私房菜〉中老薛跟移民來

18　梁秉鈞，〈嗜同嚐異──從食物看香港文化〉，《香港文學》，231 期，香港：香港文學出版社，2004 年 3 月，頁 16-20。本文敘述請參考金惠俊、宋珠蘭，〈《後殖民食物與愛情》（韓譯版）解說〉，《香港文學》，336 期，香港：香港文學出版社，2012 年 12 月，頁 68-71。

溫哥華的熟人聊食物以及相關的旅行話題時描繪道：「大家彷彿跟隨老薛遠遊，攀山涉水，嚐那鏢渺難尋的原鄉之味」（頁 140）。初版的最後一篇作品〈點心迴環轉〉中從 20 年前第一次見面時何方給向東買點心開始不斷出現各種食物及其相關的過去的記憶，甚至何方給向東做嚮導的途中也不斷回憶和解說沿途的飲食店和相關的記憶。

可以說這種方式效果非常好。眾所周知，進入全球化時代食物與旅行成為了文化生活的一個重要要素。電視裡也是「吃秀（eating show）」和「料理秀（cooking show）」節目盛行，主要播放食物和旅行節目的頻道大量登場，SNS 裡也是充滿有關食物旅行的內容。年輕人中相當一部分都會在品嚐之前先把美食拍下來，甚至回想起什麼時候在什麼地方發生了什麼事的時候，不是先想起遇到了誰或什麼事件，而是回想起品嚐過什麼美食。關於旅行的記憶重要的也不是風景或事件，而是沿途吃到的美食。因此食物不止於食物本身，還與記憶相連接。

當然也斯不僅僅把食物當作記憶的契機或工具使用，而是通過食物將個人的記憶轉換成群體的歷史，即，將與飲食相關的記憶歷史化。〈溫哥華的私房菜〉中老薛的母親不愧是飽經風霜的一代在材料不足條件受限的情況下轉眼之間就做出標準的廣東菜餚。這時敘事者就使用排列出可以聯想到這些形象語句的方式，同時展現她所經歷的歷史事件、時代風貌以及她的料理技術。另外，食物本身也包涵著歷史性，這就自然與也斯有意展現的群體歷史銜接起來。譬如，「雲吞麵……但在那背後，怎樣打出一盤盤韌性適中的爽口靚趣，還是有不少工序，是許多老師傅把實踐的心得手口相傳下來的結果」（頁 256）。

不僅如此，飲食還與歷史解釋或歷史敘述問題相關聯。第一篇作品〈後殖民食物與愛情〉中，登場人物看到電視上香港移交盛宴酒席時在旁跟著起哄。「七一同歡笑」等充滿民族色彩和吉祥祝願名字的食物，實際上不過是在熟悉的傳統家常菜上貼上善頌誇張修飾的標籤。這些都在暗暗諷刺官方的單方面強迫性的歷史製造，而表達出群體的歷史是由平凡個人的記憶總合而成的思考。〈後殖民食神的愛情故事〉中敘事者小雪和老薛兩人對街坊小吃的好評也是出自同一觀點。特別是這篇作品中的食評人老

薛並不像一般的食評人否定大眾食物，而是結合普通市民的日常生活從中挖掘出特有的面貌。

臺灣小說家朱天心的〈匈牙利之水〉（1995）中使用了氣味→記憶→歷史的方法。她在這篇小說中說「我相信到時候光從……香味，……就都可以不花力氣、看電影似的看盡自己的過去」[19]，將氣味與記憶相結合，由此暗中強調像自己一樣的臺灣外省人出身的歷史，主張他們在臺灣應有的權利。也斯在這部作品集中用飲食代替氣味來喚起記憶、敘述歷史。也就是說，他在通過語言喚醒、製造、積累記憶的方面，還運用食物這一嶄新的事物。也斯對食物的構想大概可以通過作品中的人物老薛的構想簡單明瞭地表現出來。老薛說他要寫一本書，關於香港食物的歷史這本書將會包括一切大家要知道有關香港的事情：「歷史、政治、文化，甚麼都有，是一本空前絕後的、書中的書」（頁 154）。

也斯運用食物的手法中最為重要的意義之一就是通過食物強調香港或香港人所具有的某種特徵──混種性和開放性。食物根據各自地區的自然條件和人文環境的不同而具有獨特的特徵。如果食物去其它地方旅行／傳播，當然會發生多種變化，總會與當地的條件與環境相結合。結果就形成了一種既與原有的相同又出現微妙差異的存在，如果變化的幅度大就發生了變種，或是形成了新的事物。也斯就是運用食物所具有的這種特性，即與食物相結合的記憶與歷史再加上混種性特徵表現出他所想像的香港和香港人。出於這些意圖，在這部作品集中有數不清的食物紛紛登場。從中國各地或世界各地引進，至今在某種程度上保持原來的狀態的食物、與原來相似卻開始香港化的食物、已經混種而成新的食物，從香港向中國各地與世界各地出口的，又被當地化了的食物……。就是這些食物的狀況和前述登場人物的流動性可變性不明確不安定的身分與處境一起與「香港人是誰、香港是什麼地方」的問題產生微妙的共鳴。

再加上，小說作者通過敘事者對這些事實加以明示或暗示的說明。〈後殖民食物與愛情〉中的史提芬在倫敦留學時嚐過的法國烹飪和泰國調味美妙的結合的混種料理的味道不能忘懷，他說：「令我感到，東西方文化融合在一起是可能的」（頁 8）。〈點

19　朱天心，《古都》（臺北：INK 刻印文學生活雜誌，2009），頁 132。

▲ 圖 10-3 〈鴛鴦〉（也斯，1997）

心迴環轉〉中美國人羅傑在首爾的日本餐廳的菜單中「猶如大海漂泊找到浮標」般找到「Sashimibibimbap！」（魚生拌飯）時敘事者說道：「這是他在這場合中找到最合乎心想的選擇了」（頁238-239）。

但是如果仔細分析這些例子，他所說的混種並非單純的多元因素的混合、混種，而是與殖民者與被殖民者之間模仿（mimicry）的概念相似的霍米巴巴（Homi K. Bhabha）式的混種。也斯否定根據某種特定的標準強迫的正統乃至原初本身，而承認可以顛覆這些的模仿形態的混種性本身的價值，甚至認為混種性本身能具有正統性。拓展來看，這是拒絕對香港強行注入來自殖民主義或者民族主義等外部因素的正統性。更直接地說，這是主張香港的混種性本身就是香港的正統，香港的原初。當然或還未混種、或正在混種、或已經混種而誕生新事物的情況下，被強迫的原初和模仿變形的複製品也仍然混在，從這一點上來看，也斯是承認多元並存的。但是因為他的混種是用模仿來對抗強迫的原初的同時還承認混在，所以絕不是以被某種特定原初統合為最終目標的，即絕不是取消所有多元的所謂的熔爐式多文化主義。就是說，他所想像的混種不是一種一方壓倒另一方的單純並存的，而是一種相互干涉的同時又相互共存的。[20]

從這些方面來看，敘事者乃至作者對溫哥華電視裡不停歇地播放飲食店廣告的反應頗為意味深長。在〈溫哥華的私房菜〉中敘事者說：「好似過去香港有的，這邊都有了，不少大廚都已移民過來，而且材料還更新鮮！還有香港沒有的呢」（頁137）。這好似在說香港什麼食物都有，這些食物不僅同時存在，而且正處於相互混

20　也斯在〈鴛鴦〉（1997）這首詩中將香港特有的叫作「鴛鴦」的茶描寫如下，鴛鴦是將用五種茶葉沖出的奶茶混在咖啡裡做成。「若果把奶茶／／混進另一杯咖啡？那濃烈的飲料／可是壓倒性的，抹煞了對方？／還是保留另外一種味道：街頭的大牌檔／從日常的爐灶上累積情理與世故／混和了日常的八卦與通達，勤奮又帶點／散漫的……那些說不清楚的味道」。

種的過程中，更擴散到溫哥華等其它地區。這又像在強調香港人是開放的、民主的、積極的。這種態度還在強調這部作品集中出現的食物——不管這些食物來自哪個地區、是高級的還是大眾的——不計較優劣高低都應該承認其各自所具有的特殊意義。

另外，這種意圖不只是通過食物來表現。在這裡只舉其中一例。大部分登場人物的生活和地位都具有流動性、可變性，特別是其中多數人物的出身不明確或身分不安定就是體現出這種意圖，而且作者對於登場人物的態度也體現出這種意圖。這部作品集的登場人物大部分是香港出身，但是不管是哪裡出身，敘事者乃至作者在香港這一大的範疇裡用開放的、公平的態度對待他們。更進一步說，好像因為香港這一範疇是不明確的、靈活的，所以即使不是香港出身也足以包容其中。對待長期住在香港的美國人教授羅傑的態度就是如此。羅傑已經是能吃中藥、享受茶餐廳的奶茶和蛋糕的，想成為香港人的一員，回到美國反而會比在香港更不適應現在的政治氣氛。不過他現在還是只好安分地做個外國人，他一直有那種懸空的、空白的感覺。他到目前還留在這島上，那是因為他在這兒可以與任何其他人和平共處。他總是不認同那麼強烈種族觀念的說法，也覺得可以去維多利亞公園參加民主化示威。像這樣雖然因為他的外貌和出身，羅傑仍然不能完全被香港人接受，但是他不僅可以與香港人和平共處，而且還被描寫成主張作為香港人的責任和權利的人物。

通過食物和人物最能表現也斯對混種性態度的應該是這部作品集的代表作〈後殖民食物與愛情〉結尾處出現的如下引文部分：

> 看著席上不同背景的朋友，想到連在飲食的問題上也難有一個共識呢！……真有一種可以適合這麼多不同的人的食物和食肆嗎？……環顧兩旁，得意地見到來自不同背景的朋友圍坐一桌，談興正濃，高高興興地把酒也差不多喝個清光了。有些人離開我們到別處生活，又有些新人加入進來。……我們對事老是各有不同意見，彼此爭吵不休，有時也傷害對方，但結果又還是走在一起，……

（頁 18-22）

也斯使用多種方式來表達自己對香港認同問題的看法，綜合上述所有觀點來看，一言以蔽之，他所想像的是一種和諧共存的「混種性認同」。[21] 這與劉以鬯在《對倒》（1972）中暗示的互相引發矛盾又相互混在的「異種混型性認同」，或西西在《我城》（1975）中展現的統一的「通文化性認同」不同。[22]

伍、總合的香港，總合的香港人

這部小說集通過無所不在的敘事者乃至作者表現出無所不在的香港。各自獨立又相互重疊的人物、互相關聯的事件以及他們之間細微的差異賦予每篇作品豐富的指示性和巨大的空間。因此每篇作品具有多層含義，好像還有眾多人物與事件尚未言表。人物都是流動可變不安定的平凡小市民，他們議論思考的都是些瑣碎的日常生活和人際關係，敘說著自己的故事。敘事者在敘述這些人物的言行逸事的過程中不斷插入自己瑣碎的思考與評論，再將它們轉換成個人的記憶和群體的歷史，香港的都市風景與社會問題也被場所化、歷史化。

也斯想通過這種方式具體呈現不能用特定的理論或外部的視角一目了然地單純化的香港面貌。從題目就帶有諷刺西方理論和觀點意味的〈西廂魅影〉中香港學生跟歐洲人教授「說到安德森的『想像的社群』，說如何想像香港」時，香港人教授何方說「如果孤立從英語寫作的文本看這個問題，不看香港中文或譯成英文的中文作品，恐怕沒法說清楚想像的社群是怎樣」（頁 77）。這其實是對也斯想法的代言。〈後記〉

21　在拉丁美洲 Angel Rama 主張通文化論，凱西亞‧堪克裏尼（Néstor García Canclini）主張多時代性異種混型性的混種文化論，Antonio Cornejo Polar 則提出互不相容、互相矛盾的幾種社會文化規範混在狀態的異種混型性。關於這些內容參考禹錫均，〈拉丁美洲的文化理論：通文化，混種文化，異種混型性〉（라틴아메리카의 문화 이론들：통문화, 혼종문화, 이종혼형성）[韓文]，《拉丁美洲研究》，15 卷 2 號，首爾：韓國拉丁美洲學會，2002 年 12 月，頁 283-294；凱西亞‧堪克裏尼（Néstor García Canclini），《文化混雜》（*Culturas Híbridas*）[韓譯版]，李誠勳譯（首爾：Greenbee，2011）。

22　關於這方面的內容分別參考本書第 7 章〈香港文學中具有里程碑意義的小說——劉以鬯的《酒徒》〉和第 9 章〈正面的香港想像與方式——西西的《我城》〉。

中也斯表達的更爲直白。「從理論上討論香港，可以說後現代、可以說後殖民。……但……種種歷史和文化，不是從書本上讀來的，是從生活中體驗得來的。種種傲慢與偏見、政策上的疏漏、種種移前與後退、貧瘠中的豐富、正義裡夾帶偏狹，這些都未必完全是已有的討論殖民地的理論可以包容的」（頁 256）。

正是因爲這些觀點，這部作品集中從各種各樣的人物以及他們瑣碎的故事到他們接觸的食物纏繞混雜在一起。再加上敘事者的表達方式也多種多樣。有時通過排列聯想關鍵形象的詞彙，產生拼貼或蒙太奇效果；有時通過輪流描寫聚在一個空間裡的幾個人物的面貌和行動，就像電影裡的長鏡頭技巧，展現同一時空間裡人們的複雜關係；有時使用內心獨白、自由聯想等手法恰到好處的運用敘事者或者人物的心理活動，在一篇作品裡幾個故事自由交織在一起。[23] 整部作品中這些手法被相互混用，人物與事件也在各個作品中被相互混用。因此從讀者的角度看，可能會感到混雜甚至混亂。但是實際上這些正是也斯所想像所要表現的香港和香港人的面貌。

也斯並非想要展現從某種特定的理論或外部視角上被簡單說明的一個總體性世界。他想展現的是一個眾多人物、眾多故事、眾多記憶、眾多關係這樣或那樣地相互複雜纏繞而形成的總合性世界。他所想像的世界並非像地圖或拼圖那樣拼好後成爲一個完整的平面圖，而是各自獨立的微小要素相互在不同緯度呈網狀纏繞成爲一個立體的世界。就像模樣、材質、長短、粗細各不相同的眾多纖維絲互相不規則的纏繞在一起形成的某種物體，一定要打個比喻的話，可以說就像我們生活的地球的形狀。從外部看，也許只能看到它整體的形態，很可能被說成簡單的球形形狀。實際上，它不是完全的圓形，並且它的表面也並不光滑。即，也斯所想像的香港和香港人，其表面和內在由許許多多的要素──個人、日常生活、人際關係、都市風景、社會問題等──或明或暗地相互連接，相互錯綜複雜地纏繞在一起形成的世界或群體。

因此，對也斯來說更爲重要的是對於香港現在的狀態的肯定，對於從個人的日常生活、人際關係到過去的香港以及未來香港的說明。在香港應有盡有的事物混雜在一

23　像〈點心迴環轉〉就是在並行組織幾個故事的同時又在各個故事中間通過人物的心理活動形成更小的故事相互交叉的狀態。

起，乍看可能會覺得混亂。但是它們或明或暗地相互纏繞，又相互混合或混種，和諧共存在一起。有關香港的外部言論只是站在各自自身立場上的見解。香港就是香港。在這種意義上，也許他所想像的總合的香港、總合的香港人是不能被外部視角或某種特定理論簡單定義的，難以說明卻要不斷敘說永遠尋找的答案。也許他的許多作品題目都像〈沿湄公河尋找杜哈絲〉一樣成為尋找什麼的旅程，他的許多作品內容都像〈尋路在京都〉一樣成為跑遍大街小巷的尋路人也與此不無關係。在這一角度上我們可以這樣概括而言，他的所有創作都是對香港的想像，他的所有人生都在「尋找香港」。但是也斯這種熾熱的意識和不懈的努力卻因肺癌病發離世而突然中斷，真令人遺憾惋惜。

結論

香港文學既有的傳統
或者新近的嘗試

▲ 香港中央圖書館為多屆香港文學節舉辦地點

壹、傳統與現代的邏輯

所謂的傳統是人類在社會活動中從以前時代形成並較長時間延續下來的特定的形式、習慣、生活方式等。它並不是原生態的、一成不變的，與新生的或者一時性的事物相比它具有相對的穩定性而已。所以如果新的事物經過一定時間以後能繼續存在而具有相對穩定性的話，也就能成為傳統。而且，傳統自身也在相對的穩定狀態之中又不斷地發生變化，隨著變化幅度的不同或者被改變為新的傳統或者被淘汰為舊的傳統而消失。這就好似水隨著溫度的變化而產生的不同狀態一樣。水越接近 100 度就越熱而越接近 0 度就越冷，這時水的熱和冷並不是互為對立的而是相對的，隨即變成水蒸氣或是變成冰而成為另一個狀態。也就是說，對某些地點或狀態的判斷僅僅是一種按照強度或程度的相對的判斷而已。這些地點或狀態之間的差異並不是對立或矛盾的關係，而只是變異或形成的關係而已。因此，所謂的現代其本身就包含著傳統，也意味著過去傳統的保持或變異以及未來傳統的形成。

貳、香港文學的特徵與傳統

香港文學具有一些特點，例如不受特定意識形態和文學觀念支配的多樣性、強而有力的商業邏輯直接影響下的商業性、作家大規模的頻繁移動的流動性、中國文學和世界文學互相溝通的交融性、連接中國大陸和臺灣及世界各地華人文學的中繼性、以現代大都市為基本素材表現情感和思想的都市性、流行專欄散文或武俠小說的大眾性等。[1] 如果就香港文學自身來看，這樣的特點也成為香港文學所具有的各種現象和性

1　參考本書的緒論〈香港文學的獨特性和範疇〉。

格中比較突出的一部分。如果和中國大陸文學、臺灣文學或其他世界任何文學相比較來看，又可以說是相對突出的或獨特的現象與性格。再進一步探究的話，這樣的特點不是現在或不久以前的某個特定時刻才突顯出來的，而是從一個半世紀之前或者從一個世紀之前一直到現在逐漸形成起來的，其間經過了一個相當長的時期。換言之，這樣的特點與所謂的香港文學傳統的某些方面有關，甚至可以說就是構成這一傳統的一部分。

在這樣的層面上，通過能綜合體現大眾性、都市性、商業性等特徵的武俠小說、言情小說、科幻小說等文學形式，可以確認香港文學的傳統之一已經定型，這就是親近大眾的傳統。二十世紀初以來中國大陸文學一直是由菁英分子所主導的啟蒙救亡和追求自由為先。相比之下，香港文學則一直是在各種人物參與下以表現商業大都會中普通人的娛樂、休閒、消費為主。因此，理所當然的，在香港文學中嚴肅文學和通俗文學表面上好像是一直維持著互不相同的領域，但實際上卻難以區分地互相影響、互相作用。

譬如，根據劉以鬯在第一屆香港文學節研討會上的發言，1950 至 1960 年代，就已經有路易士、徐訏、黃天石、李輝英、曹聚仁等作家在嚴肅文學和通俗文學兩個領域都有創作，或是其作品根本就難以明確地區別到底是屬於哪一個領域。[2] 到了 1970 至 1980 年代，思果、梁錫華、潘銘燊、黃維樑等眾多的學者型散文家也都是注重作品內容和表達的通俗性、生活性，創作了包括專欄散文在內的多種多樣的散文作品。另外，1990 年代後又有李碧華、亦舒等以通俗文學創作著稱的作家試圖以精練的表達、快速的節奏、跳躍的敘述等等方式，嘗試寫出更具深度、更有內涵的作品。

2　劉以鬯，〈五十年代的香港小說〉，載於《暢談香港文學》（香港：獲益出版事業有限公司，2002），頁 124-131。

參、大眾親和的傳統與專欄散文

專欄散文可能是最能體現香港文學親近大眾的傳統的文學形式之一。專欄散文在十九世紀末就已經初現端倪,[3]1930 至 1940 年代在一定程度上開始初具規模,到1970 至 1980 年代開始盛行。雖然近些年來出現若干衰退的徵兆,但專欄散文是過去的數十年間在香港作家人數最多、作品數量最高、擁有的讀者最廣、影響力最大的一個文學體裁。而且從專欄散文的篇幅字數、專欄形式等外在形式,到主題、題材、技巧,或者再到作品的創作、登載、閱讀的流通體系等,幾乎所有層面上都真實地反映著香港社會的特徵。[4]總之,專欄散文的盛行就是香港最具代表性的、獨特的文學現象。

最初關於專欄散文到底是不是文學這一點也有過爭論,但是隨著時間的推移,專欄散文分明就是文學之一種而且不乏優秀的作品這一點也得到認證。譬如在 1991 年第一屆香港中文文學雙年獎的散文領域,入選的 51 部散文集中大約 80% 是專欄散文,最終獲獎的也是鍾玲玲的專欄散文集《解咒的人》。[5]還有董橋的十卷《英華沉浮錄》也是每周 5 篇、為期兩年的專欄散文,有評論認為其具有「融貫中英小品之長,把持著恰到分寸、淡掃蛾眉的文字德性」。[6]不過,如果以思想的深度、題材的範圍、結構的嚴密、表述的精緻、風格的創造等文學評價的慣用標準去衡量的話,整體上看專欄散文的文學性並不是很強,而且事實上 1990 年代以後登載量逐漸減少,加上涉及各個領域的知識性、訊息性文章急劇增加,專欄散文的文學性更趨弱化。

儘管如此,專欄散文仍然有幾點令人關注。首先從外部層面來看,一些真摯而有

---

3 劉以鬯,〈香港文學的起點〉,載於《暢談香港文學》(香港:獲益出版事業有限公司,2002),頁 19-22。

4 下文中有關專欄散文的敘述參考本書第 2 章〈香港專欄散文的嬗變與未來〉。

5 璧華,〈我看香港散文〉,載於《香港文學論稿》(香港:高意設計製作公司,2001),頁119-121。

6 陳德錦,〈回歸十年的香港散文〉,載於《宏觀散文》(香港:科華圖書出版公司,2008),頁 84。

水準的作家們活躍在專欄寫作這一領域，保持著自身的創作個性並創作出優秀的作品，文學愛好者及一般讀者也欣賞乃至消費這樣的作品。而停留在一般水準的眾多專欄作家也通過不斷的寫作而漸漸提高其寫作水準。其次，從內部層面來看，專欄散文作家與讀者有直接的交流並從讀者那裡獲得及時的回饋，所以爲了展示他們多層次的而有意義的思考，爲了使這樣的思考能更順利地接近讀者，就不得不講求表述方式。因此，作家們致力於以平易而新鮮的表述方式去涵蓋有深度的思想內容，這就推動作者提高雅俗共賞的寫作水準，或者至少朝雅俗共賞這一目標發展。也有與此相反的方向。就是作者以新的方式表述讀者充分感受親近、容易理解的內容，並以此來提醒讀者接觸事物可以有多樣的方式，進而引導他們對文學產生興趣，爲他們提示文學欣賞的方式，提供進入藝術世界的契機。譬如，李碧華和讀者之間就是這樣的情況。作爲通俗作家，比起思想的深化和文學的創新方面，她更重視商業意義上讀者的反應。又正是爲了實現這樣的目標她撰寫專欄散文時在內容和思考層面上保持與讀者熟悉的面貌，在表述和情緒方面又運用銳利的筆致表達鮮明的感性，所以既受到讀者的歡迎，同時又能在一定程度上讓讀者超離其期待視野。

　　簡而言之，專欄散文雖然因作者的水準和態度不同而在文學成就上各有不同，但是從審美方面來看也不乏優秀的作品，尤其在作者與讀者之間的交流溝通方面發揮著巨大的影響力，可以說是香港所特有的一種雅俗共賞的文學形態。另外，專欄散文超越自身的領域，對以文學期刊爲主的比較長篇的文藝性散文及文學創作的整體都有一定的影響。譬如，西西在《我城》中所展示的像手卷一樣的效果——這與她長久以來寫作例如《剪貼冊》等等專欄散文有關——正是巧妙地結合並發揮出作爲連續作品的連載小說的特性和作爲單篇作品的專欄散文的特性。[7]

7　參考黃繼持，〈西西連載小說：憶讀再讀〉，《八方文藝叢刊》，12 輯，香港：八方文藝叢刊社，1990 年 11 月，頁 68-80。

肆、多元混種的傳統與也斯的都市

上文對專欄散文的說明中，我們也許可以發現香港文學的另一個傳統。那就是混雜性的傳統。

最初在報紙的副刊上連載小說比較顯示強勢，與此同時散文和詩歌也並行刊登，之後才逐漸轉向以專欄散文為主導的方向。譬如，在前期劉以鬯的《酒徒》、《寺內》，西西的《我城》、《候鳥》等小說都是以連載的方式刊登出來。像這樣報紙的副刊上混雜著各種文學體裁的作品，也就意味著當時不僅各種文學體裁之間會互相影響，有時也會出現無法辨明體裁的作品。如前文所舉例證，出現了諸如《我城》（西西）等作品。1960 年代流行通俗電影和「四毫子小說」等通俗讀物，當時眾多的散文作家雖不至於是要放棄對散文之文學性的追求，但也是為了和通俗文學競爭而不得不接受它們的影響。[8] 從另一個側面來看，許多香港作家並不只拘泥於一種文學體裁的創作，而涉足於多種文學創作，因此不同文學體裁之間互相影響和互相重疊當然不會少。譬如西西就是如此，她做過電影的剪輯和編劇，也寫過不少電影評論，還創作了「四毫子小說」《東城故事》。[9] 又如李碧華在創作小說和專欄散文之外還參與過電影、戲劇、芭蕾、傳媒領域的工作，所以她在影響力亦或在雅俗不分方面，可以與更早期參與創作香港題材的小說、翻譯、編劇的張愛玲相提並論。[10] 她的《秦俑》、《青蛇》等小說裡混合著劇本或電影的特點，就與上述的情況有關。

事實上對於香港文化或者香港文學的混雜性的關注很早就有。1930 年代張弓的詩作《都會特寫》既有華語，又有英語，既有西方的王子、公爵，又有陰暗角落裡的本地女人、漢子，1960 年代崑南的詩作《旗向》也既有白話和文言，又有英語，既

8　陳德錦，〈裂縫和出路：香港當代散文的文化背景〉，載於《宏觀散文》（香港：科華圖書出版公司，2008），頁 14。

9　參考羅貴祥，〈幾篇香港小說中表現的大眾文化觀念〉，載於《香港當代文學探賞》（香港：三聯書店，1991），頁 28。

10　也斯，〈從五本小說選看五十年來的香港文學〉，載於《文學香港與李碧華》（臺北：麥田出版社，2000），頁 61-78。

有中國國歌，又有咭片（卡片）、股標，這些詩歌都顯示了東方與西方、傳統與現代混合在一起的當時香港的文化混雜或文學混雜。[11] 另外 1970 年代初，胡菊人在他的散文《雜種文化》中認爲，香港基本上仍是中國人的社會，但是香港人已經生活在中國生活方式和西方人生哲學的混合狀態裡，所以其文化也是一種駁雜不純的雜種文化。[12] 只是過去香港人還依舊以爲中國傳統文化才是或者應該是正統，也因此沒有進一步意識到香港社會自身已經或者正在形成新的傳統而已。從這一角度來看，活躍於詩歌、小說、散文、電影、文化等諸多領域的也斯很值得關注。他的創作和評論長期以來都嘗試和強調在主題、素材、體裁、語言等方面的混雜，因爲這對他來講既是自然的，又是有意識的。

最能體現也斯作品混雜性特點的是在體裁上的破壞和混合。舉其散文作品爲例，他由詩歌創作開始文學生涯，所以在其散文作品中也可以看到很多詩歌的影響。例如他的〈歌與景〉、〈豬與春天〉、〈風‧馬‧牛肉麵〉等作品，從題目上看好像是毫無關聯的詞彙組合，卻產生出新的意味和形象；〈在地下車讀詩〉等作品中運用短句或者把長句用逗號分割成短句，來形成節奏感並構築想像的空間；〈生活在馬路上的人們〉等作品運用詩的語言；〈獨眼詩人〉等作品則通過描寫以影像爲主的場面來營造特定情緒和感覺等等，都是如此。[13] 而另一方面，也斯的散文中也可以看到不少小說的特點。譬如〈新年前後〉中對照特定的場面和故事，大量敘述人物的對話等就是如此。也斯創作的這些特徵不光是散文，在其他體裁的作品中也是一樣。譬如〈遊離的詩〉和〈東西〉裡的一部分詩作或是像散文一樣自由形式的長篇詩歌，或是混用口頭語和談話體的詩歌。另外，就大量插入詩歌的〈光慶四章〉而言，雖然作家自己主張這是篇短篇小說，但是從它的內容和結構來看，難於分清到底是小說、是詩歌、還

11　趙稀方，《小說香港》（香港：三聯書店，2003），頁 148-150。

12　胡菊人，〈雜種文化〉，載於《坐井集》（香港：正文出版社，1970），頁 110。轉引自陳德錦，《宏觀散文》（香港：科華圖書出版公司，2008），頁 24-25。

13　以上關於也斯散文在形態上的混雜性，參考宋珠蘭，《關於也斯散文的香港性的研究—以 1970、80 年代爲中心》（也스 산문의 홍콩성 연구 :1970~80 년대 작품을 중심으로）[韓文]（碩士論文，釜山大學，2010）。

是散文。

像這樣自由地跨越於各種文學體裁之間，不僅是也斯個人的創作特點，實際上也象徵著香港人複雜的身分特徵和香港混雜性的社會特徵。從這方面來看，也斯作品中更為重要的不是如上所述的那樣僅僅外形上對體裁的破壞和混用，而是其作品中那些有關香港的視角和描寫。譬如，〈城市日夜〉片斷地描述香港這座城市多樣的面貌，這是為了表現香港和生活在其中的人群的複雜性。又如〈清涼的天氣〉把從週末下午到週日上午所見所聞的故事在用「＊＊＊」來區分的 12 節裡好像沒有體系地、混雜地擺出，也斯通過表面上極為散漫的這些片斷的意象和故事而主張：香港人的生活就是由這樣平凡的、瑣碎的事情混合構成的，這樣的生活場所就是香港。也斯這樣的創作態度除了散文以外，在其詩歌、小說、評論等所有領域中也是有一貫的表達。如他的小說集《後殖民食物與愛情》，就是捕捉和混合了香港和香港人所能走到的地方的細小瑣碎的故事和意象（包括視覺的，也包括味覺、嗅覺、聽覺的，甚至還包括觸覺的）。換言之，從也斯作品中加以看到的不是批評香港這座城市的混雜和散漫，而是認可和包容那些本身。總之，他要表現的正是多文化混雜與融合的作為「世界人」的他自己和香港人以及作為「世界城市」的香港。

也斯積極地去展示或試圖展示香港所具有的混雜性，這種嘗試也可以說是要證明這樣的混雜性經過一個多世紀的傳承已經成為一種傳統。換言之，這種嘗試是要表現香港不再是「沒有歷史的未知的空洞的空間」或者「借來的時間、借來的空間」（Borrowed Place, Borrowed Time），而是和大陸、臺灣、世界上其他任何地方一樣有別於它們的「我們的時間、我們的空間」（Our Place, Our Time），即，他想表現香港有著自己的記憶、歷史和傳統。再進一步講，就是對既有的傳統去保持、改變或廢棄，同時去探求和形成新的傳統。也斯這樣的嘗試，從米哈伊爾‧巴赫金所說的「故意性混雜」（intentional hybrids）和霍米‧巴巴所說的「縫隙性混雜」（hybrids）兩

者混在一起的意義上來說，[14] 在某一個層面上確是新的，而在另一個層面上卻是傳統的。由這一點來看，從劉以鬯、崑南開始，經過西西、也斯，到黃碧雲、羅貴祥、董啟章和謝曉虹、韓麗珠等等，這樣一直延續下來的某種脈絡，或許是香港文學已經或者正在形成的傳統。還有葉靈鳳、徐訏、徐速、李輝英、阮朗、司馬長風，[15] 或者陶然、東瑞、白洛、顏純鈎、王璞等等，他們的記憶和經驗也或許是香港文學已經或者正在形成的傳統。而且當然其他更多的也有可能這樣。

▲ 第八屆香港文學節研討會

伍、香港文學的傳統和未來

　　由於現象存在，人類就為了自身的生存和發展而試圖去瞭解現象，去觀察、檢討、分析、分類、定義……而理論化，則試圖去說明現象。然而，這樣的說明也會改變包括人類自身在內的現象。從這一點來講，發現、改變和創造香港文學既已形成的、正在形成的，甚至是未來可能會形成的某些傳統，這主要是香港人的職責所在，特別是香港文學工作者的職責所在。但是香港文學的傳統和未來不只是他們的問題。

　　眾所周知，目前處於一國兩制之下的香港社會十分動盪。隨著時間的流逝，中國

14　另外，根據劉禾（Lydia H. Liu）的觀點：「主方語言在翻譯的過程中被客方語言所改變的同時，既可能與之達成共謀關係，也可以侵犯、取代和篡奪客方語言的權威性」。劉禾（Lydia H. Liu），《語際書寫》（*Translingual practice: literature, national culture, and translated modernity—China, 1900-1937*）[韓譯版]，閔正基譯（首爾：昭明出版，2005），頁 62。

15　王韜以來許多「外地出身」的香港人，他們在香港一生居住最久，但是總是有一種「過客心理」或「北望心理」。例如，按照陳國球，司馬長風始終都是通過回想和想像來追求故鄉或故國的神話。參考陳國球，〈詩意與唯情的政治─司馬長風文學史論述的追求與幻滅〉，載於《感傷的旅程：在香港讀文學》（臺北：學生書局，2003），頁 95-169。

大陸當局更加重視一個國家的政策；與此相反，即使歲月流逝，香港絕大多數人仍然強調兩個體制的實踐。經過過去絕不短暫的——或兩個世紀而形成的香港文學的傳統——包括親近大眾的、混雜性的傳統——在未來會怎樣地被揭示、改變、創造出來？這個問題不僅只對香港人非常重要，而且對中國大陸人、臺灣人，甚至對像筆者這樣的外國人也很重要。因為這正是各自本身所處的空間——例如釜山、韓國、東亞、亞洲、世界，也就是說既是地方、又是世界的空間——的問題。換言之，因為從多重意義來講，香港不只是香港，同時也是世界（乃至世界的縮影）。至少香港能作為香港繼續存在下去的話⋯⋯

作者後記

每個人都在說，說一個不同的故事。到頭來，我們唯一可以肯定的，是那些不同
的故事，不一定告訴我們關於香港的事，而是告訴了我們那個說故事的人，告訴了我
們他站在什麼位置說話。

—— 也斯 [1]

1980 年代中期，作者以研究生身分曾短暫在香港滯留過。當時是在韓中建交之
前。和大多數韓國人一樣，我也只是對中國（中國大陸）感興趣，對香港和香港文學
並沒有多少關注。當然，既然生活在香港，有時候也會感到奇怪。偶爾問國籍時，香
港同學無一例外地回答「吾係香港人」——自己是香港人。另外，他們把來自大陸的
人稱為中國人，認為髒亂無禮。這使我隱隱約約地產生了疑問。他們為什麼不說自己
是中國人，而說自己是香港人呢？他們為什麼用奇怪的方式指責同為中國人的大陸人
呢？我後來才得以知曉。就在這時，《中英聯合聲明》發表，港人深感反感和不安，
開始強烈地意識到自己是香港人。

我開始重新關注香港文學是漸近 1997 年香港移交的時候。每年往來於香港一兩
次，不知不覺間我也明白了香港移交的歷史意義和香港社會的複雜情緒。另一方面，
這也是我所關心的延長線上的事情。我向來對兩種以上的文化接觸後會發生的變化甚
感興趣。對中國現代文學史上「民族形式論爭」的研究，對中國現當代散文的研究及
翻譯等，都是源於這種關心。從這個角度來說，我開始研究香港文學，在某種程度上，

1　也斯，〈香港的故事：為什麼這麼難說〉，載於《香港文學 @ 文化研究》（香港：牛津大學出
　　版社，2002），頁 11。

既是偶然的，又是自然的。

人們之所以關注香港文學，是因爲 1997 年的香港移交這一歷史事件。這並不只是我一個人。包括香港人自己或中國大陸人在內的全世界人都是這樣。但在初期，問題就出在什麼是香港文學上。首先出現所謂「香港文學沙漠論」，即香港不存在一定規模乃至一定水準的文學的主張。然後很多懷疑或疑問不斷出現，例如它是否具有與中國大陸或臺灣等其他地區形成對比的獨立性格，在香港存在過的或存在的文學能否全部稱爲香港文學（因爲香港作家頻繁流動）等等。當然，在今天，關於「香港文學」一詞本身及其意義的質疑幾乎消失殆盡。但是還有很多問題正在議論紛紛。有些人認爲香港文學雖然是中國文學的一部分，但是它遠遠超越了這個程度，與整個中國大陸文學並立；另一些人卻認爲它不但是中國文學的一部分，而且是與北京文學、上海文學同一層次的文學。另外，還有一些人甚至在與這種見解完全不同的層面上認爲，至少在 1997 年之前，它並非是中國文學的一部分，而是華語語系文學的一部分。[2] 並不僅僅是如此，香港文學的特性是什麼，這種特性是什麼時候產生的，從這個角度看，香港文學的形成時期是什麼時候……等很多方面仍在爭論中。

當然，所有這些懷疑、疑問及爭議，根本都是源於香港所具有的特殊性。香港在十九世紀中期從一座運出莞香的小港口及漁村開始，今天已成爲世界級的現代大都會。在此過程中，傳統與現代，農村背景與城市發展，東方（或中國）與西方，殖民與被殖民以及後殖民，政治的不自由與（相當程度上）表達的自由，冷戰體制及「一國兩制」下的資本主義與社會主義，先住民與移住民，中國出身的市民與非中國出身

---

2 華語語系文學（Sinophone literature）：使用英語的文學並不都是英國文學，使用華語的文學也並不都是中國文學。UCLA 的史書美教授，哈佛大學的王德威教授等將中國大陸以外地區使用華語（漢語）的人所創作的華文（中文）文學命名爲華語語系文學。例如，臺灣、香港、澳門、新加坡、馬來西亞、加拿大等世界各地用華文創作的文學。此後，他們繼續擴大範圍，將中國大陸不以華語爲母語的作家（少數種族作家）使用華文所創作的文學也包含在華語語系文學之中。關於這些內容請參考以下文獻：王德威，《華語論述，中國文學—多聲現代性》，金惠俊譯（高陽：學古房，2017）；金惠俊，〈華語語系文學，世界華文文學，華人華文文學〉，《東華漢學》，29 期（2019），臺灣：國立東華大學中國語文學系，頁 301-332；金惠俊，〈華語語系文學（Sinophone literature）：境界的解體或再構〉，《世界華文文學論壇》，3 期（2019），南京：江蘇省社會科學院，頁 81-90。

的市民等諸多要素，極爲復雜地互相混雜、互相滲透。由此，表現此地生活的香港文學也相應地具有了特殊而復合的性質。從某種角度看，可以說香港是香港，同時也是世界（或世界的縮影），可以說香港文學是香港的文學，同時也是世界的文學（或世界文學的縮影）。

在這種情況下，作爲外國學者，我談香港，談香港人，談香港文學，這實際上只能從我自己的角度，以我自己的方式談它們。換句話說，我所說的關於表現香港和香港人想像的香港文學，這其實不能不包括我對它們的想像。同時也許我這樣的想像是作爲韓國學者的想像——既有一定的主觀性，也有一定的客觀性。

這本書的撰寫起初並無特定目標和計畫，而是在相當長的一段時間內，根據不斷變化的學術關懷撰寫的文章的集結。因此，它並不具有明確的主題和嚴密的體系。由於同樣的原因，也有些類似或重複的敘述。儘管如此，這本書中的文章大概可以分爲三類。第一部分主要涉及香港文學的整體情況。主要講述從香港文學的獨立性、範疇、特徵到香港文學形成或正在形成的傳統及其演變，特別是 1997 年香港移交之後的變化及香港文學特有的體裁——專欄散文。第二部分主要涉及女性問題。以我對女性主義理論和移居勞動者的有限理解爲基礎，主要探討香港中短篇小說中出現的女性形象及外國女性家政勞動者「菲傭」的問題。第三部分涉及香港和香港人的想像。選取了香港代表作家劉以鬯、西西、也斯和他們的代表作《酒徒》、《我城》、《後殖民食物與愛情》，考察他們在自己作品中如何想像香港和香港人。除此之外，還附上了幾篇我在香港文學韓譯版上寫的譯者解說和兩篇追念文章。這本書的文章基本上和當初發表時的文章並無差異。只是進行了最小限度的修改，如縮短句子，統一標記，修改一些註解以及將一些舊的統計資訊更改爲最新的統計資訊。感謝有關部門及出版社允許使用以上文字，原文的出處將單獨在參考文獻的開頭部分註明。

雖然將現有的文章收集起來出版成書，但仍有不少人需要感謝。首先，我要感謝許世旭、黃繼持、盧瑋鑾等恩師，感謝劉以鬯、西西、也斯、陶然等眾多香港作家。有人已經故去，有人還健在，如果沒有這些人，也不會有這本書。感謝金在綱、朴世遠、金寬永等同門前輩，鮑國鴻、黃煥兒夫婦以及香港三聯書店職員伍玉清、陳天保、

黎敬嫻、陳美玉等朋友。我青年時期在香港暫住時，他們都給予我寬厚的心，雖然時光流逝，但是與這些人的長期私人緣分，始終使我對香港和香港文學的關心得以延續。感謝諸多與我有緣的同行學者、學生和編輯。有些人是熟悉的，有些人是完全不認識的，但他們曾經對這本書的文字提出種種建議，他們直接或間接的意見都融入在這本書的某些地方。感謝臺灣清華大學的陳國球教授和臺灣師範大學的須文蔚教授，陳教授對本書予以指正並為本書作序，須教授對出版本書給予大力支持。

感謝和我一起致力於臺灣文學、香港文學及華人華文文學的研究與翻譯的現代中國文化研究室（http://cccs.pusan.ac.kr/）的青年研究者。他們始終如一的支持，對我來說就是最大的鼓勵和動力，特別是梁楠、呂曉琳、畢文秀以及周虹、錢錦、翁智琦等幾位教授親身翻譯或校對這本書的很多部分。最後，我要特別感謝有可能會讀這本書的讀者們。雖然這本書有很多不足之處，但我還是謹慎地期待，讀者通過對這本書的活用，能夠加深對香港和香港文學的了解。

獻給姜京淑、金道覃、金道蘊——我的同行者。

2018 年 10 月 28 日

原文出處

- 緒論 金惠俊,〈香港文學的獨特性及範疇〉[韓文],《中國語文論叢》,25 輯,首爾：中國語文研究會,2003 年 12 月,頁 517-539。

- 第 1 章 金惠俊,〈1997 年香港回歸以來香港文學的變化及其意義〉,《香港文學》,271 期,香港：香港文學出版社,2007 年 7 月,頁 22-29。

- 第 2 章 金惠俊,〈香港專欄散文的嬗變與未來〉,《現代中文文學學報》,8 卷 2 期及 9 卷 1 期合期（2008）,香港：嶺南大學人文學科研究中心,頁 297-310。

- 第 3 章 金惠俊,〈1997 年以來香港小說所表現的女性形象——以母親、女兒、妻子為中心〉,《世界漢學》,10 卷（2012）,北京：中國人民大學漢語國際推廣研究所漢學研究中心,頁 207-221。

- 第 4 章 金惠俊,〈1997 年以來香港小說的主婦和女傭形象——以家務勞動和男女平等問題為中心〉[韓文],《中國學》,33 集,釜山：大韓中國學會,2009 年 8 月,頁 355-378。

- 第 5 章 金惠俊,〈菲傭,被消失在《我城》的人〉,《文學評論》,12 期,香港：香港文學評論出版社,2011 年 2 月,頁 49-60。

- 第 6 章 金惠俊,〈劉以鬯《酒徒》的意識流創作技巧與價值〉,《文學評論》,45 期,香港：香港文學評論出版社,2016 年 8 月,頁 17-31。

- 第 7 章 金惠俊,〈劉以鬯《酒徒》在香港文學中的價值與意義〉,《香港文學》,407 期,香港：香港文學出版社,2018 年 11 月,頁 69-77。

- 第 8 章 金惠俊,〈西西《我城》中以空間為中心的香港想像與方式〉,《現代中文文學學報》,12 卷 2 期（2015）,香港：嶺南大學人文學科研究中心,頁 106-124。

- 第 9 章 金惠俊,〈《我城》的香港想像與方式〉,《文學評論》,37 期,香港：香港文學評論出版社,2015 年 4 月,頁 15-28。

- 第 10 章 金惠俊,〈也斯《後殖民食物與愛情》的香港想像〉,《香港文學》,393 期,香港：香港文學出版社,2017 年 9 月,頁 50-60。

- 結論 金惠俊,〈香港文學,既有的傳統或者新近的嘗試——以專欄散文和也斯散文為例〉,載於香港公共圖書館（編）《第八屆香港文學節研討會論稿匯編》,香港：香港公共圖書館,2011,頁 67-77。

· 附錄 I　似醉非醉的「酒徒」──《酒徒》韓譯版後記
　劉以鬯，《酒徒》[韓譯版]，金惠俊譯，坡州：創批出版社，2014。
　金惠俊，〈似醉非醉的「酒徒」〉，《香港文學》，363 期，香港：香港文學出版社，2015 年 3 月，
　頁 76-79。
· 附錄 II　我的城市，香港──《我城》韓譯版後記
　西西，《我城》[韓譯版]，金惠俊譯，首爾：知萬知出版社，2011。
　金惠俊，〈西西的《我城》賞析〉，《文學評論》，22 期，香港：香港文學評論出版社，2012
　年 10 月，頁 30-35。
· 附錄 III　尋找或製造──《後殖民食物與愛情》韓譯版後記
　也斯，《後殖民食物與愛情》[韓譯版]，金惠俊、宋珠蘭譯，首爾：知萬知出版社，2012。
　金惠俊、宋珠蘭，〈《後殖民食物與愛情》（韓譯版）解說〉，《香港文學》，336 期，香港：
　香港文學出版社，2012 年 12 月，頁 68-71。
· 附錄 IV　再現一百年前的香港──《她名叫蝴蝶》韓譯版後記
　施叔青，《她名叫蝴蝶》[韓譯版]，金惠俊譯，首爾：知萬知出版社，2014。
· 附錄 V　香港女性作家的香港故事──《尋人啟示》韓譯版後記
　黃靜、劉芷韻、游靜、雨希、何嘉慧、昉雪、馬俐、陳曦靜，《尋人啟示》[韓譯版]，金惠俊、
　高慧琳、金順珍、徐男珠、李恩周、全南玭、崔亨綠譯，首爾：eZEN Media，2006。
　金惠俊，〈韓文版香港年輕女作家短篇小說選「尋人啟示」譯者的話〉，《香港文學》，216 期，
　2007 年 2 月，香港：香港文學出版社，頁 82-83。
· 附錄 VI　記憶的香港，記憶的也斯──悼念也斯
　金惠俊，〈記憶的香港，記憶的也斯〉，《文學評論》，25 期，香港：香港文學評論出版社，
　2013 年 4 月，頁 8-10。
· 附錄 VII　「絕響」──我與陶然先生──悼念陶然
　金惠俊，〈「絕響」──我與陶然先生〉，《香港文學》，412 期，香港：香港文學出版，2019
　年 4 月，社頁 36-37。

參考文獻

一、中文文獻

也斯，《後殖民食物與愛情》（初版），香港：牛津大學出版社，2009。

也斯，《後殖民食物與愛情》（修訂版），香港：牛津大學出版社，2012。

也斯，《記憶的城市・虛構的城市》，香港：牛津大學出版社，1993。

也斯、黃勁輝（編），《劉以鬯作品評論集》，香港：香港文學評論出版社，2012。

公務員事務局法定語文事務部，《香港 2005》，香港：公務員事務局法定語文事務部，2005。

孔範今（主編），《二十世紀中國文學史》，濟南：山東文藝出版社，1997。

王劍叢，《香港文學史》，南昌：百花洲文藝出版社，1995。

王德威，《跨世紀風華：當代小說 20 家》，臺北：麥田出版社，2002。

古遠清，《古遠清自選集》，吉隆坡：馬來西亞爝火出版社，2002。

史書美，《現代的誘惑：書寫半殖民地中國的現代主義（1917-1937）》，何恬譯，南京：江蘇人
    民出版社，2007。

市政局公共圖書館（主編），《第一屆香港文學節研討會講稿匯編》，香港：市政局公共圖書館，
    1997。

伊慶春、陳玉華（主編），《華人婦女家庭地位：臺灣、天津、上海、香港之比較》，北京：社會
    科學文獻出版社，2006。

伍寶珠，《書寫女性與女性書寫：八、九十年代香港女性小說研究》，臺北：大安出版社，2006。

朱天心，《古都》，臺北：INK 刻印文學生活雜誌，2009。

西西，《我城》，香港：素葉出版社，1979。

西西，《我城》（增訂本），香港：素葉出版社，1996。

西西，《我城》，桂林：廣西師範大學出版社，2010。

西西，《我城》，臺北：允晨文化，1989。

西西，《我城》，臺北：洪範書店，1999。

西西，《像我這樣一個讀者》，臺北：洪範書店，1986。

西西、何福仁，《時間的話題》，臺北：洪範書店，1995。

余光中，《春來半島：香港十年詩文選》，香港：香江出版社，1985。

李歐梵，《上海摩登：一種新都市文化在中國 1930-1945》（增訂版），毛尖譯，香港：牛津大學
    出版社，2006。

李蘊娜（編），《第四屆香港文學節論稿匯編》，香港：香港藝術發展局，2003。

金漢（主編），《中國當代文學發展史》，上海：上海文藝出版社，2002。

施建偉、應宇力、汪義生，《香港文學簡史》，上海：同濟大學出版社，1999。

柳鳴九（主編），《意識流》，北京：中國社會科學出版社，1989。

洪子誠，《中國當代文學史概說》，香港：清文書屋，1997。

胡國賢（主編），《香港近五十年新詩創作選》，香港：香港公共圖書館，2001。

胡菊人，《坐井集》，香港：正文出版社，1970。

計紅芳，《香港南來作家的身分建構》，北京：中國社會科學出版社，2007。

迪志文化出版編輯部（編），《香港網路文學選集：心情網路》，香港：迪志文化出版有限公司，
　　2001。

香港作家聯會（編），《香港作家聯會十年慶典特刊》，香港：香港作家聯會出版部，1998。

香港散文詩學會（主編），《香港散文詩選》，香港：香港文學報出版社，1998。

袁良駿，《香港小說史（第一卷）》，深圳：海天出版社，1999。

張美君、朱耀偉（主編），《香港文學 @ 文化研究》，香港：牛津大學出版社，2002。

梁秉鈞、譚國根、黃勁輝、黃淑嫻（編），《劉以鬯與香港現代主義》，香港：香港公開大學出版
　　社，2010。

第三屆全國臺灣與海外華文文學學術討論會大會學術組（選編），《臺灣香港與海外華文文學論文
　　選》，福州：海峽文藝出版社，1988。

許子東（編），《香港短篇小說選 1994-1995》，香港：三聯書店，2000。

許子東（編），《香港短篇小說選 1996-1997》，香港：三聯書店，2000。

許子東（編），《香港短篇小說選 1998-1999》，香港：三聯書店，2001。

許子東（編），《香港短篇小說選 2000-2001》，香港：三聯書店，2004。

陳建忠（主編），《跨國的殖民記憶與冷戰經驗：臺灣文學的比較文學研究》，新竹：清華大學臺
　　灣文學研究所，2011。

許子東，《吶喊與流言》，上海：上海文藝出版社，2004。

陳炳良（主編），《香港當代文學探研》，香港：三聯書店，1992。

陳炳良（主編），《香港當代文學探賞》，香港：三聯書店，1991。

陳國球（編），《文學香港與李碧華》，臺北：麥田出版社，2000。

陳國球，《感傷的旅程：在香港讀文學》，臺北：學生書局，2003。

陳德錦，《宏觀散文》，香港：科華圖書出版公司，2008。

陶然（主編），《面對都市叢林：《香港文學》文論選（2000 年 9 月 - 2003 年 6 月）》，香港：香港文學出版社，2003。

陶然（主編），《香港文學選集系列》，1-8 冊，香港：香港文學出版社，2003-2005。

復旦大學臺灣香港文化研究所（選編），《臺灣香港暨海外華文文學論文選》，福州：海峽文藝出版社，1990。

馮偉才（編），《香港短篇小說選 1984-1985》，香港：三聯書店，1988。

馮偉才（編），《香港短篇小說選 1986-1989》，香港：三聯書店，1994。

黃子平、許子東（編），《香港短篇小說選 2002-2003》，香港：三聯書店，2006。

黃仲鳴，《香港三及第文體流變史》，香港：香港作家協會，2002。

黃勁輝，《劉以鬯與現代主義：從上海到香港》，博士論文，山東大學，2012。

黃修己（主編），《20 世紀中國文學史》，廣州：中山大學出版社，1998。

黃碧雲，《無愛紀》，臺北：大田出版有限公司，2001。

黃維樑（主編），《活潑紛繁的香港文學：1999 年香港文學國際研討會論文集》（上），香港：香港中文大學出版社，2000。

黃維樑（主編），《中華文學的現在和未來：兩岸暨港澳文學交流研討會論文集》，香港：鑪峯學會，1994。

黃維樑，《香港文學再探》，香港：香江出版社，1996。

黃維樑，《香港文學初探》，香港：華漢文化事業公司，1985。

黃繼持、盧瑋鑾、鄭樹森，《追跡香港文學》，香港：牛津大學出版社，1998。

趙稀方，《小說香港》，香港：三聯書店，2003。

劉以鬯（主編），《香港短篇小說百年精華》，上下冊，香港：三聯書店，2006。

劉以鬯，《酒徒》，北京：解放軍文藝出版社，2000。

劉以鬯，《酒徒》，香港：獲益出版事業有限公司，2003。

劉以鬯，《暢談香港文學》，香港：獲益出版事業有限公司，2002。

劉以鬯，《端木蕻良論》，香港：世界出版社，1977。

劉以鬯，《劉以鬯卷》，香港：三聯書店，1991。

劉登翰（主編），《香港文學史》，北京：人民文學出版社，1999。

潘步釗（編），《香港短篇小說選 2006-2007》，香港：三聯書店，2013。

潘步釗（編），《香港短篇小說選 2013-2014》，香港：三聯書店，2018。

蔡敦祺（主編），《一九九七年香港文學年鑑》，香港：香港文學年鑑學會，1999。

鄭政恆（編），《香港短篇小說選 2004-2005》，香港：三聯書店，2013。

魯迅選（編），《中國新文學大系小說二集》（影印本），上海：上海出版社，1980。

黎活仁、龔鵬程、劉漢初、黃耀堃（總編），《香港八十年代文學現象》第 1、2 冊，臺北：學生書局，2000。

黎海華（編），《香港短篇小說選 1990-1993》，香港：三聯書店，1994。

黎海華、馮偉才（編），《香港短篇小說選 2010-2012》，香港：三聯書店，2015。

盧瑋鑾（編），《不老的繆思：中國現當代散文理論》，香港：天地圖書，1993。

獲益編輯部（編），《酒徒評論選集》，香港：獲益出版事業有限公司，1995。

臨時市政局公共圖書館（主編），《第二屆香港文學節研討會講稿匯編》，香港：臨時市政局公共圖書館，1998。

臨時市政局公共圖書館（主編），《第三屆香港文學節研討會講稿匯編》，香港：臨時市政局公共圖書館，1999。

璧華，《香港文學論稿》，香港：高意設計製作公司，2001。

二、韓文文獻

文森特・阿米艾勒（Vincent Amiel），《蒙太奇美學》（*Esthetique du Montage*），郭東俊等譯，首爾：東文選，2009。

吉爾・德勒茲（Gilles Deleuze）、Antonio Negri、Michael Hardt、Paolo、Maurizio Lazzarato，《非物質勞動與多眾》（*Immaterial Labor & Multitude*），徐昌炫 [音譯]、김상운 [音譯] 譯，首爾：Galmuri 圖書出版，2005。

安東尼・伊斯托普（Antony Easthope），《從文學到文化研究》（*Literary into Cultural Studies*），任尚勳譯，首爾：現代美學社，1994。

西西，《我城》（나의 도시），金惠俊譯，首爾：知萬知出版社，2011。

宋珠蘭，《關於也斯散文的香港性的研究—以 1970、80 年代為中心》（也斯 산문의 홍콩성 연구：1970~80 년대 작품을 중심으로），碩士論文，釜山大學，2010。

李鉉卿，《伊塔洛・卡爾維諾的幻想—超文字文學》（이탈로 칼비노의 환상과 하이퍼의 문학：주요 소설 연구），博士論文，韓國外國語大學，2011。

金天惠，《關於小說結構的理論》（소설 구조의 이론），首爾：文學與知性社，1990。

金光億等，《種族與民族》（종족과 민족），首爾：Acanet，2005。

金星喜，《韓國女性的家務勞動與經濟活動的歷史》（한국여성의 가사노동과 경제활동의 역사），
　　首爾：學志社 [音譯]，2002。

金龍壽，《電影中的蒙太奇理論：庫勒修、普多夫金、愛森斯坦的藝術美學原理》（영화에서의 몽
　　타주 이론 : 쿨레쇼프・푸도프킨・에이젠슈테인의 예술적 미학원리），坡州：悅話堂，2006。

阿爾文・托夫勒（Alvin Toffler），《財富革命》（*Revolutionary Wealth*），金重雄譯，首爾：青林
　　出版，2006。

威廉・詹姆士（William James），《心理學原理》（*The Principles of Psychology*），鄭良殷譯，首爾：
　　Acanet，2005。

約瑟芬・多諾萬（Josephine Donovan），《女權主義的知識分子傳統》（*Feminist Theory: The
　　Intellectual Traditions*），金益鬥、李月英譯，首爾：文藝出版社，1999。

高麗大學中語中文學系（編），《高麗大學中語中文系創立 40 周年紀念學術大會論文集》（고려
　　대학교 중어중문학과 창립 40 주년 기념 학술대회 논문집），首爾：高麗大學中語中文學系，
　　2012。

張禎娥，《「香港人」身分認同的政治》（「홍콩인」정체성의 정치 : 반환 후 본토자녀의 거류권
　　분쟁을 중심으로），博士論文，首爾大學，2003。

梁秉鈞等，《香港詩選 1997-2010》（홍콩 시선 1997-2010），高贊敬譯，首爾：知萬知出版社，
　　2012。

理查・帕利娜斯（Rhacel Salazar Parrenas），《爲全球化服務的僕役：女性、移民、家務勞動》
　　（*Servants of Globalization: Women, Migration and Domestic Work*），文炫雅譯，首爾：女理研，
　　2009。

凱西亞・堪克裏尼（Néstor García Canclini），《文化混雜》（*Culturas Híbridas*），李誠勳譯，首爾：
　　Greenbee，2011。

愛德華・雷爾夫（Edward Relph），《地方與無地方》（*Place and Placelessness*），金德鉉、김현주、
　　심승희譯，首爾：論衡出版社，2005。

雷納・韋勒克（René Wellek）、奧斯汀・沃倫（Austin Warren），《文學理論》（*Theory of
　　Literature*），李京洙譯，首爾：文藝出版社，1989。

劉禾（Lydia H. Liu），《語際書寫》（*Translingual Practice: Literature, National Culture, and
　　Translated Modernity—China, 1900-1937*），閔正基譯，首爾：昭明出版，2005。

樊尙・皮內爾（Vincent Pinel），《蒙太奇》（*Le Montage*），沈銀珍譯，首爾：梨花女子大學出版社，
　　2008。

魯思‧科萬（Ruth Cowan），《母親幹的活更重了》（*More Work for Mother*），金星喜等共譯，首爾：學志社 [音譯]，1997。

羅伯特‧漢弗萊（Robert Humphrey），《現代小說中的意識流》（*Stream of Consciousness in the Modern Novel*），李愚鍵、柳基龍譯，首爾：螢雪出版社，1984。

三、西文書目

Chan, Mimi. *All The King's Women*. Hong Kong: Hong Kong University Press, 2000.

Chang, Kimberly A. and Ling, L. H. M., "Globalization and Its Intimate Other: Filipina Domestic Workers in Hong Kong." In *Gender and GlobalRestructuring: Sightings, Sites and Resistances*, edited by Marianne H. Marchand and Anne Sisson Runyan, 27-43. New York, NY: Taylor & Francis, 2000.

Clavell, James. *Taipan*. London: Michael Joseph & Co., 1966.

Constable, Nicole. *Maid to Order in Hong Kong: Fictions of Migrant Workers*. Ithaca: Cornell University Press, 2007, 2nd ed.

Humphrey, Robert. *Stream of Consciousness in the Modern Novel*. Berkeley: University of California Press, 1954.

Moi, Toril. *Sexual/Textual Politics: Feminist Literary Theory*. London: Methuen, 1985.

四、期刊‧期刊論文‧報紙報導以及其他

《明報》，《成報》，《新報》，《信報》，《大公報》，《文匯園》，《太陽報》，《星島日報》，《蘋果日報》，《東方日報》，《香港經濟日報》，2006 年 1 月 21 日至 2007 年 5 月 11 日。

八方編輯部，〈知不可而為─劉以鬯先生談嚴肅文學〉，《八方文藝叢刊》，6 輯，香港：八方文藝叢刊社，1987 年 8 月，頁 57-67。

十三妹，〈並無傻瓜，何來文藝？〉，《新生晚報》，1963 年 1 月 26 日，無版次。

十三妹，〈愈少讀香港稿匠之作愈好？〉，《新生晚報》，1963 年 1 月 20 日，無版次。

也斯，〈現代小說家劉以鬯先生〉，《文訊》，84 期，臺北：文訊雜誌社，1992 年 10 月，頁 108-110。

也斯，〈劉以鬯的創作娛己也娛人〉，《信報》，1997 年 11 月 29 日，24 版。

小汕，〈不是相遇〉，《香港文學》，195 期，香港：香港文學出版社，2001 年 3 月，頁 46。

尹炯淑，〈地球化、移住女性、家族再生產與香港人的身分認同〉（지구화, 이주여성, 가족재상산과 홍콩인의 정체성）[韓文]，《中國現代文學》，33 輯（2005），首爾：中國現代文學學會，頁 129-156。

文牛，〈在世界文學格局中探討台港及海外華文文學：全國第四屆臺港暨海外華文文學學術討論會述略〉，《中國現代當代文學研究》，8 期，北京：中國人民大學書報資料中心，1989 年，頁 243-248。

王敏，〈百年變遷中的香港文學〉，《中國現代當代文學研究》，11 期，北京：中國人民大學書報資料中心，1997 年，頁 225-229。

王梅香，〈文學、權力與冷戰時期美國在臺港的文學宣傳（1950-1962 年）〉，《臺灣社會學刊》，57 期（2015），高雄：臺灣社會學會，頁 1-51。

王梅香，〈美援文藝體制下的臺、港、馬華文學場域：以譯書計畫《小說報》爲例〉，《臺灣社會研究季刊》，102 期（2016），臺北：臺灣社會研究雜誌社，頁 1-40。

王貽興，〈我所知道的愛慾情事〉，《文學世紀》，15 期，香港：《文學世紀》編輯部，2002 年 6 月，頁 10-15。

王鈺婷，〈冷戰局勢下的台港文學交流─以 1955 年「十萬青年最喜閱讀文藝作品測驗」的典律化過程爲例〉，《中國現代文學》，19 期（2011），臺北：中國現代文學學會，頁 83-114。

王鈺婷，〈冷戰時期台港文化生態下臺灣女作家的論述位置─以《大學生活》中蘇雪林與謝冰瑩爲探討對象〉，《臺灣文學學報》，35 期（2019），臺北：國立政治大學臺灣文學研究所，頁 99-126。

王鈺婷，〈美援文化下文學流通與文化生產─以五〇、六〇年代童眞於香港創作發表爲討論核心〉，《臺灣文學研究學報》，21 期（2015），臺北：臺灣文學學會，頁 107-129。

古蒼梧，〈歌者何以無歌─也談香港文學的出路〉，《新晚報》，1980 年 11 月 11 日，無版次。

古遠清，〈'96-'97 年的香港文學批評〉，《中國現代當代文學研究》，1 期，北京：中國人民大學書報資料中心，1999 年，頁 221-224。

古遠清，〈香港文學五十年〉，《中國現代當代文學研究》，6 期，北京：中國人民大學書報資料中心，1997 年，頁 256。

安寶玉，〈尙盧‧高達的《一切安好》：衝突與矛盾的電影〉（장 뤽 고다르의 〈만사형통〉）[韓文]，《法國文化藝術研究》，36 期（2011），首爾：法國文化藝術學會，頁 521-545。

朴南容，〈香港梁秉鈞詩歌所表現的城市文化與香港意識〉（홍콩의 梁秉鈞 시에 나타난 도시문화와 홍콩의식）[韓文]，《外國文學研究》，34 集（2009），首爾：韓國外國語大學外國文學研究所，

頁 121-143。

朴蘭英，〈現代中國女性意識的變化—以《天義》、《新世紀》與畢淑敏的〈女性的約〉爲中心〉，
　　《中國語文論叢》，34 輯，首爾：中國語文研究會，2007 年 9 月，頁 357-377。

江少川，〈中國長篇意識流小說第一人—論劉以鬯的《酒徒》及《寺內》〉，《華中師範大學學報（人
　　文社會科學版）》，41 卷 2 期（2002），武漢：華中師範大學，頁 26-31。

江少川，〈論劉以鬯及其長篇小說《酒徒》〉，《華文文學》，52 期（2002），汕頭：汕頭大學，
　　頁 56-60、75。

衣其（倪匡），〈一片牢騷話〉，《眞報》，1962 年 12 月 31 日，無版次。

何福仁、關夢南，〈文學沙龍—「看西西的小說」〉，《讀書人》，13 期，香港：藝文社，1996 年
　　3 月，頁 70-75。

何慧，〈一本關於文學的小說—談劉以鬯的小說《酒徒》〉，《文匯報・文藝》，1991 年 10 月 13 日，
　　21 版。

吳吉泳，〈詹姆斯・喬伊絲的文學論研究〉（제임스 조이스의 문학론 연구）[韓文]，《In/Outside》，
　　13 號（2002），首爾：英美文學研究會，頁 98-117。

吳躍農，〈臺港海外十年散文印象〉，《中國現代當代文學研究》，6 期，北京：中國人民大學書
　　報資料中心，1989 年，頁 175-178。

宋珠蘭，〈也斯作品所表現的對於香港成市化的記憶與痕跡—以小說《後殖民食物與愛情》爲中心〉
　　（예쓰（也斯）작품에 나타난 홍콩 도시화에 대한 기억과 흔적 − 소설 포스트식민 음식과 사랑을
　　중심으로）[韓文]，《中國學》，54 集，釜山：大韓中國學會，2016 年 3 月，頁 241-256。

李子雲，〈在寂寞中實驗：論西西的小說創作〉，《中國現代當代文學研究》，9 期，北京：中國
　　人民大學書報資料中心，1989 年，頁 171-178。

李今，〈劉以鬯的實驗小說〉，《星島日報・文藝氣象》，1992 年 10 月 29 日，頁 4。

東瑞，〈香港文學書籍和市場需求〉，《作家月刊》，25 期，香港：香港作家協會，2004 年 7 月，
　　頁 18-24。

花建，〈東方之珠的文化神韻：論香港文學發展的三個特點〉，《中國現代當代文學研究》，7 期，
　　北京：中國人民大學書報資料中心，1997 年，頁 222-225。

金惠俊，〈西西《我城》中以空間爲中心的香港想像與方式〉，《現代中文文學學報》，12 卷 2 期
　　（2015），香港：嶺南大學人文學科研究中心，頁 106-124。

金惠俊，〈關於香港的「文藝的民族形式論爭」〉，《東亞文化與中文文學》（東亞現代中文文學

國際學報〉，2 期，香港：明報出版社，2006 年 2 月，頁 334-352。

金惠俊、宋珠蘭，〈《後殖民食物與愛情》（韓譯版）解說〉，《香港文學》，336 期，香港：香港文學出版社，2012 年 12 月，頁 68-71。

姚永康，〈別具新意的小說─《酒徒》藝術芻議〉，《讀者良友》，5 期，香港：三聯書店，1984 年 11 月，頁 72-75。

柳濟分，〈幫傭／家務勞動的弱勢群體與女性空間〉（가사노동을 돕는 취약계층과 여성의 공간）[韓文]，《英語英文學》，54 卷 2 號，首爾：韓國英語英文學會，2008 年 6 月，頁 169-188。

禹錫均，〈拉丁美洲的文化理論：通文化，混種文化，異種混型性〉（拉丁美洲的文化理論：通文化，混種文化，異種混型性）（라틴아메리카의 문화 이론들：통문화, 혼종문화, 이종혼형성）[韓文]，《拉丁美洲研究》，15 卷 2 號，首爾：韓國拉丁美洲學會，2002 年 12 月，頁 283-294。

凌逾，〈小說蒙太奇文體探源─以西西的跨媒介實驗爲例〉，《華南師範大學學報（社會科學版）》，4 期（2008），廣州：華南師範大學，頁 66-72。

凌逾，〈跨藝術的新文體─重評西西的《我城》〉，《城市文藝》，28 期，香港：香港城市文藝出版社，2008 年 5 月，頁 68-74。

徐日彪，〈近代香港人口試析（1841-1941 年）〉，《近代史研究》，6 期（1993），北京：中國社會科學院近代史研究所，頁 1-28。

振明，〈解剖《酒徒》〉，《中國學生週報》，841 期 4 版，香港：中國學生周報編輯委員會，1968 年 8 月 30 日。

秦基行，〈關於近代性的歷史哲學探究序論〉（근대성에 관한 역사철학적 탐구：서설）[韓文]，《哲學論叢》，19 期（1999），釜山：新韓哲學會，頁 149-178。

秦瘦鷗，〈記唐人〉，《中國現代當代文學研究》，24 期，北京：中國人民大學書報資料中心，1981 年，頁 96。

張北鴻，〈香港文學概論〉，《中國現代當代文學研究》，7 期，北京：中國人民大學書報資料中心，1992 年，頁 251-256。

曹惠民，〈意識流小說中的「與衆不同」之作─重評劉以鬯的《酒徒》〉，《常州工學院學報（社科版）》，26 卷 1/2 期（2008），常州：常州工學院，頁 23-26、31。

梁秉鈞，〈嗜同嚐異─從食物看香港文化〉，《香港文學》，231 期，香港：香港文學出版社，2004 年 3 月，頁 16-20。

梁敏兒，〈《我城》與存在主義─西西自〈東城故事〉以來的創作軌跡〉，《中外文學》，41 卷 3

期（2012），臺北：國立臺灣大學外國語文學系，頁85-115。

陳志明，〈從《到燈塔去》與《酒徒》的比較看中西意識流的差異〉，《綏化學院學報》，32卷1
期（2012），綏化（黑龍江省）：綏化學院，頁116-117。

陳德錦，〈千禧年香港期刊散文綜論〉，《香港文學》，219期，2003年3月，香港：香港文學出版社，
頁66-76。

陳潔儀，〈西西《我城》的科幻元素與現代性〉，《東華漢學》，8期（2008），臺灣：國立東華
大學中國語文學系，頁231-253。

陳麗娟，〈6座20樓E6880**（2）〉，《香港文學》，191期，香港：香港文學出版社，2000年11月，
頁28-29。

陶然（主編），《香港文學》，189至404期，香港：香港文學出版社，2000年9月至2018年8月。

傅眞，〈香港文苑奇才－唐人〉，《中國現代當代文學研究》，24期，北京：中國人民大學書報資
料中心，1981年，頁111-112。

彭志銘，〈奔向死亡的香港書業〉，《作家月刊》，33期，香港：香港作家協會，2005年3月，頁6-7。

須文蔚，〈1950年代臺灣的香港文化與傳播政策研究：以雷震之赴港建議與影響爲例證〉，《中國
現代文學》，33期（2018），臺北：中國現代文學學會，頁171-193。

須文蔚，〈葉維廉與臺灣現代主義詩論之跨區域傳播〉，《東華漢學》，15期（2012），臺灣：國
立東華大學中國語文學系，頁249-273。

黃子平，〈香港文學史：從何說起〉，《香港文學》，217期，香港：香港文學出版社，2003年1月，
頁20-21。

黃坤堯，〈香港藝術發展局2002年度委約出版的文學雜誌述評〉，《香江文壇》，11期，香港：
香江文壇有限公司，2002年11月，頁77-84。

黃南翔，〈雜文的年代〉，《當代文藝》，106期，香港：當代文藝社，1974年9月，頁10。

黃維樑，〈十多年來香港文學地位的提升〉，《香江文壇》，11期，香港：香江文壇有限公司，
2002年11月，頁15-16。

黃繼持，〈西西連載小說：憶讀再讀〉，《八方文藝叢刊》，12輯，香港：八方文藝叢刊社，1990
年11月，頁68-80。

漢聞（主編），《香江文壇》，1至42期，香港：香江文壇有限公司，2002年1月至2005年12月。

趙稀方，〈香港文學的年輪〉，《作家月刊》，31期，香港：香港作家協會，2005年1月，頁70-
80。

劉以鬯，〈《島與半島》自序〉，《大公報‧文學》，52 期，1993 年 6 月 23 日，18 版。

劉以鬯，〈我在四十年代上海的文學工作〉，《城市文藝》，創刊號，香港：香港城市文藝出版社，
　　2006 年 2 月，頁 72-77。

劉以鬯，〈我為什麼寫《酒徒》〉，《文匯報‧文藝》，842 期，1994 年 7 月 24 日，頁 B5。

劉以鬯，〈娛樂自己與娛樂別人〉，《文匯報‧文藝》，817 期，1994 年 1 月 30 日，頁 C7。

劉以鬯，〈從抗戰時期作家生活的困苦看社會對作家的責任〉，《明報月刊》，150 期，香港：明
　　報月刊出版社，1978 年 6 月，頁 58-61。

劉以鬯，〈發刊詞〉，《香港文學》，創刊號，香港：香港文學出版社，1985 年 1 月，頁 1。

黎海華錄音整理，〈文藝座談會：香港小說初探〉，《文藝雜誌》，6 期，香港：基督教文藝出版社，
　　1983 年 6 月，頁 12-32。

Daily Mail Reporter. "Shocking Photos of Indonesian Maid after Saudi Employer Hacked off Her Lips."
　　Accessed November 24, 2010, http://www.dailymail.co.uk/news/article-1332279/Sumiatis-injuries-
　　Shockingphotos-Indonesian-maid-abused-Saudi-employers.html

五、電子資源

上海市地方誌辦公室，〈上海通誌‧人口數量〉，http://www.shtong.gov.cn，無下載日期。

韓國統計廳，〈2004 年生活時間調查結果〉（2004 년 생활시간 조사 결과），http://kostat.go.kr/，
　　發行日：2005 年 5 月。

韓國統計廳，〈2008 年社會調查結果〉（2008 년 사회조사 결과），http://kostat.go.kr/，發行日：
　　2008 年 11 月。

韓國統計廳，〈2014 年生活時間調查結果〉（2014 년 생활시간 조사 결과），http://kostat.go.kr/，
　　發行日：2015 年 6 月 29 日。

韓國統計廳，〈2016 年社會調查結果〉（2016 년 사회조사 결과），http://kostat.go.kr/，發行日：
　　2016 年 11 月 15 日。

香港藝術發展局，http://www.hkadc.org.hk/tc/，無下載日期。

香港特區政府，《香港年報》，http://www.yearbook.gov.hk/，無下載日期。

香港特區政府，《香港年報 1997》，http://www.yearbook.gov.hk/1997/ch24/c24_text.htm，無下載日期。

香港特區政府入境事務處，〈外國聘用家庭傭工指南〉，http://www.immd.gov.hk/chtml/ID(E)969.
　　htm，無下載日期。

香港特別行政區政府統計處，〈香港統計資料〉，http://www.censtatd.gov.hk/hkstat/，無下載日期。

香港特別行政區政府勞工處，〈聘用外籍家庭傭工僱主須知〉，http://www.labour.gov.hk/tc/public/pdf/wcp/PointToNotesForEmployersOnEmployment(FD).pdf，無下載日期。

六、補充文獻

（書中未引用，供讀者參考。）

（一）中文文獻

西西，《我城》，臺北：允晨文化，1990。

陳國球等（編），《香港文學大系 1919-1949》，香港：商務印書館，2014-2016。

（二）韓文文獻

也斯，《後殖民食物與愛情》，金惠俊、宋珠蘭譯，首爾：知萬知出版社，2012。

王德威，《當代中文小說作家 22 人》，金惠俊譯，首爾：學古房，2014。

亦舒，《喜寶》，文晞禎譯，首爾：知萬知出版社，2011 年 2 月印製，尚待出版。

朱天心，《古都》，全南玧譯，首爾：知萬知出版社，2012。

李碧華，《霸王別姬》，金貞淑等譯，首爾：Bitsam 圖書出版，1993。

李碧華等，《「月媚閣」的餃子》，金成成、金順珍譯，首爾：Prun Sasang 圖書出版，2012。

李歐梵，《上海摩登：一種新都市文化在中國 1930-1945》，張東天等譯，首爾：高麗大學出版部，2007。

周蕾（Rey Chow），《原初的激情》（*Primitive Passions*），鄭在書譯，首爾：移山出版社，2004。

周蕾（Rey Chow），《寫在家國以外》（*Writing Diaspora: Tactics of Intervention in Contemporary*），張秀賢等譯，首爾：移山出版社，2005。

施叔青，《她名叫蝴蝶》，金惠俊譯，首爾：知萬知出版社，2014。

施叔青，《維多利亞俱樂部》，金良守譯，首爾：進一步出版社 [意譯]，2010。

段義孚（Yi-Fu Tuan），《空間與場所：對經驗之觀點》（*Space and Place*），沈承姬等譯，首爾：

大允圖書出版，2007。

陳志紅，《中國的女性主義文學批評》，金惠俊譯，釜山：釜山大學出版部，2005。

陶然，《天平》，宋珠蘭譯，首爾：知萬知出版社，2014。

黃靜等，《尋人啟示》，金惠俊等譯，首爾：eZEN Media，2006。

葉維廉，《葉維廉詩選》，高贊敬譯，首爾：知萬知出版社，2011。

劉以鬯，《酒徒》，金惠俊譯，坡州：創批出版社，2014。

蔡玉姬，《家務勞動與女性福利》，首爾：慶春社 [音譯]，2004。

濱下武志，《香港：亞洲的網路城市》（香港：アジアのネットワーク都市），河世鳳等譯，首爾：新書苑，1997。

羅伯特‧漢弗萊（Robert Humphrey），《現代小說中的意識流》（*Stream of Consciousness in the Modern Novel*），千勝傑譯，首爾：三星美術文化財團，1984。

（三）西文書目

Xi Xi. *My City: A Hong Kong Story*. Translated by Eva Hung. Hong Kong: The Research Centre for Translation, CUHK, 1993.

（四）期刊‧期刊論文‧報紙報導以及其他

小沖，〈不是相遇〉，《香港文學》，195 期，香港：香港文學出版社，2001 年 3 月，頁 46。

甘寧，〈「香港文學和她的特異性」研討會在法國里昂舉行〉，《香江文壇》，25 期，香港：香江文壇有限公司，2004 年 1 月，頁 56-57。

安妮‧居裏安，〈鍾與龍─香港當代小說〉，《香港文學》，232 期，香港：香港文學出版社，2004 年 4 月，頁 28-32。

香江文壇，〈香港最大型的文學頒獎活動〉，《香江文壇》，23 期，香港：香江文壇有限公司，2003 年 11 月，頁 63-65。

海靜，〈參商〉，《香港作家》，新 4 期，香港：香港作家聯會，2000 年 4 月，頁 4-7。

張婉雯，〈獨心〉，《香港文學》，191 期，香港：香港文學出版社，2000 年 11 月，頁 25-27。

陸陸，〈四點半〉，《香港作家》，新 9 期，香港：香港作家聯會，2000 年 9 月，頁 2。

須文蔚、翁智琦、顏訥，〈1970 年代《香港時報》「時報詩頁」與「詩潮」之研究〉，《中國現代文學》，36 期（2019），臺北：中國現代文學學會，頁 137-155。

黃敏華，〈隔壁的事〉，《香港文學》，191 期，香港：香港文學出版社，2000 年 11 月，頁 34-35。

楊匡漢，〈學術語境中的香港文學研究〉，《中國現代當代文學研究》，11 期，北京：中國人民大學書報資料中心，2001 年，頁 191-195。

鍾笑芝，〈夏天的雪〉，《香港文學》，209 期，香港：香港文學出版社，2002 年 5 月，頁 34。

韓麗珠，〈壁屋〉，《香港文學》，191 期，香港：香港文學出版社，2000 年 11 月，頁 22-24。

（五）電子資源

香港文學資料庫，http://hklitpub.lib.cuhk.edu.hk/。

附錄

【附錄 I】似醉非醉的「酒徒」
──《酒徒》韓譯版後記

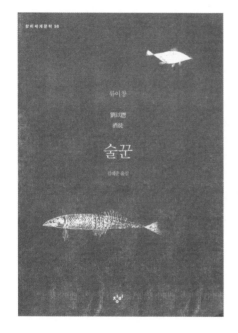

▲《酒徒》[韓譯版]，劉以鬯，金惠俊譯
（坡州：創批出版社，**2014 年 10 月**）

壹、作家劉以鬯與移居者的城市香港

劉以鬯 1918 年生於上海，1941 年畢業於上海聖約翰大學。當年冬天，日本發動太平洋戰爭占領上海，他前往陪都重慶避難，日本投降後又重新回到上海。此後，自己創立的出版社每況愈下，於 1948 年滿 30 歲時前往香港尋求突破，中間雖短暫逗留過新加坡，但直至現在 60 多年一直生活在香港。也就是說，劉以鬯確實和《酒徒》的主人公一樣，是從外地移居到香港之人。

香港本來就是移居者的都市。1841 年香港人口僅 7,450 人，是個很小規模的港口兼漁村，地名取自「販運香木的港口」或「泉水香列的港口」之意的「香港」。在英國以殖民統治爲目的大舉開發以來，從外地移居來的勞動者和家庭傭人等不斷湧入。百年後的 1941 年，香港已經成長爲人口 160 餘萬的大型城市，再到 50 幾年後移交中國時的 1997 年，已成爲人口 660 餘萬名的世界性現代化大都市。[1]

二十世紀中半葉，居住於香港的人們大致把自己看作是出身廣州、潮州、汕頭等

---

1 此後人口增長也沒有停止，到 2013 年末人口達到 720 多萬人。參考本書第 9 章〈正面的香港想像與方式──西西的《我城》〉。

其他地區的人，而並不將自己看作香港人。這也是理所當然的，絕大多數人在香港無論是成功還是失敗，總是打算回到自己的出發地。例如，1895年鼠疫流行和殖民政府的居住政策等，使兩萬多名香港居民曾一時間離開。另外，每當軍閥戰爭、北伐戰爭、中日戰爭、國共內戰等社會變革在中國大陸發生或結束時，也會隨時產生大規模的人口移動。

1949年中華人民共和國成立後，在冷戰體制下中國與香港幾乎斷絕了來往，這些狀況也發生了完全的改變。人口雖在某種程度上有所流入，但基本都是以在香港出生成長的人為主，與他們的上一代有著截然不同的認識。即上一代通過家族或親戚的邀請、定期的重歸故里等，與中國大陸持續維持著血緣、地緣、文化的關係，與之不同的是，新型的居住者們逐漸開始認識到自己是屬香港的人。尤其1960年代中國的文化大革命、香港的反英暴動以及1970年代香港的經濟飛躍等的交融下，這種認識漸漸明顯起來。進入1980年代，1997年香港移交中國成為現實，使其更明確地表現出來。例如，二十世紀後半葉香港居住者們從群體身分認同的角度，把自己看作是香港人而不是中國人。這些在文學作品中都得到了再現，例如劉以鬯的《酒徒》中香港人的身分認同萌芽時的狀態，已翻譯成韓文的西西的《我城》（1979）和也斯的《後殖民食物與愛情》（2009）極好地表現了此後的情況。

貳、適應現實與追求理想

長篇小說《酒徒》的外在故事情節比較簡單，主人公敘事者是獨自一人離開故鄉上海、輾轉多地到達香港的移居者。作為嚴肅文學作家，他在現代中國文學（五四新文學）及西方文學方面知識豐富，視角犀利。尤其是比任何人都強烈地認識到文學的藝術價值和知識分子的社會責任。然而，作為移居者的城市，香港本身商業大都市的現實卻讓他無法維持自己這種能力與思考。為了謀生，他違背自己的意願撰寫武俠小說，之後甚至還寫「黃色」的色情小說。在適應現實與追求理想的矛盾中，憤怒、煩惱、衝突、徬徨的同時，借助酒來麻醉自己，具有典型的酒精中毒者傾向。

然而從這樣的故事裡我們反覆看到的是，理想與現實，理性與感性，道德與本能

之間，既有所動搖又堅韌地質問人生的意義，批判社會不合理現象的某個知識分子的軟弱而激烈得充滿淒慘的面貌。他的這種形象，是合成了魯迅《狂人日記》中似瘋非瘋的狂人及屈原〈漁父〉中眾人皆醉我獨醒的屈原的形象。也就是說，這部小說的主人公「酒徒」即是似醉非醉、眾醉獨醒的一個人。他對「錢是一切的主宰」，「有人跳樓」的地方香港，「盜印商任意盜印」，嚴肅作家淪為「寫稿機」，最後變成社會「寄生蟲」的香港，辛辣地進行了批判。

小說中處處插入的微小事件，使他的這種批判相當具有說服力。他期待正面的評價，莫雨、錢士甫、李悟禪等只是單純圖謀利益罷了。他追求愛情，與張麗麗、司馬莉、楊露、王太等的關係不是以金錢就是以肉慾為核心。他追求共鳴，尊重愛惜他的麥荷門和雷老太太卻不曾真正理解他。在他看來，他周圍存在或發生的這些所有不公平現象與行為，是因為叫做香港的這座城市，從人們的觀念到社會體制，完全被資本主義化甚至商業化了。因此，他作為某種受難的先知者，不可避免地批判這座「人吃人社會」的城市。

參、移居者的抵達和定居

主人公「酒徒」批判香港是金錢萬能社會，這基於隨著資本主義大都市的發達而出現的異化現象，可是在這兒似乎還有別的要素在起著作用。按照今天的觀點來看，當時的作家好像在有意與無意之間受到作為剛剛抵達的移居者們不可避免地經受社會邊緣的苦鬥的影響。這因為敘事者抵達香港以前曾經在上海這樣的國際化商業化都市裡──具有與香港相同或類似的社會狀況中生活過。

作品中的敘事者「酒徒」，與作為實際存在的觀察者作家劉以鬯一樣，出身上海又在新加坡短暫居住過。特別當敘事者（或作家）離開前，上海已經是比香港更為國際化商業化的大都市。因此，如果排除故鄉上海與異鄉香港這個要素，敘事者把上海看作是遺失的理想的家園，而把香港看作是遭到詛咒的惡魔的都市，這個思維和情感態度是矛盾的或者很難理解的。敘事者反覆說著「香港真是一個怪地方」批判香港。這無疑表現出，他在商業化社會中要保持文學品位而在現實情況中不能實現該願望的

知識分子的掙扎。然而，另一方面，這同時在某種程度上也表現出，移居者喪失了在過去出發地中自己的位置，為了尋找現在目的地的新的位置，無法融入主流社會，在邊緣奮鬥努力或憤怒挫折的面貌。

這些方面在敘事者「酒徒」以二分法觀察人物中也有所體現。他認為張麗麗、趙之耀、錢士甫、司馬夫婦、出賣女兒的賣淫女等香港現有居住者始終只追求物質利益。反之，電影導演莫雨、同日本做生意的沈家寶、在出口商行當雜工的大學老同學等從外地遷來的移居者們，以前不這樣，但到香港後都發生了變化。即他們的這種變化，是由香港這座城市引起的。再進一步看，這些移居者們的變化表現出，包括敘事者在內的新的移居者，不管以何種狀態定居香港，都有可以變成香港人的可能性。雷夫婦接納現實的態度，賴老太太的精神失常和自殺，敘事者的自殺企圖和甦醒中都同樣有所體現。僅限於敘事者來說，敘事者試圖自殺反映了從通俗小說回到嚴肅文學作品，從他鄉回到故鄉，從香港回到大陸的渴望。但與賴老太太不同，他的試圖自殺與甦醒，意味著這種渴望是不可能實現的，甚至這是以對這種渴望的拋棄乃至對目的地香港的適應為前提。從這些方面看，這部作品的敘事者「酒徒」正在在「代表香港的」「中國作家」和「代表中國的」「中國作家」之間混亂不清，但說不定正如作家劉以鬯一樣遲早會成為代表香港的香港作家。

肆、中國最初的「意識流」作品

讀者們從《酒徒》的一部分情節及場景中，可能會注意到相當現實的內容和描寫。例如，隨時尋找喝酒的藉口，為了喝酒而借錢，說謊攀比，產生幻覺，發酒瘋，捲入暴力，費勁戒酒，為禁斷症狀所苦，再次酗酒等酒鬼具有的行為即是如此。另外，敘事者所經歷的二十世紀前半葉中國的社會劇變，特別是戰爭中的個人體驗好像逼真的電影場面一樣展開，也是如此。然而，這部小說真正的價值與其說具有這種現實主義的要素，實際上是中國圈最初對「意識流」手法進行嘗試並取得了比較成功的現代主義實驗。這就好像即便某個棒球投手的直球特別出色，由於比直球自身更為有效的滑行曲線球或變化球的補充，而更為卓越。

這部作品裡反覆提到的喬也斯（喬伊斯）、吳爾芙（伍爾芙）、福克納、普魯斯特等多位作家，曾經努力以多樣方式探索人類內部的內在眞實而非人類外部的外在眞實。隨著經歷兩次世界大戰，以理性手段就能一目了然地把握世界，這種信念也崩潰了，他們爲了表現現實的深不可測努力尋找新的手法，「意識流」手法就是其中的一種。作家劉以鬯並不盲目繼承傳統而有意追求創新，利用自己負責的報紙文藝版，集中介紹了這種全新的思潮和作品，另一方面，他自己也進行了積極的嘗試，其中最具代表性的成果即是《酒徒》。

根據香港出身黃勁輝（《劉以鬯與現代主義從上海到香港》，博士論文，山東大學，2012）的觀點，《酒徒》運用了六種不同語言模式。一、詩化語言，例如第 1 章開首的文字；二、意象語言，例如「我認出寂寞是一隻可怕的野獸」與「站在鏡子前，我看到一隻野獸」等等；三、夢的語言，例如第 6 章那樣完全沒有標點符號，或像第 8 章開頭那樣用句號區分的夢後出現的景象等等；四、互文性語言，例如涉及其他中外文獻的論述或引用；五、獨白語言，例如處處用括號標註的內心獨白；六、蒙太奇語言，例如第 4 章中 26 次重複「車輪不停地轉」以後出現的各個場面等等記憶或夢中的語言。然而，這裡重要的並不只是作家使用這種表現手法的事實。更重要的是通過這種手法，有效地表現出主人公敘事者的「意識流」，而不是顯現作品中各種人物或事件本身，而且這與作品中徬徨衝突的敘事者的思考和行動，即與作品內容相當貼合。

其實嚴謹地說，中國圈在《酒徒》以前初步嘗試「意識流」手法的作品並不是完全沒有的，但《酒徒》進行了根本性的嘗試並取得了較高的成功，不僅如此，對當時香港和臺灣現代主義文學的崛起給予了頗大的影響，對後來 1980 年代中國大陸現代主義作品的出現也給予了不小的影響。從這些方面來看，評價《酒徒》在中國圈最初使用意識流手法並取得了成功，是非常妥當的。

當然劉以鬯的文學成就並不止於《酒徒》。他與這部作品的敘事者不同，既不喝酒又不寫武俠小說和「黃色小說」。他一邊以編輯爲職業，一邊在幾十年裡利用業餘時間每天平均塡滿七、八千字，甚至一萬兩千字的稿紙。一方面爲了「娛樂別人」創

作《吧女》等等愛情小說爲主的大衆小說，另一方面爲了「娛樂自己」使用新小說（反小說）的觀點和方式，繼續創作了《寺內》、《一九九七》、《對倒》等實驗性嚴肅文學作品。當然不管是大衆文學還是嚴肅文學，他的創作集中表現香港的都市生活，他的這種風格也影響了很多人。例如像《酒徒》那樣，他的許多作品中隨時出現香港的地名、街景、餐館、社會狀況、新聞等等，如此把香港的都市面貌與氛圍形象化的方式，從他直接培養的西西、也斯等後輩作家到從中得到靈感而拍攝《花樣年華》、《2046》的電影導演王家衛的作品裡都可見到。

伍、作家的意圖與致謝之言

·《酒徒》翻譯的過程中，譯者盡最大努力再現了作家的意圖和結果。可能的話，也盡力保持了原來的標點符號及文字，因此將完全沒有標點符號的部分或對話中代替引號的破折號（－），以及作家有意使用的問號等特定標點符號都進行了保留。這樣一來，翻譯成韓文時產生的生澀句子也是有的。例如，「出現一對……眸子」，「欲念比松樹更蒼老」等的句子即是如此。然而，考慮到這部小說是 1960 年代初的作品及其重大的文學史意義，覺得也沒有必要把所有文字一律都譯成現在的韓語詞句。

考慮到這部小說作爲香港小說的特殊性，香港的地名、人名和其他許多詞彙表現翻譯成韓文時，多所留心。例如，中文發音雖按照韓國國立國語院的「外來語標記法」進行了標記，香港地名盡可能使用了英語式標記，香港人的名字使用了香港話（廣東話）發音標記。作家直接使用羅馬字標記的句子並未轉換成韓文，而是進行了保留。因此，「Rod Stering」（可能是錯字）這樣的句子也保持了原樣並沒有更正爲「Rod Serling」，請讀者諒解。

本書出版的過程中，需要感謝的人很多。首先，應該感謝創作這部作品，允許出版韓譯版的作家劉以鬯先生及他的夫人羅佩雲女士。劉以鬯先生今年雖已96歲高齡，但仍然健康地參加各種活動，祈願今後長長久久也能如此。向代表譯者與原作家夫妻取得聯繫，得到韓譯版著作權的香港的青年韓國專家陳柏薇表示感謝。向推薦本書韓譯版出版的西江大學李旭淵教授以及收入此書的創評出版社的世界文學企劃委員們

表示感謝。向與譯者一起，進行臺港文學及華人華文文學研究與翻譯的釜山大學現代中國文化研究室（http://cccs.pusan.ac.kr/）的青年研究者們表示感謝。沒有他們不變的信賴與無言的激勵，譯者因個人原因可能會延遲本書的出版。最後，特別要感謝選擇並閱讀此書的未來讀者們。如果譯本中有些部分沒能充分體現原書的出眾之處，這完全是譯者的責任，還請讀者理解並不吝指正。

2014 年 7 月 15 日

【附錄 II】我的城市，香港
——《我城》韓譯版後記

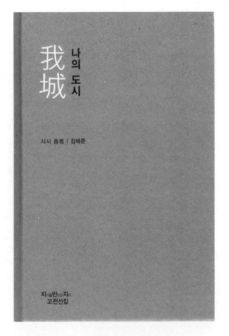

▲ 《我城》[韓譯版]，西西，金惠俊譯
（首爾：知萬知出版社，**2011**）

香港，具有區別於世界上任何一個地區的獨特的環境和歷史經歷。例如：自 1842 年起成爲英國的殖民地以來，歷經 150 多年的東西方文化的積極交流與融合；1949 年中華人民共和國成立前後起，經歷了約 50 年的左翼和右翼思想的間接性對立鬥爭；儘管存在著殖民地所賦予的政治環境的侷限，但相對來講輿論氛圍相當自由；大都市特有的商業化環境和仍然沿襲的傳統思考方式和生活習慣並存；1997 年以後出現了所謂社會主義國家內的資本主義社會的「一國兩制」等等。

正因爲如此，香港文學也具有了與其他地區相區別的某種獨特性。不受特定的意識形態或文學觀念限制的多樣性，強有力的商業邏輯直接影響的商業性，作家大量頻繁移動的流動性，中國文學與世界文學互相溝通的交融性，連接中國大陸文學和臺灣文學以及世界各地的華人文學的中繼性，作品內容以現代大都市的題材、思考及情感爲基礎的都市性，專欄散文和武俠小說等通俗文學爲主的大眾性，以及被英國殖民統治的經驗、中國文化傳統的影響和再與中國文化整合所表現出來的後殖民性等等，這些都是香港文學所展示的特有風貌。[1]

1　參考本書緒論〈香港文學的獨特性和範疇〉。

香港文學的這種獨特性使其在世界文學中，尤其在中國文學中具有重要的意義。因此，雖然香港文學尚未在韓國受到矚目，但已經在全球範圍內受到廣泛重視。不過，香港文學的獨特性具體從何時開始形成，從何時開始比較分明化，對此還存在著多種不同見解。在這方面，我認爲從二十世紀前半期開始出現，到二十世紀中葉具備了一個比較明晰的外觀，特別是在 1970 年代經濟取得發展後變得牢固。

從一開始只有數千人的小漁村，香港逐漸發展到規模越來越大的貿易港和金融城市（現人口數約爲 700 萬名）。過去，發展過程中所需人力資源大多依賴外部流入人口，而非自身人口。因此，一直持續到二十世紀中期，香港與中國大陸之間的往來雖一直受到一定的限制，但是大體上是比較自由的。然而，第二次世界大戰停戰後，世界進入冷戰狀態，情況也隨之發生了變化。隨著香港成爲資本主義的橋頭堡，雙方關係也因此受到了相當大的限制。而且，與以前相比，香港居民的範圍在某種程度上開始穩定一些。換句話說，出生、成長於香港的人占據了香港人口的大部分，自然也就開始產生作爲香港人的身分認同感。特別是經歷了 1966 年中國大陸的文化大革命和 1967 年香港的反英暴動後的香港市民切身感到自己所處的香港是既不同於中國大陸也不同於英國的事實，更增強了他們的這種身分認同感。之後，進入香港經濟飛躍發展的 1970 年代，隨著香港發展爲現代化大都市，在香港成長起來的新一代，不管其來自於何方、出生於何地，都開始將自己認作是香港人，開始積極表達對香港的熱愛並主張自己作爲香港人的發言權。

通過這些成長於香港並認爲香港是自己家園的新一代的登場，香港文學也宛然展現出新的形勢。也就是說，如果過去與中國大陸一體感相當強，來自外地的移民作家比較多，因此描寫香港自身的作品很少，而且即使有描寫香港的內容也是從否定和批判的角度描寫的話，那麼現在出現了與香港這個城市能夠感受到一體感而接受香港爲自己城市的明晰態度。其中第一次成功地展示這一變化的作品就是西西的《我城》。

西西的《我城》，運用童話般的想像與誇張的方式肯定而細緻地描繪了這個城市以及生活在城市中的人們那千姿百態的生活。

　　首先我們完全可以認定小說中所描寫的這座城市就是香港。各種地名以變形的形態出現，把尖沙咀寫爲肥沙嘴，旺角寫爲牛角，鄰近的澳門寫爲馬加澳；中國式層數由 1 樓開始，而英國式層數則由地層（Ground Floor）開始，之間的差異使某個地址既是第 12 樓又是第 11 層；船艙式和太空船式設計的超現代式高層建築，若有人進入不得不挪開門前桌子的擁擠公寓；夾雜在都市中的那些小型歇息公園，包括超市在內的多種商店和櫥窗；來往於海峽間的渡輪和左側通行的公共汽車與電車，需要右看、左看再右看的路人們；賽馬、麻將、飲茶、購物、游泳、看足球比賽、看電影等日常化的生活；請願集會、攔路搶劫、垃圾、「即沖小說」等各種社會問題；以做門的敘述比喻產業社會的轉型，金融社會的抬頭；石油的波動引起的能源危機，都市發展的樂觀應對；報紙、電視等輿論媒體的發展等等，小說中出現的所有這些，使香港人和對香港具有一定了解的人們自然引發對這個城市的聯想。

　　此外，所有這些都被積極、樂觀地描寫。例如，小說人物阿果面臨畢業、就業、工作等激烈的競爭，但這些卻與現實世界不同被描述成孩子們的遊戲那般。這就說明人們對都市化的生活並沒有批評和指責，而已經開始適應並自然地接受。甚至當麥快樂在深夜的街頭遇到強盜的場面，也被當作日常瑣事描寫，作者對城市發展過程中出現的負面形象沒有直接的、辛辣的批判，而是以溫和的方式處理。結果這些都向我們展現出，現在的香港不再是借來的城市，香港人的生活也不再是漂浮無根的。

　　同時，我們也無妨把小說中這座城市看成是香港以外的地球上的任何一座大城市。一方面是因爲這樣的都市情況和都市人生正在或已經在世界範圍內擴展，另一方面是因爲這座城市被以現實與想像，理性與情感有效結合的形態所表現，具有不必拘限於香港這一特定城市的開放性。今天大多數韓國人民都在城市生活，對韓國讀者來說，特別是其中經歷過 1970 年代壓縮增長時期的韓國讀者，把這本小說中的城市想像爲自己生活的城市或地區也是毫不過分的。

　　如此看來，城市即是這部小說中眞正的主人公。固然這部小說中有衆多人物登場，以及許多事件發生，但是與人物的性格和事件本身相比，通過他們所表現出的城市的各種面貌，才是小說的中心。例如，事件之間的時間連貫關係不很明確，這卻更

好地刻劃作爲小說背景和核心的城市這一空間。

　　從形式方面看，這本小說中有個名爲阿果的人物以「我」爲敘事者登場，而且在敘事者「我」不出現或以其他人物爲中心的地方，仍然可以看到敘事者阿果的跡象。但通過小說內容中一些描寫阿果不能目睹或不能知道的場面和事件，我們可以假定還有另外全知視角的敘事者。也就是說，作爲敘事者的作家隱藏了起來，正如當初小說連載時作家的名字並不是西西而是阿果，這一點也是相當有趣的部分。而此處重要的一點是，無所不知的敘事者原原本本保持著阿果的視角和語氣。不僅如此，更重要的是，根據名爲阿果的敘事者和周知一切的敘事者，叫做「他（她）」的其他人物的語氣、行動、思考也同樣以阿果爲原形。因此首先，小說中的聲音並不僅有一個而有多個；在有多個的同時，又僅有一個（這與米哈伊爾·巴赫金的衆聲喧嘩概念（Heteroglossia）既類似又不同，後者強調每個聲音都有自己的主張因而互有區別）。其次，這本小說的主要登場人物，事實上各自都在進行自己的敘述，總體來看，敘事者其實並不是「我」而是「我們」。正是這些因素使小說看似單純卻有多重性，使小說的讀者，特別是當時香港的讀者把自己和小說中的敘事者乃至登場人物統一化，產生認同的效果。

　　那麼，爲什麼作品的題目不是「我們的城市」而是「我城」呢？可以說有以下幾個原因。小說出場人物或讀者，生活在現代大都市及現代世界的意義上，都有一種集體性和共同性，但另一方面各自也具有相當的或細微的差別。而且如小說中阿果勤奮努力的言行所標出的一樣，爲了改變作爲集體的這些個體人集中在一起生活的城市或者世界，需要每個人的向上意志和實踐努力。換言之，這本小說正展現一個以這樣作爲覺醒的存在的現代人爲基礎的現代化的大都市，因此是「我城」，而不是「我們的城市」。

　　爲了表現這樣的「我城」，小說運用了各種各樣的方式。最令人矚目的是並沒有採用固定視點而採用移動視點。西方繪畫一般採用固定視點。即使有的畫作包含時間和空間交織於一起的內容，但還是或一張張畫並列排列，或把畫面本身大型化乃至原封不動而縮小各自的對象，總之一眼就能把畫盡收眼底。加上使用遠近法以來這個固

定視點更爲牢固。然而，東方繪畫一般使用各種多重視點或移動視點。例如，朝鮮金弘道的《摔跤》即並未使用遠近法而是採用多重視點和移動視點。又如，朝鮮安堅的《夢遊桃園圖》或宋朝張擇端的《清明上河圖》等等由左邊開卷、右邊收卷的卷軸式畫卷，可以看出所使用的移動式視點。雖然這些都是物理學上一眼根本無法把握的重複的多重畫面或是乘船遊覽連續展現在眼前的場面，但觀賞的人會不自覺地接受它們。

　　西西小說中使用的手法即和上述方法類似。如前所述，這部小說的連貫性並不十分強烈，捕捉了很多瑣碎事件，仍使用表面上的敘事者阿果的視角，但同時卻運用無所不知的敘事者和每個登場人物的視角來反映都市的各個層面。作家西西像繪製東方畫那樣利用移動視點，與描繪登場事物和事件相比，更滿足了注重都市空間的意圖，而且符合當時作爲連載小說的特殊性方式。換句話說，該方法首先拆解了特定的固定視角，滿足了作家希望構築多樣視角下的都市空間的意圖。不僅如此，其次，這種特徵，使讀者在每天閱讀報紙上的小說時，都能想像現在的場景，同時對照以前的場景，然後嘗試聯想預測新的場景。

　　這裡的第二點，是特別值得注意的。這部小說首次連載時，每天只有 1,000 字左右，再附上略帶幾句話的圖畫，一共連載了大約 150 天。根據黃繼持先生的回憶，它與情節型的一般連載小說不同，各段欲連還斷，欲斷還連，總似乎永遠繼續下去。這種方式與中國園林藝術手法類似，使有限空間轉變爲無限空間。換句話說，正如小說中所描繪的，一個被牆包圍著的公園，每進入一扇小門，便會出現一個新的大花園，因此一眼無法完全看透公園整體，空間又被分割成幾個較小的空間，賦予人們無盡的想像。凡是去過北京頤和園的人們，都能較好的理解這一點。修建頤和園的人工湖時，不只建一個湖，而是用堤和橋隔開幾個湖面，好像給人湖水層疊並無限延伸的視覺效果。西西本人也許不會意識到這一點，但最終小說中「我城」這一不大的有限空間可能無限地擴張，甚至時間上也可能無限延續。當時香港的讀者，讀這部小說時，至少在這一點上，能感受到對香港這個他們自己的城市的延續性和信賴感。在這裡我們再看看黃繼持先生的感受。據他說，後來這部小說出書後再讀這部小說時，或許由

於連載當時和出版之時兩者間的時間差距所引起的日漸增長的年齡的緣故，或許由於書籍本身所具有的讀者閱讀分量也越減少的空間特性的原因，感受與前不一而不無遺憾。這一點在今天不免使人產生由於香港移交中國而引發的微妙感覺。

這部小說中，令人印象深刻的除了敘述方式以外還有很多種方法，讓我們談一下其中的幾種。

第一，不管是登場人物的語氣還是敘事者的語氣，總體上都是以兒童的語氣爲基調。可是沒有前後不符、不明了的情況，非常精煉，而且恰當地運用了還沒受固定觀念所影響的孩子們那巧妙的表達方式。例如，小說的第一部分中有「我對她們點我的頭。……而她們說：就給你們住吧」云云，在這兒「我的頭」、「你們」之類的話，這並不是單純的語言失誤，而是從敘事者的視角出發，區別她們和我、她們和你們（即我們）的孩子們的說法。

第二，這部小說不僅使用兒童的視角與語氣，而且還插入種種兒童歌曲。「烘麵包，烘麵包，味道眞好」，「團團轉，菊花園，炒米餅，糯米團」等。這些歌謠是當時香港日常生活中可以經常聽到的童謠，一方面給小說賦予了香港的特性，另一方面也增強了音樂效果。小說中出現的音樂氣氛還不僅侷限於此，還有「巴隆巴隆」等眾多擬聲詞的使用，「太陽白色太陽」等適當的長短句結構，和「房牆門窗，幾桌椅，碗桶盆，人手足刀尺，山水田，狗牛羊」等類似構造的反覆。

第三，這本小說運用詞彙、特定風景及場面，對多樣的色彩進行了視覺上的描寫，並進一步有意打破句子本身的排列組合所體現的圖畫效果，作家自己手工製作並插入童話般的圖畫，產生了某種繪畫美。也許是受小說作家電影創作的影響，像蒙太奇方式的場景常插入其中，具有場景轉換效果的部分也時常出現。

第四，或如在牆上釘釘子的故事等等使用擬人化方法，或如〈超級超級市場〉和〈大腳〉等等使用兒童的誇張和童話般的想像力。這種方式並不是把現實存在的東西按原樣拍照，而是饒有興趣地製造「陌生」效果，給讀者自行想像的空間，而總的來說，起到了保持單純而溫暖感覺的作用。例如，把釘子不容易釘進去的三合土牆壁和

黑社會組織三合會聯繫起來，在對社會陰暗面進行批判時也產生溫和的效果。

最後，與傳統的中國章回小說以及今天的電視連續劇有異曲同工之妙。小說整體即是許多小故事的集合，每個小故事都有中心人物，但就算少了哪個小故事，也不會對整個故事的發展產生障礙。除此之外明顯還具有其他特點，與章回小說或電視連續劇一般重視情節爲主的時間構成和事件相比，這部小說卻更重視場面和印象爲主的空間構成。通過這一點和前面提到的幾點，1975 年當時連載了 16 萬字以後，1979 年和 1989 年卻只摘錄了 6 萬字和 12 萬字進行出版，原作所具有的生命力的源泉還保留了下來，也能看到各自作爲新作品存在的理由。

這部譯本是根據 1979 年香港出版的 6 萬字版本進行翻譯的。西西的《我城》創作於 1974 年，1975 年 1 月 30 日到 6 月 30 日連載於香港的《快報》，連載當時大約有 16 萬字。之後隨著 1979 年由西西擔任編輯的素葉出版社的成立，由作者親自摘錄了其中 6 萬字作爲創社紀念叢刊之一出版。此後 1989 年刪除並修訂了約 12 萬字由臺灣允晨文化出版，1996 年以此版本爲基礎再次由素葉出版社發行了約 12 萬字的增訂本，1999 年臺灣洪範書店推出了接近於連載當時字數 13 萬字的書籍。報紙連載當時的作者名爲阿果，出書以後改爲西西，雖然連載和出書有數量上的差異，都附有作者親筆手繪的簡單圖畫。

翻譯時最費心的就是如何才能最大限度地保留這部小說的特徵。因此有時或許會有韓語表現上不自然的部分。譬如「經過翻山車車站，駛至迴旋處，去團團轉，菊花園，炒米餅，糯米團」這一部分，又如阿髮打掃天臺時說：「才把它們沖不見掉」的部分。將後者的情況具體說明一點的話，不管是韓語還是漢語，都應作「才把它們沖掉」，但是作者意圖盡量表現兒童的語氣，翻譯也應遵照此原則。同樣的道理，和香港有關的專有名詞，使用香港方言即廣東話的發音，其他的專有名詞使用韓國教育部「外來語標記法」規定的漢語普通話發音標記。即使這樣，作爲譯者仍不敢冒然地對所付出之努力和將取得之成果充滿自信。

把一部文學作品照原樣翻譯成不同文化圈的不同語言，從根本上說是不可能的。翻譯過程中，不可避免地把某些東西丟失，變形，甚至追加一些新的內容，與其說成

是翻譯的失誤，倒不如認作是必要的更有意義的事。在這個意義上，如果說譯者主觀上有所期盼的話，就是譯作能最大限度地貼近作家西西原作所創造的，讀者們在閱讀譯作的過程中更能了解作家的想像並且更能發揮出某種新的東西。

最後還有幾句話要補充和感謝。譯本中用數字分開的方式是 1979 年版本中所沒有的，但爲了幫助讀者理解，參考 1989 年版而所加的。譯本中沒有標點符號或需要用問號的部分，完全是按照作家西西意圖上的作法。寫「作品說明」時，我曾參考過自己以前所寫的文章及在香港時的恩師故黃繼持先生的〈西西連載小說：憶讀再讀〉（黃繼持、盧瑋鑾、鄭樹森，《追跡香港文學》，香港：牛津大學出版社，1998，頁 163-179），還有何福仁先生的〈《我城》的一種讀法〉（《我城》，臺北：允晨文化出版社，1995，頁 219-239）。感謝未曾謀面卻同意授權這部韓譯版的作家西西；感謝我在香港時的另一位恩師盧瑋鑾老師，雖然沒能直接從作家西西那裡得到著作權，可她爲此付出頗大的努力；感謝和我一起參與香港文學、臺灣文學及華人華文文學作品翻譯的現代中國文化研究室的多位青年研究者們；感謝從最初企劃到促進這一事業進行的編輯主任；最後，還感謝將選擇並閱讀這本書的未來的讀者們。

2010 年 10 月 30 日

【附錄 III】尋找或製造
——《後殖民食物與愛情》韓譯版後記

포스트식민 음식과 사랑

後殖民食物與愛情

예쓰

也斯

김혜준・송주란

지식을만드는지식

▲《後殖民食物與愛情》[韓譯版]，也斯，金惠俊、宋珠蘭譯（首爾：知萬知出版社，2012）

1842 年簽訂的〈南京條約〉中提到「今大皇帝準將香港一島給予大英國君主暨嗣後世襲主位者常遠據守主掌，任便立法治理」。約 140 年後的 1984 年 12 月 19 日發表的《中英聯合聲明》中說「中華人民共和國政府重新統一香港地區（包括香港島、九龍半島以及新界，以下稱香港）是所有中國國民共同的期望，宣布決定從 1997 年 7 月 1 日起恢復對香港行使主權」。如果說〈南京條約〉決定了香港殖民地歷史的起點，那麼可以說《中英聯合聲明》決定了它的終點。但是站在香港人的立場來看這卻不單單是個喜訊。1984 年以後，由於對未來的不安，在香港掀起移民熱潮等，整個社會開始動盪起來。過去香港人一般沒有特別注意過自己是誰，也沒有特別關注過香港的將來會如何，但從此開始陷入對認同問題的思考，又在努力去建立自己的身分認同。

1984 年以來，或者從這以前開始，在香港文學界自然出現了描寫這些現象的作品。首先，表現香港的未來、香港意識或者香港與中國大陸差異等方面的作品不斷增多，以香港移交為題材的短篇小說或中、長篇小說也陸續發表。特別是在進入 1990 年代後，體現追求「香港性」的「失城」或者「此地他鄉」的作品明顯增加，與出國

移民相關的故事被描寫得更加豐富、更加細膩。換句話說，通過表現與中國大陸相異的香港特徵及與香港移交相關的一系列現象──諸如歷史回顧、內地新移民、海外移民、「失城」、「此地他鄉」、香港社會現象等──尋找並建立香港身分認同成為這一時期的主流。1997 年香港終於移交中國。當移交成為現實之後，上述的現象多少又發生了新的變化。與香港移交直接有關的「失城」作品漸漸減少，表現由現代大都市本身所帶來的異化而導致「失城」的作品隨即開始多起來，表現都市男女、男男、女女之間情愛的各式各樣的作品也大幅度增加。即為與其說直接表現香港的認同問題，不如說通過表現存在於香港社會的諸多現象，使探求與追求認同的問題變得內面化。

也斯是最能體現香港文學界的這些動向與成就的作家。他早在香港移交以前就開始了對香港性與香港人認同問題的深度探索，他以小說、詩歌、散文、港式專欄散文或者理論文章等各種方式努力向人們介紹他所認識的或者想像的香港和香港人。特別在近幾年他的這些努力更取得了輝煌的成果，因此不僅香港文學界就連中國文學界也給予其極高的評價。

2009 年也斯歷經 11 年時間創作的 12 篇短篇小說的合集以《後殖民食物與愛情》為題出版。這部短篇小說集在他多種文體創作中最能體現後殖民時代香港狀況，最能切合他所特有的視角或感覺，想像或表現，而且在其深處還有他對怎樣能使讀者更加具體、更加立體地感知香港問題的深深考慮。譬如有意使用豐富多彩的飲食為材料就是其中一個例子。據他說，這是為了參加溫哥華的一個文化節，在準備關於香港文化演講的過程中構思出來的。當時，他不希望說太多理論性的東西而以一種具體的、立體的東西來說明香港的文化，在為此苦思的過程中竟關注到人們在日常生活裡經常接觸的食物。換句話說，他認為：「食物是我們日常生活中總會接觸到的具體的、具有味道和顏色的事物，而且還是連接人們的感情和記憶的、彼此間可以進行溝通的工具，因此使用食物可以更有效更具體地展現香港與香港人的面貌」。後來他積極將此想法運用到小說等的創作，其結果也是非常成功的。

也斯本來打算以長篇小說的形式描寫香港移交前後一群普通人的生活面貌。但是

當時原稿沒有達到長篇的篇幅，他自己也不知道能不能寫下去，因此以短篇形式開始片斷寫作。香港這座城市原本生活節奏極快，一般來說短篇小說比長篇小說，散文、詩歌或港式專欄散文比短篇小說更受歡迎。再加上由於社會體系本身不太允許一個作家光靠創作活動而維持生活，大部分作家都在擁有其他主業的同時比較艱難地從事作品的創作。或許這些對他以短篇形式創作的選擇上起到了相當大的作用。但是這些短篇小說一方面是各自獨立的故事，從整體看來它們又是一塊塊拼圖碎片。小說人物往往反覆出現，故事也不按時間順序或特定事件來獨立發展而保持相互聯繫來展開。大體來講，相對來說作者較少運用韓國讀者比較喜好的現實主義手法，而更多地使用現代主義或後現代主義手法，還兼運用魔幻現實主義要素與電影蒙太奇手法。還有一篇作品中第一人稱與第三人稱的敘事者相互混用，在語言表達上敘事者的回想、獨白、與其它人物的對話沒有清楚的區分，但是小說仍然結構緊湊、脈絡清晰。也斯小說的這些特點，也許不免使韓國讀者產生陌生感，但同時也正因如此，韓國讀者反而能充分體會到他的與眾不同。

這部譯著裡翻譯了也斯作品中的 6 篇短篇小說，再加上《後殖民食物與愛情》的後記〈雲吞麵與分子美食〉共 7 篇。包括這些作品在內也斯的小說中香港這座城市的地理與建築、大街與小巷、大型飯店與小飯館兒、華麗的菜餚與簡單的餐點、文學作品與電視連續劇、電影與實錄、學術理論與市井雜談頻繁出現。特別是代表作〈後殖民食物與愛情〉乾脆將後殖民這樣的學術用語和日常飲食以及男女愛情結合爲題。如前所述這種方式正是他苦思如何用某種具體的、立體的東西取代生硬的學術理論來展現香港的結果。

〈後殖民食物與愛情〉主要講述的是敘事者「我」史提芬與瑪利安的相會。小說中的「我」是從英國留學回來的，白天是髮廊到了晚上就變成酒吧的髮廊兼酒吧的老板。有一天法國留學的瑪利安來洗頭，在兩人發現彼此都對飲食有種瘋狂的愛好之後，故事就從這裡展開。作者在包括兩人在內的小說中登場的許多人物和各種場面描寫上通過記憶、回想、獨白、對話等方式展示了他們各自的香港——最終展現了一個多樣複雜的、具體生動的香港。特別是在小說最後的部分「我」說了這樣一段話：「有

些人離開我們到別處生活，又有些新人加入進來。這是個新的時代」。 這段話不僅說明後殖民時代的香港，是否也能說明全球化的向心力與地區化的離心力相互依存、相互作用的今天的韓國？

〈尋路在京都〉主要講述的是教英語和英美文學的美國人羅傑與酒店職員香港人阿素的故事。兩人好不容易去日本的京都休假，到了京都後從找住處開始遇到了各種各樣的事情。作者通過描寫登場人物在遇到這些事情時的反應與感覺、聯想與記憶等展現了羅傑曾經對東方所抱有的嬉皮式幻想，現在在香港所經歷的現實，羅傑與阿素在思維和行爲方式上的不同，香港與日本之間的異同。讀者也許會通過這些描寫產生這樣的疑問：純粹的、傳統的、歷史的到底意味著什麼呢；它們眞可能存在嗎；眞實的現實生活難道不是更加複雜、多變、非線型的嗎？

〈西廂魅影〉主要說的是從英文系分離出來的比較文學及文化系的何方教授在學校所經歷的一系列日常瑣事。通過這篇作品可以看到香港的大學在許多方面基本上近似於韓國大學的情況，特別是對教授的壓力日益加重，教授之間瑣碎的矛盾與協作場景的描寫。所以從韓國讀者角度來看，對那些每天晚上出現在學校西廂的鬼鬼祟祟的事情也許會產生相當的共鳴。留心的讀者，特別是對後殖民主義感興趣的讀者，就不難發現作品中登場的布萊希特、福柯、巴赫金等人物的名字，或是後殖民主義、女性主義這樣的學術用語的出現。讀者也許會想到這意味著小說所要表達的絕非僅此而止，進而體會到作品的題目與內容的意味深長。

〈愛美麗在屯門〉中的主要人物是在不屬於香港島的新界屯門出生的愛美麗和她的父親以及她的美國男朋友羅傑。但是小說通過不斷強調愛美麗和她朋友們的出身，街道名字和建築名稱等來介紹愛美麗的屯門的每一個角落。特別是愛美麗爲了找工作來到香港島又回到屯門，她工作的地方大都是各種菜譜俱全的大眾餐館「茶餐廳」，愛美麗和朋友們的堅強和獨立等等的描寫蘊含著不少意思。敏銳的讀者或許會發現香港原來不單指香港島還包括九龍和新界，更或許會發現作者就香港與屯門的關係問題，適用中心與邊緣的觀點，從中國與香港的關係，甚至全球化與地域化問題的層面來考察香港這座城市。

〈溫哥華的私房菜〉是從把家人放在加拿大，自己放棄移民回到香港作導遊的老薛，陪老母去溫哥華探親的故事開始的。主人公「太空人父親」老薛，離婚的前妻，上大學的女兒，年幼的兒子，年老的母親之間發生的微妙的矛盾衝突，不僅單純表現1997年香港移交所引起的移民熱潮和因此導致的後遺症。更重要的是在全球化趨勢下經濟政治的不斷變化中產生的一系列質問，例如從小的方面來說是對家族的意義與家族成員間關係的質問，從大的方面來說是對作爲人類共同體的民族是什麼，以及作爲規定它的要素的文化是什麼的質問。當然讀者也可以更直接地看作是在家長制的傳統逐漸消失的時代，許許多多的家族和父親的故事。

〈點心迴環轉〉分散地講述了一度想寫小說但毫無進展的香港人「我」和如今正在走紅而移居香港的偵探小說家、上海朋友向東一起到香港各處走訪，回憶過去、思索現在的故事。而其中穿插了許多幾乎很難分清主次的故事同時展開，譬如羅傑探訪首爾的故事，老薛和他的家人旅遊深圳的故事，小雪的臺灣故事，國雄和史提芬的澳門故事等。讀者或許正如題目所示遊覽的地方多了說不定會多少產生一時的混亂。但是如果考慮到香港自身就像這樣，是個各種各樣的事物同時存在著、混雜著、變化著的文化空間，那就不會覺到這些只是單純的混沌了。

〈雲吞麵與分子美食〉是《後殖民食物與愛情》的後記。隨處可見作者說明自己寫小說的原因或者對寫小說抱期待的內容。不過真正讀完後會感覺與其說它是後記，不如說又是一篇小說。如果讀者發生這種感覺，那是很自然的。實際上也斯不僅在小說的內容上，在處理內容的方式上也具有混合的、混融的、混種的特性。不僅如此，這種風格又體現在體裁上，譬如他的小說就像散文，而散文又像小說，甚至有些詩歌既像小說又像散文。從這些角度來看，他充分地實踐著他自己所說的決心，既不排斥理論，也不爲理論束縛的決心。雖然讀者在閱讀時有些吃力，但是讀者不妨藉此機會來比較一下自己所讀的也斯小說與也斯自己所闡釋的也斯小說吧。

本書翻譯工作由金惠俊和宋珠蘭共同參與完成。〈後殖民食物與愛情〉、〈西廂魅影〉、〈愛美麗在屯門〉由金惠俊翻譯，〈尋路在京都〉、〈點心迴環轉〉、〈溫哥華的私房菜〉和〈後記〉由宋珠蘭初譯後，後由金惠俊修改完成。解說的一部分內

容參考了也斯的〈鳴謝〉[1]；甄嘉儀、淑華的〈「好遺憾」的也斯〉[2]；金惠俊的〈1997年香港回歸以來香港文學的變化及其意義〉[3]等。雖然共同翻譯免不了產生文字風格上的差異，但是譯者們經過了幾次對最初譯稿的修正和輪流閱讀的過程盡量努力減少差異。譯者們也與此同時盡量努力體現也斯所具有的獨特性與文學史的意義。

首先，譯者們盡量展現作者特有的多重隱喻的文體及其所揭示的含意和氛圍。譬如〈後殖民食物與愛情〉中作者大量重疊使用「好像、彷彿、猶似、似乎、也許、大概、可能」等詞彙，一方面給作品製造了一個朦朧的氛圍，另一方面體現了 1997 年當時作者乃至香港人朦朧的感情狀態。因此譯者一邊盡可能將這種氛圍和感情表現出來，一邊盡可能不打亂句子或上下文的表達脈絡。

譯者們認為這又與作者追求表現香港性有直接的關係。作者沒有簡單地把香港概括成幾個概念，而試圖將具體的、瑣碎的事物同時展現出來。這與香港的特徵──東方文化與西方文化的接觸與交流，社會主義與資本主義的對立和競爭，殖民地的政治控制與相對自由的言論狀況，商業的、城市的環境與農業的、鄉村的傳統等等──不無關係。因此譯者們翻成韓文時格外注意香港的地名，香港人的人名，飲食的名字以及其他詞彙或表現。譬如標明專有名詞的讀音時盡量將香港地名按英語式發音而注音，香港人的名字按香港話（廣東話）的發音而注音，一般的漢語發音按中國普通話的發音而注音。飲食的名字和餐飲店的名字盡可能譯成韓文，必要時加注原文的漢字。特別是作者在原文中大量混用漢語國語（普通話）、廣東話、日語、英語、法語等詞彙，其中作者有意（可能為了強調混種性）或無意（可能因為很難用漢語的漢字表達）地直接用羅馬字母表示的，譯者們一般按原文表示沒有譯成韓文。

另外，譯者們還做了幾個小嘗試。譬如作者因為這樣或那樣的原因，在作品中使

---

1 也斯，〈鳴謝〉，《後殖民食物與愛情》（香港：牛津出版社，2009），頁 261-265。

2 甄嘉儀、淑華，〈「好遺憾」的也斯〉，《作家月刊》，52 期，香港：香港作家協會，2006 年 10 月，45-46 頁。

3 金惠俊，〈1997 年香港回歸以來香港文學的變化及其意義〉，《香港文學》，271 期，香港：香港文學出版社，2007 年 7 月，頁 22-29。

用了大量的感歎號「！」。因爲譯者們擔心若翻譯不好會給韓國讀者造成不必要的混亂，所以進行了適當的刪除或使用其他標點符號代替。其他標點符號的使用也作了這樣的處理。另一個例子是，譯者在翻譯中國諺語、詩句或特殊表達的時候，盡量按原意翻譯，但有時也會用內容近似的韓國諺語表達。其他的例子省略不談。

　　本書的出版要感謝許多人。其中最要感謝的人當然是創作並允許其作品在韓國出版的作者也斯。他現正病中，我們眞心地希望這次翻譯能給他帶來哪怕是一點點精神上的慰藉，我們更盼望他的身體早日康復重新爲香港文學以及世界文學作出卓越貢獻。我們還要感謝與譯者一起致力於臺灣、香港文學以及華人華文文學的研究與翻譯工作的釜山大學現代中國文化研究室（http://cccs.pusan.ac.kr/）年輕的研究者們。感謝企劃全局並大力推進工作進展的知萬知出版社崔貞嘩總編和誠實勤懇擔任編輯工作的吳貞杬先生。最後，更要特別感謝將來選擇並閱讀這本譯著的未來讀者們。如果本譯著沒有充分再現原著的卓越，責任全在譯者，希望廣大讀者能給予理解，並多多指正。

2012 年 6 月 17 日

【附錄 IV】再現一百年前的香港
──《她名叫蝴蝶》韓譯版後記

그녀의 이름은 나비

她名叫蝴蝶

스수칭

施叔青

김혜준

▲《她名叫蝴蝶》[韓譯版]，施叔青，金惠
俊譯（首爾：知萬知出版社，**2014**）

1841 年香港人口僅有 7,450 名，是個出口莞香木的極小規模的港口兼漁村。因此，取意「莞香樹的港口」或「溪水香冽的港口」，得名香港。然而，第一次和第二次鴉片戰爭之後，在 1842 年、1860 年香港島地區和九龍地區分別被永久割讓給英國，後於 1898 年新界地區也被租借了 99 年。此後，隨著英國殖民政策的集中開發，香港開始迅速發展。也正是因此，到 50 年後的 1891 年，香港成爲了擁有 210,900 人口的國際貿易港口；100 年後的 1941 年，發展成爲一個擁有 1,639,300 人口的大型商業城市。再經過 70 多年，至 2013 年年底，成爲人口多達 7,219,700 人的全球化現代大都市。[1]

香港經濟飛躍發展，香港人自信滿溢之時，中英兩國卻絲毫不顧港人的意願，於 1984 年 12 月發表聯合聲明，聲稱在 1997 年 7 月 1 日將香港移交給中國。此後，由於對未來的不安和對中英兩國的不滿，香港爆發了移民熱潮，整個社會產生了動盪。同時，香港人以前並不關心自己是誰，香港會怎樣，現在也從根本上開始思考身分認同問題，並開始自己努力嘗試構建身分認同。如果有些過激地比喻一下，正如人們並不是不知道總有一天會死去，只是平時遭

1　參考本書第 9 章〈正面的香港想像與方式──西西的《我城》〉。

忘了這一事實，在死亡降臨之前才清醒地意識到這個問題一樣。在這種情況下，香港文學界也開始出現對此現象觀察和探索的作品。對香港的未來，香港的身分或香港與中國大陸之間的差異感興趣的作品數量有所增加，直接以香港移交為題材的短篇小說和中長篇小說陸續出版。除了西西、也斯等在香港長大的作家，劉以鬯、陶然等成年後從中國大陸及其他地區移居到香港的作家也加入到這個隊伍。其中，也有生於臺灣，經由紐約，來到香港長期定居的女作家施叔青。

施叔青（1945-）出生於臺灣西部小港口鹿港，畢業於臺北的淡江大學，此後前往北美最大的港口紐約留學，在紐約市立大學獲得碩士學位。返回臺灣後，她與家人於 1978 年移居至排名世界第一、第二位的港口城市——香港，至 1994 年一共在那裡居住了 16 年。

從高中時代的處女作《壁虎》發表以來，施叔青在到達香港之前已經出版了五部小說，具有一定的知名度。在香港期間，她首先發表了《愫細怨》為首的名為「香港故事」的一系列短篇小說。1988 年，當「香港故事」告一段落時，她決定通過一部長篇小說重溫她在香港生活的十年。當時，1989 年，中國大陸發生了六四民主化運動，隨後香港也開展了倡導民主和法治的民主化運動。這一系列的事件對她產生了巨大的影響，作為臺灣出身的移居者，她對香港人民產生了同情，並開始創作貫穿香港歷史的作品。成果就是被稱為《香港三部曲》的三部小說，《她名叫蝴蝶》、《遍山洋紫荊》和《寂寞雲園》，以及長篇小說《維多利亞俱樂部》。

施叔青在《香港三部曲》中，通過描寫名叫黃得雲的女性及其一家的人生，在中華圈內首次綜合敘述甚至再現了香港的歷史。以往通過個人及其家庭的生活，展現一個國家或群體歷史的小說並不少見。然而，《香港三部曲》在兩者的結合方面具有獨特之處。首先，香港歷史並非正面登場，與其說在浩瀚的歷史長流中展開人物的人生，倒不如說通過在人物的人生中插入歷史事實。其次，三部曲的各部相對獨立，尤其是各部所涉及的時間存在顯著差異。這一點可能需要進一步說明，繼續看看以下部分就可以有一定的瞭解。

《香港三部曲》的第一部《她名叫蝴蝶》，以被人口販子綁架到香港的年輕妓女

黃得雲和追尋東方幻想來到香港的英國青年亞當‧史密斯之間發生的故事爲中心,時間跨度爲鼠疫猖獗的 1894 年前後 4 年。第二部《遍山洋紫荊》,根據黃得雲和她命運中的新男人屈亞炳──香港出生的中文翻譯之間的故事改編,以黃得雲通過典當生意致富爲中心,故事發生在 1898 年前後 14 年的新界。最後,第三部《寂寞雲園》,以新移居來的敘事者「我」和黃得雲曾孫女黃蝶娘之間的交流爲核心,追溯黃得雲和西恩‧修洛之間的故事以及黃氏家族間的愛憎恩怨,站在香港經濟飛躍發展的 1970 年代末期的時點上涵蓋了整個二十世紀初中葉的時期。

三部曲中的每部作品都以這種方式展開,事實上這並不是出自作家的精心計畫。特別是,第一部《她名叫蝴蝶》只涉及了四年的時間,正如施叔青在第二部《遍山洋紫荊》的《代序》中自己寫道,作者過度沉迷於黃得雲和亞當‧史密斯之間。對此讀者們在閱讀作品時,應該就能充分地體會到。作者並未單純停留在讓這部作品中的人物故事與歷史事件相結合,事先充分涉獵了與那個時代相關的各種資料,不僅直接在小說中穿插歷史事件和人物,甚至爲了再現時代的景觀和感覺,連人物的服裝和飾物,建築物的外觀和內部裝飾,街道景觀和社會風俗等等都很詳細而生動地描寫。街道景觀和社會風俗等等都進行了詳細而生動地描寫。將當時香港的每時每刻展現於眼前,就像在非常精巧的攝影場地中拍攝的電影場景一樣。但是總而言之,故事情節的展開不免會受到阻礙。誇張地說,這部小說給人的印象是,人物的行爲或香港的歷史並不是小說的核心,反而 100 年前香港社會的面貌和氛圍才是重點。

《她名叫蝴蝶》給讀者留下這樣的印象,正是因爲作者以大量地生動逼眞方式描述了香港的各個層面。但另一方面,這也與作家的手法層面有關。在這部作品中,作家有意大量使用四字成語和古典詩句這類具有古風古韻的詞彙和表現,並使用長句來描述靜止時刻的場景,多次反覆使用同一事件與文句,重複再現特定形象,就好像在看一張泛黃的褪色照片一樣,使人感覺時間已經停止。不僅如此,在關於黃得雲曾經思慕過的姜俠魂行蹤的故事中,作品中多處都採用了與以前講談故事類似的描寫方式。另外,各個人物都與其他作家所塑造的人物不同,不像作爲現代人的作家的代理人那樣思考和行動,而是就像當年實際那樣,做出符合各自出身背景和身分的言行。

由於種種原因，讀者讀這部小說，會有一種恍如置身於歷史一角，環顧四周的感覺。

　　但這並不意味著這部小說的觀點和思想是落後的。事實恰恰相反。首先，施叔青在這部作品中積極運用女性主義和後殖民主義的觀點與有關題材。舉例來說，女主人公黃得雲是個「善良」的女人，她是孝順病重父親的女兒，愛護剛出生弟弟的姐姐，被人口販子拐賣以後，靠做妓女生活的同時，也想找一個可以依靠的男人，度過自己的一生。但事實上，她自己本身也處於受男性支配的境地，對同為女性的保姆阿梅如此殘忍地折磨，懷疑和警惕。這種行為是那個被封建觀念所束縛的時代女性的真實寫照。但是，繼續閱讀作品時，讀者會逐漸超越對黃得雲和阿梅兩個人鬱悶的感受，而對使她們變成那樣的男性中心主義社會的壓迫感到憤怒。亞當·史密斯可能也會有類似的現象。亞當·史密斯在鼠疫這一死亡威脅和孤立無援的絕望孤獨中，與作為精神避難所的黃得雲相遇並相愛。但是，隨著危機時刻的過去，他的思想和情感體系最終使黃得雲成為實現他對東方及女性的幻想和偏見的對象，征服的對象和輕蔑的對象。一方面，讀者可能會同情亞當·史密斯的苦惱，因為會看到他的個人與群體、愛情與地位、肉慾與道德之間的衝突。但從另一方面看，他的種族和性別歧視，男性殖民者的雙重行為，對東方的歪曲想像和排斥等，會逐漸對男性中心主義和東方主義的危害產生情緒的體驗和理性的認識。

　　我們不能說施叔青在《她名叫蝴蝶》中意圖乃至試圖表現的各方面都取得了完美的成功。黃得雲與亞當·史密斯相遇，與艾米麗相遇，與姜俠魂再次相遇等的部分，恐怕不能簡單地看作為虛構的小說裡會發生的事情，因為這些場景過於具有確定性和偶然性。因為這些場景太過確定與偶然。黃得雲在折磨阿梅時，烏鴉的出現；意欲自殺時，卻因為香港人的大移動而停止；當找到碼頭要回東莞時，突然填地的一座小山爆炸了而回不去，這些情景也都是如此。此外，儘管施叔青精心使用了史料，但有時前後敘述不合或邏輯上存在疑點。前面記述 1894 年死於鼠疫的人數為 2,552 人，後面則記述為 2,547 人；前面記述亞當·史密斯的住所位於最高領導層居住的山頂地區，後面則說成是大多數英國人居住的半山腰地區。自從 1859 年達爾文的《物種起源》出版以來，將近 40 年之後的 1894 年，白人統治階層仍然對「進化論」幾乎一無所知，

卻能想當然地使用「退化」和「雜交」這樣的用語。但是，與這部作品所取得的成就相比，這些小小的瑕疵正如瑕疵一詞的本意那樣，只不過是「美中不足」而已。

施叔青在《她名叫蝴蝶》中說，「我是用心良苦地還原那個時代的風情背景」。譯者爲了最大限度地發揮作家的這種嘗試和成就而努力，在技術上使用了以下幾種方式。首先，考慮到作品的背景是香港這一特殊性，在翻譯成韓文時特別注意香港的人名，地名以及其他詞彙和表達。例如，一般的中文發音是根據韓國國立國語院的外語符號標記的，但香港人的名字是用香港發音（廣東話的發音）標記的，香港的地名和公司名稱等盡可能使用英語，有時會配合上下文使用香港方式來標記。此外，爲了讓讀者直觀地感受到香港的各種寺廟和妓院的名字，如「天後廟」，「文武廟」或「義紅閣」，「南唐館」等，都按照漢字的韓語發音標記。其次，作家有意使用的長句，古色古香的表現方式，強調象徵性和色彩感的句子，相同或類似句子的重複等，最大限度地維持原意，但考慮到當今韓國讀者的語言習慣，在允許的範圍內，用相對短的句子或用現代的表達方式代替。再次，在人物對話及行爲方面，通過考慮每個人的身分特徵來進行翻譯。例如一些與西方人物有關的地方，如晚安（Good night 굿 나잇），我的上帝（Oh My God 오 마이 갓），口炎性腹瀉（Sprue 스프루병）等，都按照英文的韓語發音標記。

最後，還要加上幾句感謝的話。感謝施叔青女士創作了這部作品並允許我出版韓譯版。就像數年前在香港的一個學術會上見到她那樣，希望她以後也一直健康，期待有一天能再次見面。感謝直接支持翻譯本書的臺灣文學館及館長李瑞騰教授，感謝間接支持翻譯本書的哈佛大學王德威（David Der-Wei Wang）教授和臺灣東華大學的須文蔚教授。在此，我還要感謝現代中國文化研究室（http://cccs.pusan.ac.kr/）的青年研究人員，他們與譯者一起致力於臺灣文學、香港文學及華人華文文學的研究與翻譯。如果沒有他們始終如一的信任和鼓勵，本書的翻譯出版可能會推遲，因爲譯者近年來飽受各種瑣事困擾。最後，特別要感謝選擇並閱讀此書的未來讀者們。如果本譯著沒有充分再現原著的卓越，責任全在譯者，望廣大讀者能給予理解，並不吝指正。

2014 年 8 月 24 日

【附錄 V】香港女性作家的香港故事
——《尋人啟示》韓譯版後記

▲ 《尋人啟示》[韓譯版]，黃靜等，金惠俊等譯（首爾：**eZEN Media**，**2006**）

我曾經向 eZEN Media 提議過編一本 1997 年香港移交以來創作的有代表性的香港短篇小說選介紹給韓國讀者。對於這個建議，eZEN Media 認爲是可行的，但提出是否可以先出版香港年輕女作家短篇小說選。這雖然與原來的計畫有些出入，但仍不失爲一件有意義的事情。

可是年輕女作家這個概念的範疇本身就很模糊，而且雖然我對香港文學多年關注，仍然在很多方面掌握的訊息不夠充分。因而，我決定請求小說家兼散文家《香港文學》主編陶然先生和小說家兼詩人香港嶺南大學梁秉鈞教授的幫助，向他們表明了我們的意旨，請他們推薦一些年齡在二、三十歲的女作家的代表作。另一方面，我也篩選了一些自己關注的相關作品。然後考慮作品的水準與篇幅、韓國讀者的閱讀習慣，一共確定了 21 篇作品。可是在與出版社商討的過程中，由於作品選擇數量有限，最後只選定了 8 篇作品。這樣，已經翻譯完的將近 20 篇作品都不得不被捨棄，這使翻譯者覺得很心痛，同時會讓原作家覺得很遺憾。

香港，有別於世界上任何一個地區的獨特的環境和歷史經歷。例如：自 1842 年起成爲英國的殖民地以來，歷經 150 多年的東西方文化的積極交流與融合；1949 年

中華人民共和國成立前後起迄今，經歷了約 50 年的左翼和右翼思想的間接性對立鬥爭；儘管存在著殖民地所賦予的政治環境的侷限，但相對來講輿論氛圍相當自由；大都市特有的商業化環境和仍然沿襲的傳統思考方式和生活習慣並存；1997 年以後出現了所謂社會主義國家內的資本主義社會的一國兩制等等。

因此，香港文學也具有了與其他地區相區別的某種獨特性，不受特定的意識形態或文學觀念限制的多樣性，強有力的商業邏輯直接影響的商業性，作家大量頻繁移動的流動性，中國文學與世界文學互相溝通的交融性，連接中國大陸文學和臺灣文學以及世界各地的中國文學的中繼性，作品內容以現代大都市的題材、思考及情感為基礎的都市性，以及專欄散文和武俠小說、言情小說、科幻小說等通俗文學為主的大眾性……這些都是香港文學所展示的特有風貌。

這種獨特性賦予香港文學在世界文學，特別是在中國文學裡重要的意義。也正因如此香港文學逐漸受到矚目，特別是從 1980 年初開始討論香港移交問題以來更是受到關注。就連向來對於自己的歸屬及香港的將來不怎麼關心的香港人也從這個時候開始認真探索身分認同問題，努力追求其文化身分，並且把這樣的探索和追求在香港文學作品中積極地表現出來。

香港人對於身分認同的探索和追求在小說領域比較明顯。首先，對香港的將來或香港意識或香港和中國大陸的差異性等方面表示關心的作品越來越多。再者，隨著時間的推移這樣的作品在質量上也更加多樣化、具體化和深層化。在 1980 年代，關注香港的未來而考察過去與現在的作品，特別是回顧香港歷史的一種歷史整理性的作品頗多。還有，以中國大陸的變革與來自中國大陸的新移民為素材的作品也越來越多。進入 1990 年代後，鮮明的以身分認同為題材的「失城」乃至「此地他鄉」的作品明顯增多。與此相關，海外移民的故事也更加多樣化和細膩化。另一方面，歷史整理性作品更加有深度，同時有一定數量的作品側重表現作為現代大都市的香港社會本身擁有的各種現象，例如同性戀等。

1997 年香港移交之後這些現象發生了顯著的變化。首先，表現「失城」、海外移民問題等與香港移交直接有關的作品漸漸減少，同時，與現代大都市所產生的異

化現象有關的作品明顯增加。不僅如此，各種各樣的都市男女愛情故事大幅度上升。從某種角度看，不直接談香港身分認同問題而描述香港社會自身所存在的各種社會現象，這也許是另一種探索和追求身分認同的途徑。從這些意義上看，過去一段時間裡由於專注身分認同問題而邊緣化的階級、女性、後殖民及社會問題等等再度引起關注也是自然而然的事情。

我們並不是根據特定的題材或主題選擇的這些作品。就像前面所提到的，只是對1997年之後二、三十歲的女作家的代表作品單純考慮了篇幅等一些枝節性技術因素而已。然而就結果來看這些作品也在一定程度上反映了1997年之後香港小說乃至香港文學的發展進程。在這裡我不想詳細談這些，還是由讀者來做評價吧。我只希望韓國讀者通過這些作品，在享受文學作品本身所具有的價值與樂趣的同時，了解香港文學的獨特魅力及其與韓國文學的異同。

作品在翻譯過程中，遇到需要漢語音譯的時候我們大體採用了兩種方式。對於與香港有關的專名，用香港方言音譯；對於其他專名，用普通話音譯。至於香港方言，適當地採用韓國釜山方言。這是因為考慮到香港和釜山在地理位置上都居於各自地區的東南部，而且社會生活方面也不乏相似之處，我認為這樣做也並不為過。

除了我以外，還有高慧琳、金順珍、徐男珠、李銀珠、全南玧、崔亨錄等人也參與了這次翻譯工作。他們是一群不僅積極關注香港文學而且在各自的研究領域裡即將成為主力軍的青年學者。我在修改翻譯初稿的過程中盡力尊重譯者的意圖，但為了統籌全局，還是沒能避免大量修改。再加上這些很久前接到的翻譯初稿由於這樣或那樣的原因一拖再拖，結果造成了長時間的積壓。在這裡，我想藉由機會向這些年輕的學人表示衷心的感謝和由衷的歉意。

這部作品的出版要感謝很多人的支持。陶然先生推薦了大部分的作品並積極幫助處理版權問題。梁秉鈞教授也推薦了部分作品。香港嶺南大學許旭筠小姐在香港方言的翻譯方面給予大力的幫助。非常感謝香港的這些同仁。由於 eZEN Media 的代表林堯秉先生的果斷才使得這本書能與廣大讀者見面。孟銀姬小姐曾經在翻譯出版1990年代中國散文選《漢香》系列時有過合作，這次在小說選的出版上也費了不少心思。

謹向這兩位表達衷心的謝意。最後，向已經得到或還未得到許可的原作者們表示特別的感謝。陶然先生雖然在取得翻譯版權上盡了很大的努力，但聽他說有些可能仍不盡如人意，如果真有還未聯繫到的原作者，我們今後會再盡力聯繫，也望原作者隨時與我們聯絡。

【附錄 VI】記憶的香港，記憶的也斯
——悼念也斯

到底該怎樣說，香港的故事？每個人都在說，說一個不同的故事。到頭來，我們唯一可以肯定的，是那些不同的故事，不一定告訴我們關於香港的事，而是告訴了我們那個說故事的人，告訴了我們他站在什麼位置說話。

—— 也斯〈香港的故事：為什麼這麼難說〉

▲ 也斯（1949-2013）

大約 30 年前的 1980 年代中半，作爲訪問研究生，我曾在香港中文大學短暫學習過。當時韓國將中國看作敵對國家，不用說中國的出版物，就連 *Red Star Over China*（Edgar Snow）等等與中國有關的部分書籍也被列爲禁書。在這一問題上，臺灣也是同樣的情形。臺灣的圖書館及書店，根本找不到登載有魯迅、郭沫若、茅盾或是老舍、巴金、沈從文等名字的書籍。因此，韓國人若要研究中國現當代文學，既無去中國的可能，也無去臺灣的必要。

一年半的時間裡，我在香港所接觸的書籍，有的只是過去曾聽說過的，有的甚至是以前聞所未聞的。或是從王瑤、唐弢、劉綬松、林志浩到司馬長風、李輝英、林曼叔，或是從新文學大系到阿城、戴厚英，一味地讀了又讀。宿舍食堂裡的皮蛋粥、雲

吞麵、乾炒牛河、揚州炒飯或廉價的奶茶、普洱茶等，我吃膩喝多了以後，也慢慢開始讀到金庸、梁羽生或是框框雜文，但我的閱讀重點仍都與中國相關。我也許從黃繼持和盧瑋鑾兩位那兒聽到過香港文學的一些，但也僅此而已。我既不清楚關於 1984年《中英聯合聲明》的種種始末，也並不關心劉以鬯、西西等作家如何又寫出了何種作品。因而，對於那個時候可能剛從美國回來的也斯——雖從十多年前起就在文才與快筆方面嶄露頭角——更是無從知曉。

第一次見到也斯，是在時隔近二十年後的 2004 年於首爾舉行的某個學術會議上。會議歷時僅兩、三天，日程匆忙，又要與潘耀明、王潤華、陳芳明、藤井省三、藤田梨那、許福吉、柳書琴、朴宰雨等眾多學者交流敘舊，也斯和我二人都僅是與會眾人之中的一人。只是我作為他的討論人，又和他一起共同主持分組，也算比其他人多了接觸的機會。當時，我感覺他的為人比他的文章更出類拔萃。他的話語隨心所欲，態度親近和藹，思維自由奔放。特別給人留下深刻印象的是，從首爾的街頭風景，到韓國的大學生活，他對事事都表現出了極大的興趣。例如，來到與香港摩羅上街有異曲同工之妙的首爾仁寺洞，用餐時對米酒和蔥餅等韓國的酒類及飲食逐一詢問，追根究底的程度令人倍感意外。後來每逢閱讀他的〈韓國散墨〉、〈光慶四章〉等文章時，我一人獨自會心地微笑。

我們的緣分從那時開始。起初也斯說的話並不那麼易懂。既因為圓圓的聲線，有些囁嚅的口音，其帶有香港語調的國語（普通話），也因為他豐富多樣的想法並不那麼易於消化。然而，幾次見面之後，理解他的話變得容易多了。這不僅是源於我逐漸熟悉了他的腔調，也可能是因為我本身正式開始研究香港文學的關係吧。其實，我和他相識的幾年前就已經開始對香港文學有所關心，甚至利用一年的研究年到——被稱為「香哥華」（Hongcouver）的——溫哥華，向加華作協的陳浩泉、韓牧等討教。

我對也斯的特別感覺並不單純是因為他文學創作、學術觀點上的成就。反而是他的文章和話語所深藏其中的那種激烈的思考、和煦的感性以及刻苦奮鬥的努力。

那是在 2005 年的冬天。應也斯之邀，我到嶺南大學擔任為期兩月的訪問學者。一般海外知人恐怕不易了解某作家或學者的日常生活，但我有幸見到他的一些日常性

的面貌。我看，他在學校裡與教授、學生、職員、雇員等的所有人都灑脫相處似的。特別對於學生來說，他就像是倫理教科書中出現的老師一樣。有一次，在訪問他的研究室時，他完全不顧身患重感冒，為了嚴守與學生的約定，仔細批改作文作業。還有，在參加中文系的聯歡會時，學生們爭相要來與他乾杯，要求與他合影。那真是再無第二個《西廂魅影》中的何方。也正因如此，他的門下才會出現了游靜、黃靜、陳智德、黃淑嫻等這樣眾多的優秀弟子吧。

當時也斯雖邀請了我，但正巧自己馬上有研究年，他有些深感抱歉，其實那段時間內因時間不足，他不斷縮短睡眠時間進行寫作，終於得到研究年，那自然非常好。我充分理解他的心情。具體的情況雖有所不同，但能夠擺脫學校的行政瑣事得到研究年，這其中的好，我最為了解。當然他多樣的活動，廣泛的交遊，豐富的著作，無限的活力都另當別論。從物理學角度而言，同樣的時間，似乎他掌握了比其他人多活幾倍時間的方法。真是令人覺得不可思議。

自然而然，我與也斯時常在學術活動的場合上相見。大多不在香港就在韓國，有一次竟相遇在北京。那是 2009 年 10 月底。收到學術會議的日程表，竟發現他和我被分在同一組發表。可是，開幕式也不見他的身影，直到下午分組討論開始時才出現。原來是因為只有會議當天才能從香港分身來此，而他還是依舊那樣繁忙、熱誠。現在想想，雖然媒體還沒報導患病消息，可那時他肯定已經得知自己的病症了。但儘管這樣，他還是參加了事先承諾的學術會議，並一直堅持到閉幕式，什麼也沒有表露。

那之後我與也斯見過兩次。一次是 2010 年夏天的香港文學節。我受香港圖書館的邀請來港講演，病中的也斯親臨講演場。活動結束後，我們先繞著維多利亞公園半圈後，經過公園裡面步行至位於銅鑼灣的他家。戴著以往未曾見過的帽子，臉龐比以前瘦削，比以前語速稍慢，但仍然說「控制得住」，他的態度依舊讓人感到從容、溫暖與關懷。那天我並沒有進入他的家中。那種程度的散步對他來說已經是辛苦的事情了。另一次是在同年冬天，參加陳平原、陳國球等主持的學術會議之時。應他與陶然的邀請，我的研究生宋珠蘭、呂曉琳、高慧琳，以及黃萬華、黃淑嫻、黃勁輝、陳柏薇、蕭欣浩等聚在了一起。他在這天主要談論了如何使韓國等外國國家了解香港文

學。那麼開朗快活，看起來反而比上次更有活力。然而，我的內心還是不安的。過去我在母校高麗大學擔任助教時，有一位恩師得同樣的病去世，記得恩師在患病期間也曾突然身心甚佳。

回國後我與學生們一起稍微修正了我們的計畫。那時我們有系統地在韓國介紹臺港文學和華人華文文學，正在準備包括西西《我城》在內的第一系列，並決定在第二系列中最優先翻譯也斯的作品。最終於去年即 2012 年秋天，我與宋珠蘭共同翻譯的《後殖民食物與愛情》韓譯版得以出版，高贊敬在陳智德的協助下推出了《香港詩選 1997-2010》的韓譯版，該詩選在開篇部分收錄了〈非典時期的情詩〉等也斯的四首詩。在此期間，雖然彼此再未謀面，但互相不斷聯絡，我一直以爲他仍是「控制得住」。於是我和我的學生們決意舉辦第二系列的出版紀念會，並邀請也斯前來參加。他表現出了相當大的熱情。但幾乎就在最後階段傳來無法出席的消息，從那時起他回覆電子郵件的速度也明顯緩慢下來。

距最後一次見到也斯已兩年多了。什麼時候才能再見？若眞地有來世，能夠億劫後與他相遇的話，那時他還仍舊會勤勉熱誠不？但我只希望他在那裡可以安享清福，而已知億劫前世香港文學早已獲得世界和本地的正確評價。對我來說，他是我所尊敬的學界前輩兼同僚，親愛的社會兄長兼朋友。但事實上，我對他的很多情況不夠了解。追究起來，我和他的緣分並未經歷長久的歲月，每次相見時間又是那麼短暫。甚至他心裡如何看待我，我根本不知道。他可能把我視爲眾多海外知人中的一個，也可能僅將我看作是韓文翻譯者中的一人。若是他視我超過這二者之上，則於我實乃一大幸事。但這個解答，現在暫時無從得知了。

如今也斯成了記憶。結識他不久時，與陶然一起去鰂魚涌的某家茶館，他應我之邀來釜山大學演講時到溫泉場的酒吧與我及夫人三人一起喝生啤酒，在屯門的一家餐廳與貌似羅傑的西方學者及眾多學生共度時光，在維多利亞公園附近一家玻璃上面印有〈鴛鴦〉的餐廳裡吃私房菜，平安夜裡在他家吃令堂做的粵菜，……這一切固然都很寶貴，但只成爲記憶中一塊塊小小的碎片。現在他是與三十年前開始的「我的香港」幾乎一樣的，我將會隨時追索著與他相關的記憶，不管是我的還是別人的。而且

我將會有時變得混亂，那些究竟是回憶、錯覺，還是想像、虛構？我可能每逢這樣的情形，就開始自言自語：也斯，也斯，您和您的香港，爲什麼這麼難說？

2013 年 2 月 27 日

【附錄 VII】「絕響」——我與陶然先生
——悼念陶然

▲ 陶然（1943-2019）

　　前天才收到《香港文學》第 411 期「從首爾到南怡島」專刊，因為郵寄的關係常常會遲到些。高興之際立刻開始閱讀「第四屆韓國世界華文文學國際論壇」的與會者觀感。這時我系客座王巨川教授突然來訪，他婉轉說出惡耗。我愕住了，若果再看幾頁那便是陶然先生的〈別了首爾，登上南怡島〉了。

　　我與陶然先生結緣大約是在 20 年前。2002 年我在韓國翻譯出版了兩部中國散文選，其中一部就收錄了陶然先生的〈絕響〉。出於此事之由，早先就與陶然先生通過幾次信件和電話。幾年後的 2004 年 1 月訪港時與陶然先生初次相見，之後幾乎每年都有機會與陶然先生相遇。我去香港的時候總會去拜訪陶然先生，不過我們在各種學術會議上見面的機會更多一些。

　　2003 年 9 月威海的第十三屆世界華文文學國際學術研討會上幾個片斷不由自主地浮上腦海。

　　一個是晚餐後在酒店鄰近海邊的小小松林裡與幾位與會者敘談的情景。趙稀方、劉俊、李娜、袁勇麟、許福吉、潘郁琦等幾位年輕的學者作家稱呼本該為叔叔輩分的陶然先生為大哥，其間或開他的玩笑。這個時候他總會若無其事地微微笑著接受，不，好像他內心裡更願意接受這種待遇。夜越來越深，天越來越黑，結果那天晚上這位大哥終於拗不過這群弟妹的糾纏一起去了鬧區的卡拉 OK。

　　另一個是會後文化考察或文化旅遊去泰山的事情。我們一行人為了觀看日出而留

宿在山頂一家有些簡陋的酒店裡。我與陶然先生以及朴宰雨教授三人住在一個房間。閒談中朴教授向陶然先生問起香港文壇的情況。不久後只見朴教授拿來筆記本專心致志地記錄起來，陶然先生也不憚其煩地一一講解。夜已深，四周無聲，在有些昏暗的燈光下，兩個靈魂的周旋不知停歇，聲音一高一低地、語調一熱一冷地。

回首往事，我與陶然先生之交如水較淡。一起用過餐一起飲過茶，卻沒有一起猛烈喝過酒；曾經一起促膝長談，卻未曾經激烈討論。不是我在恭聽陶然先生敘談香港作家與作品，就是陶然先生在傾聽我說明韓國學界與翻譯。但畢竟我們交往的歲月已長，其間共事過很多工作。我參照他推薦而出版了香港年輕女性小說選《尋人啟示》（2006），他勸我寫些文章刊載在《香港文學》上，我的博士生宋珠蘭也翻譯了陶然先生的作品集《天平》（2014）。她目前正在完成有關也斯與陶然兩位作家作品的博士論文，預計今年 8 月即可出版，想來，這不能不說是一件莫大的憾事。

2018 年 5 月我去了久違的香港，到達後的第二天就在鰂魚涌見到了陶然先生。陶然先生依然如故。安靜的腳步，安靜的言談，健康狀況似乎也勝過先前。那時陶然先生向我要一篇有關也斯先生的文章，還說到了年底要舉辦劉以鬯先生誕辰 100 周年的紀念活動，自己也會為此盡一份力。但是不僅是也斯先生和劉以鬯先生，現在就連陶然先生也離我們而去。我在今年 1 月出版的《香港文學論 —— 香港想像與方式》（韓文）的自序裡這樣寫道：「感謝許世旭、黃繼持、盧瑋鑾等恩師；感謝以劉以鬯、西西、也斯、陶然為首的眾多香港作家。有些已成故人，有些仍然健在，如果沒有這些人，這本書也不可能存在」。我當時又怎會料到陶然先生也成故人？

早知如此，去年秋季陶然先生來訪首爾時說什麼也要去見上一面的。我要去首爾見他的時候，陶然先生卻已別了首爾，登上了南怡島，我也只好就此作罷。就像啟德機場整天轟響的飛機聲音停止一般，自此陶然先生那低沉的聲音也已成絕響。但是就像人們對啟德機場的記憶一般，人們對先生的記憶也不會那麼輕易的消失，隨同對香港一個時代的記憶一起。陶然先生自己早在《絕響》中這麼寫：「習以為常的風景不再，往日的一切又立刻變得無比珍貴，在記憶中長存……」。

過去我曾經半帶玩笑半帶羨慕之情地說過。陶然先生樂於出席各種會議，我偶爾

參加，在我參加的三次會議中就會有兩次遇到您。聽過此話陶然先生略帶羞澀地說，也沒有那麼多了吧？日後我也必然離開此岸，如果真有彼岸，如果在那裡也會舉辦學術會議的話，或許，我會再見陶然先生吧。那麼，再見陶然先生！

2019 年 3 月 12 日

國家圖書館出版品預行編目 (CIP) 資料

香港文學論 : 香港想像與方式 / 金惠俊著 . -- 初版 . -- 臺北市
: 國立臺灣師範大學出版中心 , 2022.02
　　面；　公分

　　ISBN 978-986-5624-79-8(平裝)

　　1.CST: 香港文學 2.CST: 文學評論

850.382　　　　　　　　　　　　　　　111002365

香 港 文 學 論

香港想像與方式

Hong Kong Literary Studies:
Literary Imagination of Hong Kong and Its People

作　　　者｜金惠俊
出　　　版｜國立臺灣師範大學出版中心
發 行 人｜吳正己
總 編 輯｜柯皓仁
執行編輯｜金佳儀
美術編輯｜潘美晨
地　　　址｜106 臺北市大安區和平東路一段 162 號
電　　　話｜(02)7749-5285
傳　　　眞｜(02)2393-7135
服務信箱｜libpress@ntnu.edu.tw
初　　　版｜2022 年 2 月
售　　　價｜新臺幣 450 元（缺頁、破損或裝訂錯誤，請寄回更換。）
I S B N｜978-986-5624-79-8
G P N｜1011100495